芥川龍之介作品研究

아쿠타가와 류노스케 작품 연구

저 자 약 력

▌하태후(河泰厚) ▌

　　1981년 2월에 경상대학교 사범대학 외국어교육과를 졸업하고, 학군 장교로 군복무를 마친 후, 1984년 4월에 쓰쿠바대학[筑波大学]으로 유학하여 2년간의 연구생과정을 수료하고 귀국하였다. 1986년에 1년간 고등학교 교사로 재직하였고, 1987년 3월부터 계명대학교 대학원 일어일문학과에서 2년간의 석사과정을 마치고 석사학위를 취득하였다. 1989년 3월부터 5년간 대구전문대학에 재직하면서, 중앙대학교 대학원 박사과정에 입학하여 3년간의 과정을 수료하였고, 1994년 2월에 대구전문대학을 사직하였다. 1994년 4월부터 바이코가쿠인대학[梅光学院大学] 대학원 문학연구과 박사과정에 입학하여 3년간 연구한 성과로, 1997년 3월에 사토 야스마사[佐藤泰正] 교수로부터 〈芥川龍之介の基督教思想〉의 논문으로 문학박사 학위를 취득하였다. 1997년 9월에 경일대학교에 임용되어 현재 교수로 재직 중이다. 저서로는《芥川龍之介の基督教思想》(東京 翰林書房 1998) 외 15권의 공저가 있고, 역서로는《西方의 사람》(서울 형설출판사 2000) 외 공역 6권이 있다. 논문으로는 일본과 한국의 학술지에 게재된 논문 50여 편이 있다.

芥川龍之介作品研究
아쿠타가와 류노스케 작품 연구

초 판 인 쇄	2018년 10월 23일
초 판 발 행	2018년 10월 31일
저　　　자	하 태 후
발 행 인	윤 석 현
발 행 처	제이앤씨
책 임 편 집	최 인 노
등 록 번 호	제7-220호
우 편 주 소	서울시 도봉구 우이천로 353 성주빌딩 3층
대 표 전 화	02) 992 / 3253
전　　　송	02) 991 / 1285
홈 페 이 지	http://www.jncbms.co.kr
전 자 우 편	jncbook@hanmail.net

ⓒ 하태후 2018 Printed in KOREA.

ISBN 979-11-5917-125-3　93830　　　　　　　　　　　　정가 29,000원

아쿠타가와 류노스케 작품 연구 ―하태후―

芥川龍之介作品研究

제이앤씨
Publishing Company

아쿠타가와 류노스케[芥川龍之介]란 작가의 이름을 처음 접한 것은 1984년 4월부터 1986년 3월까지 쓰쿠바대학[筑波大学]에서 2년간 연구생으로 유학생활을 할 때이다. 그때 나의 전공은 일본중세문학이었는데, 주위의 친구들이 아쿠타가와 류노스케를 공부하는 이가 많아서 그들의 영향을 많이 받았다. 그 당시에 쓰쿠바대학에는 히라오카 도시오[平岡敏夫]라는 아쿠타가와 전공의 유명한 교수가 계셨기 때문에 너도나도 할 것 없이 그 교수의 문하생이 되고자 하였다.

또 아쿠타가와 류노스케는 단편작가이기 때문에 외국인 유학생들이 공부하기에는 제일 적합한 작가이기도 하였다. 게다가 아쿠타가와의 작품 중에는 예술지상주의의 작품이 몇 점 있는데, 젊은 학생들에게는 이 점도 매력적으로 느껴졌을 것이다. 그 뿐만 아니라 아쿠타가와는 35세에 스스로 인생을 마감한 작가이기 때문에 학생들에게는 '죽음의 미학'이 상당히 마음에 끌리는 점도 있었을 것이다.

나의 지도교수는 일본중세문학을 서지학 중심으로 연구하시는 이누이 요시히사[犬井善寿] 교수이었다. 서지학이 문학 연구의 기본이 된다는 것은 잘 아는 바이지만, 문학 작품을 통하여 사상을 공부하려는 나에게는 상당히 이질적인 분야이었다. 그래서 자연히 일본근대문학을 공부하는 친구들과 어울리게 되었고, 점차 일본중세문학에는 흥미를 잃게 되었다. 일본은 대학도 도제제도의 개념이 강하므로 지도교수를 바꾸어서 일본근대문학을 공부한다는 것은 상당히 어렵다. 그래서 하는 수 없이 2년간의 연구생을 수료하고 귀국하였다. 귀국하기 전에 도서관에 가서 아쿠타가와 류노스케에 관한 참고서적은 거의 대부분을 빌려서 복사하여 가지고 왔으며, 그 귀중한 자료들은 아직도 소중하게 쓰고 있다.

1986년 한 해 동안은 고등학교 교사로 재직하였다. 원래 사범대학 졸업자는 몇 년간 교사로 의무 복무를 하게 되어 있다. 그런데 생각한 것만큼 교사 생활과 공부를 병행하기는 어려웠다. 그래서 교사를 그만두고, 1987년 3월에는 계명대학교 대학원 일어일문학과에 입학하였다. 석사과정 2년 동안에는 아쿠타가와의 작품과 가지고 왔던 자료를 읽는 충분한 시간을 가질 수 있었다. 아쿠타가와의 작품을 읽어감에 따라 생각지도 않게 아쿠타가와가 그리스도교에 많이 경도되어 있다는 사실을 알게 되었다. 마침 내가 하고 싶었던 연구 분야였다. 석사학위논문은 〈芥川龍之介의 基督教的 思想〉이었다.

1989년 3월부터는 대구전문대학에 임용되어 일본어를 가르치며 틈틈이 아쿠타가와 공부를 계속할 수 있었다. 1990년 9월부터는 중앙대학교 대학원 일어일문학과에서 박사과정을 공부하면서 연구를 심화시켜 나갔다. 그때 논문을 통하여 알게 된 분이 나중에 지도교수가 된 바이코가쿠인대학[梅光学院大学]의 사토 야스마사[佐藤泰正] 교수였다. 1993년 8월 말에는 박사학위 과정을 수료하였고, 논문만 제출하면 박사학위를 받을 수 있었으나, 내 마음 한구석에는 무언가 허전함이 있었다.

　그래서 이리저리 조사하고 사방팔방으로 연락하던 끝에 사토 야스마사 교수가 만나보자는 서신을 보내주셨다. 사토 교수는 당시 75세로 바이코가쿠인대학의 총장을 하고 계셨기 때문에 그 연세에도 재직하실 수 있었다. 그뿐 아니라 수업도 주당 12시간이나 하시면서 말이다. 시험을 치루고 합격하여 1994년 4월에는 대학원 문학연구과 박사과정에 입학을 하게 되었는데, 이런 대가인 선생님 아래에서 3년간 공부를 할 수 있었던 것은 나에게 학운이 뒤따라주었기 때문이라고 생각한다. 3년간의 과정 중에서 아쿠타가와의 작품을 하나하나 읽어나가는 수업은 그 후 나의 연구에 엄청난 시사점을 던져주었다. 1997년 3월 사토 야스마사 교수로부터 〈芥川龍之介の基督教思想〉의 논문으로 문학박사 학위를 받았고, 이 학위 논문은 이듬해 일본의 간린쇼보[翰林書房]에서 《芥川龍之介の基督教思想》의 서책으로 출판되어 호평을 받기도 하였다.

　1997년 9월에 경일대학교에 임용되었으니 올해 9월로 재직 21년이 된다. 그동안에도 틈틈이 아쿠타가와 연구와 논문을 쓰기는 하였지만, 박사학위를 받고 귀국하였을 때의 다기진 계획대로는 잘 되지 않았다. 우리나라의 연구자가 대부분 느끼고 있는 사실이겠지만, 재학 당시 일본에서 배운 것과 귀국하여 연구하는 것과 학생들을 가르치는 것이 모두 다르기 때문에 재학 당시만큼 논문을 쓴다는 것은 사실상 불가능하다. 또 대학이라는 곳이 순수하게 학문만 하리라고 생각하기 쉽지만, 사실은 여러 가지 업무로 인하여 오롯이 일주일의 시간도 내기 힘들다. 게다가 우리나라의 대학 체계가 연구실적을 1년 단위로 측정하기 때문에 장시간에 걸친 대작을 연구하기란 사실상 불가능하다. 또 말이 나온 김에 덧붙이자면 연구 논문보다도 더 중요한 것은 문학 작품의 번역인데, 이는 논문에 비하여 점수가 턱없이 적기 때문에, 그 중요한 번역에만 매달릴 수 있는 것도 아니다.

이런 와중에서 그래도 지금까지 논문을 1년에 2편 이상은 써왔다. 그러나 지금 다시 읽어보면 대부분이 시원찮은 논문이다. 그 중에서 좀 덜 시원찮은 논문 몇 편을 골라서 편집하고 가필·수정하여 한권의 책자의 형태로 내놓게 되었다. 논문을 편집하여 책자로 만들려고 하니 어려운 점이 많았다. 우선 한편의 논문이 전체의 흐름에서 벗어나서는 안 되기 때문이다. 그리고 오래된 논문과 최근의 논문을 묶어서 하나의 챕터로 만든다는 것은 내용과 형식에서 서로 이질적인 것을 맞추는 것이기 때문이다. 그래서 혹 내용이 서로 중복되는 곳도 있고, 약간 이가 맞지 않는 곳도 있지만, 이는 원래의 논문은 논문대로 살리고 책자도 책자답게 꾸미려 하니 할 수 없이 일어난 일이다.

내용이 전반적으로 아쿠타가와의 전기와 중기의 작품이 대부분이고, 후기의 작품은 거의 없다. 아쿠타가와의 전체의 사상을 보려면 전기부터 후기까지의 전 작품을 연구해야 함에도 불구하고 아직 후기의 작품은 몇 작품을 제외하고는 본격적인 연구에 들어가지 못하였다. 그래서 책명을《芥川龍之介作品研究Ⅰ》로 하고, 다음에

《芥川龍之介作品硏究Ⅱ》를 할까 하다가 결국 《芥川龍之介作品硏究》로 하였다. 정년퇴직까지의 남은 시간과 그 후의 시간에 나머지 후기의 작품을 연구하여 또 한권의 책을 발간하기를 다짐해 본다.

일본에서는 일본어로 논문을 쓰고 일본어로 책을 발간하였다. 귀국하여서는 우리말로 논문을 쓰고 우리말로 책을 발간한다. 그 이유는 내가 연구하는 것이 혹 다른 문학을 연구하는 연구자나 또 일반인이 읽을 수 있도록 하기 위해서이다. 일본어로 책을 쓰면 그 독자는 일본어를 할 수 있는 일부에 해당되기 때문이다. 한자도 가능하면 사용하지 않았다. 그것도 요즈음 한자에 취약한 젊은이들을 배려한다는 취지가 들어있다.

올해가 사실상 나의 회갑이다. 석박사의 제자가 없으므로 회갑기념논문집을 봉정 받는다는 것도 불가능한 일이지만, 형편이 된다고 하더라도 나는 그런 논문집 받는 것에 조금은 못마땅함을 느끼고 있다. 그래서 회갑을 기념하여 스스로 한권의 책자를 만드는 것이 좋겠다는 생각을 하고, 어설프게나마 《아쿠타가와 류노스케 작품 연구》로 회갑기념논문집을 대신하기로 한다. 마침 재직하고 있는 경일대학교로부터 1년간의 연구년을 허락 받았고, 고려대학교로부터는 1년간의 객원교수 자격을 얻었기에, 시간이 자유롭고 자료를 충분히 구할 수 있어서 책자도 만들 여유를 가지게 되었다. 경일대학교와 고려대학교에 지면을 빌려 감사를 표하고 싶다.

2015년 11월 30일에 향년 98세로 사토 야스마사 교수가 별세하셨다. 제자인 나는 그 대가의 신 벗어 놓은 데도 따라갈 수 없다. 선생님께서는 88세 미수의 연세에 13권의 《佐藤泰正著作集》을 완성하셨고, 돌아가시는 날까지 학생들을 지도하셨다. 지금 살아계셔서 내가 만든 책을 보여드린다면 선생님께서는 무엇이라고 말씀하실까. 심한 꾸중을 듣지 않으면 다행이리라 생각한다. 그럼에도 불구하고 이 졸저를 돌아가신 선생님께 바치고 싶다.

2018년 무술 회갑년 10월, 경일대학교 연구실에서

하 태 후

차례

芥川龍之介作品研究

아쿠타가와 류노스케 작품 연구

《라쇼몬》 Ⅰ

1 서설

아쿠타가와 류노스케는 그의 생애에 많은 여성과 관계를 가졌고, 그 몇 명에게는 연애 감정을 느낀다. 아쿠타가와의 연애 체험 중에서 첫사랑이자 그의 정신세계에 가장 많은 영향을 미친 여성은 요시다 야요이이다. 요시다 야요이는 1892년생으로 아쿠타가와와 동년배이고, 도쿄의 다운타운인 후카가와에서 태어나고 자라, 도쿄고등여학교를 거쳐 1913년 아오야마여학원 영문전과 예과를 졸업하였다. 여러 가지로 아쿠타가와와 공통점이 있다.

아쿠타가와의 야요이에 대한 생각이 연애로서 자각된 것은 1914년 2·3월경이었던 것으로 보인다. 야요이에 대한 연정은 순수하였고 그에게 결혼까지 생각하게 하였지만 아쿠타가와 가의 심한 반대, 특히 양부모와 이모 후키의 반대에 부딪혀 1915년 초에 파국을 맞기에 이른다. 아쿠타가와 가에서는 왜 류노스케에게 요시다 야요이에 대한 구혼의 의지에 반대했을까. 그 이유는 우선 야요이의 집안이 '사족'이 아니었기 때문이라는 견해도 있고, 또 한편으로는 '호적상의 문제' 혹은 '야요이의 출생에 얽힌 문제'라고 하지만 확실히 단정을 내릴 근거는 없다.

파혼의 결과를 미요시 유키오는 '이 연애에서 좌절의 길은 아마 아쿠타가와 류노스케의 청춘이 조우했던 가장 인간냄새가 나는, 그리고 통한으로 가득 찬 〈사건〉이었다. 그는 연애가 성취되지 않았던 한 보다도 사랑을 잃어버리기까지의 과정에 나타난 인간 감성의 나형에 보다 깊이 상처 입은 듯이 보인다'[1]고 해석한다. 과연 파혼의 결과 아쿠타가와는 인간의 추함, 에고이즘을 절실하게 느끼고, 생존의 삭막함을 맛보며, 고독감을 채울 수 있는 순수한 사랑을 희구하게 된다.

다음은 연애의 파국 후인 1915년 3월 9일 친우인 쓰네도 교에게 보낸 서한의 일부로, 아쿠타가와 문학의 밑그림 혹은 그의 정신세계의 원풍경으로 자주 인용된다.

에고이즘이 없는 사랑이 없다고 한다면 인간의 일생만큼 괴로운 것은 없다.

주위는 보기 싫다. 자신도 보기 싫다. 그리고 그것을 눈앞에서 보고 사는 것은 괴롭다. 더구나 사람은 그렇게 살아갈 것을 강요당한다. 일체가 신의 사역이라고 한다면 신의 사역은 미워해야 할 조롱거리이다.

나는 에고이즘을 떠난 사랑의 존재를 의심한다.

작품 『라쇼몬』은 연애 파국이 있던 해인 1915년 11월에 야나가와 류노스케란 필명으로 「제국문학」에 실린 아쿠타가와의 준 처녀작이다. 아쿠타가와 자신은 별고 『그때 자신의 일』(1919. 1)에서 '반년 전

쯤부터 언짢게 구애되었던 연애문제의 영향으로 혼자가 되면 기분이 가라앉기 때문에 가능하면 유쾌한 소설을 쓰고 싶었다'고 하였음에도 불구하고 많은 논자들은 이 연애 사건과 작품의 관련성에 대해서는 이를 대체로 시인하고 있으며, 특히 위의 서한에서 나온 '에고이즘'이라는 단어는『라쇼몬』을 시작으로『코』,『참마죽』으로 이어지는 소위〈곤자쿠삼부작〉의 주요 소재로 보고 있다.

작품『라쇼몬』에 대한 평가도 여러 가지로,「제국문학」에 게재되었을 때는 상당히 부정적이며 냉소적인 반응으로 나타났다. 앞에 든 별고『그때 자신의 일』에서 아쿠타가와가 '발표하였던「라쇼몬」도 당시 제국문학의 편집자였던 아오키 겐사쿠의 호의에 의해 겨우 활자로 되었지만 6호 비평마저 되지 않았다. 뿐만 아니라 구메도 마쓰오카도 나루세도 입을 모아 좋지 않게 말했다'고 회고하고 있는 점으로 보아 당시 자신의 작품에 대한 평가가 자신의 자부심과 얼마나 동떨어져 있었던가를 여실히 말해준다.

이러하던 작품이『코』를 발표하여 나쓰메 소세키로부터 칭찬을 받은 것이 계기가 되어,『라쇼몬』은 새로이 평가되기 시작하였고 작품에 대한 연구도 활발하여졌다. 예를 들면 에구치 간의 '아쿠타가와 군의 작품 기조를 이루는 것은 맑은 이지와 세련된 유머이다. 그리고 작자는 언제나 생활의 외측에 서서 조용히 소용돌이를 바라보고 있다', '아쿠타가와 군의 모든 강점이 자연스럽게 교차되어 나타나 있는 점에서 준 처녀작인「라쇼몬」을 칭찬해 두지 않을 수 없다'[2]라는 호평 등이 그러하다.

이후 요시다 세이이치는『라쇼몬』을 평하여 '이 하인의 심리 추이를 주제로 더불어 살기 위하여 각인각색으로 가지지 않을 수 없는 에고이즘을 파헤치고 있다'[3]고 하였는데, 이 평가는 이 작품을 읽는 중요한 시좌로서 이후 전개되는 작품론의 기초를 마련하였다고 할 수 있다. 이어서 고마샤쿠 기미는 '그것은 선과 악의 모순체인 인간을, 인간 현실을 그대로 나타내고자 할뿐이었다'[4]고 평하였는데, 이 또한 요시다 세이이치의 평을 기초로 하여 이에 이의를 제기하고는 있지만 기본적으로 '에고이즘'이라는 견해는 크게 벗어나지 않는다. 또 미요시 유키오는 '아쿠타가와가 『라쇼몬』에서 그려 보인 것은 지상적인 것 혹은 일상적인 구제가 모두 끊어진 존재악의 형태이다. 인간 존재 그 자체가 인간인 이상에는 영원히 짊어지지 않으면 안 되는 아픔이고, 살아 있는 것에 휘감긴 여러 가지 악과 고뇌의 근원이다'[5]라고 하여 '존재악의 형태'를 작품에서 읽음으로, 미요시 유키오 역시 에고이즘의 양태를 파헤치고 있다고 볼 수 있다.

이에 반해 세키구치 야스요시는 작품 말미의 초고와 단행본 『코』에 게재 시의 차이를 지적하면서 『라쇼몬』이란 작품을 '자기 해방의 외침'[6]으로 보고 있다. 앞의 논자들이 작품에서 '에고이즘'이라는 부정적인 주제로 작품을 읽었다고 한다면 세키구치 야스요시는 작품에서 작자의 현실의 전위나 허구 속에서 자기표현을 읽고자 하여 보다 긍정적인 주제를 도출하려고 하였다. 따라서 아쿠타가와의 '양가에 대한 반역'[7]이 『라쇼몬』이라는 작품을 탄생하게 만든 적극적인 동기로서 작용했다는 것이다.

그러나 이 작품이 우라후 요시로가 말한 대로 '극한 상황에 나타나는 인간의 생의 실상, 일상적인 모럴이 벗겨진 곳에서 노정되는 생의 본질 그 자체를 간결하고 선명하게 형상화하여 보여주는 걸작'[8]임은 움직일 수 없는 사실이다.

16

2 작품의 구성과 내용

이 작품은 원고용지 16매 정도의 짧은 작품이지만 소설이나 희곡의 전통적 구성인 기승전결의 형태를 띠고 있다.

〈기〉 때는 교토의 쇠퇴가 보통이 아닌 헤이안 말기의 어느 날 저물 무렵에 한 사람의 하인이 비에 갇혀 라쇼몬 아래에 멈추어 서있다. 섬기던 주인으로부터 해고를 당한 그는 굶어죽지 않으려면 도둑이 되는 외에 방법이 없는 데까지 내몰려 있었지만 여기서 태도를 바꾸려는 결심도 서지 않은 채 있다.

〈승〉 어찌되었든 오늘밤은 이 문의 다락 위에서 비바람을 피하려고 계단을 올라가던 하인은 부랑자의 시체를 버리는 곳으로 되어 있는 이 다락 위에 관솔불을 붙이고 죽은 사람의 머리카락을 뽑는 노파를 발견한다. 머리털이 굵어질 정도로 공포에 짓눌린 후, 맹렬하게 솟아오르는 '악을 증오하는 마음'에 몰린 하인은 다락으로 뛰어올라 노파를 붙잡는다.

〈전〉 엄하게 다그쳐 묻는 하인에 대한 노파의 대답은 죽은 사람의 머리카락을 뽑아서 가발을 만들고자 하는 것이었다. 게다가 이 죽은 자들도 이 세상에 살아 있을 때에는 자기의 생계를 위해서는 사람을 속이든지 무엇을 하든지 수단을 가리지 않았던 자들이었으므로 자신이 굶어 죽는 것을 피하기 위해서 머리카락을 뽑아도 나무랄 수는 없다고 한다.

〈결〉 노파가 한 말을 다 들은 하인은 '정말 그런가' 그렇다면 너는 '내가 네 껍질을 벗겨가도 원망 않겠지. 나도 그렇게 하지 않으면 굶어 죽을 몸이다'고 내뱉고는 재빨리 노인의 옷을 벗기고 달라붙는 노파를 차서 넘어뜨리고는 계단을 뛰어내린다. 하인의 모습은 곧바로 '칠흑 같은 밤'의 저쪽으로 사라져 버린다.

〈기〉는 전제 작품의 무대가 되는 배경이 주로 묘사되어 있다. 『곤자쿠모노가타리』에서는,

지금은 옛날이야기, 셋쓰나라 부근에서 도둑질하러 교토에 올라온 남자가, 날이 아직 저물지 않아 라쇼몬 아래에서 숨어 서있는데 스자쿠 쪽에 사람이 다님으로 인적이 조용할 때까지 기다리자고 생각하고 문 아래에서 기다리고 있는데,

라는 짧고 단순한 문장으로 왕조 말기의 황폐한 교토의 모습을 그리고 있다. 이 원전을 환골탈태하여 아쿠타가와가 묘사한 라쇼몬의 배경은 빗방울소리만 들리는 고독한 세계와 그 중에 시체가 방치되어 있는 죽음의 세계, 더욱이 더 이상 사람이 생존하기 어려운 '한계상황'을 묘사하는 데에 상당 부분의 지면을 할애하고 있다.

어느 날의 해질 무렵이었다. 한 하인이 라쇼몬 아래서 비 개기를 기다리고 있었다.

널따란 문 아래에는 이 사내 외에는 아무도 없었다. 다만 군데군데 단청이 벗겨진 커다란 원기둥의 한 귀퉁이에 귀뚜라미가 한 마리 숨을 죽이고 있을 뿐이다. (중략)

18

마침내는 연고자가 없는 시체를 떠메고 와서 이 문에다 버리고 가는 습관까지 생기고 말았다. 그래서 햇빛마저 안보이면 누구도 무서워서 이 문 근처에는 얼씬도 하지 않게 되어버렸다.

그 대신 또 갈까마귀들이 어디선가 떼로 몰려 왔다. (후략)

이는 앞으로 전개될 사건을 암시하는 것으로 작가의 상상력은 발군이라고 할 수 있다.

이같이 시작하여 작품은 〈기〉〈승〉의 전반부와 〈전〉〈결〉의 후반부가 내용 면에서 뚜렷이 양립되는 형태를 띠고 있다. 〈기〉〈승〉이 주로 하인이 놓여 있는 라쇼몬의 배경과 하인의 내면을 묘사하며, 또 머리카락을 뽑는 노파를 발견하고 '악을 증오하는 마음'이 솟아오르는 정의감에 불타는 하인을 묘사한다. 따라서 〈기〉는 작품 전체의 배경 역할을 할뿐 아니라 〈승〉의 배경 역할을 하며, 〈승〉의 최초의 하인의 심리 상태와 행동으로 수렴된다. 〈전〉은 노파가 소박한 정의감에 불타는 하인의 행동을 본 후에 하인을 향하여 자기변명을 하도록 하여 노파의 논리가 하인의 심리를 변화시키고 행동이 바뀌도록 하는, 즉 〈결〉의 심리와 행동 결정의 요소로 작용하며 〈결〉의 하인의 변화된 심리와 행동 결단으로 수렴된다.

따라서 이 작품은 결국 〈승〉의 부분과 〈결〉의 부분이 작자가 독자에게 주려는 메시지를 담고 있으며, 나아가서는 〈승〉에서 〈결〉로의 이행, 즉 하인의 심경과 행동의 변화는 왜 생겨났으며, 또 그 변화는 무엇을 말하는가가 이 작품의 주제가 된다고 볼 수 있다.

〈승〉의 부분 중에서 작자가 제시하고자 의도하는 부분을 구체적인 작품 속에서 찾는다면 다음의 한절이 될 것이다.

19

그 머리카락이 한 올씩 뽑혀짐에 따라 하인의 마음속에는 두려움이 조금씩 사라져 갔다. 그리고 그와 동시에 그 노파에 대한 격심한 증오가 조금씩 싹트는 듯했다.——아니 이 노파에 대해서라고 말하면 어폐가 있을지도 모른다. 오히려 온갖 악에 대한 반감이 순간순간 강도를 더해 왔다. 이때 누군가가 이 하인에게 아까 문 아래에서 그 사나이가 고민해온, 굶어 죽을 것이냐 아니면 도둑이 될 것이냐 하는 문제를 다시 들고 나왔다고 한다면, 아마 하인은 아무런 미련도 없이 굶어죽는 쪽을 택하고 말았으리라. 그럴 만큼 이 사나이의 악을 증오하는 마음은 노파가 마루청 틈에 꽂아놓은 관솔불처럼 거세게 타오르고 있었던 것이다.

여기에서 핵심이 되는 단어는 역시 '악을 증오하는 마음', 즉 하인의 정의감이다. 물론 분명한 윤리적 의식을 가지고 있었던 것은 아니지만 여기까지는 적어도 하인은 지금까지 몸에 배인 관습으로 선과 악을 구별하고자 하는 의식이 있다. 그러나 이것이 〈전〉을 지나 〈결〉에 오게 되면 이 의식은 명확하게 변화를 일으킨다.

그러나 이 이야기를 듣고 있는 동안에 하인의 마음속에는 어떤 용기가 샘솟았다. 그것은 아까 문 아래서는 이 사내에게 없었던 용기였다. 그리고 또 아까 이 문 위에 올라와 이 노파를 붙잡았을 때의 용기와는 전혀 반대 방향으로 움직이려는 그러한 용기였다. 하인은 굶어죽을 것이냐 도둑이 될 것이냐를 두고 망설이지 않았던 것만은 아니다. 그 때 이 사내의 심정을 말할 것 같으면 굶어 죽는 것은 거의 생각조차도 할 수 없을 정도로 먼 의식 밖으로 밀려나 있었다. (중략)

20

"그럼 내가 네 껍질을 벗겨가도 원망 않겠지. 나도 그렇게 하지 않으면 굶어죽을 몸이다."

하인은 재빨리 노파의 옷을 벗겼다.

여기에 오게 되면 하인의 정의감은 온데간데없고 오로지 자기가 살아야 한다는 에고이즘의 긍정만이 남게 된다. 따라서 여기에 초점을 맞추어 작품을 보게 되면 요시다 세이이치가 평한 대로 '각인각색으로 가지지 않을 수 없는 에고이즘을 파 헤치'는 작품이 된다. 그러나 〈승〉의 부분과 이 〈결〉의 부분을 등가선에서 놓고 보면 해석은 상당히 달라질 수 있다. 즉 두 부분을 등가선에서 작품의 의미를 해석하면 고마샤쿠 기미가 말하는 대로 '하인의 약해진 정의감도 에고이즘도 양쪽 모두 긍정하고 있'으며, '작자는 인식자의 시점에 서서 모순의 동시적 존재물인 인간을 보고 있'[9]는 것이 될 것이다.

그러나 문제는 왜 하인이 〈승〉에서 〈결〉로 윤리 의식이 변화하게 되는가 하는 의문이다. 왜 정의감이 에고이즘으로 변화되는가 하는 점이다. 작품은 이미 〈기〉에서 '그러기에 "하인이 비 개기를 기다리고 있었다"라고 하기보다는 "비에 갇힌 하인이 갈 곳이 없어 어쩔 바를 모르고 있었다"라고 하는 편이 더 걸맞을 것이다'라는 한계상황을 설정한다. 그리고는 다음과 같이 하인의 심리를 묘사하고 있다.

어떻게 할 수도 없는 일을 어떻게 해보기 위해서라면 수단을 가리고 있을 겨를이 없다. 막연히 따지고 있다가는 토담 밑에서나 한길 바닥 위에서 굶어 죽기를 면치 못할 것이다. 그러면 이 문 위로 떠메어져, 마치 개처럼 내동댕이쳐질 뿐이다. 가리지 않는다고 한다면——하인은 몇 번이고 같은 길을 헤맨 끝에 가까스로 이 막다른 골목에 봉착했다. 그러나 이 '한다면'은 언제까지라도 결국 '한다면'이었다. 하인은 수단을 가리지 않아야 한다는 사실을 긍정하면서도 이 '한다면'의 해결을 얻기 위해서는 마땅히 그 뒤에 와야 할 '도둑이 되는 수밖에 별도리가 없다'라는 사실을 적극적으로 긍정할 만한 용기가 나지 않았다.

이 문장에서 문제가 되는 것은 '도대체 하인에게 정의감이란 무엇인가' 하는 점이다. 한계상황에서도 절대적 윤리 기준은 존재하는가. 또 절대적 윤리 기준이 존재한다면 그 윤리 기준을 뒷받침해줄 어떤 초월적인 존재도 존재하는가 하는 점이다. 이 문장에서 묘사되어 있는 대로 '수단을 가리지 않아야 한다는 사실을 긍정'하면서도 '용기가 나지 않았다'는 것은 적어도 이 하인에게 절대적 윤리 기준 같은 것은 애당초 없었다고 보아야 할 것이다.

하인, 나아가서는 일본인에게는 서양세계와 달리 초월자는 존재하지 않는다. 그들에게 있는 윤리는 결국 모든 것이 인간에게 귀착되는 상대적인 윤리, 즉 현세주의 윤리가 있을 뿐이다. 나카무라 하지메는 일본인의 사고방식을 '주어진 현실의 용인', '인륜 중시 경향', '비합리주의적 경향', '샤머니즘의 문제'가 있다고 보고 있으며, '살기 위해서 주어진 환경이나 객관적 조건들을 그대로 긍정하며 여러 사상에 존재하는 현상세계를 그대로 절대자로 보며 현상을 떠난 경지에 절대자를 인정하고자 하는 입장을 거부하는 경향이 있다'[10]고 규정한다. 이는 서양의 문화가 가지고 있는 초월적 존재를 인정하지 않는다는 것이다.

그렇기 때문에 이 하인은 '이 "한다면"의 해결'을 결국은 인간의 관계 속에서, 말을 바꾸면 절대자와 인간이라는 '수직적인 관계'가 아닌 인간과 인간의 '수평적 관계' 속에서 구하지 않으면 안 되는 국면에 처해 있다. 그러므로 그는 망설일 수밖에 없었고, 뒤에 나오는 정의감이라는 것도 그 당위성이 매우 약한 정의감일 수밖에 없다. 따라서 그 정의감이 〈결〉의 에고이즘으로 변하는 것은 시간문제일 뿐이다.

선과 악의 문제, 나아가서는 죄와 용서의 문제가 하인뿐만 아니라 일본인에게는 그것이 초월자에 의해서 규정되어지는 것이 아니다. 그들에게는 인간과 인간의 '수평적 관계'에서 선악이 존재한다면 죄를 규정하고 용서를 행하는 것도 인간의 관계 속에서 이루어진다. 그것이 〈전〉의 노파의 다음과 같은 말에서 단적으로 드러난다.

> "정말이지 죽은 사람의 머리털을 뽑는다는 것은 아무래도 나쁜 일일는지 몰라. 하지만 여기 있는 시체들은 죄다 그만한 짓을 당해도 괜찮은 자들이지. 방금 내가 머리털을 뽑은 저 여자로 말하자면 뱀을 네 치쯤으로 토막 내어 말린 것을 건어라고 속여 무사의 진에 팔러 갔던 거야. 염병에 걸려 죽지 않았던들 지금도 그걸 팔러 갔을 거란 말이지. 더군다나 이 여편네가 팔고 다녔던 건어는 맛이 좋다고 무사들이 항상 찬거리로 샀다고 하지. 나는 이 여자가 한 짓이 나쁜 일이라고는 생각지 않아. 이런 짓이라도 하지 않으면 굶어죽을 판이니 할 수 없이 하는 거지. 그러니 어쩔 수 없이 한다는 걸 잘 알고 있는 이 여자는 아마도 내가 한 짓을 관대하게 봐줄 거야."

시체의 머리카락을 뽑는 것이 좋은 일인지 나쁜 일인지에 대한 판단이 서양인들의 사고방식이라면 그 답은 매우 간단했을 것이다. 그들은 『성서』라는 절대적 기준을 가지고 있으며 단지 그것을 사실에 적용시키기만 하면 된다. 그러나 그런 절대적인 기준을 가지고 있지 않은 일본인의 경우에는 타인과의 관계 속에서 그 정당성을 물어야 할 것이다. 따라서 그것은 상대적일 수밖에 없으며 또 그것은 인간, 즉 자신이 중심이 되어 결과적으로 자기의 행위를 정당화하는 수단밖에 되지 않는다.

자신만이 이런 짓을 하는 것이 아니다. 자신에게 머리를 뽑히는 저 여자도 생전에 그러했고 또 자신도 그렇게 하고, 자신도 죽은 후에는 또 다른 자에 의해서 그렇게 될 것이라는 마치 동물 세계의 먹이 사슬을 연상시키는 사고방식이 이 노파의 주장이다.

또 이번에는 '어쩔 수 없이 한다는 걸 잘 알고 있는 이 여자는 아마도 내가 한 짓을 관대하게 봐줄 거야'라는 말속에는, 자신이 죽은 후에 자신의 머리카락을 뽑는 것을 자신도 용서할 수 있으며, 따라서 지금 자신이 죽은 여자의 머리카락을 뽑는 것도 죽은 여자에게 용서받을 수 있으며, 이 여자도 생전에 용서받으면서 뱀을 생선으로 팔았다는 역의 논리가 성립한다. 이 노파의 말은 결국 죄 규정의 기준과 용서의 주체를 가지지 못한 자들의 논리를 대변하고 있다. 이를 미요시 유키오는,

살기 위하여 방법이 없이 악 속에서 서로의 악을 용서했다. 악이 악의 이름으로 악을 허용한다──인간이 인간의 이름으로라고 바꾸어 말해도 좋다.──그렇게 하는 것을 허용하는 세계가 현전했던 것이다. 윤리가 종언되는 장소이다. 이 같은 세계를 받아들이기 위해서는 궁극

적으로 정신은 육체를 제어할 수 없다는 사실을 사람들은 바로 보기만 하면 된다.[11]

고 지적하며, '아쿠타가와 류노스케에게 〈신〉은 부재한다'고 보고 있다.

아쿠타가와가 청년기에는 '지적관심으로서' 성서를 읽었고, 실연 후에는 '교양주의적 지적 관심이 아니라 진실로 살아가는 문제로서 류노스케는 『구약성서』의 「시편」이나 『신약성서』의 복음서를 대한 다'[12]는 세키구치 야스요시의 주장은 미요시 유키오의 주장을 정면 으로 반박한다. 아쿠타가와가 사회제도로서의 교회는 받아들이지 않았을는지 모른지만, 그는 이미 『성서』에 깊이 경도되었다. 그래서 『라쇼몬』의 시점도 그리스도교 사상의 부재에서 일어날 수 있는 현 상을 노파와 하인의 언행을 형상화하여 비판하는 것으로 볼 수 있다.

이를 뒷받침하는 근거는 그의 작가 등단 이전의 『미친 늙은이』 (1911년경으로 추정)와 『그리스도에 관한 단편』(1914~5년경으로 추 정)에서부터 유고 『서방의 사람』, 『속 서방의 사람』에 일관되게 나타 나고 있지만, 1920년 6월에 발표된 『남경의 그리스도』에서도 그의 〈신〉 존재의 사고방식이 분명하게 드러난다. 『남경의 그리스도』에서 주인공 금화는 이 노파와 다른 사고를 가지고 있다. 그녀가 의식 없 이 가톨릭 신자가 되었다 하더라도 그의 기도는 이 노파의 논리와 다르다.

"천국에 계시는 그리스도님, 저는 아버지를 봉양하기 위해 천한 장 사를 하고 있습니다. 그러나 제 장사는 저 혼자를 더럽히는 것 외에는 누구에게도 폐를 끼치지 않습니다. 그래서 저는 이대로 죽어도 반드시 천국에 갈 수 있다고 생각합니다. 하지만 지금 저는 손님에게 이 병을 옮기지 않는 한 지금과 같은 장사를 할 수는 없습니다. 그래서 설령 굶어 죽어도——그러면 이 병이 낫는다고 합니다만——손님과 한 침대에 자지 않도록 주의하지 않으면 안 됩니다. 그렇지 않으면 저는 저희의 행복을 위해 원한도 없는 타인을 불행하게 하는 일이 되기 때문입니다. 그러나 뭐라고 해도 저는 여자입니다. 언제 어떤 유혹에 빠질지도 모릅니다. 천국에 계시는 그리스도님. 어쨌든 저를 지켜주십시오. 저는 당신 외에는 의지할 곳도 없는 여자입니다."

『남경의 그리스도』에서 금화가 처한 상황도 『라쇼몬』의 노파가 처한 상황과 크게 다를 바 없는 한계상황이다. 그러나 금화와 노파의 완전한 차이는 초월자의 인식에 있다. 금화는 자신의 죄를 죄로 규정할 초월자의 존재를 인식하고 있다. 그러나 노파의 세계는 오직 인간의 상호관계만 존재한다. 그러므로 금화는 '아버지를 봉양하기 위해 천한 장사를 하고 있'다는 죄를 인식하고 있으며, 또 한편 '누구에게도 폐를 끼치지 않'겠다고 기도한다. 그러나 노파는 '내가 머리털을 뽑은 저 여자로 말하자면 뱀을 네 치쯤으로 토막 내어 말린 것을 건어라고 속여 무사의 진에 팔러 갔'다는, 다시 말하자면, 다른 사람도 그렇게 했으니 자신의 행동도 죄로 규정할 수 없다고 주장한다. 따라서 금화의 기도가 초월자에게 '지켜주십시오'라는 기도인 반면에 노파의 논리는 초월자 부재의 자기정당화에 지나지 않는다.

　그러므로 금화가 '그래서 설령 굶어 죽어도——그러면 이 병이 낫는다고 합니다만——손님과 한 침대에 자지 않도록 주의하지 않으면 안'된다고 하지만, 노파는 '이런 짓이라도 역시 하지 않으면 굶어 죽을 판이니 할 수 없이 하는 거'라는 생활자 그 자체의 논리를 내세운다. 여기에서 초월자를 인식하는 자와 수평적 관계만을 가진 자의 분명한 차이가 생기게 된다.

아쿠타가와를 가리켜 '큰 선인'(『인생의 동반자 엔도 슈사쿠』)이라고 했던 엔도 슈사쿠는 그의 초기작품인 『바다와 독약』에서 초월자 부재의 일본의 풍토에서 자란 인간의 사고방식을 잘 묘사하고 있다. 「제2장 재판 받는 사람들」의 〈의학생〉에서 도다 쓰요시는 다음과 같이 자신의 이야기를 엮어나간다.

> 그렇다면 나는 왜 이제 와서 이런 글을 쓰고 있는 것일까. 어쩐지 무섭기 때문이다. 타인의 이목, 사회의 벌 이외에는 두려움을 느끼지 못하고 그것이 제거되면 두려움도 사라지는 자신이 어쩐지 무서워졌기 때문이다.
>
> 어쩐지 무섭다고 하면 과장된 이야기이다. 불가사이라는 표현이 맞을 것이다. 여러분에게도 묻고 싶다. 여러분도 나처럼 한 껍질을 벗기면 타인의 죽음, 타인의 고통에 무감각한지, 나쁜 짓을 했어도 사회로부터 벌 받지 않는 이상 별다른 가책이나 부끄러움도 없이 오늘날까지 지내 왔는지, 그리고 어느 날 그런 자신이 이상하게 느껴진 적이 있는지 묻고 싶다.

도다가 '타인의 이목, 사회의 벌' 이외에는 두려움을 느끼지 못한다고 하며, '나쁜 짓을 했어도 사회로부터 벌 받지 않는' 이상 별다른 가책이나 부끄러움을 느끼지 않는다고 묘사한 부분에서는 초월자

의 의식이 없는 수평적 인간관계만이 있다. 나가무라 하지메의 말을
빌자면 '절대자를 인정하고자 하는 입장을 거부하는 경향'이라고 해
도 좋을 것이다. 그러나 이 작품이 『라쇼몬』의 노파와 다른 점은 '두
려움도 사라지는 자신이 어쩐지 무서워졌'다는 데 있고, '그런 자신
이 이상하게 느껴진 적이 있'다는 점에 있다. 도다 쓰요시에게는 인
간은 적어도 주위의 사람들로부터 받는 시선 외에 위에서 받는 수직
적인 관계가 하나 더 있음을 의식하고 있다는 것이 분명하게 드러난
다. 그러므로 이 작품을 평하여,

  이 소설은, 정말 우리에게 필요한 것이 사회적 제도나 세간의 시선
  이 아니라, 자신의 양심의 소리임을 밝히고 있다. 그 양심의 소리와 죄
  의식의 배경에는 그리스도교가 자리하고 있다.[13]

는 이평아의 해설은 앞서 전개한 논리를 뒷받침해주는 매우 유효한
평이라고 할 수 있다.

3 상황윤리

『라쇼몬』의 주인공은 노파가 아니라 어디까지나 하인이다. 그러
나 노파가 중요한 위치를 차지하는 것은 노파가 하인의 사고방식을
변화시키기 때문이다. 좀 더 정확하게 이야기하자면 노파는 하인의
윤리를 변화시키는 역할을 한다. 노파는 자기를 죽이려고 하는 하인

에게 '이런 짓이라도 하지 않으면 굶어죽을 판이니 할 수 없이 하는 거지'라고 내뱉는 말속에는 초월자를 의식한 죄의 의식은 찾아볼 수 없고, 수평적 인간관계의 상대적인 윤리, 또는 생활자의 윤리 그 자체의 단순 소박함을 명확하게 나타내고 있다. 이 노파를 미요시 유키오는 '메피스토페레스'[14]와 같은 존재라고 한다.

이렇게 하여 노파에게 설득 당한 하인은 불타던 윤리감은 없어지고 결국은 노파의 생존의 윤리로 흡수되어 버린다. "그럼 내가 네 껍질을 벗겨 가도 원망 않겠지. 나도 그렇게 하지 않으면 굶어 죽을 몸이다"는 한마디가 최종적으로 하인이 도달한 결론이며, 이 결론은 바로 행동으로 옮겨진다. 하인은 지금까지 가졌던 윤리와는 전혀 다른 방향으로 그의 행동을 개시했다. 이 시점에서 하인의 의식은 앞에서 길게 논했던 노파의 의식과 조금도 다름이 없다. 그것은 '한계 상황에 처한 자의 삶의 논리'와 '사람이 사람의 이름으로 악을 용서하는' 수평적 인간관계의 상대적인 세계가 현현하는 것 외에 다름 아니다.

이미 작품『라쇼몬』에 깔려 있는 윤리에 절대성은 없고, 또 그 절대성을 보장해 줄 어떤 초월적 존재도 보이지 않는다. 초월자가 존재하지 않는 일본의 정신 풍토 그 자체이다. 여기에서 아쿠타가와가 쓰네도 교에게 보낸 서간에서 발견되는 '일체가 신의 사역이라고 한다면 신의 사역은 미워해야 할 조롱거리이다'라는 문구에 굳이 구애되어 아쿠타가와와 그리스도교의 관계를 설정한다면, 그것은 플레처(J. Fletcher)가 말하는 '상황윤리'(situation ethics)가 이 『라쇼몬』의 노파와 하인, 나아가서는 일본인의 윤리 감각을 설명해 줄 수 있을는지 모른다.

기독교 윤리에서 나타나는 상대주의적 관점으로는 흔히 율법주의의 카운터 파트너로 상황윤리를 이야기한다. 플레처의 상황윤리는 다소 공리주의적이고 실용주의적인 토대에서 생겨났다고 볼 수 있다. 그에 따르면 사랑만이 유일의 그리고 최고의 규범으로 그 표현 방식은 상황에 따라 달리 나타난다. 그가 주장하는 상황윤리의 명제들은 대략 이러한 것들이다.

(1) 사랑만이 본래적으로 절대적으로 선하다.

(2) 사랑만이 유일한 규범이다.

(3) 사랑과 정의는 동일한 것이다.

(4) 사랑은 좋아하는 것과 다르다. 즉 우리의 욕구와 관계없이 아가페는 독자적이다.

(5) 사랑은 그 수단을 정당화한다.

(6) 사랑은 구체적인 결단을 한다.

이러한 원리들을 설명하기 위해 플레처가 제시한 예들은 지극히 상황적이다. 가령 전쟁의 와중에 자녀를 위해 식량을 구하러 나간 여인이 수용소에 감금되었다가 가족에게 돌아갈 일념으로 보초에게 자청하여 몸을 내맡기는 경우라든지, 어떤 환자가 전 재산을 투자하여 3년 연장할 수 있는 가능성과 그것을 거절하면 6주내 사망하지만 유족에게 충분한 재산을 양도할 수 있는 선택의 상황에서 안락사를 택하는 경우, 우리는 상황의 중요성을 어느 정도나 인정할 것인가 하는 새로운 당혹스러움을 비켜나가지 못하는 것이 사실이다. 그밖에 애국적 매춘이라고 소개된 여성 첩보원의 경우라든지, 자비로운 살해라고 설명된 비행기 사고현장에서의 안락사의 경우와 같은 예들은 상황윤리의 상황성을 명료하게 보여준다.[15]

이를 작품 『라쇼몬』에 적용시키면 다음과 같은 결론을 얻을 수 있으며, 이를 통해 하인의 행동이 이같이 상황윤리의 명제에 들어맞음을 알 수 있다.

(1) 한계상황만이 절대적으로 지상의 것이다.
(2) 한계상황만이 유일한 규범이다.
(3) 한계상황과 정의는 동일한 것이다.
(4) 한계상황은 호·불호와 다르다.
(5) 한계상황은 그 수단을 정당화한다.
(6) 한계상황은 구체적인 결단을 한다.

첫째, 작품은 〈기〉에서 '그러기에 "하인이 비 개기를 기다리고 있었다"라고 하기보다는 "비에 갇힌 하인이 갈 곳이 없어 어쩔 바를 모르고 있었다"라고 하는 편이 더 걸맞을 것이다'라는 상황을 설정함으로 이야기는 전개되는데, 이는 현재 하인이 처해 있는 상황이 한계상황임을 암시한다. '갈 곳이 없'다는 것은 그가 막다른 골목에 처했으며, 그 다음에 어떤 일이 일어날 것을 예고한다. 그 뿐만 아니라 이 한계상황은 한계상황 이상의 상황이 존재하지 않음을 의미하므로 한계상황 자체가 지상의 것임을 나타낸다.

둘째, 역시 작자는 〈기〉에서 화자를 통한 하인의 심리를 묘사하여 '이 "한다면"의 해결을 얻기 위해서는 마땅히 그 뒤에 와야 할 "도둑이 되는 수밖에 별도리가 없다"라는 사실을 적극적으로 긍정할 만한 용기가 나지 않았다'고 한다. '도둑'이라는 행위는 자연 상태에서는 처벌받아 마땅한 일이지만 지금의 한계상황에서는 그것밖에 별 도리가 없는 유일한 행동이다. 노파가 하인을 향해 내뱉는 '이런 짓이라도 역시 하지 않으면 굶어죽을 판이니 할 수 없이 하는 거지'리는 말에서도 한계상황에서는 한계상황 그 자체가 현재 노파의 생존 규범으로 되어 있음을 알 수 있다.

셋째, 화자는 하인의 내면을 〈결〉에서 묘사하여 '이 이야기를 듣고 있는 동안에 하인의 마음속에는 어떤 용기가 샘솟았다. 그것은 아까 문 아래서는 이 사내에게 없었던 용기였다. 그리고 또 아까 이 문 위에 올라와 이 노파를 붙잡았을 때의 용기와는 전혀 반대 방향으로 움직이려는 그러한 용기였다'고 한다. 이 하인의 마음속에 생겨난 '용기'란 무엇인가. 그것은 그 다음에 오는 문장에서 알 수 있다. '하인은 굶어죽을 것이냐 도둑이 될 것이냐를 두고 망설이지 않았던 것만은 아니다. 그 때 이 사내의 심정을 말할 것 같으면 굶어 죽는 것은 거의 생각조차도 할 수 없을 정도로 먼 의식 밖으로 밀려나 있었다'고 한다. 즉 '용기'란 결국 '도둑'이 되겠다는 것이다. 도둑이 되겠다는 '용기'가 이런 한계상황에 부딪히자 생존하기 위한 정의로 둔갑한다.

넷째, 작품의 〈승〉에서 하인은 시체의 머리털을 뽑는 장면을 목격하고 '합리적으로는 그것을 선악의 어느 쪽으로 해석을 해야 좋을지 알 수 없었다'고 서술하며, 또 '시체의 머리털을 뽑는다는 일, 그것만으로도 이미 용서할 수 없는 악'이라고 생각한다. 그러다가 〈전〉에 와서 노파에게 설득 당한 후에는 하인의 심경에 변화가 오게 되고, 하인은 '재빨리 노파의 옷을 벗겨 채'고 '칠흑 같은 밤' 속으로 사라져 간다. 한계상황에 처한 사람에게 하고 싶고 하기 싫은 호·불호는 없다. 선택의 여지가 없이 오직 방법은 하나밖에 제시되어 있지 않다. 아무리 하인이 정의감에 사로잡힌다고 하더라도 언제까지나 정의감만을 고수할 수 없다. 아니, 정의감을 고수할 수 있는 여지는 주어져 있지 않다.

다섯째, 〈전〉에서 노파가 말하는 '굶어죽을 판'이 바로 한계상황이다. 그런데 그 문장 바로 앞에서 노파는 '여기 있는 시체들은 죄다 그만한 짓을 당해도 괜찮은 놈들이지. 방금 내가 머리털을 뽑은 저 여자로 말하자면 뱀을 네 치쯤으로 토막 내어 말린 것을 건어라고 속여 무사의 진에 팔러 갔던 거야. 염병에 걸려 죽지 않았던들 지금도 그걸 팔러 갔을 거란 말이지. 더군다나 이 여편네가 팔고 다녔던 건어는 맛이 좋다고 무사들이 항상 찬거리로 샀다고 하지. 나는 이 여자가 한 짓이 나쁜 일이라고는 생각지 않아'라는 변명을 늘어놓는다. 그러나 그 변명은 노파에게는 사실은 변명이 아니라 한계상황에 다다른 인간이 행하는 모든 행위 혹은 수단을 정당한 것으로 만들어준다. 노파에게만 그런 것이 아니다. 하인도 결과적으로 "그럼 내가 네 껍질을 벗겨 가도 원망 않겠지. 나도 그렇게 하지 않으면 굶어 죽을 몸이다"라는 한계상황을 설정하고 '재빨리 노인의 옷을 벗겨 채었다'라는 것도 굶어 죽는다는 한계상황에서 그 수단이 어떠하더라도 그 정당성을 인정받는다.

여섯째, 한계상황에서 노파의 논리는 단순하였으므로 선악을 가릴 것 없이 행동으로 바로 옮길 수가 있었다. 그러나 하인의 사고는 단순하지 않았기 때문에 쉽게 행동할 수 없었다. '어떻게 할 수도 없는 일을 어떻게 해보기 위해서라면 수단을 가리고 있을 겨를이 없다. 막연히 따지고 있다가는 토담 밑에서나 한길 바닥 위에서 굶어 죽기

33

를 면치 못할 것이다'고 생각하면서도 쉽게 행동으로 옮기지 못한다. 이러하던 하인은 〈승〉과 〈전〉을 지나는 동안에 노파의 사고에 설득 당하게 되고 결국 〈결〉에 와서는 노파의 옷을 벗기는 구체적인 행동을 개시하게 된다. 그리고 단행본『코』에 실릴 때는 '하인의 행방은 아무도 모른다'로 끝맺고 있지만 「제국문학」의 초고에는 '하인은 이미 비를 무릅쓰고, 교토의 마을로 강도짓을 하러 가려고 서두르고 있었다'로 되어 있어서 하인의 구체적인 행동이 여실히 묘사되어 있다. 그 뿐만 아니라 이 마지막의 한 행은 후일 아쿠타가와의 작품『떼도둑』으로 연결된다는 점을 감안하면 이 사실은 더욱 분명해 진다.

4 결어

한편 그리스도교 윤리학은 이성 일반의 입장에 선 철학적 윤리학과 달리 신의 계시에 대한 신앙을 직접적으로 전제로 하고 있는 윤리학이다. 따라서 이 윤리학은 윤리적 현실을 신의 계시에 비추어진 이성의 입장에서 취하여 반성하고 그 구조를 명확하게 하고자 한다. 바꾸어 말하자면 이 윤리학은 인간의 사유 그 자체에 지배적인 지위를 부여하지 않고 그것을 신의 계시에 복종시킨다. 구체적으로는 신의 계시의 특정한 매개로서『성서』속에 그것의 근본적인 제 범위를 찾아내고 그것에 의해 윤리적 실천을 추구하고 그 구조를 서술하고자 한다. 그리스도에게 부여되었던 신의 계시는 이 세상에 실존하는

인간에게는 신의 은혜의 선물인 동시에 그 은혜에 걸맞게 살 것을 요구하는 신의 요청이기도 하다.[16]

그리스도교의 윤리학에서 가장 중요시하는 것은 '신의 계시'이다. 그리스도교의 '신'이라는 자체가 이미 절대자임과 동시에 초월자임을 가리킨다. 또 '계시'라는 자체가 인간의 이성을 초월하여 주어지는 것으로 생각한다. 그러나 일본의 '신'이란 나카무라 하지메가 풀이하는 대로 '현상을 떠난 경지에 절대자를 인정하고자 하는 입장을 거부하는 경향'이므로 그것이 인간의 이성을 초월하는 개념은 아니다. 더욱이 일본인의 사고방식은 '인륜 중시 경향'으로 이 사고는 인간의 수평적 관계를 넘어설 수 없다. 그러므로 앞에서도 논하였듯이 노파의 행위를 죄로 규정지을 수 있는 뚜렷한 근거도 이를 뒷받침할 어떠한 초월자도 존재하지 않는다. 작품 『라쇼몬』에서 노파와 하인은 서로가 서로의 악을 용서하는 바꾸어 발하면 인간이 인간을 죄로 규정하고 또 용서하는 매우 상대적인 세계에 살고 있음을 볼 수 있다.

앞에서도 살폈지만 『남경의 그리스도』를 〈기리시탄모노〉라고 부를 수 있는 이유도 『라쇼몬』과 비교하면 분명하게 드러난다. 『남경의 그리스도』의 금화도 노파나 하인과 마찬가지 환경에 처해 있지만 그녀는 초월자를 인식함으로 『라쇼몬』의 노파처럼 자기의 죄를 타인의 이름으로 규정하지 않으며, 역시 타인의 행위로 자신이 용서받을 수 있다고 생각하지 않는다. 그녀는 죄를 죄로 규정해줄 초월자를 알고 있고 죄의 용서가 근본적으로 초월자로부터만 온다는 것을 알고 있다. 그렇기 때문에 그녀는 기도할 수 있지만 노파는 기도는 커녕 자기의 옷을 벗겨간 하인을 향해 '중얼거리는 듯, 신음하는 듯한 야릇한 소리'를 낼뿐이다.

더욱이 노파에게서 삶의 철학을 배워 도둑이 되고자 움직이는 하인의 행위에서는 애초 그의 가슴에 불탔던 정의감이 얼마나 부초 같은 것이었나를 웅변적으로 이야기하는 것이며, 그에게는 애당초부터 선과 악을 규정지어줄 아무런 초월적 존재도 갖지 못하는, 상대적인 윤리의 소유자임을 여실히 증명하는 것이다. 미요시 유키오는 작품 『라쇼몬』을 분석하고 결론적으로 아쿠타가와의 그리스도교에 대하여 다음과 같이 주장한다.

> 인간으로서 최후의 윤리라고 해도 좋고, 초월적인 모럴이라고 바꾸어 말해도 좋다. 모든 실정법의 배후에 상정된 자연법의 비유로 이야기할 수도 있을 것이다. 서구의 인간이라면 하인을 제지하는 것은 〈신〉이라고 말할는지도 모른다. 그러나 원래 아쿠타가와 류노스케에게는 〈신〉은 부재이다.[17]

이것이 단지 『라쇼몬』에서만 나타나는 윤리 의식이며, 아쿠타가와에 한한 윤리의식일까. 적어도 이는 일본인과 일본사회의 초월자 부재에서 나타나는 절대윤리가 없는, 상대윤리의 사회의 의식이라 보아도 무방할 것이다. 따라서 앞에서 제기했던 문제, 즉 이 작품에서 〈승〉에서 〈결〉로 하인의 의식이 바뀌는 이유는 저절로 드러난다. 사실은 이 작품에서 〈승〉에서 〈결〉로 이야기가 전개되면서 하인의 윤리가 바뀐 것이 아니다. 애초부터 초월자를 갖지 못한 상대적인 애매한 윤리 의식이 한계상황에 부딪혀서 그 내용이 더욱 분명하게 드러났을 뿐이다. 그러므로 요시다 세이이치의 다음과 같은 평도 수긍할 수 있다.

> 그러나 아쿠타가와는 도리어 열렬한 정의감에 불타오르는가 하고
> 생각하자 곧바로 차가운 에고이즘에 휘말려 버리는, 선에도 악에도 철
> 저하지 않은 불안정한 인간의 모습을 여기에서 본다. 정의감과 에고이
> 즘의 갈등 사이에 그 같은 인간의 삶의 방식이 있다.[18]

'불안정한 인간의 모습'이란 다르게 표현하자면 초월자를 가지지
않은 세계이며, 절대적 가치를 소유하지 못한 인간들의 모습이다.
따라서 여기에는 '정의감과 에고이즘의 갈등'도 사실은 그렇게 내적
투쟁을 벌일만한 것이 못된다. 왜냐하면 하인은 쉽게 노파의 단순한
논리에 여지없이 자신의 도덕이 무너지고 말았기 때문이다.

이것은 단지 작품 속의 하인에만 한하는 것도 아닐 것이다. 절대
적 세계를 가지지 못하는 일본인과 그들의 세계가 한계상황이라는
선택의 여지가 없는 정황에 설 경우에는 결국 선과 악의 개념을 떠
나 상황이라는 논리에 따라 행동할 수밖에 없음을 작자는 『곤자쿠모
노가타리』에서 소재를 빌어 훌륭하게 허구화하였다.

그 뿐만이 아니다. 신의 죽음을 선고한 현대인에게는 그들이 기준
으로 삼아야 할 어떠한 절대적 윤리를 가지지 못한다. 미요시 유키
오는 '윤리가 종언되는 장소에 입회하는 정신을 〈허무〉라고 이름 붙
일 수 있을 것이다'[19]고 한다. 따라서 작자는 「제국문학」의 초고에서
는 '하인은 이미 비를 무릅쓰고, 교토의 마을에 강도짓을 하러 가려
고 서두르고 있었다'로 작품을 끝맺고 있다. 이것은 하인의 심중에
선과 악의 구별은 없어졌다 하더라도 무언가 새로운 일을 향하여 나

아가고자 하는 역동성이 보인다. 그러므로 앞에서 언급한 대로 세키구치 야스요시는『라쇼몬』의 주제를 '자기 해방의 외침'으로 규정하고 있으며, 또 이 작품도 초고대로 읽기를 강조한다. 그러나 후일『코』에 실릴 때는 이 한줄을 '하인의 행방은 아무도 모른다'로 개고한다. 이 한절 앞에는 '밖에는 단지 칠흑 같은 밤이 있을 뿐이다'로 묘사되어 있다. '칠흑 같은 밤'이란 현대의 절대적 윤리의 종언을 이야기하는 것이며, 하인이 그곳으로 향하여 행방을 모른다는 것은 허무라는 큰 소용돌이로 빨려 들어갔음을 의미한다. 초월적인 존재의 죽음은 절대적 윤리의 종언을 의미하는 것이고, 윤리의 종언은 상대적인 상황윤리만이 남는 것을 의미하며, 이는 살아가는 목적과 의미를 잃어버린 '허무'를 이야기하는 것이 된다.

그러므로 아쿠타가와가 작품에서 그리고자 한 것은 분명하다. '상황윤리'로서 살아갈 수밖에 없는 현대인은 절대적으로 의지할 윤리도, 또 이를 뒷받침할 어떤 초월자도 갖지 못한 막다른 골목에 부딪힌 존재이며, 그 너머에 나타난 것은 작품의 모두에서 묘사되어 있는 라쇼몬의 황폐에서 느낄 수밖에 없는 허무 의식이라는 것이다.

1 三好行雄『芥川龍之介論』筑摩書房 1976 p.45
2 江口渙「芥川君の作品」[「東京日日新聞」 1917 6,29~7,01]
3 吉田精一『芥川龍之介』三省堂 1942 p,62
4 駒尺喜美『芥川龍之介の世界』法政大学出版局 1967 p.31
5 三好行雄『芥川龍之介論』筑摩書房 1976 p.70
6 関口安義『芥川龍之介 実像と虚像』洋々社 1988 p.37
7 関口安義『芥川龍之介』岩波書店 1995 p.43
8 浦生芳郎「羅生門」[菊地弘他編『芥川龍之介事典』1985 p.525]
9 駒尺喜美『芥川龍之介の世界』法政大学出版局 1967 pp.30~31
10 中村元『東洋人の思惟方法3 日本人の思惟方法』春秋社 1979 p.11
11 三好行雄『芥川龍之介論』筑摩書房 1976 p.64
12 関口安義『この人を見よ』小沢書店 1995 pp.46~47
13 엔도슈사쿠 지음·이평아 옮김 『바다와 독약』 가톨릭출판사 2001 p.8
14 三好行雄『芥川龍之介論』筑摩書房 1976 p.63
15 문시영『기독교 윤리 이야기』한들 1996 pp.34~35
16 キリスト教大事典編纂委員会『キリスト教大事典』教文館 1963 p.1411
17 三好行雄『芥川龍之介論』筑摩書房 1976 p.62
18 吉田精一 芥川龍之介 三省堂 1942 p.63
19 三好行雄『芥川龍之介論』筑摩書房 1976 pp.70~71

芥川龍之介作品研究
아쿠타가와 류노스케 작품 연구

《라쇼몬》 II

1 서언

최근 들어 한일관계는 위안부문제, 역사교과서 왜곡문제, 독도문제 등의 여러 가지 사안으로 이전에 볼 수 없었던 경색 국면으로 치닫고 있다. 그러나 현재에 일어나는 한일관계의 이러한 양상은 어디까지나 표면적인 몇 가지의 문제일 뿐이다. 역사를 더듬어 올라가 적어도 근현대사만을 한정하더라도 청일전쟁과 러일전쟁을 시발로 하여, 한일합방으로 인한 일본의 식민지 지배, 그리고 해방, 이후에 20년간의 외교단절, 1965년 한일국교정상화를 통한 국교의 재개, 그로부터 다사다난한 50여년의 경과 등이 있다. 이 수많은 역사의 질곡에서 본다면 이 같은 문제는 사실은 빙산의 일각에 지나지 않는다.

일본에 의한 조선의 강제병합까지 일본의 조선에 대한 생각은 어떠하였으며, 식민통치를 하는 동안 조선에 대한 일본의 생각은 무엇이었고, 해방 이후 일본이 한국에게 보여준 언행은 어떠하였는가를 거시적인 관점에서 살펴봄으로써 19세기 말에서 21세기 초반에 이르기까지 그들이 가지고 있던 사고의 저변에 흐르는 것은 무엇이며, 왜 그러한 사고를 할 수 밖에 없었던가를 해명하지 않고서는 수면 위에 떠올라 있는 몇몇 문제만을 놓고 소모적으로 논쟁하는 것은 바람직하지 않다고 할 수 있다.

이 문제를 해결하기 위한 정치·경제적인 차원에서의 연구는 이미 많이 있다. 그러나 이런 연구의 많은 수는 인문학적인 관점을 도입하지 않으므로 인하여 한일관계의 현상을 표면적으로 해석하고자 하여 일본인의 심저에 존재하는 그들의 사유방식을 간과하는 우를 범하는 경우가 허다하였다. 따라서 여기에서는 일본 다이쇼기의 대표적 작가인 아쿠타가와 류노스케의『라쇼몬』이라는 구체적인 작품을 분석하여, 작품 속에서 등장하는 인물을 분석함으로 일본인이 가지고 있는 근본적인 사유방식과 그들의 사유에는 어떤 문제점이 있는가를 적출하여 보기로 한다.

2 청일전쟁·러일전쟁

전쟁이 일어나는 원인은 단일한 것이 아니라 여러 가지 원인이 복합적으로 작용하여 일어나는 것이 일반적인 경향이며, 조미니(Jomini, B. D.)는 정부가 전쟁을 하는 원인을 다음의 여섯 가지로 분류하였다. ① 권리의 회복 및 보호, ② 주요 국가 이익의 보호 및 유지, ③ 세력 균형의 유지, ④ 정치적 혹은 종교적 이념의 전파·말살 또는 보호, ⑤ 영토의 획득에 의한 국가의 영향력 및 세력의 증대, ⑥ 정복욕의

충족 등이다.[1]

그러면 근대국가로 향하던 일본은 1894년 7월부터 이듬해 4월까지의 청일전쟁, 1904년 2월부터 1905년 9월까지의 러일전쟁, 1914년 제1차 세계대전, 1931년 9월 만주사변, 1941년 12월 태평양전쟁 등 거의 10년에 한 번 꼴로 전쟁을 일으키거나 전쟁에 관여하였다. 그러면 일본은 왜 이토록 자주 전쟁을 일으켰을까. 그 이유는 물론 위의 여섯 가지가 모두 포함되어 있기 때문에 어느 하나라고 지정할 수 없지만, 적어도 청일전쟁과 러일전쟁은 '세력 균형의 유지'가 가장 큰 목적이 아닌가라고 추측할 수 있다.

그 이유는 1890년 당시 수상이었던 야마가타 아리토모가 다른 나라의 침입을 막고 독립을 지키기 위해서는 주권선을 지키는 것만으로는 되지 않고, 국경을 넘어서 이익선을 지켜야 한다고 주장한다. 야마가타 아리토모는 1890년 3월에 「외교정략론」에서 일본의 독립과 자위를 위해서는 주권선의 방어와 함께 이익선의 방호가 필요하다고 강조한다. 여기에서 말하는 주권선이란 국토, 즉 일본의 영토를 가리키는 것이고, 이익선이란 주권선의 안전에 밀접한 관계가 있는 인접지역을 말한다. 그리고 이익선을 방어하는 방법은 일본에 대하여 각국이 취하는 정책이 불리한 경우에 책임을 지고 이것을 배제하며, 어쩔 수 없는 경우에는 강제력을 사용하여 일본의 의사를 관철하는 것, 즉 무력행사라고 한다. 그리고 무엇보다도 중요한 이 이익선이 어디냐는 문제에서는 '아방의 이익선의 초점은 실로 조선에 있다'라고 하는 유명한 구절이 사용된 것도 이 의견서이다.

이러한 조선에 대한 일본의 인식은 에도시대 후반의 국학에까지 거슬러 올라간다. 국학은 일본의 에도시대 중기에 발흥한 학문으로,

난학과 더불어 에도시대를 대표하는 학문의 하나이다. 지금까지의 「사서오경」의 유교의 고전이나 불전의 연구를 중심으로 하는 학문 경향을 비판하는 것에서 시작하여, 일본의 고전을 연구하여 유교나 불교의 영향을 받기 이전의 고대일본의 독자적인 문화와 정신세계를 분명히 하려고 하는 학문으로 국수적인 색채가 강하고, 청과 조선보다 그들의 정신세계가 우월하다는 의식을 갖게 되었다. 이러한 우월감 때문에 조선과의 외교관계에 대한 비판이 나왔으며, 이는 열두 번에 걸친 조선통신사의 비용을 비판하는 여론이 일어났고 나아가서는 조선을 정벌하자는 정한론으로까지 주장하게 되었다.

그 중에서 가장 강력하게 정한론을 주장한 자는 조슈번의 하급 무사였고, 에도시대의 존왕파 사상가이자 교육자로, 메이지유신의 정신적 지도자이자 이론가로 여겨지는 요시다 쇼인이다. 그는 일본의 강대함을 강조하기 위하여 실존인물이 아닌 일본의 진구 황후가 신라를 공격했다는 전설과 도요토미 히데요시가 조선을 침략한 것 등을 거론하여 서양 열강에 굴복한 바쿠후를 신랄하게 비판하였다. 그는 일본의 조선 침략을 적극성을 띠고 실천에 옮겨야 될 것임을 절규하면서 『옥시첩』에서는 '규약을 엄정히 하고, 신의를 돈독히 하여 그 기간 동안 국력을 길러 공략하기 쉬운 조선·만주·중국 등을 손아귀에 넣는다. 그리고 교역으로서 러시아와 미국에 잃었던 것을 조선 등을 침략함으로써 보상받아야 한다'[2]고 강변하고 있다.

일본 정부는 1853년 페리제독이 이끄는 함대에 위압당하고 분열된 상태에서 1854년 3월 가나가와조약에 서명하였던 것과 꼭 같은 방법으로, 1875년 9월 조선에 일본군함 운요호를 불법 침입하게 하여 포격사건을 일으키고 결국에는 굴욕적인 강화도조약을 체결하게 한다. 이는 요시다 쇼인이 말한 그대로 미국에게 당한 한을 조선에다가 푼 경우에 해당된다고 할 수 있다.

쇼카손주쿠 출신자의 여러 명이 메이지 유신 후에 정부의 중심으로 활약했기 때문에 쇼인의 사상은 일본의 아시아 진출의 대외 정책에 큰 영향을 주게 되었다. 기도 다카요시 또한 그들 중 한사람이다. 그는 일찍이 메이지 정부에서 정한론을 주장하였다. 기도는 '한국의 무례를 책하자는 것이었다. 만일 반성이 없을 때는 문죄사를 발하여 황국의 국위를 신장함이 마땅하다고 말하였다. 그럴 경우는 국내의 인심을 일변시켜서 형제가 집안싸움을 벌이는 악폐를 말끔히 씻고 메이지유신의 목적도 관철할 수 있다 할 것이다'[3]라고 1868년 12월 14일 이와쿠라에게 보낸 건의서에서 그의 정한론의 내용을 밝히고 있다. 그는 홋카이도의 영토를 확장하는 일보다 정한이 우선이며, 다수의 무사와 농민의 불만을 해소하기 위해서라도 조선을 침략해야 한다고 주장한다. 이는 마치 도요토미 히데요시가 내전 후에 무사들의 무장해제를 겸해서 임진왜란을 일으켜 조선을 전쟁터로 만든 것과 동일한 수법이라고 할 수 있다.

이러한 정한론을 일본국민에게 널리 알린 사람은 외무성 관리였던 사다 하쿠보였다. 그는 조선인의 성격은 간사하고 완고해서 말을 듣게 하려면 무력행사가 필요하다고 한다. 또 조선이 메이지 정부가 보낸 국서를 받지 않는 일은 황국인 일본에 수치를 준 것이라 주장하고, 사절과 함께 군대를 보내고, 그래도 국서를 받지 않으면 군대로 공격한다는 구체적인 계획까지 제시하였다.

이러한 연장선상에서 야마가타 아리토모의 주권선·이익선 논의가 나오게 되고, 이는 곧 청일전쟁이 발발하는 원인이 된다. 1894년 조선에서 동학농민운동이 일어나자 조선 조정은 동학농민 운동을 진압하기 위하여 청나라에 파병을 요청하게 되고, 이에 청나라가 군대를 보내자 일본도 톈진조약을 내세워 공사관과 일본인을 보호한다는 구실로 군대를 파견하게 된다. 이때 일본은 조선을 지배할 기회로 여겨 조정에 청나라와의 관계를 끊고 개혁할 것을 강요한다. 조선이 이를 거부하자 일본은 경복궁을 점령한 뒤에 친청파인 민씨 일파를 몰아내고 대원군을 앞세운 김홍집 중심의 친일 정권을 수립한다. 그리고 청나라 군대를 공격하여 청일 전쟁이 벌어지게 된다. 이는 바로 야마가타 아리토모가 말했던 이익선을 지켜야 한다는 주장을 그대로 실천에 옮긴 명확한 증거가 되는 전쟁이라고 할 수 있다.

러일전쟁은 조선을 두고 1904년 러시아와 일본이 맞붙은 전쟁이다. 10년 전에 청일전쟁에서 이긴 일본은 청나라에게 조선을 포기하게 하고, 시모노세키조약을 맺어서 랴오둥반도와 타이완을 획득한다. 그런데 일본이 랴오둥반도를 점령하게 되자 근처에 있던 러시아가 남하정책에 상당한 곤란을 느끼게 된다. 그래서 러시아가 프랑스, 독일을 끌어들여서 랴오둥반도를 청나라에게 돌려주라고 협박하는 소위 삼국간섭이 일어나게 되고, 이 일로 인해 일본은 칼을 갈게 된다. 이후 민비 시해사건 때 위기를 느낀 고종이 러시아 공사관으로 도망가는 아관파천이 일어나고, 조선에 대한 러시아의 영향력이 강해지자 점점 일본과 러시아가 조선을 두고 전쟁으로 치닫게 된 것이 러일전쟁이다. 이 역시 러시아의 확장정책에 완충지대로 남아 있어야하는 곳이 조선이기 때문에 러일전쟁도 조선반도를 둘러싼 러시아와 일본의 한판승부였다. 이는 청일전쟁과 마찬가지로 야마가타 아리토모의 이익선의 고수가 전쟁의 원인이라고 해도 틀림이 없을 것이다.

3 〈신〉 부재의 일본인의 전쟁논리

지정학적 요충지 조선 지역은 청국과 러시아로부터도 지대한 관심을 끌었다. 청국은 종주국이라는 오랜 명분을 놓치지 않으려 했고, 러시아는 부동항 확보를 위해서라도 조선은 요긴한 지역이었다. 일본은 언젠가 조선을 둘러싸고, 청국과 러시아와 일대 결전을 벌여야 하는 상황이었다. 1894년부터 1905년까지의 청일전쟁과 러일전쟁이 그것이다. 일본인의 이러한 전쟁 논리를 무엇으로 설명해야 하며, 또 일본인은 왜 이런 사고방식을 가지고 있는가 하는 의문에 대해서 아쿠타가와 류노스케는 그의 작품 『라쇼몬』에서 이에 대한 대답을 하고 있다. 이 『라쇼몬』의 작품 분석은 이미 앞장의 《라쇼몬》 I〉에서 충분히 분석한 바 있다.

아쿠타가와 류노스케의 『라쇼몬』 작품 분석을 기초로 하여, 다시 논의를 일본인의 전쟁 논리로 돌리면, 후쿠자와 유키치는 1882년 그 자신이 창간한 「지지신포」의 1894년 7월 29일의 논설에서 청일전쟁을 '문명개화의 진보를 꾀하는 세력과 그 진보를 방해하는 세력과의 전쟁'이라고 자리매김하였다.

그들(청국인을 가리킴)은 완비 불령하여 보통의 도리를 알지 못하고, 문명개화의 진보를 보고 이를 기뻐하지 않을 뿐 아니라, 반대로 그 진보를 방해하려고 무법으로 우리에게 반대 의사를 표명하기 때문에 어쩔 수 없이 사태가 이에 이른 것이다. (중략) 수천의 청국 병사들은 모두 무고한 인민들로서 이를 모두 살육하는 것은 가엾기 그지없는 일일지라도, 세계의 문명 진보를 위하여 그 방해물을 배제하려 하는 데에는 다소의 살풍경을 연출하는 것이 도저히 피할 수 없는 것이기 때문에, 그들은 불행하게도 청국과 같은 부패정부의 통치하에서 태어난 그 운명의 쓸모없음을 체념하는 수밖에 없을 것이다.[4]

청국측이 진보를 방해하려 했기 때문에, 청국병사는 아무런 죄도 없지만 일본은 문명의 진보를 위해 청국과 전쟁을 하지 않으면 안 된다는 터무니없는 주장을 후쿠자와 유키치는 당연하다는 듯이 하고 있다.

그 뿐 아니라 요시노 사쿠조는 '문명의 적'인 러시아와의 전쟁을 주장한다. 러시아는 외국과의 자유무역을 하지 않기 때문에, 즉 문호 개방을 하지 않기 때문에 문명의 적이라는 것이다. 요시노는 '문명을 위해서, 또 러시아 인민의 안녕을 위해서' 전쟁을 일으켜야 한다고 덧붙인다. 러시아가 일본과의 전쟁에서 패하게 되면 전제국가에서 입헌제국가로 변할 것이며 이는 러시아 인민의 안녕과 결부된다는 주장이다. 나아가 요시노는 '러시아를 응징하는 것은 일본 국민이 하늘에서 부여받은 천명이다'라고까지 주장한다. 이는 개전 책임을 상대편에 전가시키기 위하여, 감추어서 식별하기 어렵게 만드는 전쟁의 전형적인 수법이기도 하다.

이렇듯 일본이 전쟁을 일으킨 논리는 일본 근대화의 핵심인물인 요시다 쇼인에서 노골적으로 등장한다. '교역으로써 러시아와 미국에 잃었던 것을 조선 등을 침략함으로써 보상받아야 한다'는 그의 정한론은 일본이 서방 제국주의로부터 무엇을 배웠으며 이를 만회하기 위해서는 무엇을 해야 하는지를 원색적으로 보여준다.

후쿠자와 유키지가 말하는 청일전쟁의 이유나 요시노 사쿠조의 러일전쟁의 당위성은 이미 요시다 쇼인이 갈파했던 내용의 각론에 불과한 것으로, 정한론의 행동지침에 지나지 않는다. 결국은 조선을 침략하여 손에 넣음으로써 자신들의 배를 채워야 한다는 논리이다. 작품『라쇼몬』에 비하여 말한다면 청나라나 러시아는 노파에 해당되고, 노파가 입고 있던 옷은 조선이 되며, 하인은 일본으로 치환할 수 있다. 이 때 하인의 사고방식은 무엇이었던가가 자연스럽게 되물어지게 된다. 바꾸어 말하면 하인, 즉 일본인에게는 윤리라는 것이 존재하는가, 전쟁이라는 것에 대한 죄책감이 있는가, 청국이나 러시아를 비문명국이라고 비판하고 자신들이 갖고자 하는 조선을 손에 넣는 그들에게 양심이 존재하는가 등등의 의문이 들게 되는 것은 어쩌면 당연한 귀결이다.

작품『라쇼몬』에서 하인, 나아가서는 일본인에게는 서양세계와 달리 초월자는 존재하지 않는다. 그들에게 있는 윤리는 결국 모든 것이 인간에게 귀착되는 상대적인 윤리, 즉 현세주의 윤리가 있을 뿐이다. 나카무라 하지메는 일본인의 사고방식을 '주어진 현실의 용인', '인륜 중시 경향', '비합리주의적 경향', '샤머니즘의 문제'가 있다고 보고 있으며, '살기 위해서 주어진 환경이나 객관적 조건들을 그대로 긍정하며, 여러 사상에 존재하는 현상세계를 그대로 절대자로 보며, 현상을 떠난 경지에 절대자를 인정하고자 하는 입장을 거부하는 경향이 있다'[5]고 규정한다. 이는 서양의 문화가 가지고 있는 초월적 존재를 인정하지 않는다는 것이다.

그렇기 때문에 이 하인은 '이 "한다면"의 해결'을 결국은 인간의 관계 속에서, 말을 바꾸면 절대자와 인간이라는 '수직적인 관계'가 아닌 인간과 인간의 '수평적 관계' 속에서 구하지 않으면 안 되는 국면에 처해 있다. 그러므로 그는 망설일 수밖에 없었고, 뒤에 나오는 정의감이라는 것도 그 당위성이 매우 약한 정의감일 수밖에 없다. 따라서 그 정의감이 〈결〉의 에고이즘으로 변하는 것은 시간문제일 뿐이다.[6]

'사회진화론'도 일본의 전쟁논리를 정당화 한다. 1870년대 이후 우월한 인종이 열등한 인종을 지배하는 것을 자연의 법칙으로 주장함으로써 제국주의의 정당화에 기여한다. 칼 마르크스조차 식민주의를 문명화의 사명으로서 정당화하는 관점에서 '잉글랜드의 죄악이 무엇이건 간에 그들은 아시아에 근본적인 혁명을 가져오는 데 역사의 무의식적인 도구가 되었다'며 제국주의에 지지를 보냈다. 사회진화론은 사회과학이 찰스 다윈의 진화론으로부터 영향을 받은 결과라고 널리 알려져 있지만, 1858년 다윈의『종의 기원』이 나오기 전부터 이미 사회진화론적인 주장들이 제기되었다.[7] 1875년에 출판되어 당시 베스트셀러가 된 후쿠자와 유키치의『문명론의 개략』은 사회진화론을 국가 간의 생존경쟁에 적용시켰다. 후쿠자와 유키치의 사상은 '사회진화론'에 바탕을 두고 있으며, 이에 따라 일본이 청국이나 러시아를 지배하는 제국주의는 당연하다고 생각했을 것이다.

4 전후의 문제

광복 70주년을 맞았지만 과거사에 대한 일본의 '책임 불감증'은 변화될 조짐이 없다. 전범국가임을 망각한 채 오히려 자신들이 미국의 원자폭탄에 피폭되었다며 '피해자 구도'를 연출하는 실정이다. 그러나 똑같은 전범국이지만 독일은 전혀 다르다. 국제적 비난의 대상이 되는 나치의 유대인 박해를 사과하고 피해자들에게 배상까지 실시하고 있다. 독일은 과거사를 기억하려고 노력하는 반면, 일본은 잊고 묻으려고만 한다. 독일은 달랐다. 통일 전 서독 시절인 1970년 빌리 브란트 당시 총리는 폴란드 수도 바르샤바의 제2차 세계대전 유대인 희생자 위령탑을 찾아 무릎을 꿇었다. 2009년에는 앙겔라 메르켈 총리가 폴란드 그단스크에서 열린 제2차 세계대전 발발 70주년 기념식에서 또 다시 무릎을 꿇었다.

일본은 명백한 홀로코스트 가해자다. 30만 명의 중국인을 살해한 난징대학살이 대표적이다. 1937년 난징을 점령한 일본군은 6주라는 짧은 시간 동안 무차별 사격, 생매장, 참수, 집단화형, 십자가형 등 극악한 방법으로 살인을 저지르고 수만의 여성을 강간했다. 인류 역사상 최악의 홀로코스트로 기록된 이 전쟁범죄를 일본은 부정하기에 급급하다.

한국도 이런 일본의 학살 피해국이다. 1919년 3·1 운동 직후 수원 만세운동 중심지였던 제암리에서 기독교도를 학살한 제암리 사건, 청산리전투 패전 이후 간도의 독립군을 소탕한다며 조선인 수만을 학살·강간한 간도참변 등이 대표적이다. 1923년 일본 관동에서 지진이 발생하자 재일조선인 7천명을 살해한 관동대학살도 있다. 1932년 만주 하얼빈 근교에 세워진 '731부대'는 정체를 철저히 비밀에 부친 채, 포로로 잡힌 한국·중국·러시아인을 '마루타(통나무)' 삼아 각종 세균·독가스실험을 행했다.

일본은 성노예나 마찬가지인 군위안부 문제에 대해 유엔 등 국제

사회의 배상 요구에도 불구하고 '자발적 참여'라고 왜곡하고 있다. '피해자 사망에 의한 자연처리' 비판에도 아랑곳없이 반인륜범죄 가해 사실을 어물쩍 넘어가려는 것이다. 독일은 끊임없는 사죄와 피해배상, 심지어 영토 반환과 공통 역사교과서 편찬을 통해 주변국과 화해하고 있다. 전쟁 피해배상 협정이라는 국제법에 의거해 나치범죄에 대한 자발적인 배상조치를 실시했다.[8]

전후의 처리 문제에서 독일과 일본은 매우 상이하다. 왜 이런 현상이 발생하는 것일까. 이 문제는 두 가지로 볼 수 있다. 하나는 정치적인 현상의 문제로 해석할 수 있고, 또 다른 하나는 일본인의 문화에 있는 의식의 문제로 나눌 수 있다. 이는 영어의 '죄'라는 단어가 'crime'과 'sin'으로 나눌 수 있는 것과 같은 이치이다. crime은 법률적인 죄를 말하고, sin은 윤리적·종교적인 의미의 죄이다.

독일인은 이미 뉘른베르크 전범재판에서 나치의 반인륜 범죄가 단죄된다. crime의 문제는 이때 완결을 보았고, 지금도 계속적으로 이어지는 사죄는 종교적이고 윤리적인 죄 sin의 문제이다. 반면 일본은 도쿄 전범재판에서 식민지배 과거사, 세균전, 군위안부 등 반인륜 범죄는 처벌 대상에서 빠졌다. crime의 문제가 완전히 해결되지 않았다. 그렇기 때문에 이 문제는 주변의 아시아 국가로부터 지속적으로 사죄의 요구를 받아왔다.

1946년 5월에 시작된 도쿄재판에서 피고들 가운데 2명은 재판 도중 죽었으며, 1명은 정신적으로 파산했고, 도조 히데키 등 7명은 사형을, 16명은 종신형, 2명은 징역형을 선고받았다. 재판은 이후 냉전으로 중단 되어 사형에 처해진 7명을 제외하고는 전원 석방되었는데, 이 석방자 가운데 한 사람인 기시 노부스케는 그 뒤 복권되어 수

상이 된다. 그러나 이 재판에서 국가원수이며 군통수권을 가지고 있
던 천황에 대해서는 전쟁 책임을 추궁하지 않았다. 천황을 이용해서
일본을 점령하려고 했던 미국은 '전쟁 책임이 도조 히데키 등 육군
에 있다'고 하여 천황에게 면죄부를 주었다. 천황이야말로 A급 전범
이고 처형되어 마땅하다. 그렇게 되었더라면 적어도 일본은 crime의
문제는 해결할 수 있었을 것이다. 그러나 상황은 그렇게 진행되지
않았다. 고케쓰 아쓰시는 이 문제를 다음과 같이 보고 있다.

> 특히 전후 일본인에게는 침략전쟁의 책임주체와 그 소재를 명확히
> 할 필요가 있었다. 그렇게 하지 않으면 분명히 진정한 의미의 재출발을
> 할 수 없었다. 그러나 「성단」으로 전쟁의 책임소재가 애매해졌으며 원
> 래 최대의 전쟁책임자임이 분명한 천황이 오히려 최대의 평화 공헌자
> 가 되는 대역전을 초래했다. 게다가 전후 일관되게 「평화주의자 천황」
> 이라는 허상이 지속적으로 재생산되었고 이로 말미암아 전전기 일본
> 에 대한 향수마저 갖도록 해왔다. 그 한 쪽에 자리하고 있는 것이 야스
> 쿠니신사이며 「신의 국가」 일본에 대한 동경이다.[9]

1965년 한국과 일본은 '한일기본조약'을 맺어 국교를 정상화했다.
그런데 청구권 및 경제협력에 관한 협정에서 일본은 '한국과 일본
간의 개인 배상 청구에 대해서는 완전히 최종적으로 해결했다'고 하
며 한국정부가 개인에게 배상하도록 했다. 그리고 일본은 3억 달러
와 유상차관 2억 달러에 상당하는 일본의 생산물 및 일본인의 용역
을 10년에 걸쳐 제공하였다. 그 결과 일본 정부는 청구권 협상으로
아시아·태평양전쟁과 식민지 지배로 피해를 입은 조선인의 배상 문

제는 모두 해결되었다고 판단했다. 그러나 일본군 위안부를 비롯한 강제징병, 강제징용, 피폭자의 치료 등 수많은 피해자가 배상에서 제외되었다.[10]

　crime의 문제조차 깨끗하게 해결하지 못한 일본인에게 sin이라는 초월적이고 절대적인 존재를 상정하는 윤리·종교적 차원의 문제를 해결할 수 있을까. 일본인에게 신은 팔백만이나 되지만, 그 신이 윤리적인 기준을 만들어 줄 수 있는 절대적이고 초월적인 신은 아니다. 그들의 신은 어디까지나 인간의식의 또 다른 종교적 표현일 뿐이다. 그러므로 일본인에게는 절대자·초월자를 의식한 죄의식은 찾아볼 수가 없고, 그런 죄의식의 전제가 되는 절대적인 윤리는 없다. 일본인의 윤리를 굳이 이야기 하자면, 보편적인 윤리 규범을 부정하면서, 구체적인 상황에 처한 개인은 자신의 윤리적 당위를 스스로의 직관을 통해 식별해야 하거나 윤리 규범을 글자 그대로 따라야 한다고 주장하는 플레처의 '상황윤리'가 가장 적합할 것이다.

　서양인들에게는 그들의 그리스도교 문화 속에서, '인간에게 저지른 만행을 먼저 신에게 회개하지 않고 어떻게 인간끼리의 관계가 회복될 수 있겠는가' 하는 윤리의식이 존재한다. 그러나 일본인은 다르다. 그들이 crime에 대한 처벌을 얼마나 철저히 받았는가 하는 문제와는 달리, sin에 대해서는 회개해야 할 대상도 없고 이유도 없다. 따라서 용서를 구해야할 인간은 더욱 없다. sin에 대한 관념이 없으면 '진심어린' 사과가 나타나지 않는다. 한국인들은 끊임없이 일본의 진정성 있는 사과를 요구하지만 어쩌면 이 sin에 대한 관념이 희박한 일본인이 나름대로 책임 있는 사과를 한다고 하더라도 한국인의 가슴에는 그 진정성이 전혀 와 닿지 않을 것이다. 이것이 양국의 신뢰를 약화시키는 중요한 요소로 작용하고 있다고 보아야한다.

마르틴 부버의 『나와 너』에는 우리가 세계를 대하는 태도에는 근원적으로 두 가지의 방법이 있다고 한다. 그 하나는 '나-너' 관계이고, 또 하나는 '나-그것'의 관계라고 한다. 전자의 경우에 나는 전 인격을 기울여 너와 마주 대하지만, 후자의 경우에 나는 상대를 대상(그것)으로 경험할 뿐이라(이 경우 너 혹은 그것은 인간일 수도 사물일 수도 있다)는 것이다. 우리는 그것 없이는 살아갈 수 없지만, 그것만으로 살아간다면 참된 인간이 아니다. 인간은 너와 대면함에 의해서만 참된 나가 된다. 이러한 너도 언젠가는 그것으로 화할 운명에 있다. 그러나 결코 그것으로 되지 않는 '영원한 너'가 있는데, 그것이 신이다[11]고 한다.

마르틴 부버의 논리에 의하면 일본인들은 아시아의 여러 나라 국민들을 '너'로 대한 것일까 아니면 '그것'으로 대한 것일까 하는 의문이 생긴다. '영원한 너'를 생각할 수 없는 그들에게, 즉 신이 존재하지 않는 그들이 사고의 근저에서부터 상대를 '너'로 인식하는 것은 불가능하였을 것이고, 상대를 '그것'으로 인식하는 수밖에 없지 않았는가 하는 점에 주목할 필요가 있다. 어쩌면 이런 사고가 일본을 둘러싼 주위의 국가와 마찰을 일으키는 주원인이 되며, 독일의 경우와는 달리 전후 처리에서도 다른 태도를 나타내는 일본인의 행동양식을 결정짓는 요소로 볼 수 있다.

2014년 5월 1일 독일을 방문 중인 아베 신조 일본 총리가 독일의 「프랑크푸르트 알게마이네 차이퉁」과 인터뷰를 하였다. '전후 역사 처리에 대해 일본이 독일을 모델로 삼아야 한다'는 지적에 대해 아베 총리는 독일과 일본은 상황이 전혀 달라 독일식 화해와 사죄는 할 수 없다고 잘라 말하였다. 독일은 유럽 통합이라는 큰 목표가 있어 각국의 화해가 요구됐지만, 아시아는 전혀 그렇지 않다는 이유를 들었다. 이 역시 sin에 근거한 윤리적이며 종교적인 반성에 초점이 있는 것이 아니라 독일과 상황이 다르다는 이야기로 답변을 회피하고 있다. 그러나 중요한 점은 그가 다만 질문을 회피하고자 하여 그렇게 대답한 것이 아니라, 그는 진심을 이야기하고 있는지 모른다. 따라서 이 점이 그들의 선인인 요시다 쇼인이나 후쿠자와 유키지, 요시노 사쿠조의 생각처럼 일본의 풍토 속에서 일본인이 가지고 있는, 또는 가질 수밖에 없는 사고의 한계점이다.

작품 『라쇼몬』에는 윤리 부재의 두 인간이 그려져 있다. 노파는 '안 그러면 굶어 죽을 테니까 어쩔 수 없이 한 짓'이라고 한다. 그러자 하인은 노파의 옷을 벗겨 빼앗고 곧바로 '칠흑 같은 밤'의 저쪽으로 사라져 버린다. 노파가 자기를 죽이려고 하는 하인에게 '이런 짓이라도 하지 않으면 굶어죽을 판이니 할 수 없이 하는 거지'라고 내뱉는 말 속에는 초월자를 의식한 죄의 의식은 찾아볼 수 없고, 수평적 인간관계의 상대적인 윤리, 또는 생활자의 단순 소박한 논리만이 명확하게 나타나 있다.

또 작품의 말미가 현재의 작품에는 '하인의 행방은 아무도 모른다'로 되어 있지만 초고에서는 '하인은 이미 비를 무릅쓰고 교토의 마을로 강도질하러 가려고 서두르고 있었다'로 끝난다. 결국에 해고된 무사는 도둑이 되고 만다. 노파에게는 굶어죽는 일만 남아 있다. 기아라는 한계상황에서 두 사람을 통하여 나타나는 윤리적 종언을 작자는 명확하게 그려 보여주고 있다. 이것이 초월적이고 절대적인 존재를 가지지 못한 인간의 윤리의식이다. 아쿠타가와는 『라쇼몬』

이라는 작품에서 하인의 의식과 행위를 통해서 일본인의 정신적 풍토와 그 한계를 여실히 보여주고 있다.

 5 결어

최근 들어 한일관계는 여러 가지 문제로 이전에 볼 수 없었던 경색 국면으로 치닫고 있다. 그러나 현재에 일어나는 한일관계의 이러한 양상은 어디까지나 표면적인 몇 가지의 문제일 뿐이다. 이런 문제의 심층부를 파헤치기 위하여 일본 다이쇼기의 대표적 작가인 아쿠타가와의 『라쇼몬』이라는 구체적인 작품을 분석하여, 작품 속에서 등장하는 인물을 분석함으로 일본인이 가지고 있는 근본적인 사유방식과 그들의 사유에는 어떤 문제점이 있는가를 적출하여 보고자 하였다.

1890년 당시 수상이었던 야마가타 아리토모가 다른 나라의 침입을 막고 독립을 지키기 위해서는 주권선을 지키는 것만으로는 되지 않고, 국경을 넘어서 이익선을 지켜야 한다고 주장한다. 야마가타가 말한 이익선이란 바로 조선을 뜻하고, 일본이 살기 위해서는 조선을 희생시켜야 한다는 논리이다. 이 논리의 근원을 찾아 올라가면 요시다 쇼인의 정한론에 닿아 있다. 일본은 일찍부터 조선을 영유하기 위하여 노력하였고, 주위의 국가들과 맞붙은 전쟁이 청일전쟁과 러일전쟁이다.

작품 『라쇼몬』에는 윤리 부재의 두 인간이 그려져 있다. 노파는

'안 그러면 굶어 죽을 테니까 어쩔 수 없이 한 짓'이라고 한다. 그러자 하인은 노파의 옷을 벗겨 빼앗고 곧바로 '칠흑 같은 밤'의 저쪽으로 사라져 버린다. 노파가 자기를 죽이려고 하는 하인에게 '이런 짓이라도 하지 않으면 굶어죽을 판이니 할 수 없이 하는 거지'라고 내뱉는 말 속에는 초월자를 의식한 죄의 의식은 찾아볼 수 없고, 수평적 인간관계의 상대적인 윤리, 또는 생활자의 단순 소박한 논리만이 명확하게 나타나 있다.

작품『라쇼몬』에 빗대어 말한다면 청나라나 러시아는 노파에 해당되고, 노파가 입고 있던 옷은 조선이 되며, 하인은 일본으로 치환할 수 있다. 이 때 하인의 사고방식은 무엇이었던가가 자연스럽게 되물어지게 된다. 바꾸어 말하면 하인, 즉 일본인에게는 윤리라는 것이 존재하는가, 전쟁이라는 것에 대한 죄책감이 있는가, 청국이나 러시아를 비문명국이라고 비판하고 자신들이 갖고자 하는 조선을 손에 넣는 그들에게 양심이 존재하는가 등등의 의문이 들게 되는 것은 어쩌면 당연한 귀결이다.

전후처리문제도 마찬가지다. 일본은 도쿄 전범재판에서 식민지배 과거사, 세균전, 군위안부 등 반인륜 범죄는 처벌 대상에서 빠졌다. crime의 문제가 완전히 해결되지 않았다. 그렇기 때문에 이 문제는 주변의 아시아 국가로부터 지속적으로 사죄의 요구를 받아왔다. 더욱이 이 재판에서 국가원수이며 군통수권을 가지고 있던 천황에 대해서는 전쟁 책임을 추궁하지 않았고, 면죄부를 주었다. 천황이야말로 A급 전범이고 처형되어 마땅하다. 그렇게 되었더라면 적어도 일본은 crime의 문제는 해결할 수 있었을 것이다.

crime의 문제조차 깨끗하게 해결하지 못한 일본인에게 sin이라는 초월적이고 절대적인 존재를 상정하는 윤리·종교적 차원의 문제를 해결할 수 있을까. 서양인들에게는 그들의 그리스도교문화 속에서, '인간에게 저지른 만행을 먼저 신에게 회개하지 않고 어떻게 인간끼리의 관계가 회복될 수 있겠는가' 하는 윤리의식이 존재한다. 그러나 일본인은 다르다. 그들이 crime에 대한 처벌을 얼마나 철저히 받았는가 하는 문제와는 달리, sin에 대해서는 회개해야 할 대상도 없고 이유도 없다. 따라서 용서를 구해야할 인간은 더욱 없다. sin에 대한 관념이 없으면 '진심어린' 사과가 나타나지 않는다.

작품『라쇼몬』의 말미가 현재의 작품에는 '하인의 행방은 아무도 모른다'로 되어 있지만 초출에서는 '하인은 이미 비를 무릅쓰고 교토의 마을로 강도질하러 가려고 서두르고 있었다'로 끝난다. 결국에 해고된 무사는 도둑이 되고 만다. 노파에게는 굶어죽는 일만 남아 있다. 기아라는 한계상황에서 두 사람을 통하여 나타나는 윤리적 종언을 작자는 『라쇼몬』에서 명확하게 그려 보여주고 있다. 이는 곧바로 일본사회가 가지고 있는 윤리에의 종언을 이야기하는 것으로, 이 윤리에의 종언이 어디에서 기인하며, 또 윤리가 종언된 사회의 행위는 어떻게 구체화되는가를 분명하게 이야기하고 있는 것이기도 하다.

1 http://terms.naver.com/entry.nhn?docId=546578&cid=46628&categoryId=46628
   (검색일: 2015.01.20)
2 이현희『정한론의 배경과 영향』한국학술정보[주] 2006 p.54
3 이현희『정한론의 배경과 영향』한국학술정보[주] 2006 p.173
4 가토 요코 지음·박영준 옮김『근대일본의 전쟁논리』태학사 2003 pp.111~112
5 中村元『東洋人の思惟方法3 日本人の思惟方法』春秋社 1979 p.11
6 하태후「아쿠타가와 류노스케의『라쇼몬』고찰」[『일본어문학』제24집 2004.02)
   pp.347~348]
7 http://terms.naver.com/entry.nhn?docId=1838468&cid=42045&categoryId=42045
   (검색일: 2015.01.30)
8 유동근「[신년기획]과거사 청산, 정반대인 독일과 일본」[『국민일보』2015.01.21]
9 코케츠 아츠시 저·김경옥 역『우리들의 전쟁책임』제이앤씨 2013 p.58
10 한일공동역사교재 제작팀 지음『한국과 일본 그 사이의 역사』Humanist 2012
   pp.209~210
11 http://terms.naver.com/entry.nhn?docId=387579&cid=41978&categoryId=41985
   (검색일: 2015.01.31)

《코》

 1 서언

　『라쇼몬』, 『코』, 『참마죽』은 소위 아쿠타가와의 〈곤자쿠삼부작〉이며 그의 출세작이기도 하다. 많은 논자들은 이 작품들이 인간의 '에고이즘'을 해부했다는 점에는 대부분 동의한다. 그리고 그가 왜 이 '에고이즘'을 작품의 주제로 하였는가에 대한 대답으로는 요시다 야요이와의 파혼을 그 이유로 들고 있다. 더욱이 이 파혼의 원인이 실모의 친정인 아쿠타가와 가의 반대 때문에 일어났으므로, 골육지간이라도 각 개인이 가지는 에고이즘은 인간에게 보편적이라는 것을 그가 체험하였다고 보기 때문이다.

　그러나 '에고이즘'이란 단어 자체가 '개인주의의 한 양태'라는 점을 간과해서는 안 된다. '에고이즘'은 어디까지나 서양의 '개(인)'의 개념 하에서 생긴 것으로, '집단주의'를 생래적 가치로 여기는 일본인에게는 다소 생소한 개념이다. 그러나 아쿠타가와가 작품 속에서 '방관자의 이기주의'라고 했을 때 이는 서구 사상의 수용 없이는 생각할 수 없는 인간

61

관이다. 그러므로 아쿠타가와는 서양의 '개'의 개념으로서 이 작품을 썼다고 보아야 하며, 이 점을 이 작품에서 분명하게 지적해야 할 것이다.

그 뿐만 아니라 이 〈곤자쿠삼부작〉에서 공히 나타나는 현상은 인간으로 한정된 폐쇄적인 사회의 문제점을 정확하게 표현하고 있다. 즉 그것은 '신이 없는 일본인'의 양태이다. 초월자를 갖지 못하는 인간끼리의 사고와 행동은 어떻게 나타나는가를 이 작품은 여실히 보여주고 있다. 그것은 루스 베네딕트가 지적한 것처럼 서양의 문화를 '죄의 문화'라고 한다면 일본의 문화를 '수치의 문화'로 보는 점이다. '수치의 문화'가 중시되는 사회에서 인간들의 행동 방식은 어떻게 되는가 하는 점을 구체적으로 살펴보고자 한다.

따라서 여기서는 아쿠타가와의 작품 『코』를 분석함에 있어서 지금까지의 작품에 대한 비평을 소개하여 이 비평들이 아쿠타가와가 표현하고자 했던 근본적인 문제에 접근하지 못하였음을 지적한 후에, 나카무라 하지메의 『일본인의 사유방법』을 통하여 일본인의 사고방식의 한계를 지적한 다음, 루스 베네딕트의 『국화와 칼』에 나오는 여러 개념들을 도입하여 당시 아쿠타가와가 견지하고 있었던 일본인관 나아가서는 인간관에 대하여 고찰하여 봄을 그 목적으로 한다.

 2 작품 『코』의 평가와 문제점

아쿠타가와 〈곤자쿠삼부작〉의 제2작인 작품 『코』의 줄거리는 다음과 같고, (기) (승) (전) (결)로 구성되어 플롯이 뚜렷한 소설의 구조를 갖추고 있다.

(기) 젠치나이구의 코라고 하면 이케노오에서 모르는 사람이 없다. 길이가 6촌이고 윗입술의 위에서부터 턱 아래까지 내려와 있다. 50세를 넘긴 나이구는 내심으로는 시종 이 코를 고민하고 있었지만 표면으로는 걱정이 되지 않는 얼굴을 하고 있었다. 이런 코이기에 출가했을 것이라는 사람도 있었다. 나이구는 코를 짧게 보이는 방법을 궁리하여 보기도 하였지만 자신이 만족할 정도 코가 짧게 보인 적은 한 번도 없었다. 절에 출입하는 승속을 관찰하여 보아도 나이구와 같은 코는 하나도 보이지 않았다. 나이구는 내전 외전 속에 자신과 같은 코를 가진 인물이 없는가 하고 찾아보았지만 찾을 수는 없었다.

(승) 어느 해 가을, 교토에 갔던 제자승이 의사로부터 긴 코를 짧게 하는 방법을 배워 왔다. 처음에 나이구는 코 따위는 신경도 쓰지 않는 얼굴을 하고 있었다. 제자승이 나이구를 설득하여 이 방법을 시험하도록 마음 속으로 기다리고 있었다. 제자승은 나이구의 마음을 알아맞히고 시험해 보도록 권유하였다. 그 방법은 끓는 물에다 코를 삶아서 사람들에게 밟게 하는 것이었다. 제자가 한참 밟고 나자 좁쌀 같은 것이 생기고 그것을 족집게로 집어내고 그것이 끝나면 다시 한 번 더 코를 삶는 것이었다. 거울을 보자 코는 거짓말처럼 작아져 있었다. 나이구는 이쯤 되면 누구도 웃는 사람이 없으리라고 느긋한 기분이 되었다.

(전) 이삼일 지나는 동안에 의외의 일이 일어났다. 사람들이 나이구의 코를 보고 웃었다. 동자는 나이구가 식사 때에 코를 들어 올리도

록 한 판자로 "코를 맞을래, 이 녀석아. 코를 맞을래"하고 떠들면
서 개를 쫓아다니고 있었다. 나이구는 코가 짧게 된 것이 원망스
러워졌다.

(결) 어느 날 밤, 코가 근질근질해졌다. 다음날 아침, 눈을 뜨자 원래의
긴 코로 되어 있었다. 나이구는 '이렇게 되면 이제는 아무도 비웃
는 사람은 없으렷다'고 후련한 기분이 들었다.

『코』는 1916년 2월 15일 발행의 제4차 「신시초」 창간호에 '芥川龍
之助'의 필명으로 발표했던 아쿠타가와의 자신작이며 문단출세작이
다. 그는 잡지 게재『코』의 말미에 그 스스로가 '禅智内供는 禅珍内供
이라고도 부르고 있다. 출처는 곤자쿠(우지슈이에도 있다)이다. 그
러나 이 소설 속에 있는 사실이 그대로 나와 있는 것은 아니다'라고
기록하고 있다. 또 같은 잡지 「편집 후에」에는 '나는 지금부터도 이
번 달과 같은 재료를 사용하여 창작할 작정으로 있다. 그것을 단순
한 역사 소설 속에 넣어서는 안 된다. 물론 지금의 것이 대단한 것이
라고는 생각하지 않지만. 그런 가운데 조금 더 어쨌든지 할 수 있을
것이다'고 자신감을 이야기하고 있다.

그러나 발표 당시에는 「신시초」의 동인의 평가는 반드시 높지 않
았던 것 같지만, 나쓰메 소세키에게 '당신의 작품은 매우 재미있다
고 생각합니다. 낙착이 있고 장난치지 않고 자연 그대로 우스꽝스러
움이 유연하게 나와 있는 점이 품위가 있습니다. 그리고 소재가 매
우 새로운 것이 눈에 뜨입니다. 문장이 요령을 얻어 잘 정리되어 있
습니다. 경탄했습니다. 이러한 작품을 지금부터 이삼십 나열해 보십
시오. 문단에서 유가 없는 작가가 될 것입니다. (아쿠타가와 앞으로

보낸 서간 1916. 2. 19)이라고 칭찬을 받고, 소세키 문하에서 「신쇼세쓰」의 편집 고문을 하고 있던 스즈키 미에키치의 추천에 의해 그해 5월호에 다시 게재되어 그의 문단 출세작이 되었다.

『코』가 발표되었던 당시의 동시대 비평으로서, 청두건이라는 사람은 '『코』도 재미있는 작품이다. (중략) 이 작품은 요컨대 〈우화〉에 지나지 않는다. 한 치의 착상에 지나지 않는다. 그러나 경쾌한, 표일한 작풍은 너무나도 내용에 걸맞아 혼연한 소품으로 되어 있다'[1]라고 평하고, 가토 다케오는 '『코』는 아마 자네의 출세작이겠지만 (나쓰메선생이 격찬하셨다고 들었다) 나는 『라쇼몬』보다 뛰어난 작품이라고는 생각지 않았다'[2]라고 평하고 있다. 이 두 사람의 평은 아쿠타가와 자신이 작품에 대해서 가지고 있던 자부심과는 상당한 차이가 있다. 한편 에구치 간은 '형식과 내용이 혼연히 융화되어 있는 점에서 『코』를 들고'[3] 싶다고 하고 있고, 무로 사이세이는 '당시에 있어서는 이 같은 재료를 다루었다는 것은 이미 이 작자의 범용하지 않은 장래를 암시하고 있는 것이다'[4]고 하고 있다. 동시대의 평은 양분되어, 전자는 『코』에 대하여 거의 비판적이고, 후자는 상찬하고 있지만, 작자가 작품을 통하여 나타내고 싶었던 주제는 거의 언급하고 있지 않다.

아쿠타가와의 『코』의 분석에서 기초가 되는 작품이 별고 『그 때의 자신의 일』의 다음 한 문장이다.

당시 썼던 소설은 「라쇼몬」과 「코」 둘이었다. 자신은 반년 정도 전부터 좋지 않게 구애받았던 연애문제의 영향으로 혼자가 되면 기분이 가라앉기 때문에 그 반대로 가능하면 현상과 떨어진, 가능하면 유쾌한 소설을 쓰고 싶었다. 그래서 우선 곤자쿠모노가타리에서 재료를 취해 이 두 단편을 썼다. 썼다고 하더라도 발표한 것은「라쇼몬」뿐으로「코」쪽은 아직 중도에서 멈춘 채로 한참은 정리하지 않았다.

이 문장을 분석하면 작품의 집필 동기와 출전을 엿볼 수 있다. 즉, 이 작품은 구메 마사오가 '「코」의 재료는『우지슈이』에서 취했는데' 라고 쓰고 있지만, 직접 쓴 원화는『今昔物語』「卷一八 池尾禅珍内供 鼻語 第二十」으로, 같은 이야기는『宇治拾遺物語』「卷第二 七 鼻長き僧 の事」에도 있다. 아쿠타가와 자신도 밝히고 있는 대로『곤자쿠모노 아타리』에서 취재했다고 보는 쪽이 바를 것이다. 어느 쪽이든지 소 재의 이야기는 '고승의 어리석음을 비웃는' 점에 이야기의 주제가 있다.

진언의 법행을 잘 닦은 덕이 높은 스님인 주인공이 오륙 촌이나 되 는 긴 코의 주인으로 코를 삶아서 밟고 털구멍에서 나오는 벌레 같은 것을 뽑고 또 삶는 방법으로 코를 짧게 만들고 이삼일이 지나서 또다 시 부어오르자 같은 방법을 반복했다는 것, 식사 때에는 언제나 제자승 이 대좌하여 판자로 코를 들어 올리고 있었는데, 그 제자 승이 병이 들 어 나이구는 아침 죽도 먹을 수 없이 곤란해 있던 것을 동자가 자청하 여 대신으로 도와주고 있다가 재치기를 하여 코를 죽 속에 빠뜨렸기 때문에 화가 난 나이구지만 '이것이 자신이 아니고 고귀한 사람의 코 를 들어 올릴 경우라고 한다면 어떻게 할 것인가' 하고 나무랐기 때문 에 '이러한 코를 가진 사람이 따로 있을까' 하고 모두 웃었다.[5]

이에 비하여 작품의 경우에는 설화에서 환골탈태가 역력하고, 이에 따라 작품의 주제 분석도 여러 가지이다. 일찍이 요시다 세이이치는 이 작품이 원화와 달리 아쿠타가와가 표현하고자 했던 것은 '회의적인 정신'이나 '이기적인 인간성'이라고 한다.

> 그가 이 우스꽝스러운 이야기를 새삼스레 곤자쿠모노가타리 중에서 끄집어낸 것은 직접적으로는 실연 때문에 어두운 기분을 전환하기 위하여 일부러 유머러스한 인생의 일면에 마음을 두고 싶었기 때문이기도 할 것이다. 그러나 표면적인 유머나 해학에도 불구하고 이 작품의 근저에는 인생에 대한 회의적인 정신이나 마음을 열고 따뜻한 애정을 받을 수 없는 이기적인 인간성에 대한 체관이 짙게 흐르고 있음을 부정할 수 없다.[6]

이시와리 도루는 『코』에는 아쿠타가와의 실생활이 반영되어 있고 「체념」이 있다고 지적한 것은 아쿠타가와의 별고와는 약간 그 주장을 달리하고 있다.

> 실연에서 상당한 시간을 보낸 「코」 집필 시의 아쿠타가와의 서간에는 자기의 원망을 폐쇄함에 의한 체념이 짙게 흐르고 그 중에서 쓰카모토 후미에 대한 애정이 조용하게 깊어지고 결혼으로 발전해 가는 경위도 알려지지만, 「코」에는 그 같은 그의 실생활의 사실도 반영하고 있을 것이다.[7]

어떤 해석에 의하거나 작자 아쿠타가와는 별고에서 분명하게 하고 있는 것처럼 '현상과 떨어진, 가능하면 유쾌한 소설'을 쓰고 싶었지만, 그것의 뜻한 바대로 되지 않았고, 적어도 그의 〈곤자쿠삼부작〉에는 그 영향이 있음을 부인할 수 없다. 따라서 사토 야스마사가 말한 다음의 한 마디도 역시 수긍이 가는 점이 있다.

> (전략) 요시다 야요이와의 결혼문제를 둘러싼 가족과의 대립에 제2의 요람이라고 할 수 있는 가정의 균열을 느끼고 주위의 어른들(양부모와 이모들)이 보인 타자의 강인한 에고이즘과의 대치에 쩔쩔매는 아쿠타가와의, 있었으면 하는 평안에 대한 희구와 체념의 미묘한 심정의 투영을 읽을 수 있는 것도 허락되지 않는 것은 아니다. 뛰어나게 허구적이기 때문에 자주 자신을 이야기할 수 있었던 아쿠타가와 작품의 실정은 작가의 내면 깊은 곳의 기미를 증명하며 또 많은 것을 이야기하였을 것이다.[8]

물론 작품의 내부에도 쓰여 있듯이 『코』를 쓰는 목적은 「이기주의」를 폭로하는 점에 있었는지도 모른다. 또 여기에서 에고이즘이라고 할 때는 말할 것도 없이 그의 실연사건을 가리키고 있다. 그러나 요시다 세이이치나 사토 야스마사가 말하는 대로 이 작품이 그 정도로 작자의 '내면 깊은 곳의 기미를 증명'하려는 것뿐일까. 작자 스스로가 말하는 바도 있고, 『라쇼몬』과의 근접한 집필 시기 문제도 있어 두 사람의 의견에 동의할 수도 있지만, 그것은 너무나도 작자 그 자체를 작품으로 환원하고자 하는 발상이고 더욱이 양 작품을 실연이라는 네거티브한 면에서 보고자하는 점을 면하기 어렵다.

오히려 이시와리 도루가 말한, 연애사건으로부터의 이탈, 더욱이 나중에 처가 된 쓰카모토 후미에 대한 사랑의 싹 등으로부터 자기 변혁의 열정을 버리고 「실생활」에 충족하고자 하는 견해나 세키구치 야스요시의 보다 포지티브한 관점으로 작품을 해석하는 쪽이 『코』의 문학적 가치와 『코』에서 작가의 내면의 투영을 고찰하는 데에 보다 타당성을 가지지는 않을까.

나는 「라쇼몬」을 〈자기 해방의 외침〉으로서 논하였다. 코를 그 연장선상에 두면 전술한 바와 같이 〈타인의 눈으로부터 해방〉이라는 단어로서 설명할 수 있다. 아쿠타가와는 초출 「라쇼몬」(『제국문학』 1915.11)에서 해방을 외치면서 교토의 마을로 실행자로서 향하는 하인의 용감한 모습을 새겼다. 그리고 「코」에서는 타인의 눈을 끊임없이 의식하는 코가 긴 소심한 50세의 남자를 들고 나오게 하여 현실 속에서 혼신의 힘을 다하여 살아남는 방향을 주고 있다.[9]

3 『코』에 나타난 일본인의 양상

요시다 세이이치는 앞의 문장에 이어서 다음과 같은 점을 지적하고 있다.

그리하여 자기를 파악하는 것에 약하고 타인의 눈에 비친 자신의 모습에 시종 주의를 빼앗길 뿐으로 자기를 절대적으로 살릴 수 없는 긴 코의 나이구의 모습은 역시 그가 바라보았던 인간성의 본연의 모습이었다. 인생의 만족도 불만족도 요컨대 대 세상적인 것으로, 자기의 내부에 존재하는 것은 아니다. 인간은 세상이나 세평에 끊임없이 번민하고 있다. 진실한 행복이라고 보이는 것도 결국 상대적인 것에 지나지 않는다. 그렇게 보는 그의 앞에 인생은 우울한 우거지상을 보이며 움직이고 있다. 류노스케는 어른 같은 미소로 이것을 냉랭하게 방관하고 있다.[10]

요시다 세이이치는 이 작품의 해석에서 '절대적'이라든가 '상대적'이라는 용어를 사용하였다. 확실히 이 작품은 '자기를 절대적으로 살릴 수 없는' 나이구, 나아가서는 일본인, 또는 인간의 '상대적인' 모습을 아쿠타가와는 '냉랭하게 방관하고 있다'고 한다. 이 '상대적'인 것을 그는 '인간성의 본연의 모습'이라고 한다. 그러나 그가 이 작품의 분석에서 끄집어낸 '절대적', '상대적'이라는 의미는 무엇을 가리키는가. 정말로 인간 보편의 '본연의 모습'을 상대적이라고 단언할 수 있을까.

작품은 다음과 같은 젠치나이구의 내면의 묘사에서 시작된다.

쉰 살을 넘긴 나이구는 사미 시절부터 나이도조 구부의 직에 오른 오늘날까지 내심으로는 줄곧 이 코 때문에 고민해 왔다. 물론 겉으로는 지금도 별로 그렇지 않은 듯한 얼굴을 하고 있다. 그것은 일편단심 극락정토를 갈구해야 하는 승려의 몸으로서 코에 대한 걱정을 한다는 일이 옳지 않다고 생각했기 때문만은 아니다. 그보다는 오히려 자기 코 때문에 고민하고 있는 사실이 <u>남에게 알려지는 게 싫어서였다</u>. (하선 필자)

70

젠치 나이구가 자신의 이상하게도 긴 코 때문에 고민을 한 보다 중요한 이유는 식사 때마다 제자들에게 수고를 끼치는 것이 안 되었다고 생각하였기 때문도 아니고, 승려로서 신앙에 방해가 되기 때문도 아니다. 그것보다도 자신의 코에 신경을 쓰고 있는 것이 '남에게 알려지는 게 싫었기' 때문에 고민하고 있다. 여기에서 주의하지 않으면 안 될 단어가 '남'이다.

일본의 불교학자 나카무라 하지메는 일찍이 일본인의 사유방식에 대하여 다음과 같이 설명한다.

> 일본인의 사유방식 가운데, 상당히 기본적인 것으로 눈에 띠는 것은, 살기 위해서 주어진 환경이나 객관적 조건들을 그대로 긍정하며, 여러 사상에 존재하는 현상세계를 그대로 절대자로 보며, 현상을 떠난 경지에 절대자를 인정하고자 하는 입장을 거부하는 경향이 있다[11]

여기에서 '현상'이라는 것은 여러 가지 사상이 포함될 수 있지만, 그 중에서도 가장 중요한 요인은 '사람'일 것이다. 따라서 '사람을 떠난' 어떠한 경우에도 절대자를 인정하지 않는다는 것이 된다. 이것은 '인간=절대자'라는 등식으로서 성립하는데, 이때의 절대자란 서구의 그리스도교에서 말하는, 소위 초월적 존재인 절대자와는 다르다. 어디까지나 인간 이상의 그 무엇도 중요한 존재는 없다고 하는 인간중심주의의 표현이고, 절대라고는 하면서도 상대적인 인간을 말하는 것이다. 그리고 당연한 일이지만 이 사유 방식은 인간과 인간의 관계, 즉 '인간'을 넘을 수가 없다. 이 사유 방식에 '인간'을 넘는 초월자의 존재는 없다. 그 때문에 절대를 규정하는 어떠한 존재도 없다. 이것을 '신이 없는 세계'라고 불러도 좋을 것이다.

이에 비하여 그리스도교의 윤리는 다르다. 그리스도교의 윤리란 말하자면 '삼각유형'으로서의 윤리개념이다. '삼각유형'이란 수직적으로는 '나'와 '신'의 관계를 말하고, 수평적으로는 '나'와 '이웃'과의 관계를 의미하는데, 여기에서 출발점과 중심은 물론 '신'이다. '신'이 나를 불러 '나'와 인격적인 관계를 맺은 것과 같이, '신'이 '이웃'도 불렀으므로 그들과도 인격적인 관계를 맺는다. 따라서 '이웃'은 '신' 앞에서 '나'와 동등한 위치를 점한다. '나'와 '이웃'은 대립적이라든가 무관심의 대상이 아니라 인격적인 관계가 아니면 안 된다. '나'와 '이웃'의 위에 '신'을 상정한다. 이 '삼각유형'의 윤리가 그리스도교 윤리의 총합을 이룬다.

서구의 전통을 이어받고 그리스도교 윤리를 정신적인 기반으로 하고 있다고 볼 수 있는 미국의 문화인류학자 루스 베네딕트는『국화와 칼』에서, 서구적인 도덕의 절대 기준과 양심의 계발을 중시하는 죄악감을 기조로 하는 문화와는 확연히 다른, 도덕적 절대 기준을 결한 치욕을 무엇보다도 두려워하는 일본문화의 존재를 인정한다. 그리고 일본 도덕의 표출 양태의 하나로서 다음과 같은 특징을 들었다.

참다운 죄의 문화가 내면적인 죄의 자각에 의거하여 선행을 행하는 데 비하여, 참다운 수치의 문화는 외면적 강제력에 의거하여 선행을 한다. 수치는 타인의 비평에 대한 반응이다. 사람은 남의 앞에서 조소당하거나 거부당하거나, 혹은 조소당했다고 확실히 믿게 됨으로써 수치를 느낀다. 어떠한 경우에 있어서나 수치는 강력한 강제력이 된다.

일본인의 생활에서 수치가 최고의 지위를 점하고 있다는 것은, 수치를 심각하게 느끼는 부족 또는 국민이 모두 그러하듯이, 각자가 자기 행동에 대한 세평에 마음을 쓴다는 것을 의미한다. 그들은 다만 <u>타인이 어떤 판단을 내릴까</u> 하는 것을 추측하고, 그 판단을 기준으로 하여 자기의 행동 방침을 정한다.[12] (하선 필자)

작품 『코』에는 끊임없이 타인의 눈을 의식하는 젠치나이구의 심리 상태가 매우 잘 그려져 있다. 거꾸로 말하면 과잉한 자의식이라고도 말할 수 있는데, 이 또한 타인의 눈의 의식에 다름 아니다.

첫째로 나이구가 생각해 낸 것은 이 기다란 코를 실제보다는 짧게 <u>보이게</u> 하는 방법이다. 그래서 아무도 없을 때 거울을 향하여 여러 각도에서 제 얼굴을 비춰보면서 열심히 머리를 짜보았다. (하선 필자)

문장 중에 '보이게'라는 것은 끊임없이 자신을 보고 있는 타인의 존재를 가정하고 있다. 자신의 정체성을 타인의 판단에 맡긴다. 여기에서 이 작품은 출발하고 또 여기에 결론이 도달한다. 이 작품에서는 처음부터 인간과 인간과의 세계를 초월한 시점은 보이지 않는다. 예를 들면 『성서』의 '너희 하나님 여호와는 신의 신이시며 주의 주시요 크고 능하시며 두려우신 하나님이시라. 사람을 외모로 보지 아니하시며 뇌물을 받지 아니하시고'(「신명기」제10장 17절)와 같은 사고방식은 조금도 보이지 않는다. 『코』에는 적어도 초월자의 눈이라는 것은 전혀 없다. 만약 젠치나이구에게 초월자의 의식이 있었다고 한다면 사람의 판단에 좌우되는 그의 의식은 당연히 초월자에게

로 향하였을 것이다. 그리고 이야기는 초월자와 자신의 문제로 흘러
갔을 것이다. 그러나 이 작품은 수평적인 인간끼리의 이야기에 지나
지 않는다. 이 점이 주인공의 한계이다. 또 초월자의 눈이 없는, 인간
상호의 시점을 가진 주인공의 행동은 동류를 필요로 한다.

> 나이구는 이와 같은 사람들의 얼굴을 끈기 있게 관찰했다. 한 사람
> 이라도 자기 코와 같은 사람을 발견해서 안심을 하고 싶었기 때문이다.
> (중략)
> 마지막으로 나이구는 내전 외전을 뒤적이면서 자기와 같은 코를 가
> 진 인물을 찾아내어 억지로 얼마만큼이라도 기분전환을 하려고 생각
> 한 일이 있었다.

이와 같은 나이구의 행동도 결국은 초월자를 인정하지 않는, 수직
적 사고방식이 아닌 수평적 사고방식이 초래한 결과이다. 이 점을
베네딕트는 명확하게 지적하고 있다.

> 그들이 보는 바로 일본인 특유의 문제는, 그들의 일정한 법도를 지
> 키며 행동하기만 하면, 반드시 타인이 자기의 행동의 미묘한 뉘앙스를
> 인정해 줄 것이 틀림없다는 안심감에 의지하여 생활하도록 길들여져
> 왔다는 것이다.[13]

이와 같은 '안심감'을 얻기에 실패한 나이구는 중국에서 건너온
의사에게 치료법을 배워온 제자승의 권유에 의해 코를 짧게 하는데
성공하고 만족한다. 작자는 작품의 상당 부분을 할애하여 이 치료의

74

내역을 자세하게 묘사하고 있지만, 작자가 작품에서 의도하는 점은 이 묘사에 있지 않다. 계속하여 작자는 나이구의 심리를 묘사한다.

> 이쯤 되면 이제 누구도 그를 비웃는 사람은 없을 것임에 틀림없다. ──거울 속에 있는 나이구의 얼굴은 거울밖에 있는 나이구의 얼굴을 보고 만족스럽게 눈을 깜박거렸다.

여기에서도 '누구'라는 불특정 다수의 타인이 자신을 어떻게 평가하고 있는가 하는 점만 신경을 쓰는 나이구의 모습이 나타나 있다. 또 타인의 평가에 의해서 일희일비하는, 스스로의 '자존심'을 '회복'하는 것이 아니라 오히려 '훼손'하는 모습이 그려져 있다. 이어서 작자는 나이구의 코가 정상이 되었을 때보다 격심하게 타인을 의식하는 모습을 묘사하고 있다.

> 그런데 이삼일 지나는 사이에 나이구는 뜻밖의 사실을 발견했다. 그 것은 때마침 볼일이 있어 이케노오의 절을 방문한 무사가 전보다도 훨씬 이상스런 얼굴을 하고 이야기도 제대로 하지 않고 힐끗힐끗 나이구의 코만을 바라다본 사실이다. 그뿐만 아니라, 이전에 나이구의 코를 뜨거운 죽 속에 빠뜨리게 한 동자는 법당 밖에서 나이구와 마주치면 처음에는 고개를 숙이고 웃음을 참다가도 끝내는 더 참을 수 없었던지 한꺼번에 웃음을 터뜨리고 말았다. 분부를 받잡는 하급 법사들도 나이구와 마주보고 있는 동안은 공손히 듣고 있다가도 그가 등만 보이면 바로 킬킬거리고 웃어댄 적이 한두 번이 아니었다.

긴 코를 가지고 있을 때에는 나이구가 사람들에게 웃음거리가 됨이 당연하다 할지라도 코가 정상이 된 지금도 사람들이 오히려 이전보다도 더 내어놓고 웃는 이유는 어디에 있는 것일까. 이것을 작자는 '방관자의 이기주의'라고 해석을 더해놓고 있다.

이 장면에서도 작자가 그리고 있는 것은 베네딕트가 지적하였던 대로 나이구의 코에 대한 '타인의 비평'이다. 그리고 계속하여 작품의 내용은 이 '타인의 비평'에 대하여 나이구가 일으켰던 '반응'으로 흘러간다. 동자는 나이구가 식사 때에 코를 들어 올렸던 판자로 "코를 맞을래, 이 녀석아. 코를 맞을래"라고 떠들면서 개를 쫓아 뛰어다니고 있다. 나이구는 그 판자 조각으로 동자의 얼굴을 때리고 만다. 여기에 와서 나이구의 '타인의 비평'에 대한 '반응'은 극에 달한다.

어느 날 밤, 코가 가려워지고, 다음날 아침 눈을 뜨자 원래의 긴 코가 되어 있음을 깨달은 나이구는 '이렇게 되면 이젠 아무도 비웃는 사람은 없으렷다' 하고 후련한 기분이 되었다는 심리 묘사로 작품은 끝난다. 그러나 작자가 말한 것처럼 코가 원래대로 돌아왔다고 하여 정말로 웃는 사람은 없어지는 것일까. 그것은 한마디로 단정할 수 없지만, 지금까지의 주인공 나이구와 주위 사람들의 관계를 생각한다면 그 대답은 부정적일 것이다. 지금부터도 나이구는 끊임없이 타인의 평가에 신경을 쓸 것임에 틀림없다.

이 『코』라는 작품은 처음부터 끝까지 나이구를 응시하는 타인의 이야기로서 일관되어 있다. 정확하게 말하자면 자신을 응시하고 있는 타인의 눈으로부터 나이구 자신이 그와 같이 느끼는 자의식의 묘사이다. 어느 쪽이든 여기에는 자신과 타인과의 관계만이 있고 자신과 초월자, 또 타인과 초월자의 관계는 보이지 않는다. 즉 초월자를 정점으로 하는 자신과 타인과의 관계는 없다. 그리스도교적이며 나아가서는 서구적인 인간의 인식은 파고들 여지가 없다.

베네딕트가 그의 저서에서 명확하게 밝히지는 않았지만, 그의 언설에는 서구의 그리스도교가 그 기반을 이루고 있다. 그 때문에 베네딕트는 서구의 문화를 '죄의 문화'라고 하였고, 일본의 문화를 '수치의 문화'라고 한다. 이 차이는 초월자의 상정의 유무에 있다. '죄'라고 할 때에는 신의 앞에서의 잘못을 말하며, '수치'라고 할 때는 신이라는 전제는 없고, '세인의 앞'에서라는 전제만이 있다. 그 때문에 '수치의 문화'에서는 '자기 행동에 대한 세평'이 보다 중요한 것이 되며 그것만이 존재한다. 인간끼리의 관계만이 있는 수평적인 세계, 혹은 닫힌 세계가 형성될 뿐이다.

4   작품 『코』의 기저와 주제

작자가 작품에서 명확하게 의식을 표현하고 있지는 않다고 하더라도 반드시 문제를 의식하지 않았다고 말하지는 못한다. 작품은 어디까지나 작자 의식의 우회적인 수법으로 전달될 수밖에 없다. 마찬가지로 『코』에서도 작자의 파혼 체험은 작품의 표면으로는 드러나지 않지만 작품의 구석구석에 스며들어 있다. 작품과 작자를 일대일로 대응시키는 것이 작품의 자율성을 해치게 된다는 점은 틀림없다. 그러나 작품은 결국 작자의 것이고 그가 살았던 환경에서 나온 산물이라고 한다면 작자의 연구는 작품의 해석에 새로운 지평을 열어줄 것이다. 작품을 연에 비유한다면 작자는 연줄을 잡고 움직이는 자이기 때문이다.

그렇다면 작자 아쿠타가와는 이 작품을 쓸 때 어떤 의식을 가지고 있었을까. 작품『코』를 해석하는 중요한 배경은 바로 그의 실연 사건에 있다. 다음은 연애의 파국 후인 1915년 3월 9일 친구인 쓰네도 교에게 보낸 서한의 일부로, 아쿠타가와 문학의 밑그림 혹은 그의 정신세계의 원풍경으로 자주 인용된다. 특히 아래 서한에서 나오는 '에고이즘'은『라쇼몬』을 시작으로『코』,『참마죽』으로 이어지는 소위 〈곤자쿠삼부작〉의 주요 소재가 되고 있으며 작품마다 약간의 변형을 통하여 표현되고 있다.

> 에고이즘이 없는 사랑이 없다고 한다면 인간의 일생만큼 괴로운 것은 없다.
> 주위는 보기 싫다. 자신도 보기 싫다. 그리고 그것을 눈앞에서 보고 사는 것은 괴롭다. 더구나 사람은 그렇게 살아갈 것을 강요당한다. 일체가 신의 사역이라고 한다면 신의 사역은 미워해야 할 조롱거리이다.
> 나는 에고이즘을 떠난 사랑의 존재를 의심한다.

아쿠타가와의 연애 체험 중에서 첫사랑이자 그의 정신세계에 가장 많은 영향을 미친 여성은 요시다 야요이이다. 야요이에 대한 연정은 순수하였고 그에게 결혼까지 생각하게 하였지만 아쿠타가와가의 심한 반대, 특히 양부모와 이모 후키의 반대에 부딪혀 1915년 초에 파국을 맞기에 이른다. 파혼의 결과 아쿠타가와는 인간의 추함과 에고이즘을 절실하게 느꼈고, 생존의 삭막함을 맛보았으며, 고독감을 채울 수 있는 순수한 사랑을 희구하게 된다.

이 작품에서 젠치나이구는 말할 것도 없이 아쿠타가와 자신이다. 강한 자의식의 소유자이기에 항상 자기에게 쏟아지는 시선을 의식하지 않으면 안 되었다. 게다가 실연 사건이라고 하는, 아쿠타가와 자신은 받아들이기도 싫고 결코 받아들일 수도 없는 사건이 발생하고 이것은 그의 자존심에 너무나도 큰 상처를 남겼으며, 가능하면 여기에서 빠져나가고 싶은 심정이었을 것이다. 작품에는 젠치나이구의 의식을 통하여 그의 심정을 다음과 같이 묘사하고 있다.

> 그래서 아무도 없을 때 거울을 향하여 여러 각도에서 자기 얼굴을 비춰보면서 열심히 머리를 짜 보았다. 이렇게 하다보면 얼굴의 위치를 바꾸는 것만으로는 안심할 수가 없어서 손으로 뺨을 괴어 보기도 하고 턱 끝에 손가락을 대보기도 하며 끈기 있게 거울을 들여다보는 일도 있었다. 그러나 자신도 만족할 만큼 코가 짧게 보였던 적은 지금까지 단 한 번도 없었다. 때로는 궁리를 하면 할수록 도리어 기다랗게 보이는 것 같기도 했다.

여기서 '코'가 나이구에게 생득적 운명인 것처럼 '실연'은 아쿠타가와에게 타고난 숙명이었을 것이다. 그 숙명의 연유를 따져 올라가면, 결국은 그의 실모의 발광에 있을 것이고, 그 때문에 자신의 의지와는 아무런 관계없이 그가 실모의 친정에 맡겨졌다는 점이다. 그는 결국 양부모 특히 미혼의 이모 후키의 손에 의해 키워진다. 요시다 야요이의 문제도 의사 결정권이 아쿠타가와 자신에게 있었거나 적어도 자기의 실모에게 있었더라면 양상은 달리 전개되었을 것이며 연애의 파국은 면할 수도 있었고 '실연'이라는 고통스러운 숙명은 맛보지 않았을 수도 있었다.

　아쿠타가와 가에서는 왜 류노스케에게 요시다 야요이에 대한 구혼의 의지에 반대했을까. 그 이유는 우선 야요이의 집안이 '사족'이 아니었기 때문이라는 견해도 있고, 또 한편으로는 '호적상의 문제' 혹은 '야요이의 출생에 얽힌 문제'라고 하지만 확실히 단정을 내릴 근거는 없다. 그러나 아쿠타가와는 이런 외적인 요소에서 문제의 답을 찾고 있지 않은 것 같다. '에고이즘이 없는 사랑이 없다고 한다면 인간의 일생만큼 괴로운 것은 없다'는 것은 무엇을 말하는가. 그와 양부모 사이에 존재하는 너무나도 두꺼운 벽을 웅변적으로 이야기하는 것이다. 인간을 자기 자신에게까지 타자라고 한다면, 실부모도 아닌 양부모는 더욱더 분명한 타자이다. 이 자신과 타자가 서로의 권리를 주장하는 것을 아쿠타가와는 에고이즘이라고 보았으며, 그것을 그를 키워준 양부모에게서 요시다 야요이 사건을 통하여 너무나도 분명히 보았을 것이다. 아쿠타가와는 이 때 인생의 벽에 부딪쳐야 했으며, 이 벽을 부수려고 했지만 부술 수 없는 절망감을 위의 편지에 적고 있다.

　위의 편지에서 '자신도 보기 싫다'고 한 한절이 너무나 예민한 자신의 자의식의 고통을 표현한 것이라면 '주위는 보기 싫다'라든지 '그리고 그것을 눈앞에서 보고 사는 것은 괴롭다. 더구나 사람은 그렇게 살아갈 것을 강요당한다'라고 쓴 절들은 바로 위에서 묘사한 주위 사람들의 행동에 대한 직접적인 반발이라고 할 수 있다.

　양부모의 이기주의를 위의 문장으로 묘사했다면 자기를 가장 친근하게 돌보아주었던 이모에 대해서는 다음의 묘사로서 표현하고 있다.

특히 나이구 스님을 화나게 한 것은 예의 장난꾸러기 동승이었다. 어느 날 사납게 개짖는 소리가 들려서 나이구가 무심코 밖에 나가 보았더니 그 동승이 두자 가량 되는 나뭇조각을 휘두르면서 털이 긴 말라빠진 삽살개를 쫓아다니고 있었다. 그것도 그냥 쫓고만 있는 것이 아니다. "코를 맞을래, 이 녀석아. 코를 맞을래"라고 놀려대면서 쫓아다니고 있는 것이다. 나이구는 동승의 손에서 그 나뭇조각을 뺏어들고 호되게 그 얼굴을 때렸다.

아쿠타가와를 둘러싼 주위의 환경은 하나같이 '그것을 눈앞에서 보고 사는 것은 괴롭'도록 만든다. 물론 여기에서 주시해야 할 점은 주위 환경 자체가 아니라 그 주위를 끊임없이 의식하는 아쿠타가와의 자의식에 큰 문제가 있다는 점이다. 그러나 한 개인에 대하여 집단적으로 해를 가하는 집단의 의식도 간과할 수는 없다. 왜냐하면 그것이 인류 보편의 문제이기도 하지만 그것이 더욱 뚜렷이 나타나는 집단이 일본이기 때문이다. 나카무라 하지메의 다음과 같은 분석은 이러한 일본인의 사유 방식을 정확하게 표현하고 있다.

　　종교, 특히 보편 종교란 원래 특수한 인간관계를 초월하는 신앙체계를 말한다. 하지만 일본의 경우는 다르다. 일본 종교에 보이는 공통점 가운데 하나가 바로 한정적이고 특수한 인륜적 조직을 중시하는 경향인 것이다. 이는 일본인의 판단 및 추리가 발화자 및 수화자를 포함하는 당시의 <u>주변 환경에 크게 좌우된다</u>는 사실과도 밀접한 관련이 있다. 일본에서는 이와 같은 외래의 보편 종교까지도 자신들의 사유 방법에 맞추어 사용하고 있다는 것이다.[14] (하선 필자)

　　나카무라 하지메는 일본 사회에서 '개인'보다 '주변 환경'이 우선되는, 또 '주변 환경'이 때로는 '개인'의 가치를 말살하는 경우가 생기는 이유를,

　　　　일본인은 대개 국지적인 생활 기반을 중심으로 소규모의 폐쇄적인 집단 사회를 형성해왔다. 그리고 이로부터 토지신이나 씨족신에 대한 신앙이 발생해 나왔다. 일본 농촌에서는 지금까지도 이와 같은 토속 신앙을 중심으로 지역 사회가 작게 뭉치려는 경향이 강하다. 일본인이 개개인의 인간보다도 특수한 인륜적 조직에 지나칠 정도로 강한 집착을 보이는 것도 여기에 그 이유가 있다.[15]

고 설명한다. 이러한 주위 환경 속에서 아쿠타가와는 그의 생활을 '언제 죽어도 후회 없도록 치열한 생활을 할 생각이었다. 그러나 변함없이 양부모나 이모에게 조심스러운 생활을 하고 있다'(「35 익살꾼 인형」『어떤 바보의 일생』)라고 표현한 것은 충분히 수긍할 수 있다.

　　그리고서 작자는 '나이구가 이유를 알지 못하면서도 어쩐지 불쾌하게 여긴 것은 이케노오의 승려와 속인들의 태도에서 그들 방관자의 이기주의를 슬며시 느끼게 된 것에 지나지 않는다'고 작품에서 결론다운 내레이션을 덧붙이고 있다. 아쿠타가와가 살았던 세계는 '폐쇄적인 집단 사회'이었으면서도 그는 '이기주의'라는 단어를 작품 속에 사용하고 있다. 아쿠타가와가 쓴 이 '이기주의'는 무엇을 의미하는가. '이기주의'의 사전적인 해석은 다음과 같다.

인륜적 개념으로서 상용되는 의미로서는 <u>개인주의의 한 양태</u>인 개인적 공리설을 가리킨다. 자기가 일체의 행위의 목적이고 다른 모든 것은 그것을 위한 수단으로 하지만 그 경우의 자기는 자연적 욕망의 충족을 구하는 향락적 자기이기 때문에, 인간 존재로서의 온전한 의미로 자기의 충실을 구하는 〈자기주의 egotism〉와는 일단 구별되고, 주아주의 혹은 아욕주의와 중복된다. 이 입장의 윤리설에서는 그 개인주의적 공리론의 결과, 선악의 상대론을 낳아 인성론을 파괴하는 반 사회주의적 경향을 띤다. 그리스의 소피스트들, 쾌락주의자들 이래, 가까이는 홉스, 슈티르너들에 의해 제창되었던 이 입장의 윤리설은 인간성에서 사실을 솔직하게 표명하는 점에서 도학자류의 윤리설을 끊임없이 위협하는 것을 가지고 있다. 또 이 실천면에서 이기주의의 배후에 버클리류의 에고이즘의 개념이 있다. 이것은 자아만이 확실한 존재이고 자아 이외는 인식 불가능하다고 하는 소위 독존론이다.[16] (하선 필자)

그런데 이 '이기주의'라는 말은 '개인주의의 한 양태'이고 이는 소위 '이타주의'와 대립되는 말로, 위의 사전적인 정의에서도 설명된 것처럼 서구의 철학과 사상이 유입되기 이전에는 일본 사회에서 존재하지 않았던 용어이다. 또 이 '이타주의'의 근거를 천착해 들어가면 거기에는 결국 초대 그리스도교도에서 그 기원을 찾을 수 있을 것이다. 왜냐하면 그리스도의 십자가상의 죽음보다도 더 큰 '이타주의'를 발견하기는 쉽지 않기 때문이다.

그러나 젠치나이구는 끊임없이 주위의 타인의 눈을 의식한다. 작품은 이 한 점을 축으로 전개된다. 이 한 점도 천착해 들어가면 거기에는 젠치나이구뿐만 아니라 일본인이 공통적으로 가지고 있는 '세평'에 의해 행동하는 가치관에 직면하게 된다. 그 가치관이란 나카무라 하지메가 말한 대로 '절대자를 인정하고자 하는 입장을 거부하는' 상대적인 세계관이다. 이것이 작품 세계에서 나이구의 행동 방식이고, 현실 세계에서의 일본인의 행동방식이다.

아쿠타가와는『라쇼몬』에 이어『코』에서도 인간의 고통이 인간끼리의 관계, 즉 에고이즘에서 오는 것임을 인식하고 있다. 작자의 이 같은 인간 인식, 즉 '신이 없는 일본인'에 대한 정확한 파악이 작품을 통하여 구체적으로 묘사되어 있다.

5 결어

『코』는 발표 당시에는 평가가 그다지 높지 않았지만, 나쓰메 소세키에게 칭찬을 받고 난 후, 소세키 문하에서『신쇼세쓰』의 편집 고문을 하고 있던 스즈키 미에키치의 추천에 의해 1916년 5월호에 다시 게재되면서 아쿠타가와의 문단 출세작이 되었다.

소재가 된『곤자쿠모노가타리』의 이야기는 '고승의 어리석음을 비웃는' 점에 초점이 있다. 이에 비하여 작품은 설화에서 환골탈태가 역력하다. 요시다 세이이치는 이 작품이 원화와 달리 아쿠타가와가 표현하고자 했던 것은 '회의적인 정신'이나 '이기적인 인간성'이라고 한다. 그러나 작품의 기저는 과연 '이기적인 인간성'을 그리는 데 있는 것일까. 요시다 세이이치는 '자기를 파악하는 것에 약하고 타인의 눈에 비친 자신의 모습에 시종 주의를 빼앗길 뿐으로 자기를 절대적으로 살릴 수 없는 긴 코의 나이구의 모습은 역시 그가 바라 보았던 인간성의 본연의 모습'이었다고 지적한다.

나카무라 하지메는 일찍이 일본인의 사유방식에 대하여 '주어진 환경이나 객관적 조건들을 그대로 긍정하며, 여러 사상에 존재하는 현상세계를 그대로 절대자로 보며, 현상을 떠난 경지에 절대자를 인 정하고자 하는 입장을 거부하는 경향'이 있음을 지적한다. 이것은 '인간=절대자'라는 등식으로서 성립하는데, 이때의 절대자란 서구 의 그리스도교에서 말하는, 소위 초월적 존재인 절대자와는 다르다. 이 사유 방식에 '인간'을 넘어서는 초월자는 존재하지 않는다. 그 때 문에 절대를 규정하는 어떠한 존재도 존재하지 않는다. 이것을 '신 이 없는 세계'라고 불러도 좋을 것이다.

또 루스 베네딕트는 『국화와 칼』에서 서구적인 도덕의 절대 기준 과 양심의 계발을 중시하는 죄악감을 기조로 하는 문화와는 확연히 다른, 도덕적 절대 기준을 결한 치욕을 무엇보다도 두려워하는 일본 문화의 존재를 인정한다. 즉 '참다운 죄의 문화가 내면적인 죄의 자 각에 의거하여 선행을 행하는 데 비하여, 참다운 수치의 문화는 외 면적 강제력에 의거하여 선행을 한다'는 것이다. 수치는 '타인의 비 평에 대한 반응'이고, '각자가 자기 행동에 대한 세평에 마음을 쓴다' 는 것이다.

작품 『코』에는 처음부터 끝까지 나이구를 응시하는 타인의 이야 기로서 일관되어 있다. 정확하게 말하자면 자신을 응시하고 있는 타 인의 눈으로부터 나이구 자신이 그와 같이 느끼는 자의식의 묘사이 다. 어느 쪽이든 여기에는 자신과 타인과의 관계만이 있고 자신과 초월자, 또 타인과 초월자의 관계는 보이지 않는다. 즉 초월자를 정점으로 하는 자신과 타인과의 관계는 없다. 그리스도교적이며 나아가서는 서구적인 인간의 인식은 파고들 여지가 없다.

　젠치나이구는 끊임없이 주위의 타인의 눈을 의식한다. 작품은 이 한 점을 축으로 전개된다. 이 한 점도 천착해 들어가면 거기에는 젠치나이구뿐만 아니라 일본인이 공통적으로 가지고 있는 '세평'에 의해 행동하는 가치관에 직면하게 된다. 그 가치관이란 나카무라 하지메가 말한 대로 '절대자를 인정하고자 하는 입장을 거부하는' 상대적인 세계관이다. 이것이 작품 세계에서 나이구의 행동 방식이고, 현실 세계에서의 일본인의 행동방식이다. 이를 아쿠타가와는 작품을 통하여 훌륭하게 묘사하고 있다.

1　青頭巾「読んだもの」[「新潮」1916. 5]
2　加藤武雄「芥川龍之介氏を論ず」[「新潮」1917.1]
3　江口渙「芥川君の作品」[「東京日日新聞」1917. 6.28, 6・29, 7.1]
4　室生犀生『芥川龍之介の人と作』上巻 三笠書房 1943
5　菊地弘 他編『芥川龍之介事典』明治書院 1985 p.405
6　吉田精一『吉田精一著作集 第一巻 芥川龍之介Ⅰ』桜楓社 1979 p.73
7　石割透『芥川龍之介─初期作品の展開』有精堂 1985 p.97
8　佐藤泰正『鼻』[三好行雄編『芥川龍之介必携』学灯社 1981 p.81]
9　関口安義『芥川龍之介とその時代』筑摩書房 1999 p.181
10　吉田精一『吉田精一著作集 第一巻 芥川龍之介Ⅰ』桜楓社 1979 p.73
11　中村元『東洋人の思惟方法3 日本人の思惟方法』春秋社 1979 p.11
12　루스 베네딕트 저 김윤식·오인석 역『국화와 칼』을유문화사 1991 pp.208~209
13　루스 베네딕트 저 김윤식·오인석 역『국화와 칼』을유문화사 1991 p.210
14　中村元『東洋人の思惟方法3 日本人の思惟方法』春秋社 1979 p.110
15　中村元『東洋人の思惟方法3 日本人の思惟方法』春秋社 1979 p.105
16　『キリスト教大事典』教文館 1968 pp.1127~1128

《참마죽》

1 서언

1916년 9월 「신시초」에 실린 『참마죽』은 아쿠타가와 류노스케의 문단 데뷔 작품이라고 할 수 있다. 당시 신인작가 등용문의 성격을 겸해 가진 대표적 문예지 「신쇼세쓰」의 의뢰에 응하여 썼던 이 작품은 아쿠타가와의 문단 등단의 제일작이다. 「신쇼세쓰」는 당시 스즈키 미에키치가 편집고문을 하고 있었으며, 집필 의뢰를 받을 수 있었던 것은 『코』를 격찬했던 소세키의 영향력이 있었다고 보는 견해가 일반적이다. 같은 잡지의 예고나 친구에게 보낸 서간을 통하여 『떼도둑』에서 『참마죽』으로 게재 변경하였던 경위를 알 수 있다. 미요시 유키오는 다음과 같이 작품 변경의 이유를 추측하고 있다.

류노스케는 「신쇼세쓰」를 위하여 처음 장편 소설의 미답 영역에 도전하고자 했고, 그 시도를 포기하고 나서는 거꾸로 소세키에게 인정받은 『코』의 방법을 답습하여 전거도 같은 『곤자쿠모노가타리』에서 빌린,

예습이 끝난 단편을 쓰려고 생각했다. 그간의 심정에는 아마 문단에 초대장을 손에 든 작가의 자부와 불안의 양극을 왕복하는 망설임이 있었다.[1]

『코』이후에『곤자쿠모노가타리』에서 취재했던 단편은『참마죽』까지는 없으며,『참마죽』은『今昔物語』卷二十六「利仁将軍若時從京敦賀将行五位語第十七」에서 취재하였다. 원전과 작품의 차이는 ① 도시히토의 비호자라고 할 수 있는 장인 아리히토의 존재를 삭제한 것, ② 밤 시중하는 여자나 귀경 시의 고이에게 주어진 막대한 선물 이야기 등 소위 보응담의 이야기가 사라진 점 등이다. 아쿠타가와의 독창은 ㉮ 제1부을 창작하여 철두철미하게 고이를 약자로 한 것, ㉯ 원전의 아리히토의 존재와 보응담의 모티프를 제거함으로 원전의 줄거리를 훌륭하게 소설화하였다는 점이다.

2 제1부

아쿠타가와 류노스케의〈곤자쿠삼부작〉의 마지막 작품인『참마죽』은 크게 나누어 2부로 구성되었다고 볼 수 있다.

〈제1부〉

섭정 후지와라 모토쓰네를 섬기는 아무개라는 풍채가 극히 볼품없는 사나이 고이, 키가 작고 딸기코에다 눈꼬리가 밑으로 쳐져 있고 턱수염은 성글었고 볼이 야윈 탓으로 턱이 유달리 가늘어 야무진 데라고는 하나 없는 사나이가 있었다. 무사 대기소에 있는 동료들은 그에 대하여 거의 파리만큼의 주의도 준 적이 없고 무엇이든지 손짓만으로 의사를 표시하였다. 그러나 고이는 화를 낸 적이 없다. 그는 모든 부정을 부정으로 느끼지 않을 정도로 기개가 없는, 겁 많은 인간이었는지 모른다. 그러나 동료의 장난이 지나치게 심해지면 그는 웃는 것인지 우는 것인지 알 수 없는 얼굴을 하고 '나쁜 친구들이군……자네들은'이라고만 한다. 영양이 부족하여 혈색이 나쁘고 어딘가 얼빠진 듯한 고이의 얼굴에서 세상의 온갖 시달림을 받고 울상이 된 인간이 엿보인 것을 바라보던 무위의 무사가 한 사람 있었다. 이 무사는 고이의 말과 행동을 생각할 때에 '이 세상의 온갖 것이 느닷없이 본래의 추악함'을 드러내는 것 같이 느껴졌다.

《제2부》

이같이 경멸받기 위해서만 이 세상에 태어난 인간이라도 인간이기 때문에 꿈과 희망이 없었던 것은 아니다. 그 꿈이란 참마죽을 질릴 정도로 먹어보는 것이었다. 그러한 그의 욕망을 채워줄 마술적인 조력자로서 나타난 사람이 강자인 후지와라 도시히토이다. 이 도시히토와 고이가 만나, 고이가 몽상해온 '참마죽을 실컷 먹고 싶은' 소원을 이루기 위해 멀리 도시히토의 처가인 쓰루가까지 여행한다. 도중에 도시히토가 사카모토의 여우를 자기 뜻대로 심부름시키는 에피소드를 넣어 도착한 쓰루가에서는 밤중에 참마 공출을 명령하는 목소리를 듣고 기대와 불안 속에 잠든다. 다음날 아침, 대량의 참마죽이 만들어지는 광경을 본다. 그리고 큰 들통에 가득 담긴 참마죽을 대하게 되었을 때는 입에 대기도 전에 이미 배부름을 느끼고 반쯤 마신다. 고이에게 꿈은 너무나 쉽게 현실화되고, 식욕도 줄어든 그의 눈앞에 도시히토에게 잡혀 심부름을 했던 여우마저도 참마죽을 맛보고 있다. 그는 더 이상 참마죽을 먹지 않아도 된다는 안도감과 함께 땀이 말라 가는 것을 느끼며 다급히 콧잔등을 누르는 순간 은제 들통에다 대고 재치기를 해 버린다.

이 중에서도 아쿠타가와의 창작의 대부분은 원전의 극히 일부를 소재로 삼아 전체 작품의 약 3할에 해당하는 제1부를 창작한 데에 있다. 제1부의 소재를 원전에서 찾으면 다음의 문장이 이에 해당된다.

얇은 면 두 장을 겹쳐 만든 옷자락이 헤진 남색의 바지에, 접은 금이 조금 허물어진 같은 색의 사냥복을 입고, 아래는 덧바지도 입지 않은 채, 높은 코의 끝은 빨갛게 물들었고 콧구멍 주위가 심히 젖어 있는 것은 콧물을 잘 닦지 않았다고 생각된다. 사냥복의 뒤는 띠로 당겨져 비뚤어져 있지만 그것을 고치려 하지 않는 것인가. 비뚤어진 그대로 이상한 모습이지만……

아쿠타가와가 1916년 8월 9일, 마쓰오카 유즈루에게 보낸 서간에는 다음과 같은 문장이 보인다.

나는 참마죽을 쓰고 있다. 지금까지 대과 없이 지나온 것 같은 생각이 들지만 고쳐 읽지 않았기 때문에 불안하다. 12장으로 겨우 「1」이 끝났다. 『코』만큼은 가리라고 생각하고 있다.

이를 미루어보아 제1부의 200자 원고지 24매에 9일을 소비했다고 볼 수 있다.『참마죽』전체 원고 수는 200자 원고지 104매에 상당한다. 따라서 아쿠타가와는 최초의 24매에 9일을 소비하고 나머지 80매는 7일에 마무리했다는 계산이 된다. 아쿠타가와가 지인에게 보낸 두세 통의 편지를 종합해 볼 때,『참마죽』은 8월 1일 집필에 착수하여 같은 달 16일에 탈고했다고 추측할 수 있다.

따라서 아쿠타가와가『참마죽』에서 독자에게 어필시키고 싶었던 최대의 모티프는 바로 이 제1부에 있었다고 볼 수밖에 없다. 일찍이 시게마쓰 야스오는 다음과 같이 지적한다.

> 이렇게 하여 나는『참마죽』의 한절에―대개 〈제1부〉의 고이의 조형 그 자체 속에―이 작품 당초의 중요한 모티프가 있다는 것을 믿지 않을 수 없다.[2]

그리고 그 나머지 제2부는 원전의 흐름을 거의 그대로 옮기다시피 하여 작품을 완성하였다. 그러므로『참마죽』에는 이질적인 두 이야기가 혼재되어 전개되어 있다고 보아도 무방하다. 이에 대해 핫토리 야스요시는 '아쿠타가와의『참마죽』을 둘러싸고 두 개의 플롯의 어딘가에 주제를 설정하는 시기가 오래 있었다는 것을 상정하자'고 하며, '이 경우 두 개의 플롯이란 내레이터가 말하는 고이에 관한 이야기에 끼워 넣어진 두 가지의 이야기―전반에서 무위의 무사와 고이의 만남의 이야기와, 후반의 대부분을 점하는 도시히토와 고이의 만남의 이야기―를 가리킨다'[3]고 하여 한 작품에 두 플롯이 공존함을 지적했다.

제1부 중에서도 아래의 한절이 작품의 주제를 드러내는 묘사로

주제 제시의 논거가 되어 왔다.

　　다만 동료의 장난이 지나쳐서 상투꼭지에다 종이쪽지를 붙여놓거
나 칼집에다 짚신을 묶어두거나 할 때면 그는 웃는 건지 우는 건지 알
수 없는 얼굴로 "나쁜 친구들이로군……자네들은" 하고 뇌까린다. 그
때의 그의 얼굴을 보거나 그 목소리를 들었던 사람은 누구나 일시 그
어떤 애처로움에 감동되고 만다. (중략)
　　그 무명의 무사에게는 고이의 일을 생각할 때마다 이 세상의 온갖 것
이 느닷없이 본래의 추악함을 드러내는 것 같이 느껴졌다. (하선 필자)

　일찍이 이 장면의 중요성에 착안한 시게마쓰 야스오는 이를 다음
과 같이 해석하였다.

　　여기에 나는 이 작품의──보다 정확하게 말하자면 이 작품 착수시
의──최대의 안목이 있다고 생각한다. 작자는 무엇보다도 이 연약한,
그러나 그렇기 때문에 무정한 '그들'의 폐부를 찌르는 고이의 말을 이
야기하고 싶어서 작품을 썼음에 틀림없다.

　　그것은 인간 전체의 견딜 수 없는 슬픔, 존재 그 자체의 '애처로움'
혹은 오히려 그와 같은 귀열을 가진 인간에 대한 깊은 공명과 애착이
라고도 할 수 있을까.[4]

　또 미요시 유키오는 다음과 같이 지적하며, 적어도 이 제1부가 작
품 중에서 가장 중요한 부분이고, 또 그 중에서도 앞에서 예든 문장

이 작품의 주제를 이야기하는 부분으로 인식하고 있다.

> 류노스케는 『라쇼몬』에서 인간의 에고이즘의 궁극으로서 존재악──
> ──인간 존재 자체가 떠맡지 않으면 안 되는 악의 형태를 기아의 극한에서
> 악을 악의 이름에 의해서 허용하는 무명의 어두움과 함께 그렸다. 『참마
> 죽』은 그와 같은 존재악을 둘러싼 인간들의 뒤얽힌 '세상의 본래의 추악
> 함'을 승자의 자의에 의해 삶의 증거를 빼앗겨버린 패자의 비극에 빗
> 대어서 그리고 있다. 말하자면 상황악의 인식을 알리는 소설이다.[5]

그러나 제1부의 묘사의 특징은, 앞에서 예든 문장을 제외하면 내
레이션은 대부분 고이의 풍채에 관한 사항이며, 고이가 조소당하는
많은 이유도 그 외모가 계기가 된다. 이 같은 외면묘사의 반복은 고
이가 경멸되는 외적조건은 될 수 있어도 고이가 경멸되는 모든 것을
이야기하지는 못한다. 핫토리 야스요시의 지적은 정확하다.

> 경멸되는 것이 부당하다는 인식이 반성적으로 정당화되는 사회구
> 조의 존재─말하자면 무의식화된 차별 시스템의 존재가 전제되어 있
> 지 않으면 안 된다. 무위의 무사의 인식과 분노는 이 객관적 상황에 대
> 한 각성에 기인하는 것이고, 즉 '세상의 본래의 하등함'─강자에 의한
> 약자의 부당한 차별의 실태─이 개인의 선의 여하를 넘어서 강고하게
> 존재하는 것의 자각에서 유래된다.[6]

그러나 그가 지적한 것처럼 '무의식화된 차별 시스템'은 어디에
존재하며 무엇을 말하는가. 우선 작품의 다음 부분을 보자.

　　무사 대기소에 있는 무사들 즉 그의 동료들은 그에게 대해서 거의 한 마리 파리 정도의 관심조차 기울이지 않고 있다. 어중이떠중이 합쳐 한 스무 명쯤 되는 심부름하는 하인마저도 그의 출입에 대해서는 이상하리만큼 극도로 냉담했던 것이다.

　　그러나 그것은 다만 이 사나이 혼자에게만 국한된 일이었다. 이러한 예외를 뺀다면 고이는 변함없이 주변의 업신여김 속에서 개와 같은 생활을 해 나가지 않으면 안 되다.

　여기에서 고이와 타인과의 '관계'를 생각하지 않을 수 없다. 나아가서는 일본인의 인간에 대한 '관계'에까지 보편화시키지 않으면 안 된다. 미요시 유키오는 '그러한 관계를 성립시키는 "세상의 본래의 하등함"을 무위의 무사와 함께 류노스케는 저주하고 있다. 그것은 이윽고 모든 것을 관계에 있어서 상대화하는 사회구조의 저주로 나아갈 것이다'[7]고 지적한다.

3 『나와 너』

　다음은 마르틴 부버의 『나와 너』 전편을 지배하며 울리는 주조저음이다.

　　처음에 관계가 있었다. (근원어 22)[8]

이 '관계'는 두 개의 근원어 '나—너'의 관계와 '나—그것'의 관계로서 규정될 수 있다. 이 두 근원어를 떠나서 있는 존재는 하나도 없으며 이 근원어에 의해 존재는 존립 근거를 획득한다. '나'는 '나'만으로서는 존재하지 못한다. '나'라고 말할 때 그것은 '나—너'의 '나'이거나 '나—그것'의 '나'이지 그 밖의 '나'는 있을 수 없다.

근원어는 홀로 있는 낱말이 아니요 어울려 있는 낱말이다.

근원어 하나는 복합어 '나—너'이다.

근원어의 또 하나는 복합어 '나—그것'이다 이 경우에는 '그것'의 자리에 '그이'나 '그녀'를 앉혀 놓아도 그 의미에 변화를 일으키지 않는다. (근원어 1)

『나와 너』 제1장의 말이다. 그러면 이 두 가지 근원어의 근본적인 차이는 어디에 있는가. '나—너'는 '나'의 온 존재를 기울이면서 말할 수 있는데 반하여, '나—그것'은 '나'의 온 존재를 기울여 말할 수 없다는 것이다. '나—그것'의 관계는 인간의 객체적인 경험 즉 지식 세계의 것이고 '나—너'의 관계는 인간의 주체적인 체험 즉 인격 세계의 것이다.

근원어 '나—너'는 존재의 전체를 바쳐서만 이를 말할 수가 있다.

그러나 근원어 '나—그것'은 존재의 전체를 바쳐서 이를 말할 수 없다. (근원어 2)

사람은 경험을 매개로 하여 자기의 세계를 인식한다고 말들을 한다.

그것은 무엇을 의미하는 말일까.

사람은 사물의 표면을 두루 다니면서 사물을 경험한다. 그는 사물로부터 사물에 관한 지식을 끌어낸다. 즉 그는 사물로부터 한 경험을 얻어내는 셈이다. 이렇게 사람은 사물에 속해 있는 것을 경험한다.

그러나 세계는 경험적 인식만으로 사람에게 제시되는 것은 아니다. 경험에 의해서 사람에게 제시되는 것이라고는 '그것'과 '그이'와 '그녀' 즉 그것의 세계가 있을 따름이다. (근원어 5)

'나—너'의 근원어는 오직 자기의 전 존재를 기울여서만 말할 수 있다. 나의 전 존재에 정신을 집중시키고 그 안에서 무르녹은 것은 나의 능력만으로 되는 것이 아니다. 그렇다고 해서 나 없이도 이 일이 일어나는 것은 아니다. 진실로 '나'는 '너'와의 직접적인 관계를 매개로 해서만 버젓한 '나'가 되는 것이다. 내가 '나'로 됨에 따라 '나'는 그를 '너'라고 부르게 되는 것이다.

온갖 참된 삶은 만남이다. (근원어 13)

부버는 '나—너'의 관계와 '나—그것'의 차이점을 다음과 같이 표현한다.

근원어 '나—너'에서의 '나'는 인격으로서의 모습을 나타내고 주체성으로서의 자기를 인식한다. (인간의 세계 9)

그러나 '나—그것'의 관계에서는 다른 사람은 '그것' 즉 비인격적 존재를 나타내게 되며 결국 나의 수단으로 이용될 뿐이다.

> 근원어 '나—그것'에서의 '나'는 고립한 개아로서의 모습을 나타내고
> (물건을 경험하고 이용하는) 주관으로서 자기를 의식한다. (인간의 세계 9)

오늘날 문제되고 있는 인간성 상실이란 사실은 인격이어야 할, 그리고 인격과 인격의 만남 가운데 있어야할 인간의 삶이 이와 같이 비인격화되어 '그것'으로 전락되었음을 말하는 것이다.

다시 『참마죽』으로 돌아가 보자. 아쿠타가와가 『참마죽』의 소재를 『곤자쿠모노가타리』에서 따왔으므로 『참마죽』의 세계는 헤이안조가 그 시대 배경이 되어 있다. 하지만 아쿠타가와가 그리고 있는 세계는 역사의 재구성이 아닌 현대의 세계를 역사적인 원전에 가탁하여 해석하고 있을 뿐이다. 미요시 유키오는 '류노스케가 사료 속에서 읽은 것은 망망하게 흘렀던 역사의 동태도 아니고 특정 시대의 역사성과 상대화된 인간의 운명도 아니다. 오히려 거꾸로 시간의 흐름 속에 있는 인간의 드라마에 확실한 〈현대〉를 발견할 때, 그의 역사 소설은 처음으로 성립한다'[9]고 한다.

작품 속에서 고이는 우선 대기소에 있는 무사들 즉 자기 동료들에게 철저하게 소외된다. '거의 한 마리 파리 정도의 관심조차도 기울이지 않'는 상태이다. 하인으로부터 상급관리까지 '처음부터 그를 무시하고 상대치 않았'다. 그리고 그의 생활은 '주변의 업신여김 속에서 개와 같은 생활을 계속해 나가지 않으면 안'되는 형편이라고 작자는 묘사하고 있다.

부버의 논리를 빌린다면 고이는 타인에 의해 '너'로서 인식되어진

것이 아니라 항상 '그것'으로 인식되어졌다고 볼 수 있다. '그것'으로
인식되었기 때문에 그들은 고이를 놀림감으로만 생각하였을 뿐 그들
의 온 존재를 기울인 동료로서 대하지 않았다. 그들에게 고이는 '너'
가 아니기 때문에 그들의 삶은 진정한 '만남'이 아니다. 고이를 '너'라
고 인식할 때만이 그들도 진정한 '나'가 되어 긴밀한 상호 인격 관계
에서 서로 인격으로서의 자신을 깨달을 뿐만 아니라 또한 다른 사람
을 하나의 인격으로서 바라보게 된다. 그러나 제1부의 묘사에는 그
어디에도 '나―너'의 인식은 없고, '나―그것'의 인식만이 존재한다.
이것이 고이가 타인들로부터 '소외'되는 근본적인 이유이다.

첫째로 그에게는 옷다운 옷이 한 벌도 없었다. 푸르죽죽한 윗도리와
같은 색의 바지가 하나씩 있기는 하나 지금에 와선 그게 색이 하얗게
배래서 남색인지 갈색인지조차 구분할 수 없게 되어버렸다. 윗도리는
그래도 어깨가 좀 처지고 끈이나 국화 무늬 장식의 색이 바랐을 뿐이
지만 바지를 보면 바지 끝이 너무나 낡아 있었다. 덧바지도 입지 않은
그 바지 속으로 가느다란 발목이 나오게 된 걸 보면 입이 험한 동료들
이 아니더라도 누구나 말라빠진 조정 대신의 수레를 끌고 가는 비쩍
말라빠진 소걸음을 본 듯한 처량한 심사가 되고 말 것이다. 거기에다
허리에 차고 있는 긴 칼만 하더라도 몹시 빈약한 것으로 칼자루의 장
식도 흐릿한데다가 검은 칼집의 칠도 벗겨져 있었다.

위의 묘사는 원전에도 그대로 그려져 있지만 작자는 이와 같이 고
이의 외형만을 묘사하여, 고이가 인격으로서 '너'로 인식되도록 하
기보다도 오히려 '그것'으로 인식되도록 하는 역할을 하고 있다. 고

98

이의 풍모나 의복 등의 묘사를 원전에서 그대로 빌어 묘사하면서 '주인 없는 삽살개'의 서글픔을 한층 확장시키고, 고이의 비소화와 무력화를 보다 철저하게 한다. 이것은 다시 말하면 '나―그것'의 관계를 보다 철저하게하기 위한 장치로 볼 수 있다.

이와 같이 고이의 처절함이 인생의 덧없음으로 강조되어지는 중에서 작자는 무위의 무사를 등장시킨다.

> 그는 단바 지방에서 온 사나이로서 이제 부드러운 콧수염이 겨우 코 밑에 돋아나기 시작하는 새파란 젊은이였다. 물론 이 사나이도 처음에는 다른 사람과 마찬가지로 아무런 이유 없이 딸기코 고이를 경멸했다. 그러다가 어느 날 어떤 기회에 "나쁜 친구들이군……자네들은"이라고 한 그의 소리를 듣고 난 후로는 아무래도 그 말이 머릿속을 떠나지 않았다. 그 이래로 이 사나이의 눈에만큼은 고이가 전혀 별개의 사람으로 비치게 된 것이었다.

제1부에 등장하는 다수의 사람들이 '나―그것'의 관계에서 고이를 인식하였지만 오직 한 사람 이 무위의 무사는 자신과 고이를 '나―너'의 관계로 파악하였다. 그러므로 무위의 무사에게는 '고이의 얼굴에서 세상의 온갖 시달림을 받고 울상이 된 "인간"이 엿보였'던 것이다. 부버의 논리를 뒤집으면 고이를 '인격'으로 보고 그와 '인격'으로 관계를 맺으려고 했던 '나'인 무위의 무사야말로 '인격으로의 모습을 나타내고 주체성으로서 자기를 인식한' 유일한 사람이다. '그것은 다만 이 사나이 혼자에게만 국한된 일이었다'고 작자는 덧붙이고 있다. 그러나 무위의 무사가 부버가 말하는 '영원자 너'에게

까지 이어지고 있는지에 대해서는 그 답을 쉽게 구할 수 없다.『참마죽』이라는 작품이 두 개의 플롯으로 구성되어 있다는 점은 전술한 바이다. 즉 전반의 무위의 무사와 고이의 만남과 후반의 도시히토와 고이의 만남이다. 그러나『참마죽』전편을 통하여 인간의 관계가 '나—너'의 관계로 인식되는 묘사는 여기뿐이다. 따라서 일찍이 시게마쓰 야스오나 미요시 유키오는 여기에서 작품의 주제를 찾았다고 할 수 있다.

4 제2부

『참마죽』의 제2의 플롯은 이야기의 후반부로서 원전의 이야기가 시작되는 부분과 일치한다. '어느 해 정월 초이튿날, 섭정 후지와라의 저택에 이른바 대향연이 있었던 때의 일이다'로 시작되어 작품이 끝을 맺는 부분까지, 고이와 도시히토의 만남과 권유, 북녘의 여행, 도시히토의 처가에서 생긴 일과 고이의 감개 세 부분으로 구성되어 있다.

그런데 이『참마죽』의 발표 당시의 비평으로는 이 인간관계를 배제한 다음과 같은 평이 주종을 이루었다. 가장 먼저 나온 평으로는 다케우치 마코토의『코』와『참마죽』과는 공히 동일한 주제——이상은 이상인 동안에 소중하다는 하나의 이데아를 나타낸 작품이다'[10]라든지, 요시다 세이이치의 다음과 같은 평이 있다.

원작의 줄거리는 거의 『참마죽』과 같다. 단지 예에 따라 진기하고 골계 같은 원래의 이야기를 한편으로는 충실하게 따르면서 그 배면에 인생에서 이상이나 욕망은 달성되지 않을 동안에 가치가 있는 것으로 그것이 달성될 때는 이상이 아니게 되고 오히려 환멸을 느낄 뿐이라고 하는 인생 비평을 비유한 것이다.[11]

또 우노 고지의 '『코』와 『참마죽』의 테마는 양쪽 공히 이상(혹은 공상)은 이상(혹은 공상)인 동안이 꽃이라는 정도의 의미이다'[12]는 평이 있는데, 이 세 사람의 평은 오랫동안 『참마죽』의 주제로서 자리 잡고 있었고 조금도 바뀌지 않았다. 즉 욕망의 충족을 목전에 둔 고이의 심리에 중점이 있는 이런 평들도 그것 자체로서 성립의 근거가 없다고는 할 수 없다. 그러나 이 작품이 도시히토라는 인물 없이 참마죽만을 실컷 먹게 되었다고 하더라도 고이는 역시 환멸을 느낄 수밖에 없었을까. 여기서 고이에게 환멸을 가져다 준 것은 다량의 참마죽보다는 먼저 도시히토라는 인물과의 인간 '관계'에서 일어난 것은 아닐까.

이점을 최초로 지적한 와다 시게지로는 인간관계의 중요성을 강조한다.

이와 같이 도시히토를 볼 때, 고이의 환멸은 도시히토의 악의에 의해 가져다 준 것으로 하지 않으면 안 된다. 비인간적인 것에 의해 고이의 욕망 충족은 깨어져 버린 것이다. 여기에 고이의 비극이 있다. 오직 단순히 욕망은 충족되려고 할 때에 환멸을 가져온다고 하는 일반적인 필연은 어디에도 그려져 있지 않다. 어디까지나 도시히토의 비정에 기초하고 재력을 더한 조롱·모멸의 속에서 나타났던 것이다. 따라서 문

제는 이와 같은 환멸을 일으켰던 비정한 인간성에 대해서 주의를 환기하지 않으면 안 된다는 것이다.[13]

그리고 그는 도시히토와 고이의 관계를 '귀족'과 '서민'의 관계로 규정하고 다음과 같이 주장한다.

그들 귀족들이 무의식 속에 억압되어 있는 민중의 소리를 여기에 듣고 있다. 그들 귀족들은 얼른 보아서 기품과 교양을 몸에 익히고 있는지 모르지만 이 같은 인간의 내부에 어떠한 흉악한 야성이 잠들어 있는지를 우리들은 찾아내지 않으면 안 된다. 아쿠타가와는 이 사이의 인간성의 비밀을 용하게 간파하고 있다.

아쿠타가와는 이 작품에 의해 귀족들 속에 숨은 인간의 흉악을 도려내 보였다. 또 여기에 혼이 나고 있는 민중의 상징으로서 고이를 그리고 있다.[14]

와다 시게지로의 논리대로라면 제1부에서 동료들이나 하인들, 심지어는 어린 아이들까지 고이를 '나—너'의 관계로 대하지 않고 '나—그것'으로 대하였던 것과 마찬가지로 도시히토와 고이의 관계도 역시 '나—너'가 아닌 '나—그것'으로 확실하게 고착되어 간다. 우선 도시히토가 어떤 인물인지를 볼 필요가 있다.

고이는 혼잣말이 미처 끝나기도 전에 누군가가 조소하였다. 노숙하고 대범한 무사다운 목소리였다. 소리의 주인은 그 무렵 같은 후지와라가의 가쿠콘이 되어 있었던 민부쿄 도키나가의 아들 후지와라 도시히토였다. 어깨가 떡 벌어지고 키가 장승같은 늠름한 사나이로서 그는 군밤을 씹으며 흑주 잔을 연거푸 비우고 있었다.

"매우 안됐구려." 도시히토는 고이가 고개를 든 것을 보자 사뭇 경<u>멸</u>과 연민을 한데 얼버무린 듯한 목소리로 말을 이었다. "원하신다면 이 도시히토가 소원을 풀어드리기로 하지……."(하선 필자)

그 후 고이를 속여서 쓰루가까지 데려가고, 더욱이 또 그가 고이에게 제공하기 위해서 일부러 모으게 한 참마가 이삼천 개라는 엄청나게 많은 수이었다는 것을 보면 이것은 고이를 괴롭히려는 수작으로도 볼 수 있다. 시종 조롱과 모멸에 차있다. 그는 고이가 '참마죽을 물리도록 실컷 먹어보고 싶다고 하는 게 오래 전부터 그의 유일한 소원'이라는 점을 약점으로 자신에게 굴복을 요구하는 그런 인물로도 파악할 수 있다. 이런 도시히토 앞에서 고이는 '어떻게 답변하든지 결국은 바보 취급당할 듯싶은 생각이 들'어 주저하는, 마치 거미줄에 걸린 곤충 같은 처지로 자기 자신을 매김하고 있다.

작품의 제2부는 거의 원전을 그대로 옮기다시피 하였다 하더라도 현대소설에서 리얼리티를 얻기 위해 삭제했어야 마땅할 소재, 즉 여우를 잡아서 심부름꾼으로 보내는, 황당한 이야기는 왜 삽입되어 있는 것일까. 그것은 두말할 필요도 없이 고이에 대한 도시히토의 우위를 증명하는 것 밖에는 되지 않는다.

고이는 소박한 존경과 찬탄을 연거푸 입 밖에 내면서 이 여우까지도 맘대로 부릴 수 있는, 들에서 자란 무인의 얼굴을 새삼스럽게 올려다보았다. 자기와 도시히토의 사이에는 그 얼마나 먼 거리가 있는 것일까……. 그런 일을 차분히 생각할 겨를조차 없었다. 다만 도시히토의 의지에 따라 지배되는 범위가 넓으면 넓을수록 그 의지 속에 포용되어 가는 자기의 의지란 것도 그만큼 마음대로 듣게끔 되었다는 사실만은 마음 든든하게 느낄 뿐이다.

이 장면의 묘사는 고이의 생각을 내레이터가 이야기하고 있는 것이지만 거꾸로 해석하면 고이와는 비교도 안 되는 도시히토의 우월을 표현하는 것이다. 고이는 도시히토에 의해 지배당하고 있는 것이 된다.

"어떻소······. 이야기를 듣고 보니······." 종복들이 쏟아놓은 이야길 다 듣고 난 도시히토는 고이를 보고 우쭐대며 말했다. "나는 짐승까지도 맘대로 부릴 수가 있단 말이오······."
"다만 놀라울 따름입니다." 고이는 자기 딸기코를 긁적이면서 살짝 고개를 숙이고 나서 일부러 놀란 것처럼 입을 벌려 보였다.

이 장면에서 느낄 수 있는 도시히토의 인품은 와다 시게지로가 말한 대로 '여우를 부리는 초인적인 힘을 가지고 있는', '인간성에 가깝다고 하기보다는 귀성에 가까운 것을 상징'하는 것이다. 그러나 이에 반대 의견이 없는 것도 아니다. 미요시 유키오는 다음과 같은 의견을 제시한다.

고이를 쓰루가까지 데려왔을 때, 그의 〈악의〉를 추측하기에 족한 묘사는 보이지 않는다. 우선 고이를 조롱하고, 모멸하기 위해서 도시히토는 무엇하나 쓰루가까지 데리고 갈 필요도 없었다. 고이는 교토의 대로에서 이미 패자였다. 자신의 힘을 과시하는 승자의, 어린아이 같은 자존심과, 사람을 속이고 지배하는, 이것도 어린아이 같은 장난기가 도시히토를 움직이는 동기의 전부였다.[15]

그리고 최후로 고이가 자신의 좌표를 확실하게 인식하는 사건이 작품의 말미에 나타나 있다.

> 그리고 그 눈부신 햇살에 윤이 흐르는 모피를 씻으면서 한 마리의 짐승이 얌전하게 앉아 있었다. 자세히 바라보니 그것은 바로 그제 도시히토가 겨울 들판에서 생포했던 그 사카모토의 들여우였다.
> "저 여우도 참마죽이 먹고 싶어서 나타난 것이렷다. 여봐라, 저 짐승에게도 먹을 것을 갖다 주도록 해라."
> 젊은 도시히토의 명령은 지체 없이 거행되었다. 처마에서 뛰어내린 여우는 즉시 앞뜰에서 참마죽을 대접받게 되었던 것이다.

여기까지 오면 고이의 인격이란 '지배—피지배'를 넘어서 동물과 같은 수준으로 전락하게 된다. 이런 경우를 거치며 고이는 '이곳에 오기 전의 자기 자신의 모습을 그리워하'게 된다.

원전에 충실했던 제2부에서 주요인물은 도시히토와 고이이며, 이들의 '관계'로 작품은 구성되어 있다. 그러면 부버의 주장대로라면 고이는 도시히토에게 어떤 존재였겠는가. 도시히토에게 고이는 '너'였을까, 아니면 '그것'이었을까. 그것은 더 이상 답할 필요가 없을 것이다.

애당초 도시히토가 고이를 만났을 때에 내뱉은 말에서부터 엿볼 수 있는 것은 도시히토와 고이의 관계는 이미 평등한 관계가 아니었다.

"귀하께서는 참마죽을 배불리 먹어본 적이 없으신 모양이군."

"매우 안됐구려." 도시히토는 고이가 고개를 든 것을 보자 사뭇 경멸과 연민을 한데 얼버무린 듯한 목소리로 말을 이었다. "원하신다면 이 도시히토가 소원을 풀어드리기로 하지……."

연이어 도산 근처 온천에 목욕하러 가자고 하여 함께 나온 길을 목욕은커녕 야마나시를 지나고, 세키야마도 지나고, 미이데라에 다다른다. 미이데라에서도 스님에게 대접을 받을 정도로 도시히토의 세력을 보내준다. 결국에 가서는 하인 두 사람을 데리고 쓰루가의 처가까지 가는 대담함을 보여 주면서 "이 도시히토가 여기 있는 이상, 천 명의 군사가 있는 것과 다름없으니 가는 도중의 걱정은 조금도 필요 없소"라고 위용을 보여준다. 그리고는 여우를 잡아서 심부름꾼으로 쓰는 만용마저 보여준다.

미요시 유키오의 주장대로 '고이는 교토의 대로에서 이미 패자였다'고 한다면 이 패자에 대하여 더 이상 필요 없는 자기의 위세를 보여주는 도시히토는 고이에게 무엇을 인식하기를 바란 것이며, 나아가서는 고이의 존재를 무엇으로 보고 있느냐를 묻지 않을 수 없다. 장인의 영지에 도착하자 이삼십 명의 머슴들이 나와 기다렸고, 드디어 당도한 도시히토의 처가의 권력과 경제력을 본 고이는 자신의 존재감에 대하여 무엇을 느꼈을까. 그리고 그 엄청난 양의 참마죽, 거기에 여우까지 먹도록 하는 그 부와 권력 앞에서 느끼는 고이의 자괴감이란 어느 정도였을까. '스자쿠오지를 배회하던 가련하고도 고독한 자신', '그러나 동시에 또 참마죽을 실컷 먹어보고 싶어 하던 소원을 저 혼자서 간직해온 행복한 자신'이 도시히토의 악의에 의해 무너지고, 자신의 인격이 무화되어 갔을 때, 그는 인생의 '하등함'을 느끼며 '냅다 재치기를 해버'리는 수밖에 없었을 것이다.

도시히토와 고이의 관계는 부버의 주장대로 '나—너'의 관계가 아닌 '나—그것'의 관계이다. 도시히토에게 고이는 자기와 동등한 '나—너'라고 할 수 있는 관계가 아니었다. 고이 역시 자신이 도시히토에게 '그것'이었지 '너'가 아님은 너무나 잘 알고 있었다. '인생의 본래의 하등함'은 오히려 고이가 도시히토에게서 느끼는 감정이고 그 표현이 '재치기'였다. 부버의 표현대로라면 고이의 인격은 비인격화되어 '그것'으로 전락되었음을 고이가 인식하였다는 것이다.

부버는 우리의 오늘날 일상생활에서 삶의 원리가 되어 있는 여러 가지 사고의 형태에서 정치, 경제의 대규모적이고 조직적인 활동에 이르기까지 전적으로 '그것'의 지배에 내던져져 있는 것이 현대의 문제라고 한다. 여기에 '나—너'의 관계의 회복을 통하여 점점 더 '그것'으로 굳어져 가는 세계를 깨뜨리고 근원적이고 실재적인 생명을 되찾으며, '너'라고 말하는 데서만 찾을 수 있는 인간성의 회복을 주장한다. 그러나 그것은 『참마죽』 특히 원전을 그대로 가져온 제2부에서 나타나 있듯이 인격을 인격으로서 동등하게 보지 않는 사회에서 그것은 가능한 일일까. 사람을 하나의 사물과 같이 다루어 자기의 수단으로 삼거나, 사람과 사람 사이의 문제를 조건과 조건, 사물과 사물 사이의 문제로 다루어 버리는 사유방식에 과연 그것은 가능한 것인가.

부버는 나아가서 이러한 낱낱의 '너'를 넘어서 보다 깊이 파고 들어가 마침내 '너'이면서도 결코 '그것'이 되지 않는 '영원자 너'를 만나게 된다고 한다.

> 모든 하나하나의 '너'는 '영원자 너'를 들여다보게 하는 창이라고나
> 할까. 이 하나 하나의 '너'를 통하여 우리는 '영원자 너'에게 근원어를
> 건네는 것이다. (영원자 너 1)

그리고 이 '나—너'의 근원어가 강하게 되는 것은 그의 '너'가 '영
원자 너'가 될 때 정점에 다다른다. 이 '영원자 너'는 여러 가지 이름
으로 불려 왔지만 역시 '신'이라고 부르는 것이 자연스럽다고 부버
는 말한다.

> 우리들에게 있어서 어느 때에도 어느 곳에서도 '너'이기를 그치지
> 않는 것은 유일의 '너' 즉 하나님뿐이다. (중략)
> 그러나 우리가 하나님을 '너'라고 부를 때에는, 그렇게 함으로써 비
> 로소 우리들 유한한 인간의 세계의 완전한 진리를 올바르게 부른 것이
> 된다. (영원자 너 9)

그리하여 '영원자 너'로서의 신을 향하여 '너'라고 부를 때 '나'는
인격적 존재의 가장 깊은 경지에 이른다고 한다. 『참마죽』에서 무위
의 무사가 고이를 '별개의 사람'으로 생각한 외에 그 누구도 고이를
'너'로 인식하지 않았다. 이 무위의 무사도 역시 고이를 통하여 '영원
자 너'를 발견한 것은 아닐 것이다. '세상의 온갖 것에 느닷없이 본래
의 추악함'을 느낀다고 하였다. '세상의 온갖 것'이라 했을 때 이는
초월적인 세계를 말하는 것이 아니라 내재적인 세계에 한정됨을 가

리키는 것은 말할 필요도 없다. 제1부의 고이를 둘러싼 동료, 하인, 아이들이나 제2부의 도시히토 역시 고이를 '너'로 인식하는 그 어떠한 묘사도 없다. 사람을 '너'로서 보지 않는 거기에서 '영원자 너'를 발견한다는 것은 불가능하다.

5 결어

이러한 인간관계가 오로지 작품에 등장하는 인물들에게만 한정된다고 할 수 있을까. 〈곤자쿠삼부작〉은 아쿠타가와가 실연사건을 겪고 난 직후 인간에 대하여 깊이 통찰하던 시기에 쓰였고 특히 인간의 에고이즘과 인간관계에 대하여 초점이 맞추어져 있다. 『라쇼몬』이 신이 부재하는 일본 사회를 그렸다면, 『코』에서는 타인의 눈만을 의식하는 인간을 그렸고, 『참마죽』에서는 인간을 인간으로 보지 않으므로 인하여 '영원자 너' 즉 신에게 닿을 수 없는 인간의 세계를 그리고 있다.

작가가 비록 자신의 문제를 그린다고 하여도 작품은 그 시대와 문화를 그리는 것이라고 가정한다면, 아쿠타가와가 『참마죽』을 통하여 표현하고자 하는 일본인은 어떤 존재인가. 그것은 초월적이며 절대적인 존재의 부재에서 오는 '나'와 '너'의 존재 규정을 처음부터 불가능하게 하는 존재임을 이야기하고 있는 것은 아닌가. 부버의 주장처럼 '나'는 '너'로 인하여 '나'가 되며, '나'가 되면서 '나'는 '너'라고 부를 수 있다는 그 '나'와 '너'의 근거를 전혀 가지고 있지 않다는 것을 이야기하는 것이다.

그뿐만 아니라 '관계의 각 영역에서 그 나름의 방법에 따라 '모든 "너"를 향하여 "영원자 너"라고 부르는' 것이라고 할 때, 진정 일본인의 사유에서 '영원자 너'에게 닿을 수 있는, 말을 바꾸면 초월적이고 절대적인 신의 존재를 인식할 수 있는 사유가 존재하는가에 대한 의문이기도 하다. 그렇지 못하다면 그것은 '나—너'를 '나—그것'으로 변질시키는 비인격적이고 폐쇄적인 세계, 인간이 인간에 의해서 소외될 수밖에 없는 세계가 현전할 뿐이라는 이야기가 될 것이다.

1　三好行雄『芥川龍之介論』筑摩書房 1993 p.60
2　重松泰雄「芋粥」[『国文学』1970.11 p.64]
3　服部康喜「干渉する物語―『芋粥の構成』―」[『活水日文』活水学院日本文学会 1997.12 p.68]
4　重松泰雄「芋粥」[『国文学』1970.11 pp.62~63]
5　三好行雄 芥川龍之介論』筑摩書房 1993 p.71
6　服部康喜「干渉する物語―『芋粥の構成』―」[『活水日文』活水学院日本文学会 1997.12 p.70]
7　三好行雄『芥川龍之介論』筑摩書房 1993 p.70
8　마르틴 부버·지음 김천배 옮김『나와 너』대한기독교서회 2000 p.34
9　三好行雄『芥川龍之介論』筑摩書房 1993 pp.64~65
10　竹内真『芥川龍之介の研究』大同館書店 1934 p.233
11　吉田精一『芥川龍之介』三省堂 1942 p.91
12　宇野浩二『芥川龍之介(上)』文芸春秋新社 1955 p.125
13　和田繁二郎「芋粥」『芥川竜之介』倉元社 1956 [芥川竜之介作品論集成 第一巻 羅生門 翰林書房 2000 pp.242~243]
14　和田繁二郎「芋粥」『芥川竜之介』倉元社 1956 [芥川竜之介作品論集成 第一巻 羅生門 翰林書房 2000 p.244]
15　三好行雄『芥川龍之介論』筑摩書房 1993 p.69

제5장

《손수건》

1 서언

아쿠타가와 류노스케의 작품 중에서 일본의 「무사도」와 관련된 작품을 고른다면 몇몇 작품을 꼽을 수 있을 것이다. 그 중에서도 「무사도」라는 용어가 직접적으로 등장하는 작품은 『손수건』이 유일하다.

　　그러나 정신적으로는 거의 이렇다할만한 진보도 인정할 수가 없다. 아니 오히려 어떤 의미에서는 타락했다. 그러면 이러한 현재의 상황에서 사상가가 시급히 해야 할 일로서 이 타락을 해결할 방법을 강구하려면 어떻게 해야 할까. 선생은 이에 대해 일본 고유의 무사도에 의해서만 가능하다고 단정했다. 무사도라는 것은 결코 편협한 섬나라 국민의 도덕을 기준으로 생각해서는 안 된다. 무사도 정신 속에는 오히려 구미 각국의 그리스도교적 정신과 일치되는 부분도 있다. 이 무사도에 의해서 현대 일본사조가 나아갈 방향을 알릴 수 있다면 그것은 일본의 정신적 문명에만 공헌하는 것이 아니다.

아쿠타가와는 『손수건』에서 사상가이자 교육자인 니토베 이나조를 서구 문화를 가르치는 도쿄제국대학 교수인 하세가와 긴조로 치환하여 그리고 있는데, 이 하세가와 긴조선생은 학자로서 뿐만 아니라 교육자로서도 명성이 있으며, 크리스천이자 국제인으로서 최근 일본 문명의 정신적 타락을 걱정하고, 이것을 구하는 데는 일본 고유의 「무사도」에 의지할 수밖에 없다고 생각한다. 위의 『손수건』의 한 문단이 바로 하세가와선생의 사상을 단적으로 나타내고 있다.

작품 『손수건』의 대체적인 흐름은 이러하다. 어느 초여름 오후에 스트린드베르크의 《드라마투르기》를 읽고 있던 선생은 여성 손님의 방문을 받는다. 니시야마 아쓰코라는 여성은 선생이 가르치고 있는 학생의 모친으로, 그 학생이 간병의 보람도 없이 죽었다는 것을 이야기하는데, 그 때 그녀는 그 이야기를 마치 일상의 다반사처럼 입가에는 미소마저 띠우고 있는 태도에 선생은 우선 놀란다. 그러나 잠시 후에 떨어뜨린 조선 부채를 주우려고 테이블 아래로 눈이 갔을 때, 전신의 슬픔을 손수건을 꽉 쥐고 참고 있는 부인의 모습을 발견하고 선생은 한 번 더 놀란다.

저녁 식사 후에 미국인인 부인에게 선생은 니시야마 부인의 모습을 '일본 여성의 무사도'라고 칭찬하고 만족하지만, 그 후에 다시 읽기 시작한 《드라마투르기》 속에서, 얼굴로는 미소 지으면서 손으로는 손수건을 쥐어뜯는 유명한 여배우 하이베르크부인의 이중연기를 '역겨움'이라고 단정하고 있는 것을 읽고 마음의 조화가 흐트러지는 것을 알아차리고 선생은 점차로 불쾌한 기분으로 빠져들어간다.

112

그런데 이 작품에서 문제의 핵심은, 하이베르크부인의 이중연기의 '역겨움'으로 인하여 '평온한 조화를 깨뜨리려고 하는 정체를 알 수 없는 그 무엇인가가 마음속에 있다', '편안한 기분을 어지럽히려고 하는 무엇인가가 있다. 무사도와 그리고 그 고정된 틀과──'라는 작품의 마지막 부분이다. 「무사도」가 일본을 구할 수 있는 유일한 도덕적 가치라고 생각하는 선생과, 이것이 오히려 《드라마투르기》에서는 「고정된 틀」에 지나지 않는다는 상반된 견해가 이 작품이 이야기하고자 하는 핵심이다.

따라서 니토베 이나조는 「무사도」를 어떻게 파악하고 있으며, 또 작자 아쿠타가와는 「무사도」를 어떻게 인식하고 있는가. 이에 대한 검토를 통하여 아쿠타가와가 「무사도」를 「고정된 틀」이라고 본 이유가 어디에 있었는가를 적시하고, 이 「고정된 틀」이 과연 「무사도」에 대한 타당한 평가인가를 알아보고자 한다.

 「무사도」와 니토베의 『무사도』

아쿠타가와 류노스케의 『손수건』에서는 일본의 정신적 문명의 타락을 구제할 일본 고유의 「무사도」가 더 이상 일본 국민의 도덕에 머물기보다는 구미의 그리스도교적 정신과 같은 보편적인 가치로 구현되어야 한다고 주장하는 하세가와선생을 그리고 있는데 이 하세가와선생의 목소리는 그대로 니토베 이나조의 주장이라고 할 수 있다. 그렇다면 아쿠타가와의 작품 『손수건』의 주인공인 니토베 이나조와 그가 저술한 『무사도』에 관하여 그 개략을 알아둘 필요가 있다.

이토베 이나조는 1862년 9월 1일 이와테현 모리오카시에서 출생하여, 도쿄영어학교를 거쳐 16세 때 삿포로농학교에 들어가 W. 클라크로부터 감화를 받고 그리스도교도가 되었다. 이때 일본의 대표적 그리스도교 지도자인 우치무라 간조와 돈독한 관계를 맺었다. 1884년부터 1891년까지 유럽과 미국에서 공부하고 돌아와 삿포로농학교의 교수로서 농정학, 농학사, 경제학을 강의했다. 그러나 병으로 사직하고, 요양을 겸해 1898년부터 1901년까지 유럽과 미국을 여행했으며 그 사이 영문으로 《Bushido : The Spirit of Japan》을 집필해 1899년 미국에서 출판하여 국제적인 명성을 얻었다.

그 후 타이완 총독부를 거쳐 1903년 교토제국대학 법과대학의 교수에 취임하였으며, 이때부터 학자이자 교수로서의 생애를 시작했다. 1906년에는 제일고등학교 교장이 되었고, 도쿄제국대학 교수를 겸임했다. 1913년에는 도쿄제국대학의 전임교수로서 식민정책 강좌를 담당했다. 『손수건』에서는 '선생의 전공은 식민지 정책의 연구이다'는 문장이 나온다. 한편 1911년에는 최초의 미·일 교환교수로서 미국의 6개 대학에서 강의했다. 1920부터 1926년까지는 국제연맹 사무국 사무차장으로서 국제무대에서 큰 활약을 했다. 귀국 후에는 제국학사원 회원, 귀족원 의원으로 선임되었으며, 태평양문제조사회 이사장으로서 일본의 국제적 지위를 개선하는데 기여했다. 도쿄여자대학 초대 총장도 역임했다. 1933년 캐나다에서 개최된 태평양회의에 일본대표부의 위원장으로 출석했으나, 회의가 끝난 후인 10월 16일 병으로 쓰러져 빅토리아에서 객사했다

그는 학자, 교육자, 국제인으로 다방면에 걸쳐 활동했고, 그의 활동에서 일관적으로 흐르는 정신은 동서양의 융화에 대한 신념과 실천이었다. 그는 동서 문화의 융합으로 서양문명의 일방적 수입이 아니라 일본문화를 외국인에게 이해시키는데 역점을 두었으며, 영문 저서를 다수 집필하여 일본문화를 널리 소개하였다.[1] 작품 속에서 아쿠타가와가 언급한 '나아가서는 구미 여러 나라의 국민과 일본 국민과의 상호 이해를 용이하게 한다는 이점이 있다. 혹은 국제간의 평화도 이제부터 촉진될 것이라고 말할 수 있다'는 언설은 이러한 니토베의 활동에 대한 평가로 볼 수 있다.

『무사도』는 니토베 이나조가 병 요양을 위하여 미국에 체재하고 있을 때 필라델피아에서 영문으로 「일본의 정신」이라고 부제를 붙여 1899년에 출판되었고 이듬해 일본에서도 출판되었다. 일본어 역은 1908년 출판된 사쿠라이 오타이 역이 최초이며, 1938년 야나이하라 다다오에 의한 신역이 이와나미 문고에서 발행되었다. 제1판의 서문에 의하면 '봉건제도 및 무사도를 이해하지 않으면 현대일본의 도덕관념은 결국 봉인되어져 두루마리가 될 것을 알았다'는 것이 저술의 동기로 되어 있지만 여기에서 다루고 있는 「무사도」는 협의의 봉건제도에서의 무사의 도덕에 머물지 않고 부제가 시사하는 것처럼 오히려 광의의 일본정신개설로 되어 있는 점을 놓쳐서는 안 된다.[2]

메이지유신 후의 「무사도」의 보지자는 무사계급으로서의 신분적인 특권을 가지지 않은 '사족'으로 변모하지만 이미 무사계급 전반의 에토스로서 정착했던 「무사도」는 엘리트의 인간형성의 규범으로서 지속적으로 생존하게 되었다. 그것은 서구의 그리스교적인 스토이시즘을 일본에 이식하기 위한 토양의 역할도 연출하였다. 이 점은 우치무라 간조, 니토베 이나조의 인간형성에 비추어보아도 명확하다. 이와 같은 메이지유신 이후에「무사도」는 한편으로는 이질적 서구 문명을 마주 대하는 일본 엘리트의 정신적 지주 역할을 연출하지만 한편으로는 국가주의적 풍조의 태두와 더불어 천황제 하에서 당연히 있어야 할 국민도덕으로 재편성되어 반동적인 이데올로기의 역할을 연출하는 것이 되었다.[3]

　그러나 현대의 일본인에게「무사도」라는 것은 구체적으로 체험할 수 있는 것은 아니다. 쇼와시대까지만 하더라도 중학교에서 의무적으로「하가쿠레」를 가르쳤지만 패전 후 교육제도의 개편과 더불어 그것마저 없어졌다. 현재 일본 학생은 '무사도는 구체적인 학문으로 성립될 수 없고 현재 일본에서 가르쳐지지도 않는다'라고 하고 있다. 하지만 과연 그들의 '일본의 정신'은 구시대의 유물로 전락해 버린 것일까. 그렇게 보기는 힘들다. 과거 고도 성장기에 보여준 일본의 저력은 일본을 지난 10세기 동안 지배했던 무사들의 힘이라고 할 수 있다. 그들의 조직에 대한 헌신과 무조건적인 충성, 절제와 검약 등 일본이 보여주었던 많은 미덕들은 과거 일본인의 이상적인 인간형으로 생각했던 무사의 그것과 다를 바 없다.

　이 점에 대하여 니토베가『무사도』의 제일 마지막 장인 제17장「무사도의 미래」에서 다음과 같이 예언하고 있다.

　　무사도는 하나의 독립된 도덕적 규칙으로서는 소멸할지도 모른다. 하지만 그 힘이 지상에서 사라지는 일은 없다.

　　그 무용과 문덕의 교훈은 해체됐을지도 모르지만, 그 빛과 영예는 폐허를 넘어 소생할 것임에 틀림없다. 상징인 벚꽃과도 같이 바람에 날

려진 뒤 인생을 풍요롭게 하는 향기를 실은 채 되돌아와 인간을 축복
해 줄 것이다.

몇 세대가 지난 뒤 무사도의 습관이 무덤에 묻히고 그 이름이 잊힐
때가 온다고 해도 '길거리에 서서 바라보면' 그 향기는 멀리 떨어진 보
이지 않는 언덕에서 전해져 올 것이다.[4]

이것은 『무사도』 제1장 「도덕체계로서의 무사도」의 첫 문장과 호
응하는 것으로, 니토베는 「무사도」의 장래에 대한 확고한 신념을 말
하고 있다.

무사도는 일본의 상징인 벚꽃과 우열을 가리기 힘든, 일본이란 토양
에서 피어난 고유의 꽃이다. 역사의 책장에 담긴 말라비틀어진 표본의
하나가 아니다. 지금도 일본인의 마음속에 간직된 힘과 아름다움을 겸
비한 살아있는 대상이다. 그것은 손에 닿는 모습과 형태를 지니지 않았
지만 현대 일본인들을 끌어들이기에 충분한 매력적인 존재다.

무사도를 양성해 온 과거의 사회적 조건이 사라진지 오래다. 하지만
봉건제도의 소산인 무사도의 빛은 그 어머니인 봉건제도보다도 오래
살아남아 일본인의 인륜지도가 나아가야 할 길을 비추고 있다. 과거에
실재했으나 현재에 반짝이는 머나먼 우주 저편의 별처럼 지금도 일본
인들의 머리 위에서 빛을 발하고 있다.

니토베가 왜 이 『무사도』를 쓰게 되었는가는 「서언」에서 "'일본의
이러저러한 생각이나 습관은 어떻게 전해 내려왔느냐"라고 끊임없
이 질문해대는 미국인 아내 때문'이라는 농담조의 이유를 대지만, 사

117

실은 '봉건제도와 무사도에 대해 알지 못하고서는 현대일본의 도덕
관념을 이해할 수 없다는 것'이 그의 초지일관된 생각이다. 그 뿐만
아니라 니토베는, 아쿠타가와가 『손수건』에서 말하고 있는 것처럼,
일본의 「무사도」를 『성서』와 함께 세계의 도덕 교과서로 하고자 의
도하였다. 이러한 점이 「무사도」에 대한 니토베가 가지고 있었던 생
각이었고, 서책으로 발간된 것이 바로 『무사도』라는 점을 감안 한다
면 니토베의 「무사도」에 대한 자부심의 여하는 충분히 짐작이 가고
도 남음이 있다.

 3 아쿠타가와가의 『손수건』에서 본 「무사도」

아쿠타가와는 니토베가 일고 교장 시절의 생도였다. 아쿠타가와
의 『손수건』의 하세가와선생은 그를 모델로 하고 있다. 아쿠타가와
는 1924년의 「제22회 전국교육자협의회」에서 『내일의 도덕』이라는
강연에서 니토베를 비판하여 '오늘날의 눈으로 보면 몹시 현실과 동
떨어진, 혹은 매우 이상적인 실천 곤란한 도덕'이며 '충신, 효자, 열
녀와 같은 이상적인 인물을 하나의 기준으로 삼아 그 전형적인 인물
에 그것을 합치시키려고 노력하는 것'이라고 하고 있다. 그리고 그
와 같은 봉건도덕을 보존시킨 조건은 '비판정신의 결핍'이라고 역설
한다.

따라서 아쿠타가와의 니토베에 대한 비판이 잘 나타나 있는 작품
『손수건』에는 미즈타니 아키오의 지적과 같이 '아쿠타가와 특유의

우상기피'⁵가 매우 잘 작동하고 있다. 아쿠타가와의 몇 작품에는 이와 같은 '우상파괴, 영웅부정', '위선에 대한 혐오'⁶가 흐르고 있은 작품이 있다. 『장군』에서도 영웅의 옷을 벗긴 범인으로서의 N장군을 그리고 있다. 그리고 『이토조보고서』에서도 호소카와부인의 가면을 벗기고자 하였다. 『손수건』도 이 범주에서 크게 벗어나지 않는 작품으로 '우상파괴'에 그 주제가 있다고 해도 과언이 아니다.

그러면 아쿠타가와는 『손수건』에서 무엇으로 니토베의 「무사도」를 비판하는가. 그것은 말할 것도 없이 스트린트베르크의 '작극술' 즉 《드라마투르기》 중에서도 〈Manier〉, 즉 「고정된 틀」로써 「무사도」를 비판하고 있다. 이 《드라마투르기》는 〈1) 배우는 무엇인가 2) 말 3) 특징 4) 목록 5) 위치 6) 방식 7) 모양과 출발 8) 역할 지배 9) 청중을 위해 연주하다 10) 관객의 취향 11) 스타 12) 초급 13) 무대감독 14) 지배인 15) 비평 16) 처분 17) 관례 18) 시간 19) 암기 20) 어떤 양식에 일치시키다)의 모두 20장으로 되어 있는데, 이는 아쿠타가와가 『손수건』에서 '스트린트베르크가 간결한 필치로 논평을 하고 있는 각종 작극술'이라는 대목과 마찬가지로 짧고 간결한 문체로 연출에 관한 그의 생각을 정리한 것이다.

특히 아쿠타가와가 인용한 부분은, 말을 바꾸면 하세가와선생이 읽고 있었던 《드라마투르기》의 부분은 〈Manier〉이다. 이를 「형」이라고 하는데, 보다 더 정확하게 번역하면 「고정된 틀」이 된다. 아쿠타가와는 《드라마투르기》의 〈Manier〉, 즉 「고정된 틀」로써 하세가와선생이 이상으로 품고 있던 도덕을 비판한다. 이는 바꾸어 말하면 결국 스트린트베르크의 《드라마투르기》로써 니토베의 「무사도」를 비판하는 것이 된다.

〈Manier〉, 즉「고정된 틀」의 첫 문단은 다음과 같다.

배우가 가장 일상적인 감정에 대하여 어떤 적절한 표현법을 발견하

고, 이 방법에 의해서 성공을 거두었을 때, 그 배우는 상황에 맞던, 맞

지 않던 간에 그것에 상관하지 않고 우선은 그 방법이 편하기 때문에,

다른 한편으로는 그 방법에 의해서 성공을 거둘 수 있다는 점 때문에

자칫하면 그 방법에 의존하려고 한다. 그러나 그것이 바로 고정된 틀이

라는 것이다.[7]

이것을 아쿠타가와는 작품 속에서 '그러자 마침 읽기 시작한 부분
에 이러한 글이 쓰여 있었다'고 하면서 이 문단을 그대로 인용한다.
이것은 말할 것도 없이 '구미 여러 나라의 국민과 일본 국민과의 상
호 이해를 용이하게 한다'는 선생의 '매우 이상적인 실천 곤란한 도
덕'에 대한 아쿠타가와의 비판일 것이다.

그럼에도 불구하고『손수건』에서 하세가와선생의 이러한 믿음은
기모노 정장을 차려입은 니시야마부인과의 만남을 통해서 구체화
된다. 어느 날 하세가와선생은 자신이 가르치고 있는 학생의 어머니
인 니시야마부인의 방문을 받는다. 그리고 부인은 하세가와선생에
게 아들의 죽음을 마치 일상적인 평범한 애기를 하는 듯이 알리면
서, 얼굴로는 웃고 있었지만 실은 아까부터 전신으로 울고 있는 모
습을 묘사한다. 즉 아들의 죽음에도 불구하고 얼굴에는 슬픈 내색
도 하지 않는, 자신의 감정을 절제하려고 하는 니시야마부인의 모
습은 바로 전통적으로 일본 여성이 지켜온「무사도」의 한 전형이라
고 보고 있다.

120

이 부인의 태도나 거동이 조금도 자기 아들의 죽음을 얘기하고 있는
것 같지 않다는 사실이다. 눈에는 눈물도 글썽이지 않았다. 목소리도
평상시 대로다. 게다가 입가에는 미소까지 띄고 있다. 얘기를 듣지 않
고 외모만 보고 있으면 누구나 이 부인이 일상적인 평범한 얘기를 하
고 있다고 생각할 것임에 틀림없다.

니시야마부인의 이 같은 행동은 그녀가 얼마나 「무사도」의 정신
에 철저했는가를 보여주는 단적인 한 예라고 할 수 있다. 이것은 '무
사는 감정을 얼굴에 내보이지 않는다'는 니토베의 『무사도』 제11장
「극기」에 잘 나타나 있다.

> 무사도에서는 불평불만을 늘어놓지 않는 불굴의 용기를 수련하는
> 훈련이 행해진다. 다른 한편으로는 예의 교훈이 있다. 그것은 자신의
> 슬픔, 고통을 바깥으로 표현하여 다른 사람의 유쾌함이나 평온을 어지
> 럽히지 않도록 하는 것이다.

이 같은 니시야마부인의 행동은 하세가와선생이 생각하고 있는
「무사도」에 비추어 보았을 때 무사의 처로서는 너무나 바람직한 행
동이라고 생각했을 것이다. 첫째는 감정을 얼굴에 내보이지 않았다
는 점이고, 둘째는 과묵함이 미덕이라는 점이고, 셋째는 마음을 편
안하게 유지하기 위해서 배려하는 점을 들 수 있다. 위의 『손수건』의
문장 끝에 '선생에게는 이것이 이상했다'고 덧붙이고 있지만 선생에
게는 정말 부인의 행동이 이상했을까.

이어서 하세가와선생은 예전에 베를린에 유학했을 때에 일어났

던 일을 소개한다. 그것은 빌헬름 일세가 승하하였을 때 하숙집 아이들의 태도에 대한 평가이다.

> 선생은 한 나라의 원수의 죽음이 어린아이까지 슬프게 하는 것을 기이하게 생각했다. 단순히 황실과 국민과의 관계라는 문제를 생각하게 되었을 뿐 아니라 서양에 온 이래 여러 번 선생의 눈과 귀를 자극한 서양 사람들의 충동적인 감정의 표백이 새삼스럽게 일본인이며 무사도의 신봉자인 선생을 놀라게 했던 것이다.

일본인이었다면, 아니 일본의 「무사도」를 조금이라도 이해하는 일본인이었다면 비록 천황이 죽었다고 한들 서양인들처럼 울고불고하는 '충동적인 감정의 표백'을 쉽게 할 수 있었을까 하는 의문이다. '그 때의 기이함과 동정을 하나로 묶은 것 같은 기분은 아직도 잊히지 않는다'는 것이 하세가와선생의 평가이다.

이것은 하세가와선생이 생각하고 있는 「무사도」의 모순을 그대로 적시하는 것이라고 할 수 있다. 사랑하는 사람이 죽었을 때, 인간이 슬퍼하는 것은 자연스러운 감정의 발로이다. 빌헬름 일세가 승하하자 하숙집의 두 아이가 우는 것은 어쩌면 자연스러운 감정의 유로이다. 이를 하세가와선생은 '충동적인 감정의 표백'이라고 한다. 이는 「무사도」가 인간의 감정의 유로를 막는 것임을 단적으로 나타낸다. 「무사도」가 '편협한 섬나라 국민의 도덕을 기준으로 생각해서는 안 된다'고 생각하는 하세가와선생의 생각은 과연 보편성을 지니는 것일까 하는 의문을 가지게 한다.

다시 앞으로 돌아가서, 그러다가 선생은 떨어뜨린 부채를 주우려고 테이블 아래를 내려다보았을 때 놀라운 광경을 목격하게 된다.

그 때 선생의 눈에는 우연히 부인의 무릎이 보였다. 무릎 위에는 손수건을 쥔 손이 얹혀 있었다. 물론 이것만으로는 발견도 아무 것도 아니다. 그러나 선생은 동시에 부인의 손이 격하게 떨리고 있는 것을 보았다. 떨면서 그것이 감동의 격동을 억지로 억누르려고 하는 탓인지 무릎 위의 손수건을 양손으로 찢어질듯이 꽉 쥐고 있는 것을 알았다. 그리고 나중에는 주름투성이가 된 비단 손수건이 가녀린 손가락 사이에서 마치 미풍에 나부끼기라도 하듯이 수를 놓은 테두리를 떨게 하고 있는 것을 깨달았다. 부인은 얼굴로는 웃고 있었지만 실은 아까부터 전신으로 울고 있었던 것이다.

이 광경을 목격한 하세가와선생은 '경건한 기분'이 들었다는 것이다. 그것도 그럴 것이 자신이 주장하는 「무사도」의 정신을 바로 이 니시야마부인이 전신으로 보여주고 있기 때문이다. 아마 하세가와선생은 자기의 머릿속에서만 있던 「무사도」가 이렇게 현실적으로 나타날 줄은 생각지도 않았을 것이다. 『무사도』 제11장 「극기」에는 다음과 같은 표현이 있다.

무사에게 있어 감정을 얼굴에 드러내는 행위는 남자답지 못하다고 여겨졌다. 훌륭한 인물을 평가할 때 '기쁨과 분노를 겉으로 표현하지 않는'이라는 표현이 자주 사용되었다. 거기에선 너무나 자연스러운 감정이 억제되었다. 부친은 그 위엄을 희생하여 아이를 안을 수가 없었다. 남편은 그 처에게 입맞춤을 할 수 없었다. 사실이야 어찌 되었건 사람들 앞에선 하지 않았다.

그러면서 한편 하세가와선생은 '그러한 의식에서 오는 어떤 만족이 다소의 연기로 과장된 것 같은 매우 복잡한 표정이었다'고 하는데는 니시야마부인의 행동이 자기가 생각하고 있는 이상적인 「무사도」임에는 틀림없지만 어딘가 보편적인 인간의 감정과는 동떨어진 점을 다소간 느끼고 있었다는 것을 암시한다.

이 점은 두 시간 뒤에 선생이 목욕을 하고 저녁 식사를 한 후 다시 편안하게 베란다의 등나무 의자에 앉아 별로 읽을 마음도 나지 않는 스트린트베르크의 《드라마투르기》에 우연히 눈이 갔을 때의 다음과 같은 문장에서 다시 촉발된다.

> 내가 젊었을 때 사람들은 하이베르크부인이 지니고 있는 파리에서 온 것으로 보이는 손수건에 관해서 애기했다. 그것은 얼굴은 미소를 머금으면서 손은 손수건을 둘로 찢는다는, 이중의 연기였다. 그것을 우리들은 지금 계략이라고 한다.[8]

이 문장 역시 〈Manier〉, 「고정된 틀」의 몇 가지 예 중의 하나이다. 지금까지 니시야마부인의 행동에서 '경건한 기분'마저 들었던 하세가와선생이 《드라마투르기》의 이 한 줄을 읽자마자, '스트린트베르크가 지탄한 연출법과 실천도덕상의 문제와는 물론 다르다'는 것을 충분히 알고 있으면서도 '편안한 기분을 어지럽히려고 하는 무엇인가'를 느낀다.

하세가와선생은 다이쇼 시대에 들어와 일본이 서양 문명 덕분에

물질적 진보를 이룬 반면, 정신적으로는 타락해 있는 상황을 걱정하고 있다. 당시 다이쇼 시대의 사회상에 대해서 시마다 아쓰시가 '충분히 지식을 익혀 각종 자격을 가지고 사회를 활보하는 젊은 여성들이 속출하고 있다. 그녀들은 메이지 시대의 어머니들과 함께 외출하면 확실히 체격도 좋고 키도 크다. 그 태도도 시원시원하고 사람과 접할 때도 자신만만하다. 하지만 다른 견지에서 본다면 너무 활발하여 말괄량이이고, 동작이 거칠고, 여자의 미덕인 정숙, 우미와는 거리가 멀게 되었다'[9]고 언급하고 있듯이, 이러한 일본사회의 정신적·도덕적으로 타락해 가는 윤리의 재건을 하세가와선생은 「무사도」에서 찾으려고 했고, 낮에 다녀간 니시야마부인이 그 「무사도」를 몸으로 체현해 보이는 대표적인 인물로서 '경건한 기분'마저 들게 하였다.

그러나 니시야마부인의 절제미로 대표되는 「무사도」의 이상적인 사상이 《드라마투르기》 중의 〈Manier〉 즉 「고정된 틀」 이상의 것이 아니며, 그런 「고정된 틀」을 취미(Mätzchen), 즉 '계략', '술책', '역겨움'이라고 부를 때, 지금까지 이상적으로 생각해오던 「무사도」가 일본사회의 정신적·도덕적으로 타락해 가는 윤리의 재건을 이룰 수 있는 것이 아니라는 것이다. 그렇다면 '무사도 정신 속에는 오히려 구미 각국의 그리스도교적 정신과 일치되는' 보편적인 정신을 찾을 수 있을까 하는 큰 의문이 하세가와선생 앞에 놓이게 되고 이는 작가 아쿠타가와에 의하여 부정되기에 이른다.

작품은 '선생은 불쾌한 듯이 두서너 번 머리를 흔들고 그리고 다시 시선을 들어 물끄러미 가을 풀이 그려져 있는 기후 초롱의 밝은 등불을 바라보기 시작했다'로 마치고 있다. 일본과 서양을 맺는 가교가 되고자하여, 무사 부인으로서 절제된 행동을 보이는 니시야마부인과 서양 배우의 이중 연기를 무리하게 결합시키고자 하는 하세가와선생의 현실에 밀착되지 않은 코즈모폴리터니즘의 희화화를 아쿠타가와는『손수건』에서 그리고자 하였던 것은 아닐까. 그 뿐 아니라 이처럼 모든 것이 자유롭게 변화하는 다이쇼 데모크라시 시대에 과거의 봉건주의로, 또 봉건주의 시대의 전장에서의 도덕률이었던「무사도」로 회귀하고자 하는 선생의 주장과, 세계 보편적인 '그리스도교적 정신'이 일치되기는커녕《드라마투르기》의 한 장으로 간단히 무너지고 마는 선생의「무사도」의 내실은 과연 무엇인가를 아쿠타가와는 의미심장하게 묻고 있다.

4 「무사도」와「고정된 틀」

그러나 하세가와선생의「무사도」가《드라마투르기》의 한 문장의 비판으로 간단히 무너질 수 있을 만큼 가벼운 성질의 사상일까. 아쿠타가와는〈Manier〉, 즉「고정된 틀」로써 니시야마부인의 행동을 '계략'이라는 한마디로 매도하고자 하였다. 그러나 거기에는 요시다 세이이치의 지적대로 '문명비평으로서는 파헤침이 모자라고, 작자 자신도 문제만을 제출하고, 몸을 빼고 말아버린 감이 있다'[10]는 지적에 동의할 수밖에 없다. 말을 바꾸자면 아쿠타가와는 무사 부인으로서 절제된 행동과 서양 배우의 이중 연기를 매우 안이하게 연계하여 비판하였다. 좀 더 구체적으로 말하자면「무사도」를《드라마투르기》의 한 문단과 빗대어서 니시야마부인을 희화화하고자 한 점이 그렇다.

아쿠타가와는 『손수건』에서도 '영웅부정'과 '우상파괴'의 심리가 작용하였을 것이다. 이를 잘 뒷받침해줄 논리적 근거는 말할 것도 없이 《드라마투르기》의 〈Manier〉 즉 「고정된 틀」이다. 하세가와선생이 거의 의미를 모르고 읽은 부분은 앞에서 인용한 것과 같이 '배우가 가장 일상적인 감정에 대하여…… (중략) 그러나 그것이 바로 고정된 틀이라는 것이다'라는 문단이다.

여기서 지적할 수 있는 선생의 사고의 문제점은 「무사도」=「고정된 틀」이라는 데 있다. 선생의 「무사도」가 '현대 일본사조의 나아갈 방향을 알릴 수 있'고, '일본의 정신적 문명에만 공헌하는 것이 아니'라 '구미 여러 나라의 국민과 일본 국민과의 상호 이해를 용이하게' 하며, '국제간의 평화도 이제부터 촉진 될' 만큼의 이상적인 도덕률을 스트린트베르크의 《드라마투르기》라는 일종의 연극 기법상의 「주의할 점」 정도로 쓰인 내용과 동일시하여, 「무사도」를 고정되고 낡아빠진 틀로 치환하는 데는 분명히 문제가 있다.

스트린트베르크의 《드라마투르기》의 〈Manier〉 즉 「고정된 틀」의 '몇 가지 예'에는 7가지의 예가 제시되는데, 이 예들은 《드라마투르기》의 원리라기보다 연극 상연에서 일어났던 몇 가지 해프닝을 소개한다고 보면 맞을 것이다. 그 중에는 이런 예도 있다.

몇 해 전 어떤 여성 연기자가 목덜미를 위로 하고 배를 깔고 누워서 턱을 그 높이로 치켜드는 연기에 빠져 있을 때, 그때 그것은 한번 효과가 있었다. 왜냐하면 그것은 상당히 새로운 것이었다. 하지만 그 포즈가 모든 극장에 돌았을 때 곧바로 사람들은 그 포즈에 싫증을 느꼈다. 특히 그 포즈가 적당하지 않았을 때에는 더 그랬다.[11]

127

위 문장이 7가지의 예 중에서 세 번째이고, 그 다음의 네 번째 예가 앞에서 인용한 문장으로 하세가와선생이 니시야마부인과 만나고 난 뒤 저녁식사 후에 버찌를 먹으면서 우연히 눈에 들어온 《드라마투르기》의 〈Manier〉 즉「고정된 틀」이다.

이것은 아쿠타가와도 작품 속에서 '스트린트베르크가 지탄한 연출법'이라고 적고 있는 것처럼 연출법의 정석이라고는 할 수 없다. 또 '실천도덕상의 문제와는 물론 다르다'고까지 하면서도 '편안한 기분을 어지럽히려고 하는 무엇인가가 있다'고 하면서 그 이유로 내세우는 것이 '무사도와 그리고 그 고정된 틀과——'라고 한다. 아쿠타가와는 전혀 비중이 다른 「무사도」와 「고정된 틀」을 비교하면서 '불쾌한 듯이 두서너 번 머리를 흔들고'는 해결할 수 없는 아포리아에 부딪쳐 고민하는 모습으로 작품을 끝맺는다.

그러나 「무사도」와 《드라마투르기》, 특히 〈Manier〉 즉「고정된 틀」은 비교할 수 없을 만큼 그 비중이 다르다. 이 점을 이소가이 히데오는 '엄밀하게 말하면 니시야마부인과 하이베르크부인의 아날로지는 역시 그렇게 잘 대응되어 있지 않다. 슬픔을 진지하게 감추고 있는 니시야마부인의 미소와 하이베르크부인의 보이기 위한 연기는 간단하게 하나로 묶을 수 있는 성질의 것이 아니다'고 하며 이어서 다음과 같이 지적한다.

니시야마부인의 미소가 무사도에 있어서 자기 억제적 가치관을 토대로서 양성되어져 온 표현술——고정된 틀인 점은 확실하다. 그러나 이 경우 한편으로 자식을 잃은 모친의 슬픔이라는 엄숙한 실감이 실재해 있기 때문에 이 미소가 형해화해서 형태만의 연기로 되는 위험은

128

극히 적다고 말하지 않을 수 없다. 모친들은 필사적으로 무엇인가를 견디면서 겉으로 미소를 계속 짓고 있음에 틀림이 없고, 그러한 실질적인 긴장이 있기 때문에 그것을 쓸데없는 것이라고 말하려고 하든지 하지 않든지 그것은 사람을 울리는 것이다. 이 같은 실질을 갖지 않은 하이베르크부인과 니시야마부인과의 차이는 역시 큰 것으로 이 차이를 무시하는 비교는 천박하다고 하지 않을 수 없다.[12]

더욱이 한 걸음 더 나아가서 이소가이 히데오는 '내부에서 당연히 번져 나와야 하는 것을 잃고 외부로부터의 힘에 의존해서 「고정된 틀」이 보지될 때 그것은 아름다움도 아니고 윤리도 아니게 된다. 하세가와선생이 다기진 니시야마부인의 미소를 단지 일반화해서 천하에 선포하고자 꿈꾸었을 때 거기에는 그와 같은 근본적인 위험이 포함되어 있다고 말해도 좋다'[13]고 지적하면서, 그러면서도 아쿠타가와가 이런 난센스로 작품을 구성하였던 원인에 대하여 다음과 같이 설명한다.

더구나 시대는 움직이고 있다. 하세가와선생이 실질적으로는 거의 이해할 수 없는 와일드나 스트린트베르크 등이 등장하는 시대가 오고 있다. 하세가와선생이 품고 있는 것과 같은 무사도 윤리를 가지고 세계의 조화를 꾀하고자 하는 것 같은 일원적인 꿈은 아무래도 난처하다. ——아쿠타가와의 감각실질은 아마 이러한 점에 있었을 것이다.[14]

이것이 바로 이 작품의 작자인 아쿠타가와의 「무사도」에 대한 의식을 나타내는 것으로, 아쿠타가와는 하세가와선생이 주장하는 「무사도」는 어딘가 허황함과 위선이 담겨져 있는 것으로 보았다고 할수 있다.

한편 미시마 유키오는 이 작품에 대하여 '최고로 완성된 콩트'라는 찬사를 보내며 다음과 같이 평한다.

> 이것도 미담부정이야기로써 말미에는 없는 편이 나은 반전이 붙어 있지만, 여기에 작자 자신이 말하고 있는 「형」(manier)의 미가 있다. 그리고 인생과 연기가 서로 교섭하는 부분에 대해서는 극도로 결백한 자의식가인 작자는 「손수건」에서는 무의식 속에 니시야마부인의 스트레오타이프적인 인생연기를 하나의 정지된 형태로써 「형」의 미로 인정하고 있다. 이것은 형의 미가 노가쿠의 어떤 찰나의 형과 같은 찬란함을 발하는 콩트의 작은 형식과 융화하고 있었다는 것이다.[15]

여기에서 미시마가 마음에 들었던 것은 손수건을 쥐어짜면서 얼굴로는 미소 짓고 있는 니시야마부인의 모습 그 자체였고, 그것을 묘사하는 아쿠타가와를 높이 평가하고 있다. 미시마 유키오는 그것에 직접적으로 감동하고 있고, 그 감명이 '최고로 완성된 콩트'라는 평가를 내린다.

물론 이것은 니시야먀부인에 대한 절대평가의 경우에는 그렇다. 그러나 문제는 미시마의 말대로 '없는 편이 나은 반전', 즉 《드라마투르기》의 문장이 작품 속에 엄연히 나오기 때문에 평가는 상대적이 될 수밖에 없고, 《드라마투르기》의 시원찮은 문장으로 인하여 무사의 아내인 니시야마부인의 「무사도」에 투철한 절제미가 순식간에 위선으로 희화화되는 경우를 맞이하게 된다.

그러면 이 같이 문제가 많은 작품을 아쿠타가와는 왜 집필하게 되었는가 하는 문제가 떠오른다. 그에 앞서 이『손수건』의 모티프는 어디에 있었는가를 다시 한 번 더 확인할 필요가 있다. 이에 대하여 가모 요시로는 다음과 같이 지적한다.

> 이 소설의 모티프는 오로지 스스로 애독해 마지않던 스트린트베르크의 서적 중에 '얼굴은 미소를 머금으면서 손은 손수건을 둘로 찢는다는, 이중의 연기'를 발견한 아쿠타가와의 머릿속에 번쩍이는 지적 착상, 즉 그것을 가지고 일본인의 전통적 덕목을 풍자하려고 하는 하나의 문득 떠오른 생각의 재미에 걸려 있었던 것은 아닌가.[16]

가모 요시로의 지적은 특별히 새로울 것은 없다. 그러나 분명한 것은 아쿠타가와가 스트린트베르크에게 상당히 경도되어 있었다는 것만은 틀림없는 사실이다. '읽었던 책 중에서 의리로도 자신이 감복되지 않으면 안 되었던 것은 무엇보다도 먼저 스트린트베르크였다. 그 때는 셰익스피어의 역본이 많이 있었기 때문에 손에 닿는 대로 읽어보았지만, 자신은 그를 보면 마치 근대정신의 프리즘을 보는 것 같은 기분이 들었다'(『별고·그 때의 자신의 일』)는 고백조의 서술에서도 알 수 있듯이 스트린트베르크에 깊이 공감하고 있다.

그렇다고 하더라도 앞에서 지적한 대로 비중이 다른 두 사안을 비교하여 한쪽을 비판한다는 것은 건전한 상식에 들어맞지 않음에도 불구하고 아쿠타가와가 이 작품을 집필한 이유는 어디에 있을까. 가모 요시로는 다음과 같이 설명한다.

말할 것도 없이 그것은 그들이 해외에서 온 서적을 통하여 〈보다 의식적인〉 문화에 접해버렸기 때문이다. 그것에 의해서 그들의 머리와 감수성이 〈보다 의식적인〉 것이 되어버렸기 때문이다. 이러한 지적 청년의 눈에는 유교나 무사도를 핵으로 하는 낡은 미덕의 〈틀〉을 염려하고, 그 중에 포함된 무리함이나 견강부회 혹은 자기기만을 깨닫고자 하지 않는 천진난만함·유치함이 〈딱함〉으로 생각되었던 것이다.[17]

따라서 이『손수건』이라는 작품에는 보다 무의식적인 문화와 보다 의식적인 문화의 충돌, 전통적인「고정된 틀」속에서 자족하는 인간과 그쪽으로 향해 있는 각성한 자의 비아냥거림의 눈초리가 번쩍이고 있다고 보아야 할 것이다. 즉 아쿠타가와는 이를 적시하기 위하여 무리를 감내하면서 이 작품을 완성했다고 보아야 옳을 것이다. 이 점에 대해서 가모 요시로의 언설을 부연하자면 다음과 같다.

『손수건』에 있어서 아쿠타가와의 〈시대의 그림자〉의 베인 상처는 너무나도 선명하다고 하더라도 거기에 노출된 문제성 그 자체는 반드시 아쿠타가와의 독창만은 아니다. 태서문화와의 만남에 의한 각성된 눈의 자각, 그것에 의한 낡은 〈틀〉의 동요, 그 붕괴의 징조라고 한다면 그것은 이미 메이지 말기의 지적 문학의 형식의 주제였다.『손수건』은 오히려 말하자면 시대의 문제를 조심스럽게 받아 잇고, 그 대신에 그것을 보다 치밀하고 보다 섬세하게 형상화하여 보인 작품에 다름 아니었다.[18]

가모 요시로가 주장하는 바와 같이『손수건』이라는 작품도 역시 시대의 흐름 속에서 그 의미를 해석해야 한다. 지금 보기에는 약간

132

은 치졸한 《드라마투르기》의 몇 문장으로 니토베가 그리스도교의 『성서』에 맞먹을 만큼 높은 가치를 두었던 「무사도」와 그 서책인 『무사도』를 비교한다는 것이 견강부회의 감이 없는 것은 아니지만, 작품은 작가의 것이고, 작가는 시대의 산물이라는 점을 생각한다면 「무사도」와 「고정된 틀」을 비교하고 비판한다는 것도 충분히 있을 수 있는 일이라고 보아 틀림이 없을 것이다.

5 결어

아쿠타가와는 『손수건』이란 작품을 통하여 니토베 이나조가 「무사도」를 어떻게 파악하고 있으며, 작자 아쿠타가와는 「무사도」를 어떻게 인식하고 있는가에 대한 의문을 제시, 이 의문에 대한 검토를 통하여 아쿠타가와가 「무사도」를 「고정된 틀」이라고 인식한 이유가 어디에 있었는가를 규명하고, 이 「고정된 틀」이 과연 「무사도」에 대한 타당한 평가인가를 알아보고자 하였다.

첫째, 니토베 이나조와 그의 작품인 『무사도』를 개략적으로 서술하였다. 니토베 이나조는 학자, 교육자, 국제인으로 다방면에 걸쳐 활동했고, 그의 활동에서 일관적으로 흐르는 정신은 동서양의 융화에 대한 신념과 실천이었다. 그는 동서 문화의 융합으로 서양문명의 일방적 수입이 아니라 일본문화를 외국인에게 이해시키는 데 역점을 두었다.

『무사도』는 니토베 이나조가 병 요양을 위하여 미국에 체재하고 있을 때 필라델피아에서 영문으로 「일본의 정신」이라고 부제를 붙여 출판하였다. '봉건제도 및 무사도를 이해하지 않으면 현대일본의 도덕관념은 결국 봉인되어져 두루마리가 될 것을 알았다'는 것이 저술의 동기이지만, 여기서 다루고 있는 「무사도」는 협의의 봉건제도에서의 무사의 도덕에 머물지 않고, 부제가 시사하는 것처럼 오히려 광의의 일본정신개설로, 니토베는 일본에서도 서구 그리스도교와 같은 보편도덕이 존재했다는 사실을 소개하기 위해 본서를 저술하였다.

둘째, 그러나 아쿠타가와는 『손수건』에서 니토베의 「무사도」를 비판하는데, 그것은 스트린트베르크의 '작극술' 즉《드라마투르기》중에서도〈Manier〉, 즉 「고정된 틀」로 「무사도」를 비판하고 있다. '부인은 얼굴로는 웃고 있었지만 실은 아까부터 전신으로 울고 있었'다로 서술된 이 광경을 목격한 하세가와선생은 '경건한 기분'이 들었다. 그것도 그럴 것이 자신이 주장하는 「무사도」의 정신을 바로 이 니시야마부인이 전신으로 보여주었기 때문이다. 아마 하세가와선생은 자기의 머릿속에서만 있던 「무사도」가 이렇게 현실적으로 나타날 줄은 몰랐다.

그런데 니시야마부인이 가고난 후 하세가와선생이 스트린트베르크의《드라마투르기》에 우연히 눈이 갔을 때 '얼굴은 미소를 머금으면서 손은 손수건을 둘로 찢는다는, 이중의 연기'라는 문장이 눈에 들어온다. 이 문장 역시〈Manier〉, 즉 「고정된 틀」의 몇 가지 예 중의 하나이다. 지금까지 니시야마부인의 행동에서 '경건한 기분'마저 들었던 하세가와선생이《드라마투르기》의 이 한 줄을 읽자마자 '편안한 기분을 어지럽히려고 하는 무엇인가'를 느낀다. 여기서 세계 보편적인 '그리스도교적 정신'과 일치되기는커녕 《드라마투르기》의 한 장으로 간단히 무너지고 마는 선생의 「무사도」의 내실은 과연 무엇인가를 아쿠타가와는 의미심장하게 묻고 있다.

셋째, 그러나 하세가와선생의 「무사도」가 《드라마투르기》의 한 문장의 비판으로 간단히 무너질 수 있을 만큼 가벼운 성질의 사상일까. 아쿠타가와는 〈Manier〉 즉 「고정된 틀」로써 니시야마부인의 연기와 같은 이중적 행동을 '계략(Mätzchen)'이라는 한마디로 매도하고자 하였다.

문제는 「무사도」=「고정된 틀」이라는 데 있다. 선생의 「무사도」가 '현대 일본사조의 나아갈 방향을 알릴 수 있'고, '일본의 정신적 문명에만 공헌하는 것이 아니'라 '구미 여러 나라의 국민과 일본 국민과의 상호 이해를 용이하게' 하며, '국제간의 평화도 이제부터 촉진 될' 만큼의 이상적인 도덕률을 스트린트베르크의 《드라마투르기》라는 일종의 연극 기법상의 「주의할 점」 정도로 쓰인 내용과 동일시하여 「무사도」를 고정되고, 낡아빠진 틀로 치환하는 데는 분명히 문제가 있다.

그럼에도 불구하고 아쿠타가와가 이 작품을 집필한 이유는 어디에 있을까. 이 『손수건』이라는 작품에는 보다 무의식적인 문화와 보다 의식적인 문화의 충돌, 전통적인 「고정된 틀」 속에서 자족하는 인간과 그쪽으로 향해 있는 각성한 자의 비아냥거림의 눈초리가 번쩍이고 있다. 아쿠타가와는 이를 적시하기 위하여 무리를 감내하면서 이 작품을 완성했다고 보아야 옳을 것이다.

1　자료1 (http://100.daum.net/encyclopedia/view.do?docid=b04n1281a 검색일 : 2013년 1월 11일)

2　下中邦彦『世界名著大事典』第5巻 平凡社 1960 p.321

3　下中広『哲学事典』平凡社 1971 pp.1190~1191

4　新渡戸稲造著·矢内原忠雄訳『武士道』岩波書店 1938에 의함

5　水谷昭夫「細川ガラシャ」[『国文学』三月臨増 1974 p.157]

6　吉田精一『芥川龍之介』新潮社 1958 p.169

7　August Strindberg 《Dramaturgie》 Georg Müller Verlag 1920 p.18
Wenn ein Schauspieler eine gewisse ansprechende Ausdrucksart für die gewöhnlichsten Gefühle gefunden und mit dieser Art sein Glück gemacht hat, so liegt es nahe, dass er zu diesen Mitteln zur Zeit und Unzeit greift, teils weil es bequem ist, teils weil er damit Erfolg hat. Aber das ist eben Manier.

8　August Strindberg 《Dramaturgie》 Georg Müller Verlag 1920 p.19
In meiner Jugend sprach man von Frau Heibergs Taschentuch, das wahrscheinlich aus Paris stammte. Das bedeutete doppeltes Spiel: die Hände rissen das Taschentuch entzwei, während das Gesicht lächelte. Das nennen wir jetzt Mätzchen.

9　島田厚『大正感情史』日本書籍 1979 p.217

10　吉田精一『芥川龍之介』新潮社 1958 p.95

11　August Strindberg 《Dramaturgie》 Georg Müller Verlag 1920 pp.18~19
Als vor einigen Jahren eine grosse Schauspielerin darauf verfiel, den Nacken auf den Rücken zu legen und das Kinn in die Höhe zu heben, da machte das einmal seine Wirkung, weil es ziemlich neu war. Als aber die Pose durch alle Theater ging, bekam man sei bald satt, besonders wenn sie nicht begründet war.

12　磯貝英夫「作品論 手巾」[『国文学』12月臨時増刊号 1972.12 p.76]

13　磯貝英夫「作品論 手巾」[『国文学』12月臨時増刊号 1972.12 pp.76~77]

14　磯貝英夫「作品論 手巾」[『国文学』12月臨時増刊号 1972.12 p.77]

15　三島由紀夫「解説」『南京の基督』角川文庫 1956

16　蒲生芳郎『手巾』の問題 [「信州白樺」第47·48合併号 1982.2 p.106]

17　蒲生芳郎『手巾』の問題 [「信州白樺」第47·48合併号 1982.2 p.108]

18　蒲生芳郎『手巾』の問題 [「信州白樺」第47·48合併号 1982.2 p.109]

《오시노》

제6장

1 서언

아쿠타가와 류노스케의 200여 편의 단편 작품 중에서 일본의 무사도와 연관된 작품을 고른다면 몇 작품이 이에 해당될 것이다. 그 중에서도 「무사도」라는 용어가 직접적으로 작품에 등장하는 경우는 『손수건』이다. 『손수건』에서 아쿠타가와는 사상가이자 교육자인 니토베 이나조를 서구 문화를 가르치는 도쿄제국대학 교수인 하세카와 긴조로 치환하여, 일본의 정신적 문명의 타락을 구제하는 일본 고유의 무사도가 더 이상 일본 국민의 도덕에 머물기보다는 구미의 그리스도교 정신과 같이 보편적인 가치를 구현해야 한다는 주장을 그리고 있다.

『손수건』에서 하세카와의 이러한 믿음은 기모노 정장을 차려입은 니시야마 부인과의 만남을 통해서 구체화된다. 어느 날 하세카와는 자신이 가르쳤던 학생의 어머니인 니시야마 부인을 맞이한다. 그리고 부인은 하세카와에게 아들의 죽음을 마치 일상적인 평범한 이야기를 하는 듯이 알리면서, 얼굴로는 웃고 있었지만 실은 전신으로 울고 있는 모습을 묘사한다. 즉 아들의 죽음에도 불구하고 얼굴에는 슬픈 내색도 하지 않는, 자신의 감정을 절제하려고 하는 니시야마 부인의 모습이 바로 전통적으로 일본 여성이 지켜오던 무사도의 한 전형이라고 보고 있다.

그러나 이 작품에서는 그리스도교와 「일본의 정신」이라는 「무사도」가 어떠한 관련 양상을 띠고 있는지에 대한 묘사는 작품에 나타나지 않는다. 오히려 그리스도교와 「무사도」의 관련 양상을 선명하게 표현한 작품을 찾으려 한다면, 그것은 그리스도교와 「무사도」의 유사점과 차이점을 보다 명확하게 그린 아쿠타가와의 만년의 작품 『오시노』이다.

사사키 가의 무사였던 이치반가세 한베의 미망인 시노라는 여자가 아들 신노조가 병을 치료받기 위하여 홍모인의 신부를 만나러 남만사를 방문한다. 신부가 신노조의 병을 고쳐주겠다고 하자 기쁜 나머지 시노는 자기도 모르게 기요미즈데라의 관음보살의 이름을 입에 낸다. 이교도 시노에 대해서 신부는 진정한 신인 예수 그리스도의 생애를 설파하여 듣게 한다. 신부의 이야기가 십자가상에서 예수가 외친 '나의 신이여, 나의 신이여, 어찌 나를 버리시나이까'라는 대목에 왔을 때, 한 번도 적에게 뒤를 보인 적이 없는 망부 한베에 비하면 예수는 뭐라고도 할 수 없는 겁쟁이라고 시노는 경멸과 증오가 섞인 말을 내뱉고는 교회당 밖으로 사라진다는 내용이 『오시노』의 개략으로, 200자 원고지 12매의 매우 짧은 소품이다.

따라서 여기에서는 『오시노』라는 소품을 니토베 이나조의 『무사도』와 비교 검토한다. 특히 『무사도』에 나타나는 일곱 규범과 세 덕

138

목을 『오시노』의 묘사 하나하나에 조명하여, 일본인들에게 「무사도」는 무엇이며, 또 그리스도교와의 차이점은 무엇인가를 알아보기로 한다. 서양인에게 그리스도교가 그들의 종교이자 윤리이듯이 적어도 「무사도」는 일본인에게 윤리의 차원을 넘어 종교의 경지에까지 이렀다고 할 수 있다.

2 일본 무사도의 형성

무사도는 넓은 뜻으로 이해하자면 무사사회의 발생과 더불어 무사계급을 담지자로 하여 점차 형성된 윤리적 규범으로, 그 담지자가 무사계급으로서의 특권을 가지지 않은 '사족'으로 변한 메이지 이후에도 엘리트 인간형성의 규범의식으로서 살아남은 것이다. 무사도가 가진 의의를 일본정신사의 문맥에서 정당하게 평가하고자 할 때에는 위에서 서술한 바와 같은 시점에 서지 않으면 안 되지만 그러나 이것을 좁은 뜻으로 해석하자면 다음과 같이 해석할 수 있다.

즉 무사도란 전장이라는 비일상적인 경우의 실천윤리로서 전국시대에 형성되었다. 그 경험의 축적을 토대로 하고 그것을 반성의 소재로 해서, 도쿠카와 바쿠후 체제의 성립과 함께 그 담지자인 무사계급의 신분이 안정되면서 이념화의 실마리를 열었고, 점차로 무사계급의 보편적인 교양이 된 유교와 결합하여 일상윤리로서 합리화, 규범화가 진행되었다. 그것은 일상윤리로서 합리화, 규범화됨에 따라서 하나의 에토스로서 무사계급 전반에 정착되었다.

전국시대에 형성되었던 전장이라는 비일상적인 경우의 실천윤리로서의 무사도의 그림자는 예를 들면『고요군칸』에서 엿볼 수 있다. 본서는 다케다 신겐을 중심으로 하는 고슈 무사의 사적, 마음가짐, 이상을 전개한 책으로 초기 무사도의 양태를 엿볼 수 있는 귀중한 문헌이다. 본서는 다케다 신겐의 노신인 다카사카 단쇼의 저작으로서 전해져 왔지만 현재 체제로 편찬한 이는 야마가 소코의 군사학의 스승 오바다 가게노리로 일컬어지고 있다. 본서에서는 자주「무사도」「사도」등의 단어가 등장하는데 이것은 실천적인 전장 도덕의 양태를 가리키는 것으로 사용되었다.

그러나 오바다 가게노리 문하의 야마가 소코에 이르러서 무사도가 유교적인 색채가 농후한 사족의 교양 학문인「사학」으로서 설파됨에 다다른 과정을 보면, 바쿠후 체제의 성립이 엘리트인 무사계급에 무엇을 부과하였는지를 엿볼 수 있다. 무사도는 이미 전장이라는 비일상적인 경우에 무사가 존중해야 할 실천윤리가 아니라 안정된 바쿠후 체제하에서 치자계급인 무사의 일상 논리일 것이 요구되기에 이르렀다.

무사도의 양태를 규정한 이와 같은 추세는 예를 들면 1710년부터 7년간에 걸친 사가 번사 야마모토 조초의 구술의 서적으로 일컬어지는, '무사도라고 함은 죽음과 익숙히는 것이니라'라는 저명한 일구로 시작되는『하가쿠레』의 출현과 결코 모순되지 않는다.『하가쿠레』에서 설파된 주군에 대한 주정적, 비합리적인 헌신의 태도는 무사도가 일상윤리로서의 합리화, 규범화되어가는 추세에 대한 하나의 저항의 자세를 이야기하는 것이었다.

메이지유신 후의 무사도의 담지자는 무사계급으로서의 신분적인 특권을 가지지 않은 '사족'으로 변모하지만, 이미 무사계급 전반에 에토스로서 정착한 무사도는 엘리트의 인간형성의 규범으로서 지속적으로 생존하게 되었다. 이것은 서구의 그리스교적인 스토이시즘을 일본에 이식하기 위한 토양의 역할도 연출하였다. 이 점은 우치무라 간조, 니토베 이나조의 인간형성에 비추어보아도 명확하다. 이와 같이 메이지유신 이후에 무사도는 한편으로는 이질적 서구 문명을 마주 대하는 일본의 엘리트의 정신적 지주의 역할을 연출하지만 한편으로는 국가주의적 풍조의 태두와 더불어 천황제 하에서 당연히 있어야 할 국민도덕으로서 재편성되어 반동적인 이데올로기의 역할을 연출하게 되었다.[1]

메이지유신 이후에 일본은 유럽 세계에 편입되려고 무척 애를 썼지만, 결국 노력한 만큼의 성과는 이루지 못하였다. 그렇지만 그 과정에서 일본은 자국이 매우 독자적인 문화를 이룩하였다는 것을 서구에 끊임없이 알렸다. 대표적인 것으로는 니토베 이나조의 《Bushido, The Spirit of Japan, 1899》와 오카쿠라 덴신의 《The Book of Tea, 1906》이다.[2]

『무사도』는 니토베 이나조가 병 요양을 위하여 미국에 체재하고 있을 때에 필라델피아에서 영문으로 「일본의 정신」이라고 부제를 붙여 출판되었고 이듬해 일본에서도 출판되었다. 일본어 역은 1908년 출판된 사쿠라이 오타이 역이 최초이고, 1938년 야나이하라 다다오에 의한 신역이 이와나미분코에서 발행되었다. 제1판의 서문에 의하면 '봉건제도 및 무사도를 이해하지 않으면 현대일본의 도덕관념은 결국 봉인되어져 두루마리가 됨을 알았다'는 것이 저술의 동기로 되어 있지만, 여기서 다루고 있는 무사도는 협의의 봉건제도에서의 무사의 도덕에 머물지 않고 부제가 시사하는 것처럼 오히려 광의의 일본정신개설로 되어 있음을 놓쳐서는 안 된다. 「무사도」라는 단어는 본서에 의해서 세계 각국에 펴졌고 할복과 후지산 등과 나란히 일본을 나타내는 대명사처럼 되었다.[3]

니토베는 일본에도 서구의 그리스도교와 같은 보편도덕이 존재했었다는 사실을 소개하기 위해 기사도를 염두에 두고 『무사도』를 저술하였다. 하지만 니토베의 『무사도』에 대해 도쿄대학 교수인 이노우에 데쓰지로는 무사도를 봉건시대 무사계층의 도덕률 정도로 폄하한다고 비판하면서 에도시대 병학자이자 유학자로 활동했던 야마가 소코로부터 무사도의 지적 계보를 찾아내고자 했다. 이노우에는 무사도가 단지 서양의 스토아학파에 비견되는 「이론적 도덕」으로서가 아니라, 야마가 소코로부터 시작해 아코 로닌인 오이시 구라노스케를 거쳐 막부 말 지사들의 정신적 지주인 요시다 쇼인으로 그 계보를 이어오다가, 당시에 이르러 메이지 군인을 통해 발현되는 일본민족 고래의 정신이자 「실천적 가치」라고 설명하였다.[4]

 ## 「오시노」에 대한 평가

『오시노』는 1923년 4월 1일 발행의 잡지 「주오코론」 제38년 제4호에 게재되고, 후에 『고자쿠후』, 『호온키』, 『아쿠타가와류노스케슈』에 수록된 후기 아쿠타가와 〈기리시탄모노〉의 한 작품이다. 『오시노』는 발표된 후 그다지 높게 평가되지 않았다. 요시다 세이이치는 『오시노』를 '작자가 때마침 시도해본 지혜의 장난에 지나지 않는다'고 하고, 이어서 '요즘 그는 이 종류의 제재에 이전과 같이 정렬을 가지고 파고들어가는 것이 불가능하게 되었다. 혹은 실증을 느낀 것 같다. (중략) 이미 매너리즘에 빠져 들어가 있다'[5]라는 악평을 쏟아 놓았다. 한편 사토 야스마사도 이 작품에 대해서는 '작자 주체의 충박감을 동반하지 않는 작자의 착상만이 눈에 뜨이고 〈시적 정신의 정화〉는 볼 수는 없다'[6]고 역시 낮은 평가를 하고 있다.

한편 위의 낮은 평가에 반하여 다케우치 마코토는 「오시노」와 「오긴」, 「신들의 미소」들에 배태된 것으로 보이는 일본고유의 도덕이나 신을 예수 또는 그리스도교에 대칭시키고 있는 작자의 기도가 엿보인다. 이 경우 작자는 일본적인 것에의 승리를 부여하고 있다. (중략) 「오시노」는 아들의 병이 낫기를 의뢰했던 기리시탄 사제로부터 "나의 신이여, 나의 신이여, 어찌 나를 버리시나이까"하고 그리스도가 외친 것을 듣자마자 그 약자에게 의지하는 것은 무사의 처로서 치욕이라고 분노하는 것에서 일본적인 것의 각성이 보인다. 결코 아름다움만을 추구한 작품은 아니다'[7]라고 '일본적인 것의 각성'을 강조한 작품으로 보고 있다.

세키구치 야스요시는 배교를 그린 『오긴』과 『오시노』두 작품을 평하여 '「오긴」「오시노」 공히 인간의 약함을 둘러싼 이야기이지만, 약함을 거부했던 오시노의 이야기가 풍만함을 가지지 못하고 약함에 빛을 비춘 오긴의 이야기가 배교·전향이라는 무거운 주제를 지고 있는 점에 주목하고 싶다. 「오긴」에서 다루어진 문제는 단순한 동과 서의 문제에 머물지 않는다. 인간의 약함을 어떻게 생각할 것인가 하는 근원적 문제가 인간의 삶의 방식과 관계되어 존재한다는 것이다'[8]고 '인간의 연약함' 때문에 일어날 수밖에 없는 문제임을 지적하고 있다.

이와는 달리 졸저에서는 '오시노가 예수를 〈겁쟁이〉라고 부른 것은 예수의 기개 없음을 느꼈기 때문이 아니고, 실은 너무나도 사람을 얕보는 것 같은 신부의 말이나 태도 자체에 반감을 가졌기 때문이다. 그 반감의 분출구로서 발견한 것이 예수의 기개 없이 들리는 말이었고, 신부의 고압적인 태도를 비판하는 대신에 여기에 일격을 가한 것뿐이다'[9]고 문제의 핵심은 예수의 연약함에 있었던 것이 아니고 신부의 고압적인 태도에 있었다는 것이다. 여기서 동과 서를 굳이 말하자면 무사인 남편과 그리스도교 사제인 신부의 비교·대립으로 보아야 할 것이다. 이는 니토베 이나조가 '내가 동의하지 않는 것은 예수의 가르침을 흐리게 만드는 전도 방법과 형식에 대한 것이지 그 가르침 자체는 아니다'라고 하는 대목에서도 분명하게 드러난다.

4 『무사도』의 규범으로 본 『오시노』

『무사도』에서는 「의」, 즉 '〈올바른 도리〉야말로 일본인들에게 있어 무조건적으로 따라야 할 절대 명령이라 할 수 있다', '만약 〈무사도〉가 올바른 용기와 과감함과 인내하는 감성을 갖추지 않는다면 〈의리〉는 간단히 겁쟁이의 원천으로 격하되었을 것임에 틀림없다'고 니토베는 설명하고 있는데, 『오시노』에서는 성부의 계획으로 십자가에서 성자를 죽이기로 한 것이 인류의 구원이라는 대의를 이루는 것이라면 성자는 성부의 명령을 기꺼이 따르는 것이 「의」인데도 불구하고 "나의 신이여, 나의 신이여, 어찌 나를 버리시나이까.……"라는 푸념은 무사의 처인 시노에게는 납득이 가지 않았을 것이다. 그래서 시노는 '그런 겁쟁이를 숭배하는 종교에 무슨 쓸모 있는 것이 있겠습니까. 또 그런 겁쟁이의 흐름을 이어 받은 당신이라고 한다면, 세상에 없는 남편의 위패 앞에도 제 자식의 병은 보일 수 없습니다'라고 내뱉고 만다.

「용」이란 '무사가 무사다운 것은 그 자리를 물러남으로써 충절을 이루기도 하고 그 자리에서 죽음으로써 충절을 이룰 수도 있으니, 죽어야 할 때 죽고 살아야 할 때 사는 것이야말로 진정한 용기다'라는 미토 요시마사의 말을 인용해서 설명한다. 그러나 근본적으로 무사의 「용」이란 '여러 위험을 각오한 채 생명을 걸고 사지에 임하는 것'이 비록 '개죽음'이 된다고 하더라고 그것이 무사의 본래의 모습일 것이다.

『오시노』에서 시노의 남편 이치반가세 한베는 조고사 성 공격 때에 '나무아미타불이라고 뛰어난 문장으로 쓴 종이 겉옷을 맨 살에 걸치고, 가지 달린 대나무를 깃대로 대신하고, 오른손에는 삼척오촌의 칼을 빼고, 왼손에는 빨간 종이부채를 펴고 "타인의 젊은이를 빼앗은 이상에는 죽임당할 것을 각오했다"고 큰소리로 노래를 부르면서, 오다님의 부하 중 냉혹한 사람이라고 들리던 시바타의 군세를 꺾어 넘어뜨렸습니다'고 묘사한다. 그것이 비록 '도박에 져서, 말은 물론이고 갑옷과 투구마저 빼앗'긴 상태에서 싸움에 임하는 '개죽음'이라고 할지라도 생명을 걸고 사지에 임하는 자기의 남편의 용맹

145

을 강변한다. 그런데 무슨 인류를 구원한다는 '천주라고 하는 자가 설령 십자가에 달렸다고 하더라도, 푸념하는 소리를 한다는 것은' 시노로서는 용기가 하급 무사였던 자기의 남편과 비교하더라도 도 저히 납득이 가지 않는 일이었을 것이다.

「인」은 무사의 자비로움에 내재하는 인이다. '〈무사의 정〉, 즉 무사 의 자상함은 일본인 안에 존재하는 고결한 심성에 호소하는 울림을 가지고 있다. 그렇다고 무사의 자비가 일반 백성들이 지닌 자비와 종류를 달리한다는 것은 아니다. 무사의 자비가 맹목적 충동이 아닌 정의에 대한 적절한 배려를 갖추고 있다는 사실을, 단순한 마음의 상태가 아닌 생사여탈의 힘을 배후에 지니고 있음을 의미한다'고 한 다. 또 「인」은 타인을 연민하는 마음도 가리킨다. '어진 마음을 지닌 사람은 언제나 괴로워하는 사람, 낙담하는 사람의 일을 마음에 담고 있다', '연약한 자, 열등한 자, 패배한 자에 대한 「인」은 특히 무사에 게 어울리는 덕목으로 장려 받아 왔다' 이러한 「인」에 대한 사고가 몸에 배여 있는 시노에게는 아들의 병을 고쳐주겠다는 신부의 말은 「인」 그 자체로 들렸을 것이다.

　　"좋아, 보아드리지요."
　　신부는 턱 수염을 잡아당기면서 사려 깊은 듯이 고개를 끄덕여 보였 다. 여자는 영혼의 구원을 얻으러 온 것은 아니다. 육체의 구원을 얻으 러 온 것이다. 그러나 그것은 책망하지 않아도 좋다. 육체는 영혼의 집 이다. 집의 수복만 완전하면 주인의 병도 물리치기 쉽다.

　　"아드님은 여기에 올 수 있습니까."

"그것은 약간 무리라고 생각됩니다만.……"

"그러면 거기로 안내해 주십시오."

여자의 눈이 한 순간 기쁨으로 번쩍였던 것은 이때이다.

"그렇습니까. 그렇게 해주신다면 무엇보다도 다행입니다."

신부는 부드러운 감동을 느꼈다.

신부만 부드러운 감동을 느낀 것이 아니라 신부의 「측은지심」에 대한 시노의 반응도 지금까지의 행동과는 달랐다. '그 한 순간 탈바가지처럼 표정이 없는 여자의 얼굴에 부정할 수 없는 어머니를 보았기 때문이다. 이미 앞에 서있는 사람은 견실한 무가의 부인은 아니다. 아니, 일본인 여자도 아니다. 옛날 구유 속에서 그리스도에게 아름다운 젖을 물렸던 "심히 애련하고, 심히 부드럽고, 심히 아름다운 천상의 왕비"와 같은 어머니가 되었다'고 한다. 그리스도교의 「인」이나 무사도의 「인」이나 이에 대한 반응은 동서고금을 막론하고 동일하다는 것을 작자는 시노의 표정의 변화를 포착하여 분명히 묘사하고 있다.

일본인은 「예」를 설명할 때, 경건한 마음으로 '예는 오랜 고난을 견디고, 타인을 무의미하게 부러워하지 않고 친절히 대하며, 자만하지 않고 들뜨지 않는다. 자기 자신의 이익을 바라지 않고 간단히 타인에게 선동당하지 않으며 나쁜 일을 꾸미지 않는다'라고 말한다. 그 뿐 아니라 「예」는 '자애와 겸손에서 생겨나고 타인에 대한 자상한 마음을 바탕으로 이루어지기에 언제나 우아하고 아름다운 감수성으로 나타난다', '우는 사람과 함께 울고 기뻐하는 사람과 함께 기뻐하는 것이 「예」에 있어서 반드시 필요한 조건이 된다'고 생각

147

한다.

그러나『오시노』에 등장하는 신부의 생각과 행동에서는 이러한 「예」가 있었을까. 시노가 신부에게 자식의 병만 고쳐주면 더 이상 아무런 미련이 없다고 하면서 자신도 모르게 기요미스데라의 관세음보살이라는 말을 꺼내기가 무섭게 '관세음보살! 이 말은 순식간에 신부의 얼굴에 화가 난 듯한 기색을 떠올리게 했다. 신부는 아무 것도 모르는 여자의 얼굴에 예리한 눈을 응시하고 고개를 설레설레 흔들며 나무라기 시작했다'고 묘사되어 있고, 이보다 앞서 시노의 자식의 병을 봐주겠다고 하면서도 '신부는 가슴을 젖히면서 쾌활하게 여자에게 이야기를 걸었다'라고 되어 있다. 이것은『무사도』의 「예」편에서 니토베가 서양인과 일본인의 예의 표현 방식을 비교하면서 '이 두 가지 사고방식을 비교해 보면 결국 중심이 되는 사상은 같다'는 결론과는 전혀 동떨어져 있다. 앞에서도 논한 바와 같이 시노가 정말로 신부에게 화가 났던 것은 십자가상의 예수의 연약한 말이 아니며, 더욱이 신부의 행동이 아니라 신부의 마음속에 있지도 않은 「예」를 꿰뚫어 보았기 때문이다. 이 「예」의 문제가 이 작품의 주제를 나타내는 것이라는 점도 쉽게 짐작할 수 있다.

진정한 무사는 「성〔마코토〕」에 높은 경의를 표한다. 니토베는 '공자는『중용』에서 「성」을 들어, 초월적인 힘을 그것에 부여하여 거의 신과 동격으로 여겼다. 다시 말해 "정성이란 것은 만물의 처음이며 끝이니 성실하지 못하면 만물은 없어지는 것이다"라고 하였다'고 「성」을 정의한다. 그리고 '일본에서 거짓말 하는 것, 혹은 얼버무리는 것은 똑같이 겁쟁이, 비겁자로 취급된다. 무사는 자신들의 높은 사회적 신분으로 인해 상인이나 농민보다도 더 높은 〔마코토〕의 수준을 요구한다고 생각했다'고 현실에서의 「성」의 체현을 강조한다.
이를 또 다시 『오시노』에 대입하여 보면 신부가 시노에게 하는 말을
시노는 어떻게 받아 들였을까.

> "안심하십시오. 병도 대체로 알고 있습니다. 아드님의 생명은 제가
> 맡겠습니다. 어쨌든 가능한 방법을 써 봅시다. 만약 또 인력이 미치지
> 않으면.……"

> 아드님을 죽이는 것도, 살리는 것도, 데우스의 뜻 하나입니다. 우상
> 이 아는 게 아닙니다.

신부가 시노에게 내뱉은 말을 처음에 시노는 믿었을는지 모른다.
그러나 신부가 의사가 아닌 이상에 '아드님의 생명은 제가 맡겠습니
다'고 하는 신부의 말은 명백하게 거짓말이고, 생명을 살릴 수 없다
는 것이 다음에 따라오는 '아드님을 죽이는 것도, 살리는 것도, 데우
스의 뜻'이라고 얼버무리는 데서 바로 드러나고 만다. 아들을 살리
겠다는 일념으로 남만사의 성당까지 찾아온 시노가 신부의 한마디
한마디를 놓치고 들을 리가 없다. 아직까지 신부를 쏘아붙일 단계는
아니지만 그러나 시노의 마음에는 이미 신부의 얼버무림을 감지하
고 있다. 이 얼버무림은 시노에게는 직감적으로 신부의 「성」의 부재
를 느끼게 했음에 충분하였을 것이다. 이것이 계기가 되어 다음에
오는 예수의 일생 운운하는 설교도 시노에게는 매우 정성이 부족한
것으로 인식되었고 예수의 십자가상에서의 한마디가 계기가 되어
분노를 표출한다. 무사의 한마디는 진실성과 신뢰성을 보증하는 것

으로 알고 있는 시노에게 무사도보다도 더 진실한 종교에 귀의하고 있는 신부의 한마디는 진실 그 자체일 것이라는 믿음은 곧바로 무너지고 시노는 '속았다'는 느낌을 받았음에 틀림이 없다.

일본인에게 「명예」는 '사람을 사람답게 하는 부분으로 여기고 그 것이 없으면 인간은 짐승과 다를 바 없다는 생각은 극히 당연한 듯이 여겼다. 그 고결함에 대한 어떠한 침해도 수치로 여겼다. 그리고 〈염치〉라고 하는 감성을 중시한 것은 유아시절의 교육에서도 가장 먼저 행해지는 것이었다. 〈사람들에게 비웃음 당한다〉, 〈체면을 더럽히지 말라〉, 〈부끄럽지 않은가〉 등의 말들은 잘못을 범한 소년의 행위를 바로잡는 비장의 최후 수단'으로, 「명예」는 일본인들의 특성을 가장 잘 드러내는 포인트일 것이다.

루스 베네딕트는 『국화와 칼』[10]에서 일본인에게 「명예」는 서양과는 다른 의미를 가지지만 그러나 대단히 중요한 덕목이라는 점을 강조하고 있다.

세상 사람으로부터 배척되는 비방을 받는 큰 위협을 피하기 위하여 그들은 모처럼 맛을 알게 된 개인적인 즐거움을 버리지 않으면 안 된다. (중략) 스스로를 존중하는 인간은 '선'이냐 '악'이냐가 아니라, '기대에 부응하는 인간'이 되느냐 '기대에 어긋나는 인간'이 되느냐는 것을 목적으로 진로를 정하여 세상 사람 일반의 '기대'에 부응하기 위해 자신의 개인적인 요구를 버린다. 이러한 사람일수록 '부끄러움을 알고' 한없이 신중하고 훌륭한 인간이다. 이러한 사람들이야말로 자기 가정에, 자기 마을에, 또한 자기 나라에 명예를 가져오는 사람들이다. (『국화와 칼』)

150

여기에서도 '세상사람 일반의 〈기대〉에 부응'함이 「명예」의 핵심이라고 할 수 있다. 그런데 『오시노』의 작품 속에 나오는 예수의 언행은 어떠한가.

"생각 해 보십시오. 제즈스는 두 사람의 도둑과 같이 십자가에 달렸습니다. 그때의 슬픔, 그때의 고통,——우리들은 지금 생각하는 것만으로도 몸을 떨지 않고는 있을 수 없습니다. 특히, 과분한 생각이 드는 것은 십자가 위에서 외치셨던 제즈스의 최후의 말씀입니다. 엘리 엘리 라마 사막다니——이것을 풀면 나의 신이여, 나의 신이여, 어찌 나를 버리시나이까.……"

물론 신부는 이 설교에 앞서서 예수가 사람들의 기대에 부응하여 행하였던 여러 기적을 자세하게 들려준다. 여기까지는 '신중하고 훌륭한 인간'으로 시노에게도 인식되었음에 틀림이 없다. 하지만 그 다음에 이어지는 예수의 언행은 그의 아버지인 성부의 신에게도, 그를 믿고 따르는 많은 사람들의 기대에도 미치지 못한다.

실제 성서에도 '대제사장들도 율법학자들과 장로들과 함께 조롱하면서 말하였다. "그가 남은 구원하였으나, 자기는 구원하지 못하는구나. 그가 이스라엘 왕이시니, 지금 십자가에서 내려오시라지. 그러면 우리가 그를 믿을 터인데. 그가 스스로 하나님의 아들이라고 했으니까, 그가 하나님을 의지하고 있으니, 하나님이 원하시면, 이제 그를 구원하시겠지." 함께 십자가에 달린 강도들도 마찬가지로 예수를 욕하였다'[11]로 기술되어 있다. 당시의 유대인의 기대에도 미치지 못하고 조롱거리가 된 예수를, 그리스도교를 전혀 이해하지 못하는 시노의 마음에 '기대에 부응하는 인간'으로, 또는 「명예」를 지키는 자로서 인식되었을 리가 만무하다. '명예나 명성을 얻을 수만 있다면 생명쯤은 값싼 대가라고 여겼다. 그리하여 생명보다 중요하다는 근거만 있다면 생명은 언제라도 조용히 버릴 수 있는 것이었다'는 것이 무사도에서 강조하는 점이라면 예수는 하급 무사인 자기의 남편과 비교해도 비할 바 못되는 수치스러운 인간으로 여겨졌음에 틀림없다.

『무사도』에서는 무사의 '주군에 대한 순종의 예와 충의의 의무는 봉건도덕을 두드러지게 특징짓고 있다. (중략) 소매치기 일당조차 두목에게 충성을 바친다. 하지만 충성심이 가장 중시되는 것은 무사도에서의 명예 규범뿐이다'라고 한다. 이러한 「충의」는 일본에서는 부모에 대한 「효」보다도 앞선다. 니토베는 라이 산요의 저서 『일본외사』를 '아버지 하루나리의 법황에 대한 반역에 대해 그 아들 시게나리의 고통을 "충을 다하고자 하면 효가 되지 않고 효를 다하고자 하면 충을 이룰 수 없다"라며 감동적으로 그리고 있다'고 소개하고 있다. 그리고 '무사도는 이런 좁은 틈에 끼인 경우 주저하지 않고 충의를 고른다. 여성 또한 자신의 아이에게 주군을 위해서라면 모든 것을 바치도록 장려하고 있다'고 기술하고 있다.

『오시노』에서는 "제 남편, 이치반가세 한베는 사사키 가의 해고 무사였습니다. 그러나 아직 한 번도 적 앞에서 등을 보인 적이 없습니다. 지난 조고지 성 공격 때도 남편은 도박에 져서, 말은 물론이고 갑옷과 투구마저 빼앗겼습니다. 그렇지만 싸움하는 날에는 (중략) 오다님의 부하 중 냉혹한 사람이라고 들리던 시바타의 군세를 꺾어 넘어뜨렸습니다"로 되어 있어 남편의 주군에 대한 충의가 잘 나타나 있다. 도박에 져서 말은 물론이고 투구조차 없이 맨몸으로 적과 싸우는 무모함을 보이는 것은 사실이지만, 주군의 명으로 전투에 임하는 태도에는 부모에게 대한 효, 가족에 대한 사랑을 뒤로 한 채 오로지 주군을 위해서 목숨을 바칠 뿐임을 시노의 입을 통하여 묘사하고 있다.

5 『무사도』의 덕목으로 본 『오시노』

무사의 「수양」의 항목으로서 으뜸은 '득과 실을 따지지 않는다. 그리고 그것을 자랑스럽게 여겼다'는 것이다. 그 예로 '로마의 무장 벤티디우스가 "무인의 덕이라고 칭해지는 공명심은 더러운 이익보다도 오히려 손해를 선택한다"라고 말한 것'을 들고 있다. 무사에게 '시대의 퇴폐를 논할 때의 상투적인 어구는 "문신이 돈을 밝히고 무신이 목숨을 아낀다"였다. 황금을 아까워하고, 생명을 잃는 것을 두려워하는 풍조는 그것들을 헛되이 써버리는 것과 똑같이 비난의 대상이 되었다'고 니토베는 설파하고 있다.

『오시노』에서는 무신인 시노의 남편 이치반가세 한베가 조고지 성 공격 때에 '나무아미타불이라고 뛰어난 문장으로 쓴 종이 겉옷을 맨 살에 걸치고, 가지 달린 대나무를 깃대로 대신하고, 오른손에는 삼척오촌의 칼을 빼고, 왼손에는 빨간 종이부채를 펴고……' 목숨을 아끼지 않고, 더욱이 아무 대가를 바라지 않고 주군을 위하여 전투에 임했다는 것은 이미 충분히 설명한 바 있다.

그러나 문신이라고 할 수 있는 신부가 시노의 아들의 병을 낫게 해 주는 대가로서 돈을 밝힌 것은 아니지만 득과 실을 따지지 않았다고 는 말하기 힘들다. 우선 교토에 남만사라는 성당을 세운 목적이 이를 단적으로 말해준다. 그것의 지상목표는 그리스도교의 선교다. 그렇 다면 시노가 신노조의 병을 고치러 왔을 때 신부는 단순히 신노조의 병을 고쳐주는 자선을 행하려고 하였던 것은 아니다. 시노를 비롯한 한 가정을 신자로 만든다는 분명한 목표가 있었다. 신부가 손해되는 일을 할 리가 만무하다. 따라서 시노에 대한 신부의 언동은 마치 낚시 에 걸린 고기를 대하는 것같이, 상대방의 병이라는 약점을 이용해서 그리스도교를 전파하겠다는 계산이다. 그것도 '점점 우쭐한 듯 목덜 미를 조금 재낀 채 전보다도 웅변적으로 이야기하기' 시작하였다. 무 사의 미망인인 시노가 이것을 눈치 채지 못하였을 리가 없다.

무사도에서 빠질 수 없는 것이 「극기」이다. 니토베는 '무사에게 있어 감정을 얼굴에 드러내는 행위는 남자답지 못하다고 여겨졌다. 훌륭한 인물을 평가할 때, "기쁨과 분노를 겉으로 표현하지 않는"이 라는 표현이 자주 사용되었다. 거기에선 너무나 자연스러운 감정이 억제되었다. 부친은 그 위엄을 희생하며 아이를 안을 수가 없었다. 남편은 처에게 입맞춤을 할 수 없었다'고 기술하고 있다. 무사인 남 자가 그러하다면 무사의 처 또한 마찬가지일 것이다. 그렇지 않으면 자식을 다음 세대의 무사로 키워낼 수 없기 때문이다.

『오시노』에서는 시노의 언행 하나하나를 통하여 무사의 처의 언 행이 어떠함을, 남만사의 성당에서 수행자로서의 길을 걸어가는 신 부의 언행과 적절하게 대조해 가면서, 너무나 뚜렷하게 묘사하고 있 다. 먼저 신부의 행동도 매우 근엄하게 묘사되어 있다.

이런 어두컴컴한 성당 안에는 홍모인 신부가 혼자서 기도하듯 머리를 숙이고 있다. 나이는 사십 오륙 세일 것이다. 이마가 좁고 관골이 튀어나온 볼수염이 많은 남자다. 마루 위를 끌던 옷은 '아비도'라고 부르는 사제복인 듯하다. 이렇게 말하자면 '곤타쓰'라 부르는 염주도 손목을 한 바퀴 감은 후 희미하게 푸른 구슬을 늘어뜨리고 있다.

성당 안은 물론 쥐 죽은 듯이 조용하다. 신부는 언제까지나 몸 움직임도 없다.

구도자로서의 신부의 모습을 너무나도 잘 묘사하여 놓았다. 이보다 성스럽고 신중한 태도를 누구에게서 찾을 수 있겠는가. 하지만 무사의 미망인인 시노의 행동도 이에 못지않다.

거기에 일본인 여자가 한 사람 조용히 성당 안에 들어 왔다. 문양을 새긴 낡은 홑옷에 무언가 검은 띠를 한 무가의 부인 같은 여자이다. 부인은 아직 삼십대일 것이다. 하지만 살짝 본 바로는 나이보다도 훨씬 늙어 보인다. 우선 묘하게도 얼굴색이 나쁘다. 눈 주위도 검은 기미가 있다. 그러나 대체적인 이목구비는 아름답다고 해도 상관없다. 아니, 단정함이 지나친 결과 오히려 험상궂음이 있을 정도이다.

시노의 태도 또한 뒤에 묘사되는 '옛날 구유 속에서 그리스도에게 아름다운 젖을 물렸던 "심히 애련하고, 심히 부드럽고, 심히 아름다운 천상의 왕비"와 같은 어머니'가 아니라 '그 눈에는 연민을 구하는 기색도 없을 뿐 아니라, 걱정스러움을 참지 못하는 기색도 없다. 단지 거의 완고함에 가까운 조용함을 나타내고 있을 뿐'인 무사의 처 그 자체였다. 죽어가는 아들을 앞에 두고서도 얼굴에 그런 기색조차 없는 차디차면서 프라이드를 지키려는 무사 아내의 모습은 이미 신부의 성스러움을 넘어서고 있다. 이는 서론에서 언급한 『손수건』에서 아들의 죽음을 마치 일상적인 평범한 애기를 하는 듯이 알리면서 얼굴로는 웃고 있었지만 실은 전신으로 울고 있는 니시야마 부인과 조금도 다를 바 없다.

작품의 끝 부분은 '여자는 눈물을 머금으면서 휙하고 신부에게 등을 돌리자마자 세찬 바람을 피하는 사람처럼 망설임 없이 성당 밖으로 사라져 버렸다'로 끝난다. '무사도가 바라는 여성의 이상형은 가정적이었다. 또 모순적이게도 여걸적인 특성도 원했다. 무사도는 이 둘을 양립시키고 싶어 했다. (중략) 무사도 또한 여성이 지닌 약함으로부터 자기 자신을 해방시켜 더 강하게, 게다가 용감한 남성에게도 결코 지는 일 없는 영웅적인 무용을 발휘한 여걸을 칭찬하였다'는 것이 '무사도의 여성상'이라면 시노가 신부의 설교를 듣고 자신이 생각하던 것과 상이하다는 것을 빨리 판단하고 신부에게 일침을 쏘아붙이고 망설임 없이 성당 밖으로 사라져버리는 모습은 무사도가 바라는 여걸에 걸맞은 행동이라고 하기에 충분하다. 여기에서 신부와 시노의 승패는 분명하다. 작자는 작품의 마지막 부분에 '놀란 신부를 남겨 둔 채로……'라고 묘사하고 있다.

무사도의 덕목 중의 하나가 「할복」 즉 '셋푸쿠'이다. 셋푸쿠라는 단어는 『무사도』에 의해서 세계 각국에 펴졌고 후지산 등과 나란히 일본을 대표하는 키워드가 되었다. '유럽의 문화와 예술에서 나타난 동방취미의 경향을 나타내고, (중략) 서양의 동양에 대한 고정되고 왜곡된 인식과 태도 등을 총체적으로 나타내는 말'[12]이 오리엔탈리즘이라고 한다면 이 단어에서도 오리엔탈리즘을 배제하기는 어렵다. 구태훈은 셋푸쿠, 즉 할복에 대하여 '형벌로서의 셋푸쿠는 무사 신분에 한하였다. 서민이 아무리 셋푸쿠를 원하여도 용인되지 않았다. 셋푸쿠는 무사의 특권이기도 하였던 것이다. 셋푸쿠의 작법은 엄정하였으나, 그것은 관행이었기 때문에 성문화되지 않았고, 구전으로 전해졌다'[13]고 정의하고, 성문화되어 있지 않은 셋푸쿠에 대하여 자세하게 기술하고 있다.

『오시노』에서는 작품의 마지막에 시노가 "그런 겁쟁이를 숭배하는 종교에 무슨 쓸모 있는 것이 있겠습니까. 또 그런 겁쟁이의 흐름을 이어 받은 당신이라고 한다면, 세상에 없는 남편의 위패 앞에도 제 자식의 병은 보일 수 없습니다. 신노조도 목자르는 한베라는 남편의 아들입니다. 겁쟁이의 약을 먹는 것보다는 할복하겠다고 하겠지요. 이런 것을 알았다면 일부러 여기까지 오지 않았을 것을——이것만은 분합니다"라고 신부를 향하여 분통을 터트리며 쏘아붙인다.

이 대목에서 사실은 시노의 아들 신노조는 「할복」을 해야 할 아무런 이유도 명분도 가지고 있지 않다. 그런데 시노는 '겁쟁이의 약을 먹는 것보다는 할복하겠다'고 하고 있다. 구태훈은 자결의 동기에 대하여 첫째 전쟁에서 패전하였을 경우, 둘째 결백을 증명해야 할 경우, 셋째 용서를 구해야 할 경우, 넷째 순사 등을 들고 있다.[14] 그러나 시노의 아들의 경우는 이 중에 어느 것에도 해당되지 않는다. 시노의 논리는 '병으로 죽을 것인가 아니면 할복할 것인가'인데 이것은 「할복」의 논리에 맞지 않을 뿐 아니라, '죽을 가치가 없는 일을 위해 죽는 일을 '개죽음'이라 여겼다'는 니토베의『무사도』초에 나오는 '개죽음'에 지나지 않는다.

그런데 왜 시노가 「할복」이라는 말을 신부에게 내뱉는가. "'배를 가르는다는 것은 대체 얼마나 바보 같은 행위인가.' 할복이란 말을 처음 듣는 사람들은 어이가 없을 것이다. 이국인들의 귀에는 어처구니없고 기묘한 이야기로 들릴지도 모르겠다'고 『무사도』에서는 서술한다. 얼핏 보기에 「할복」은 일본인만이 가지고 있는 그로테스크한 제도의 하나라고도 할 수 있다. 그러나 니토베는 '프랑스인은 생리학적으로 확실히 의미가 밝혀진 Ventre(복부)라는 말은 〈용기〉라는 의미로 사용하고 있다. 또 Entraille(복부)라는 프랑스어는 〈애정〉이나 〈배려〉라는 의미로도 사용된다'고 하여 할복이 '용기' 있는 행위의 결정체임을 강조하고 있다. '대의를 안고 있는 무사에게는 다다미 위에서 편히 죽는 것이 오히려 부끄러운 죽음이며 바람직한 최후라고 생각하지 않았다'는 무사의 죽음은 곧 무사의 명예와 관련된 문제였다.

따라서 시노가 내뱉은 「할복」 운운은 신노조의 치병과는 아무런 관련이 없지만, 신노조 역시 무사의 자식이라는 단 하나의 이유로 병으로 구차하게 최후를 맞이하는 것보다 「할복」을 할 만큼 용기를 가지고 있을 뿐만 아니라 명예도 지켜야 한다는 시노의 강력한 무사도 정신의 표출이라고 보아야 할 것이다. '명예를 무엇보다도 중시한 사고방식은 많은 사람들에 의해 스스로의 생명을 버리는 데 충분한 이유가 되어주었'기 때문이다. 여기에서 '일본인은 "자신을 위해 목숨을 잃는 자는 구원 받지 못할 것이다"라고 가르쳤던 저 위대한 예수의 가르침에 얼마나 접근해 있을까'라고 자문하는 니토베는 무사도는 그리스도교의 교의와 상치되지 않을 뿐 아니라 이를 능가하는 도덕적 우월을 주장함에 틀림없다.

158

6 결어

『오시노』라는 단편소설에는 얼핏 보면 요시다 세이이치의 평가대로 '작자가 때마침 시도해본 지혜의 장난에 지나지 않는다'고 할 수도 있다. 그러나 이 작품을 면밀히 검토하면 이 작품에는 그리스도교와 「무사도」로 대표되는 「야마토다마시이」의 팽팽한 대결이 잘 드러나 있다.『오시노』보다 앞에 발표된『신들에 미소』에서는 외래 종교와 일본 정신의 길항이 잘 표현되어 있다.『오시노』에서도 마찬가지로 이러한 일본의 정신풍토를 충분히 이해하지 못한 신부와 무사의 미망인 시노의 문답이 거의 블랙코미디에 가까울 정도로 우스꽝스러우면서도 냉랭하다. '양자는 생각도 이해도 입장도 무엇 하나 들어맞지 않는다. 작자는 이 양자의 대화를 거의 우스개라고 할 만큼 냉담하게 다루어 묘사하고 있다'[15]는 평가는 적확하다고 할 수 있다.

『오시노』에서의 신부와 시노 사이의 골계에 가까운 엇갈리는 대화를 니토베는『무사도』의 제16장에서 '하나의 무의식적인 저항할 수 없는 힘으로써 일본 국민 한 사람 한 사람을 움직여 왔'고, '체계적으로 가르쳐온 건 아니지만 일본의 활동 정신, 추진력이었으며', '그 뿐 아니라 새로운 시대의 일본을 형성하는 힘이라는 사실이 증명될' 「무사도」를 안이하게 보아온 그리스도교의 선교를 비판하고 있다.

일본에 있어서 그리스도교 전도 사업이 큰 성과를 거두지 못한 것은 대부분의 전도사들이 일본의 역사에 완전히 무지한 탓이다.

'이교도의 사적에 관심을 가져서 뭐 하겠냐'고 하는 사람도 있었다.

그 결과 그들의 종교는 일본인들과 일본인의 조상들의 과거 수백 년에 걸쳐 친숙해진 사고방식을 이해하는 일에서 멀어져 가고 있다.

선교사들은 민족이 가진 과거의 자취를 무시한 채 그리스도교를 새로운 종교라고 주장한다. 하지만 그리스도교는 '오래된 옛이야기'의 부류에 들어간다. 만약 그리스도교가 국민 각자에게 친절한 언어로 사람들의 도덕 발달 수준을 고려하여 설교한다면 인종이나 민족에 상관없이 사람들의 마음에 쉽게 깃들 것이다.

그리스도교도는 자신들의 최선의 부분과 이웃의 최악의 부분을 비교했다. 즉 그리스도교도의 이상과 그리스 혹은 동양의 타락을 비교한 것이다. 그들은 결코 공평해지려 하지 않았다. 자신들의 종교에 대해 충분히 칭찬 받을 만한 부분만을 보았고 다른 양식을 지닌 종교에 대해서는 대체적으로 부정적인 면만을 모아서 만족했다.

그리스도교도인 니토베 이나조가 '그리스도교의 선교사가 교육, 즉 도덕적 교육의 영역에서 일본을 위해 훌륭한 일을 해내고 있다'고 믿으면서도 그리스도교의 오만과 독선을 명확하게 집어낸다. 「무사도」의 수명이 오래 가지 않을 것이라는 비관적인 생각을 하면서도 니토베는 '무사도는 하나의 독립한 도덕적 규칙으로서는 소멸할지도 모른다. 하지만 그 힘이 지상으로부터 사라지는 일은 없다. 그 무용과 문덕의 교훈은 해체됐을지도 모르지만 그 빛과 영예는 폐허를 넘어 소생할 것임이 틀림없다. 상징인 벚꽃과 같이 날려진 뒤 인생을 풍요롭게 하는 향기를 실은 채 되돌아와 인간을 축복해 줄 것이다'라고 『무사도』에 대한 일종의 종교적인 신념을 토로하고 있다.

이것은 사제인 신부가 믿는 그리스도교에 대하여 무사의 미망인 인 시노의 몸에 배인 「무사도」의 신념의 대립을 묘사한 『오시노』의 주제와 궤를 같이 한다고 할 수 있다.

1 下中広『哲学事典』平凡社 1971 pp.1190~1191
2 오카쿠라 덴신 쓰고 정진구 옮김 『차의 책』 산지니 2009 p.7
3 下中邦彦『世界名著大事典』第5巻 平凡社 1960 p.321
4 최관 편 『일본문화사전』 고려대학교 일본연구센터 2010 p.242
5 吉田精一『芥川龍之介』新潮社 1958 p.171
6 佐藤泰正「切支丹物―その主題と文体」[「国文学」 1977.5 p.76]
7 竹内真『芥川龍之介の研究』大同舘書店 1934 p.335
8 関口安義『芥川龍之介とその時代』筑摩書房 1999 p.478
9 河泰厚『芥川龍之介の基督教思想』翰林書房 1998 p.202
10 루스 베네딕트 지음 김윤식·오인석 옮김(1991) 『국화와 칼』 을유문화사 1991
11 대한성서공회 「마태복음」 제27장 41절~44절 [『표준새번역 개정판』 2003]
12 자료2 (http://terms.naver.com/entry.nhn?docId=1128091&mobile&categoryId=200000047, 검색일 : 2012년 8월 10일)
13 구태훈 『일본 무사도』 태학사 2005 p.285 〈형벌로서의 셋푸쿠〉에 대해서는 「구태 훈 『일본 무사도』 태학사 2005」의 p.285에서 288까지의 구체적으로 기술되어 있다.
14 구태훈 일본 무사도 태학사 2005 pp.271~285
15 河泰厚『芥川龍之介の基督教思想』翰林書房 1998 p.203

芥川龍之介作品研究

아쿠타가와 류노스케 작품 연구

《희작삼매》

제7장

1 서언

아쿠타가와 류노스케의 작품으로는 드물게 신문소설인 『희작삼매』는 소위 아쿠타가와의 예술지상주의 표명의 제일작이다. 다키자와 바킨이라는 근세 희작작가에게 가탁하여 아쿠타가와 자신을 표현한 작품으로, 아쿠타가와 자신은 상당한 만족감을 나타내고 있지만, 작품의 내부로 들어가 보면 구성에서 많은 문제점을 발견할 수 있다. 그 문제점이란 주인공 바킨이 하루에 여러 인물을 우연하게 만나고, 저녁이 되어 손자 다로의 몇 마디 말에 힘을 얻어 희작 삼매경에 빠진다는 작품의 전개로, 이는 작품 구성에 무리가 많다. 따라서 이를 면밀하게 분석할 필요가 있다.

그 뿐만 아니라 작품의 대부분을 차치하는 애독자 헤이키치, 비평가 사팔뜨기, 출판사 이즈미야, 작가지망생 나가시마, 예술가 가잔 등의 긴 묘사가 이 작품의 주제를 표현하는데 적절한 것인가에 대해서도 알아보아야 한다. 실제로 이들은 작품을 클라이맥스로 끌어올리는 작용은 하지만 실제『희작삼매』에서 작품을 작품답게 하는 인물은 손자 다로와 처 오햣쿠, 며느리 오미치, 아들 소하쿠이다. 아쿠타가와가 길게 묘사한 인물보다도 이들이 왜 중요한 인물인지는 작품을 통하여 고찰하지 않으면 알 수 없다. 자칫하면 놓치기 쉬운 이들의 대화를 구체적으로 분석해 본다.

『희작삼매』를 단순히 아쿠타가와류의 예술지상주의 작품으로만 읽을 필요가 있을까. 이 작품에서 굳이 또 하나의 주제를 찾는다면 그것은 주인공 바킨의 사고방식이다. 그의 사고방식이란 타인과의 관계에서만 이루어지는 수평적 사고방식으로, 절대적이고 초월적인 수직적 사고는 전혀 눈에 뜨이지 않는다. 주위사람들로부터의 자신에 대한 평가에만 신경을 쓰고 이에 끊임없이 고통 받고 있다. 이것은 무엇을 이야기하는 것인가. 이에 대한 평가가 작품의 주제를 파악하는데 중요한 포인트가 되리라고 보고 이를 분석한다.

2 『희작삼매』의 구성의 문제점

아쿠타가와가『희작삼매』를 집필하게 된 동기가 아에바 고손의 『바킨일기초』를 참조로 해서 위대한 한 문인의 인물 재현이나 당시 사회를 배경으로 한 역사소설을 쓰려고 했던 것이 아님은 분명하다. 아쿠타가와 자신이 와타나베 구라노스케에게 보낸 서간에 '나의 바킨은 단지 나의 마음을 묘사하기 위해 바킨을 빌린 것이라고 생각하며 서양의 소설에도 이런 종류의 것이 적지 않아 그런 시도도 나쁘지 않다고 생각한다'[1]고 술회하고 있는 점도 이를 입증한다.

또 아쿠타가와가 바킨에 대한 인물기를 작성하려고 했다면『바킨일기초』의 일기에 충실하여, 바킨의 매일의 작업과 생각을 일기에 따른 편년체의 기술방식을 택했을지도 모른다. 그러나 가마이케 후미오의 고증에 따르면 아쿠타가와는『바킨일기초』의 일기보다는 다른 부분에 더 흥미를 가졌음을 알 수 있다.

> 이『바킨일기초』는 바킨의 일기 중에서 18년간의 일기로부터 초출하고, 그것을 소위「부류기」의 형식으로 편집한 것이 그 내용적 중심을 이루고 있다. 그러나 본서는 이와 같은 바킨의 일기 그 자체 외에 편집자가 첨부한 미카미 산지씨 외 여러 명의 서문, 모리 오가이의 발문이 있다. 더욱이 각각의 일기 뒤에는 하가 야이치, 고다 로한, 구로이타 가쓰미, 아에바 고손, 네 사람의 감상을 기술한 경우도 있다. 또 부록으로서「부들 꽃바구니」와「핫켄덴제평답집」이 붙여져 분량으로는 이들 부수적 내지는 주석적 부분이 일기 그 자체보다 많을 정도이다. 그리고 아쿠타가와는「희작삼매」의 제작에 있어서 일기 본문은 물론 일기 이외 부분도 참조하고 활용하고 있음은 이미 분명하다.[2]

즉 아쿠타가와는 일기 이외에 서문, 발문, 감상뿐만 아니라 부록의 부수적 내지는 주석적 부분을 더 많이 참조하고 활용하고 있다는 것이다. 이는 더 첨언할 필요도 없이 아쿠타가와가 바킨의 인물기를 쓰고자 하지 않았다는 점이 분명히 드러난다.

그렇다면 아쿠타가와가『바킨일기초』를 참조로 해서『희작삼매』를 집필한 이유는 어디에 있는가. 동시대의 기쿠치 간은 ''희작삼매'

는 그의 창작적 고백이 아니고 무엇이겠는가. 단지 그는 세상의 소위 고백소설가라기보다는 훨씬 더 예술가이기 때문에 교쿠테이 바킨에 가탁해서 고백의 대리를 하게 한 것에 지나지 않는다'[3]고 하였다. 그 후 이 작품 연구 초기에 요시다 세이이치는 '아쿠타가와 류노스케 자신이 작가로서 사상과 문제와 감정을 바킨에게 가탁해서 담은 것에 있었다'[4]고 작품의 주제를 지적했으며, 와다 시게지로는 '작가로서의 문제를 고백하고, 고백을 통해서 그의 이상을 추구한 것'[5]이라고 평하였다.

이들의 평가는 주로 아쿠타가와가 가지고 있던 사상과 감정을 바킨에게 가탁해서 묘사한 것이 이 작품의 주제이며, 그것을 통하여 작가의 예술에 대한 태도를 추찰해 보는 것을 주목적으로 하고 있는데, 이들의 평가가 이 작품을 보는 한 시좌로서 움직일 수 없는 것임에는 틀림없다. 아쿠타가와가 그리고 싶었던 것은 『핫켄덴』의 작자에 대한 독창적인 해석도 아니고 충실한 초상화도 아니다. 다키자와 바킨에 가탁해서 예술가로서의 자기의 태도를 표명한 고백적인 작품이라는 점은 이미 움직일 수 없는 통설이다.

『희작삼매』는 1917(다이쇼 6)년 10월 20일에서 같은 해 11월 4일까지 (10월 20일은 휴게) 15회에 걸쳐 「오사카마이니치신문」 석간에 게재된 신문소설로서 '비교적 뛰어난 작품이 수록되었다'라든가 '여기에 전기 아쿠타가와 문학이 훌륭하게 개화했다'[6]고 평가되는 제3단편집 『가이라이시』에 수록된 아쿠타가와의 전기 작품 중 소위 예술지상주의 성격이 잘 반영된 최초의 작품으로 간주된다.

『희작삼매』를 가마이케 후미오는 〈기〉〈승〉〈전〉〈결〉로 이루어진 형식이 잘 갖추어진 작품으로 이해하고 있다. 전 15장 중 1장에서 5

장까지를 〈기〉로 보고, 6장에서 9장까지를 〈승〉으로 보며, 10장에서 12장까지를 〈전〉으로, 13장에서 15장까지를 〈결〉로 보고 있다. 또 작품의 내용에서는 〈기〉와 〈승〉을 전단으로, 〈전〉과 〈결〉을 후단으로 나누고 있다.

〈기〉 덴포 2년 9월의 아침, 이미 나이는 60세를 넘겼지만 노년에 저항하는 왕성한 동물적 정력을 보이는 한 사람의 노인이 간다 도호초의 공중목욕탕에서 조용히 때를 밀고 있다. 몇 십 년 이래 생활과 창작의 고통에 피로해진 노인은 창밖의 가을 기운에서 죽음의 그림자를 의식하고 거기에 안주해서 잠들 수 있으면 좋겠다고 생각한다. 이 노인은 「난소사토미핫켄덴」을 집필 중인 요미혼 작자 다키자와 바킨이다. 때마침 목욕탕 안에서 애독자가 작품의 완성을 칭찬하는 소리를 듣지만 그는 호의적인 평가를 해주는 애독자에게 경멸과 호의를 동시에 느낀다. 단카나 홋쿠는 형식이 지나치게 작아서 그의 전부를 그 속에 부어넣지 못하고 이류의 예술이라고 느끼고 있는 바킨은 단카나 홋쿠를 좋아하지 않느냐는 애독자의 질문에 대해서 당시의 가인이나 종장 정도의 것은 만들 수 있다고 대답하면서 애들 같은 자존심을 엿보인 자신의 수치를 깨닫는다. 한편 잇쿠나 산바의 작에는 천연과 자연의 인간이 그려져 있는데 반하여 바킨의 작품은 모두 중국의 문학이나 교텐 등의 개작이고, 잔재주에 수박 겉핥기 학문으로 꾸며낸 것이라는 악평마저 듣고 자존심이 강한 그는 동요한다. (1~5)

〈승〉 집으로 돌아오자 가족은 외출 중이고 출판사인 이즈미야가 기다리고 있다. 라이벌인 다네히코나 슌스이의 이름을 꺼내며 그는 교묘하게 집필을 강요하려고 한다. 겨우 이즈미야를 쫓아 돌려보낸 그는 뜰 녘에서 자연을 보며 세상의 하등을 다시 한 번 생각하며 글을 팔기 위해서 세상의 그물에 걸려든 자신도 하등이 되지 않으면 안 됨에 비애를 느낀다. 무리하게 원고를 출판사에 소개시켜 달라고 청탁을 한 문학청년의 일도 그를 불쾌하게 만든다. (6~9)

〈전〉 여기에 와타나베 가잔이 방문하여 예술과 함께 전사할 각오에 대하여 서로 이야기하고, 당국의 검열이 엄격해져서 자유로이 표현할 수 없게 된 세태에 대해서 주고받지만 가잔의 정치적인 발언에 일종의 불안을 느낀다. (10~12)

〈결〉 가잔이 돌아간 후 집필 중이던 「핫켄덴」의 원고를 다시 읽어보지만 쓸데없는 덧붙임으로밖에 생각되지 않아 급히 자신의 실력에 불안을 느낀다. 그때 손자 다로가 귀가하고 그 천진난만한 모습에 바킨은 다른 사람 같이 기쁨을 느낀다. 그리하여 다로는 아사쿠사의 관음이 바킨에게 공부하라거나 신경질 내지 말라거나 조금 더 잘 참으라고 했다는 말을 전한다. 그날 밤 그는 가족으로부터 떨어져 서재에서 「핫켄덴」의 원고를 계속 써 나간다. 예술가가 아니면 이룰 수 없는 현세의 일체를 잊은 불가사의한 기쁨과 황홀하고 비장한 감격에 몸을 맡기고 집필을 계속한다. 그동안 거실에서는 처와 아들, 며느리가 등잔 주위에 모여서 바느질을 하고 환약을 만들고 있지만 처는 이 같은 바킨에게 곤란한 사람으로 별 돈도 되지 않는 일만 한다고 중얼거리지만 가족은 입을 다물고 대답을

하지 않는다. 밤은 점차 깊어지고 때마침 귀뚜라미가 가을밤을 울어재끼고 있다.(13~15)

『희작삼매』는 이와 같이 〈기〉〈승〉〈전〉〈결〉로, 그리고 〈기〉〈승〉의 전단부와 〈전〉〈결〉의 후단부로 나눌 수 있는, 완벽한 구조를 갖추고 있느냐 하면 반드시 그렇다고는 할 수 없다. 작품의 구성에서 본다면 적지 않게 무리를 내포하고 있다.

첫째는 예술지상주의자 바킨을 탄생시키기 위하여 걸린 시간이 만 하루도 되지 않는다는 사실이다. '덴포 2년 9월의 어느 오전이다'로 시작되는 작품은 목욕탕과 자택에서 일어나는 위의 〈기〉〈승〉〈전〉〈결〉의 4가지 사건으로 전개된다. 그리고 밤중에 '황홀하고 비장한 감격'을 맛보기에 이른다.

물론 바킨에게 일어날 수 있는 일들이 우연히 하루 사이에 일어난 것이 아니라 평소에 일어날 개연성이 있는 사건들을 하루라는 시점에 모아두었다고는 하더라도 이 모든 사건이 하루에 일어나고 그것도 순차적으로 일어나며 그 결과로 예술에 몰입한다고 하는 점은 시간의 구성상 많은 문제점을 내포한다고 보아야 할 것이다.

둘째는 만나는 사람의 수가 너무 많다. 『희작삼매』는 주인공 바킨이 목욕탕에서 애독자 헤이키치, 비평가 사팔뜨기를 만나고, 자택으로 돌아와 출판사 이즈미야, 예술가 가잔을 만나며, 그의 머릿속에서 작가지망생 나가시마를 만난다. 마지막으로 그의 가족을 만나는데 그 중에서도 손자 다로를 만남으로 바킨의 내면적 심리 변화가 일어나 예술적 몰입이라는 예술가로서의 자세를 가다듬는다.

하루에 보통 이 정도의 사람을 만날 수는 있겠지만 이렇게 해서는

창작활동이란 거의 불가능하다. 그리고 만나는 사람마다 보통의 일
상적인 이야기가 아니라 상당히 숙고해야할 심각한 이야기만 제시
한다. 물론 작품의 구성상 여러 사람으로부터 던져진 다수의 심각한
문제는 희작 삼매경이 되는 필연성을 강조하기 위한 것이라 할지라
도, 중요한 것은 만나는 사람의 다수에 있는 것이 아니라 사안의 경
중에 있다고 할 때, 이 작품에서 등장하는 인물은 지나치게 많다고
할 수 밖에 없다.

셋째는 가마이케 후미오는 『희작삼매』를 〈기〉〈승〉〈전〉〈결〉로 이
루어진 형식이 잘 갖추어진 작품으로 이해하고 있지만, 사실은 〈기〉
〈승〉〈전〉〈결〉 사이에 사건이 그렇게 전개되어야 할 개연성은 조금도
없다. 작품에서는 〈기〉에 의해서 〈승〉이 일어나지 않으며, 〈승〉에 의해
서 〈전〉이 일어나지 않으며, 〈전〉에 의해서 〈결〉이 일어나지 않는다.
오히려 〈기〉〈승〉〈전〉에 의해서 〈결〉이 일어난다면 수긍할 수 있다.

따라서 이 작품은 〈기〉〈승〉〈전〉은 서로 다른 사상의 전개일 뿐이
고 상호간의 유기적 관계는 가지지 못한다. 네댓 가지의 사건이 서
로 유기적 관계를 가지지 못하고 병렬형으로 나열되어 있을 뿐이다.
사실 〈결〉도 〈기〉〈승〉〈전〉에 의해 도출된 것이 아니라 그 자체도 하
나의 병렬에 지나지 않는다.

그렇기 때문에 이 작품은 우연에 의존하는 결함을 가지고 작품이
전개된다. 목욕탕에서 우연히 애독자 헤이키치와 비평가 사팔뜨기
를 만나고, 집으로 돌아오자 우연히 출판사 이즈미야가 와있고, 조
금 있다가 우연히 작가지망생 나가시마를 생각해내고, 또 조금 지나
자 예술가 가잔이 나타나고, 그가 물러가자 가족과 손자 다로가 나
타나는, 시간적으로 겹침이 없이 작가가 등장시키고 싶은 대로 차례

로 우연하게 등장하게 되는데, 이들의 등장에 필연성이란 찾아보기 힘들다.

넷째는 손자 다로의 한 마디에 의해서 희작 삼매경에 빠진다는 설정이다. 조모인 오햣쿠가 교육을 시켜 손자의 입에서 튀어나오게 한 말, "공부하세요", "음—할아버지는요. 앞으로 더 훌륭해질 테니까요", "그러니까. 잘 참으시라고요", "아사쿠사 관음보살님이 그렇게 말했어요"라는 이 말들이 바킨에게는 마치 신탁이라도 받은 것같이 되어 희작 삼매경에 빠지게 된다는 구성은 바킨이 희작 삼매경에 빠지는 이유로서는 충분하지가 않다. 견강부회의 느낌을 지울 수가 없다.

따라서 일찍이 미요시 유키오는 이 점을 다음과 같이 지적한 바 있다.

> 작가의 〈진실한 인생〉은 예술 창조의 영위를 통해서 밖에 실현되지 않는다는 「희작삼매」의 테마는 류노스케의 확신에 지지를 받아 명쾌하다. 그러나 작품의 구조에 눈을 돌리면 〈희작삼매〉의 경지를 그리는 최종 절은 수미의 구조를 훌륭하게 갖춘 단편적 세계의 내부에서 관념의 육화가 부족하다는 인상을 부인할 수 없다. 아쿠타가와 류노스케의 〈관념〉과 교쿠테이 바킨의 〈육체〉와의 균열이다.[7]

바킨이 희작 삼매경에 몰두하는 이유로서 손자의 몇 마디는 너무나 경미한 자극이다. 이 경미한 자극 때문에 대작인 『핫켄덴』이 완성된다고는 도저히 생각할 수 없으며, 하루의 거의 대부분을 불쾌와 불안으로 보내다가 하루의 마지막에 와서 이런 심정이 '이때 그의 왕자와 같은 눈에 비친 것은 이해도 아니고 애증도 아니다. 하물며 비난과 칭찬에 괴로워하는 마음 등은 벌써 눈 밖으로 사라져 버렸다. 있는 것은 단지 불가사의한 기쁨이다'로 반전된 것은 너무나도 급격한 비약이라고 하지 않을 수 없다.

따라서 『희작삼매』는 애초부터 구성상의 문제를 내포하고 있는 작품이라고 보아야 할 것이다. 구성상의 파탄이 심한 작품인데도 불구하고 세키구치 야스요시의 '비교적 뛰어난 작품이 수록되었다'라든가 '여기에 전기 아쿠타가와 문학이 훌륭하게 개화했다'[8]는 언급은 무엇을 두고 하는 말인지 그 정확한 의미를 알기란 쉽지 않아 보인다.

3 『희작삼매』의 인물과 예술지상주의

『희작삼매』에는 중요한 인물만 해도 주인공인 바킨을 비롯하여 6명이 등장하며, 엑스트라격인 인물이 처인 오햣쿠, 며느리 오미치, 아들 소하쿠 등 총 10명이 등장하는 작품이다. 단편작품으로는 결코 등장인물이 적다고는 할 수 없다. 이 인물들의 면면을 알아보고 이 인물들에 의해서 만들어지는 소위 「예술지상주의」의 내실이란 무엇인가를 규명하는 것이 작가가 이 작품을 통하여 표현하고자 했던 것에 더 가까이 접근하는 것이 될 것이다.

헤이키치는 바킨이 목욕탕에서 만난 인물로 자신의 『핫켄덴』에 대하여 극찬하는 애독자로 등장하지만, 바킨에게는 자신의 작품을 정확하게 이해하지 못하고 지껄이는 것으로 인식되어 일종의 불쾌감을 나타내게 하는 인물이 된다. 하지만 동시에 미워할 수만도 없는 인물로 애독자로서 호의도 가지고 있다.

사팔뜨기는 시종일관 악평을 일삼음으로 바킨은 그에게 심한 불쾌감을 가진다. 이 불쾌한 감정은 예술가의 창작의욕에 마이너스적인 영향을 제공하는 위험요소로 작용할 수도 있다. 그러나 이 불쾌감으로 인해 스스로의 문제점을 면밀히 분석하고 검토함으로 결코 마이너스적인 요소만으로 작용하는 것이 아니라 오히려 그 불쾌감이 예술가로서 자신의 모습을 되돌아볼 수 있는 플러스적인 입장으로 작용하는 것도 간과할 수는 없다.

출판업자 이즈미야는 표리부동한 성향의 인물로서 바킨에게는 방해자로서의 면모를 갖추고 등장한다. 이즈미야의 등장으로 인하여 고유한 자신만의 창작세계를 지켜나가려는 의식을 새롭게 하는 바킨의 모습이 그려져 있으며, 자신만의 예술적 이상으로 세상과 타협하지 않는 작가적 정신을 고양해나가게 한다.

나가시마는 다른 등장인물과는 다소 차이가 있는 순수한 작가 지망생으로서 등장한다. 나가시마는 육체적 장애를 가지고 있고 그 장애를 극복하기 위해 자신을 오로지 창작에만 전념시키는 인물로서 바킨과 정신세계를 공유할 수 있는 상대일 수도 있었다. 하지만 그 역시 자신의 이익 유무에 따라 상대를 버릴 수 있는 도덕성 결여의 인간으로 바킨에게 상처만 안겨주는 역할을 한다.

가잔은 같은 예술가로서 창작의 고통과 번민을 함께 느끼는 인물이다. 가잔의 등장으로 인하여 불쾌한 감정은 다소 해소되지만, 그와의 대화 속에서 예술가로서 불안한 심리가 더욱더 키워지고, 그와의 만남으로 예술에 대한 경쟁과 경계심을 가질 수밖에 없게 된다.

『희작삼매』 중에서 가장 중요한 인물은 물론 다키자와 바킨이다. 작품의 주인공일 뿐 아니라 작품을 전개하는 직접적인 인물이기도 하다. 그러나 바킨 혼자만의 독백 같은 작품이라면『희작삼매』는 작품의 클라이맥스에 해당하는 '황홀하고 비장한 감격'에는 도달하지 못하였을 것이다. 이 '황홀하고 비장한 감격'에 도달하게 해주는 간접적인 원인을 제공하여 준 사람은 바킨에게 '불쾌'와 '불안'을 안겨 주었던 애독자 헤이키치, 비평가 사팔뜨기, 출판사 이즈미야, 작가 지망생 나가시마, 예술가 가잔이다. 이들에 의해 바킨은『핫켄덴』을 쓰지 않으면 안 되는 벼랑 끝으로 내몰리게 된다. 따라서 이들이 바킨에게 작품을 완성하도록 하는 간접적인 계기를 제공하기에는 충분하였고 또 작품은 이 절정을 향하여 달려간다.

그러나 문제는 바킨이 아무리 벼랑 끝으로 내몰린다고 하여도 새로운 탈출구를 열지 않으면 안 되는 상황에서 이 탈출구를 제공한 인물이 손자 다로이다. 손자 다로와 바킨의 다음의 대화는 가잔이 돌아가고 난 뒤에 '불안'에 떨고 있던 바킨에서 구원의 대화와 같은 역할을 한다.

　　"매일"

　　"응, 매일?"

　　"공부하세요."

바킨은 드디어 터뜨렸다. 하지만 웃는 중에 곧 또 말을 이어면서,

　　"그리고?"

　　"그리고—음—울화통을 일으키면 안 된다고요."

"아니, 그것뿐이야."

"또 있어."

(중략)

"아직 무언가 있을까?"

"아직 말이야. 여러 가지 일이 있어."

"어떤 일이."

"음―할아버지는요. 앞으로 더 훌륭해질 테니까요."

"훌륭해질 테니까?"

"그러니까. 잘 참으시라고요."

"참고 견뎌라." 바킨은 무심코 소리를 냈다.

"더, 더 잘 참으시라고요."

"누가 그런 말을 했지."

"그것은요."

다로는 장난처럼 조금 그의 얼굴을 보았다. 그리고 웃었다.

"누우구?"

"그래. 오늘은 불참에 갔으니까, 절의 스님에게 듣고 왔겠지."

"틀렸어요."

단호히 고개를 저은 다로는 바킨의 무릎에서 반쯤 허리를 들면서 턱을 조금 앞으로 내듯이 하고,

"저기요."

"응."

"아사쿠사 관음보살님이 그렇게 말했어요."

앞에서도 언급했듯이 손자 다로의 입에서 나온 말이란 결국 그의

175

조모가 가르쳐 준 것을 되뇌는데 불과하고, 또 손자의 이 말에 기운을 얻고 작품 집필에 몰두한다는 작품의 구성에는 심각한 비약이 있기는 하지만, 아쿠타가와는 이 부분을 삽입함으로 소위 예술지상주의의 표명을 시도하였다는 점에서 중요한 한 장면이라고 하지 않을 수 없다.

다로가 말한 이 한마디로 바킨은 작품에 몰두하게 되는 비약을 작자는 설정하게 되는데, 에비이 에이지는 이를 손자 다로라는 어린아이가 가지는 '순진함'과 그의 입에서 나온 '아사쿠사 관음보살님'이라는 '신비성'으로 설명한다.

> '불쾌'에서 '불안'으로, 때로는 그를 '절망'으로 유도하는 것 밖에 되지 않았던 현실을 지양하고 새로운 '인생'을 실현했다. 생활적 현실에서 이탈해서 창조만이 모든 것인 새로운 '인생'에의 비약이 이루어지고, '죽음'에서 '인생'으로 예술가의 탄생 드라마가 완료된다.
>
> 그런데 여기에 바킨의 비약의 계기가 되었던 두 가지의 원인을 확인해 둘 필요가 있을 것이다. 그 하나는 손자 다로에게 구현되어 있는 〈순수함〉이고 다른 하나는 아사쿠사 관음보살님으로 상징되는 〈신비성〉이다.[9]

손자 다로와의 이 짧은 대화로 인하여 바킨은 작품 창작에 몰두하게 되고 드디어 희작 삼매경에 빠지게 된다. 그리고 아쿠타가와는 바킨의 입을 빌어 아쿠타가와류의 예술지상주의를 선언하게 된다.

> 황홀하고 비장한 감격이다. 이 감격을 모르는 자가 어찌 희작삼매의

176

심경을 알 수 있겠는가. 어찌 희작 작자의 엄숙한 영혼이 이해되겠는가. 여기에야말로 '인생'은 모든 잔재를 씻고 마치 새로운 광석과 같이 아름답게 작자의 앞에 빛나고 있는 것이 아니겠는가. ……

예술지상주의란 1830년대에 프랑스의 작가 테오필 고티에가 주장한 예술이론으로 「예술을 위한 예술」이라고도 하며, 「인생을 위한 예술」과는 상대적인 입장에 선다. 이와 같은 이름을 붙인 사람은 같은 시대의 철학자 빅토르 쿠쟁이다. 예술의 유일한 목적은 예술 자체 및 미에 있으며, 도덕적·사회적 또는 그 밖의 모든 효용성을 배제해야 한다고 함으로써 예술의 자율성과 무상성을 강조하였다. 고티에의 소설 『모팽양』의 서문은 이 주장의 선언으로 유명하며, 이 서문에서 그는 '무용한 것만이 아름답고 유용한 것은 모두 추악하다'고까지 극언하였다.[10]

예술지상주의에도 세 가지의 부류가 있을 수 있는데[11], 첫째는 예술의 자율성과 초월적 성격을 강조하는 오스카 와일더의 「예술을 위한 예술」이다. 아쿠타가와는 이것을 시인하면서도 「예술을 위한 예술」의 일면에는 반대하는 경향을 보였다. 예술지상주의도 엄격하게 구별하면 윤리를 강조하는 미적엄격주의와 탐미적 향락주의가 있는데 아쿠타가와의 경우는 윤리를 강조하는 미적엄격주의에 속하므로 오스카 와일더의 「예술을 위한 예술」과는 경우를 조금 달리한다고 할 수 있다.

둘째는 예술의 예속성을 초래하는 사실주의를 배척하고 허구를 통해서 이것을 개조하는 낭만주의의 주장에 대해서는 아쿠타가와는 그대로 답습한 경향이 강하다. 인생이나 자연을 모사하는 사실주의나 특히 자연주의에 대해서는 「인생을 위한 예술」이라고 하여 아쿠타가와는 반대하였지만, 인생이나 자연을 예술적 순화를 통하여 소재로서 삼는 경우는 아쿠타가와의 예술관이 깊이 투영되어 있다고 볼 수 있다.

셋째는 예술이 인생을 모방하는 것보다는 훨씬 많이 인생이 예술을 모방하는 경우는, 인공적인 것이야말로 미의 본질이라는 예술지상주의를 주장하지만, 아쿠타가와의 경우 이것과도 조금의 차이를 보인다. 즉 아쿠타가와의 경우는 인공을 예술 창출의 근본으로 보지만 자연을 모두 인공적인 데까지 종속시키지는 않는다.

따라서 아쿠타가와의 경우는 예술의 무한성과 절대성에 대한 신념, 예술을 통하여 자아를 확충하고자 하는 점에 있어서는 와일더와 상통하는 점이 있지만, 『희작삼매』에서는 와일더의 「예술을 위한 예술」의 극한에까지는 가지 못하였다고 할 수 있다. 즉 인생을 모두 예술을 위하여 희생하는 데까지는 가지 못하였다. 그러므로 미요시 유키오의 다음과 같은 비평은 『희작삼매』 한 편의 내실을 말하는데 적확한 표현일 것이다.

> 아쿠타가와 류노스케의 (그렇게 부른다면 불러도 좋은) 예술지상주의는 예술인가 인생인가라는 단순한 이율배반의 선택은 결코 아니었다. 아쿠타가와는 인생을 부정해서 예술을 택한 것이 아니고, 〈인생의 잔재〉에 대해서 〈인생〉을 택한 것이다.[12]

이것이 『희작삼매』를 통하여 아쿠타가와가 제시한 소위 아쿠타가와류의 예술지상주의이다. 『지옥변』으로 가면 조금은 변하지만 그 당시의 그에게는 인생을 전부 예술로 환언하지 않은, 조금은 인생을 시인하는 예술관이 보인다. 그것은 제15장의 말미에 나타나는 가족들의 인물 조형과 그들이 주고받는 말에서도 나타난다.

> 그 사이에도 다실의 등 주위에는 시어머니 오햣쿠와 며느리 오미치가 마주보고 바느질을 계속하고 있다. 다로는 벌써 재웠을 것이다. 조금 떨어진 곳에서는 연약한 소하쿠가 조금 전부터 환약 만들기에 바쁘다.
>
> "아버지는 아직 잠을 주무시지 않니."
>
> 이윽고 오햣쿠는 바늘에 머리 기름을 바르면서 불만인 듯이 중얼거렸다.
>
> "틀림없이 또 작품에 푹 빠져 계시겠지요."
>
> 오미치는 눈을 바늘에서 떼지 않고 대답을 했다.
>
> "골칫거리야. 변변한 돈도 안 되면서."
>
> 오햣쿠는 이렇게 말하고 아들과 며느리를 보았다. 소하쿠는 들리지 않는 채를 하고 대답하지 않는다. 오미치도 입을 다물고 바늘을 계속 옮겼다. 귀뚜라미는 여기에서도 서재에서도 변함없이 가을을 울고 있다.

작가는 작품의 결말을 바킨으로 하여금 '서재'에서의 왕자와 같은 예술가로서 끝내지 않고, '거실'을 설정하여 여기에 처 오햣쿠, 며느리 오미치, 아들 소하쿠를 등장시켜, 그들의 행동과 대화를 끝으로 작품을 맺고 있다. 특히 바킨을 가리켜 오햣쿠가 내뱉은 '골칫거리'라는 표현은 생활적 현실을 망각하고 창작삼매에 살아가는 예술가

의 삶의 방식을 상대화하는 발언이다. 오햣쿠의 이 발언은 근대시민
사회에서 예술지상주의의 위치가 어떠함을 단적으로 표현하는 것
이기도 하다. 미요시 유키오가 주장대로 〈인생의 잔재〉가 아닌 〈인
생〉 그 자체로 예술지상주의를 구현하기를 바란다면 그것은 아마
『지옥변』을 기다리지 않으면 안 될 것이다.

『희작삼매』에는 마지막 부분에 손자 다로와 처 오햣쿠, 며느리 오
미치, 아들 소하쿠가 있는 '거실'의 풍경이 있으므로 '서재'의 고독한
예술가의 영광이 더욱 강조되고, 또 바킨에게는 언젠가 돌아갈 '거
실'이 있음을 시사한다. 물론 거기에는 가족이 기다리고 있다.

그런 면에서 『희작삼매』 안에서의 이 네 사람의 무게는 결코 가볍
다고 할 수 없을 것이다. 그럼에도 불구하고 헤이키치, 사팔뜨기, 이
즈미야, 나가시마, 가잔에 대해서는 많은 지면을 할애한데 반하여
이보다 더 중요한 네 사람의 가족에 대해서는 극히 제한적인 묘사로,
작품의 행간을 읽지 않으면 안 되는 점이 『희작삼매』의 문제점이기
도 하다.

 『희작삼매』가 제시하는 또 다른 주제

4

가마이케 후미오가 『희작삼매』의 구성을 〈기〉 〈승〉 〈전〉 〈결〉로 분
석한 자료로 되돌아가서 논리를 전개한다면, 이 같은 분류로 그가
주장하고 싶은 것은 전단에서는 '바킨의 창작의욕을 저해하는 것은
대체적으로 우연히 일어난 사건, 바킨의 외부에서 그에게 다가온 사

상'이었다는 것이고, 후단에서는 '가볍고 외면적이고 우발적인 것으로부터 점차로 중대한 작자의 내면에 원인을 가진 근본적인 것으로 심화되고 있다'[13]는 것이다. 작품 속의 용어로 바꾸면 '불쾌'에서 '불안'으로 바뀌는 점을 지적하고 있다.

아쿠타가와가 작품 속에서 '불쾌'라는 단어를 쓰고 있는 경우를 조사하면 거의 대부분이 전단, 즉 1장에서 9장에 집중되어 있다.

① 바킨의 경험에 의하면 자신의 요미혼의 악평을 듣는 것은 단지 불쾌할 뿐만이 아니라 위험도 또 적지 않다. (4)

② 그는 불쾌한 눈을 들고 양측의 마을의 집을 바라보았다. 마을의 집은 그의 기분과는 상관없이 모두 그날의 생계에 힘쓰고 있다. (5)

③ "나를 불쾌하게 하는 것은 먼저 그 사팔뜨기가 나에게 악의를 가지고 있다는 사실이다. 사람에게 악의를 갖게 하는 것은 그 이유의 여하에 관계없이 그만으로 나에게는 불쾌하기 때문에 어쩔 수 없다."(5)

④ 그러나 나를 불쾌하게 하는 것은 아직 그밖에도 있다. 그것은 내가 그 사팔뜨기와 대항하는 위치에 놓여졌다는 것이다. (5)

⑤ 마지막으로, 그러한 위치에 나를 둔 상대가, 그 사팔뜨기라고 하는 사실도, 확실히 나를 불쾌하게 하고 있다. (5)

⑥ 만약 저것이 좀 더 고등한 상대라면, 나는 이 불쾌를 반발할만한, 반항심을 일으켰음에 틀림이 없다. (5)

⑦ 그러나, 사팔뜨기가 어떤 악평을 내세우고자 해도, 그것은 고작 나를 불쾌하게 할 정도다. (5)

⑧ 이마이치베가 경칭을 붙이지 않고 부르는 것은 들으면, 여전히 불쾌

한 마음을 금할 수 없다. (8)

⑨ 바킨은 불쾌를 느낌과 동시에, 위협당하는 것 같은 심정이 되었다. (8)

⑩ 왠지 모르게 안정이 안 되는 불쾌한 심정을 진정시키기 위해 오래간 만에 수호전을 열어 보았다. (10)

이 '불쾌'가 후단에 오게 되면 '불쾌'라는 단어는 사라지고 '불안'이라는 단어로 바뀌게 되고, 이 '불안'이란 단어는 10장에서 15장까지에 집중되어 있다.

① 그것이 있는 데까지 계속되면 오히려 묘하게 불안하게 되었다. (10)

② 항상 그의 속에 망망한 예술적 감흥에 조우하면 이내 곧 불안을 느끼기 시작했다. (10)

③ 불안은 그것을 중심으로 하여 용이하게 염두에서 떠나지 않는다. (10)

④ 가잔의 정치상의 의견을 알고 있는 그에게는 이때 문득 일종의 불안을 느꼈기 때문이다. (12)

⑤ 그 자신의 실력이 근본적으로 이상한 듯한 꺼림칙한 불안을 금할 수 없다. (13)

⑥ 이런 불안은 그에게는 무엇보다도 견디기 어려운 적막한 고독의 정을 가져왔다. (13)

이러한 단어의 사용은 『희작삼매』를 '하등한 세상과의 관계'와 '자기의 예술이나 재능에 대한 불안'[14]이라는 분명히 다른 두 심경을 묶어 놓은 것처럼 보이게 한다. 그러나 이 두 단어는 바킨의 자존심이 타인에게 향할 때에는 그것이 '불쾌'로 나타나며, 자신으로 향하

182

였을 때 '불안'으로 나타난다. 또 '불쾌'는 주로 외부에 의한 문제이고, '불안'은 내부의 문제이기도 하다.

모리모토 오사무는『희작삼매』의 작품세계를 다음과 같이 분류한다.

> ㉮ 그를 이해하지 않는 중속에 대한 모멸
> 　㉠ 애독자의 작품 읽기와 자작의 본질과의 차
> 　㉡ 비평가와 작가의 문제
> 　㉢ 출판업자의 저열한 인격과 교묘한 전술에 대한 증오
> 　㉣ 아류작가 지망자의 나쁜 태도
> ㉯ 예술과 도덕(생활)과의 이원적 상극
> ㉰ 정치와 문학의 문제[15]

여기서 '불쾌'로 나타날 경우를 모리모토 오사무는 ㉮의 ㉠ ㉡ ㉢ ㉣의 경우라고 하고, '불안'으로 나타날 경우는 ㉯와 ㉰의 경우의 문제이라고 지적한다.

그런데 미국의 문화인류학자 루스 베네딕트는『국화와 칼』에서, 도덕적 절대 기준을 결한, 치욕을 무엇보다도 두려워하는, 일본문화의 특징을 설명한다. 그리고 일본 도덕의 표출 양태의 하나로서 다음과 같은 특징을 들었다.

참다운 죄의 문화가 내면적인 죄의 자각에 의거하여 선행을 행하는 데 비하여, 참다운 수치의 문화는 외면적 강제력에 의거하여 선행을 한다. 수치는 <u>타인의 비평</u>에 대한 반응이다. 사람은 남의 앞에서 조소당

하거나 거부당하거나, 혹은 조소당했다고 확실히 믿게 됨으로써 수치를 느낀다. 어떠한 경우에 있어서나 수치는 강력한 강제력이 된다.

일본인의 생활에서 수치가 최고의 지위를 점하고 있다는 것은, 수치를 심각하게 느끼는 부족 또는 국민이 모두 그러하듯이, 각자가 자기 행동에 대한 세평에 마음을 쓴다는 것을 의미한다. 그들은 다만 <u>타인이 어떤 판단을 내릴까</u> 하는 것을 추측하고, 그 판단을 기준으로 하여 자기의 행동 방침을 정한다.[16] (하선 필자)

이 논리를 『희작삼매』에 적용하여 보면, 작품 『희작삼매』에는 끊임없이 타인의 비판을 의식하는 바킨의 심리 상태가 매우 잘 그려져 있다. 바꾸어 말하면 과잉한 자의식이라고도 말할 수 있는데, 이는 타인의 눈의 의식에 다름 아니다. 따라서 전단에서 '불쾌'를 일으키게 하는 것은 ㉠ ㉡ ㉢ ㉣에서 예를 든 세인의 평가 즉 '악평'이라고 할 수 있다.

① 바킨의 경험에 의하면, 자신의 요미혼의 <u>악평</u>을 듣는 것은 단지 불쾌할 뿐만이 아니라, 위험도 또 적지 않다고 하는 것은 그 <u>악평</u>을 시인하기 위해서, 용기가 떨어진다고 하는 의미가 아니고, 그것을 부인하기 위해서 그 후의 창작적 동기에 반동적인 것이 더해진다고 하는 의미이다. (4)
② 그러니까 바킨은, 올해까지 자신의 요미혼에 대한 <u>악평</u>은 가능한 한 읽지 않도록 유의해 왔다. 하지만, 그렇게 생각하면서도 또 한편으로는 그 <u>악평</u>을 읽어 보고 싶다는 유혹이 없지는 않다. (4)

③ 그는 맑은 가을 하늘의 에도 마을을 걸으면서, 목욕탕 안에서 들은 악평을 하나하나 그의 비평안으로 면밀하게 점검했다. (5)

④ "어째서 나는 내가 경멸하고 있는 악평에 이렇게 괴로워하는 것인가."(5)

⑤ "그러나, 사팔뜨기가 어떤 악평을 하더라도 그것은 겨우 나를 불쾌하게 만드는 정도다." (5)

그 뿐만이 아니라 바킨의 자존심은 세상을 '하등'한 것으로도 보기도 하고, '경박'한 것으로 보기도 하며, 세상은 '속인'들로 이루어져있기 때문에 '경멸'할 대상으로 보고 있다. 그리고 자신은 '고등'한 인간이고 자신의 업적은 '자부'할만한 것이라고 생각하고 있다. 이런 그에게 그의 작품에 대한 악평은 그의 자존심을 짓밟기에 충분하였을 것이라고 본다.

그런데 문제는 왜 이런 과잉한 자의식을 가지게 되었는가 하는 것이다. 그것은 두말할 것도 없이 자신에 대한 자존심이 지나치게 강하기 때문이다. 아쿠타가와는『지옥변』에서 요시히데를 천하에 더 없이 자존심이 강한 사람으로 묘사하지만,『희작삼매』에서 그것을 그렇게 강렬하게 그리지는 않으나 '불쾌'나 '불안'이라는 좀 부드러운 단어로 대치하고 있음을 알 수 있다.

① 하지만, 자존심이 강한 바킨에게는 그의 겸사를 말 그대로 받아들인다는 것이 우선 무엇보다도 불만이다. (3)

② 그는 갑자기 자신의 애 같은 자존심이 부끄럽게 느껴졌다. (3)

③ 그의 붓의 속도를 슌스이나 다네히코의 그것과 비교되는 것은 자존

심이 왕성한 그에게는 물론 바람직한 것은 아니다. (8)

그럼 아쿠타가와가 그리는 작품 속의 주인공이 이렇게 자존심이 강한 데는 그 원인이 어디에 있는가. 그것은 주인공의 성격에 그 원인이 있다. 바킨의 성격의 특징은 자기 자신은 '고등'한 인간으로 인식하고 있으며, 타인과 세상은 하등한 존재로 인식한다. 그 뿐만 아니라 가끔 그 자신도 하등하다고 인식하여 화를 낸다. 강한 자의식이 어디에 투사되는가에 따라서 한편으로는 타인에게 한편으로는 자신에게 공격이 돌아가는 안정되지 못한 심리를 가졌다고 할 수 있다.

① 만약 저것이 좀 더 <u>고등</u>한 상대라면,(5)

② 쫓아낸다고 하는 것은 물론 <u>고등</u>한 일도 무엇도 아니다.(9)

③ 이치베는 조금 바킨의 얼굴을 보고 그리고 또 곧바로 입에 물고 있는 은담뱃대에 눈길을 주었다. 그 순간의 표정에는 놀랄만한 <u>하등</u>한 무언가가 있다. (8)

④ 그는 이 자연과 대조시키며 새삼스레 세상의 <u>하등</u>함을 생각해 냈다. <u>하등</u>한 세상에 사는 인간의 불행은 그 <u>하등</u>함에 괴로워지고 자신도 또 <u>하등</u>한 언동을 할 수 밖에 없는 데 있다. 실제로 지금 자신은, 이즈미야 이치베를 쫓아내었다. 쫓아내었다는 것은 물론 <u>고등</u>한 일이고 무엇이고도 아니다. 하지만 자신은 상대의 <u>하등</u>함에 의해서, 자신도 또 그 <u>하등</u>한 짓을 하지 않으면 안 되는 곳까지 밀려왔던 것이다. 그렇게 했다. 했다고 하는 의미는 이치베와 같은 정도까지 자신을 천하게 했다는 것과 다름없다. 즉 자신은 그만큼 타락시킨 것이다. (9)

⑤ 게다가 당신 인격의 <u>하등</u>함을 알지 않는가. (9)

⑥ 스스로 자신이 <u>하등</u>한 데 화를 내고 있으니까.(12)

와타나베 가잔이 방문하여 예술과 함께 전사할 각오에 대하여 서로 이야기하고, 당국의 검열이 엄격해져서 자유로이 표현할 수 없게 된 세태에 대해서 주고받지만 가잔의 정치적인 발언에 일종의 '불안'을 느낀다. 가잔이 돌아간 후 집필 중이던 『핫켄덴』의 원고를 다시 읽어보지만 쓸데없는 덧붙임으로밖에 생각되지 않아 급히 자신의 실력에 '불안'을 느낀다. 그러면 여기서 '불안'을 느끼는 원인은 무엇인가. 이것은 역시 바킨의 자존심에서 출발하는 것이다.

그러나 여기서 간과해서는 안 될 것은 이러한 자존심의 문제도 바킨의 개인적인 성격에서 유래하는 점보다도 그 사회가 가진 사유방식에 기인하는 바가 크다는 점을 인정해야 할 것이다. 바킨이 '불쾌'해 하고 '불안'해 하는 이유도 캐어보면 결국 자신을 둘러싼 환경과의 문제에 지나지 않는다.

그렇다면 바킨을 둘러싼 사회적 사유방식이라는 것은 결국 루스 베네딕트가 지적한 바와 같이 도덕적 절대 기준을 결한, 치욕을 무엇보다도 두려워하는, 다시 말하면 초월적이며 절대적인 존재를 인정하지 않는, 일본문화의 특징 때문일 것이다.

따지고 보면 바킨은 자기가 하는 일에만 열중하면 된다. 그런데 자신의 일을 제쳐놓고 타인의 평에 끊임없이 '불안'해 하는 마음은, 그가 서구의 그리스도교가 말하는 초월적이고 절대적인 존재를 상정하였더라면 일어날 수 없는 문제일 것이다. 이 '불안'을 일으키는 원인으로 작용하는 '하등', '경박', '속인', '경멸'들의 단어는 확실히 절대자가 없는 일본인들이 가질 수 있는 심적인 상태임에 틀림이 없다.

바킨의 '불안'은 그에게 무엇보다도 견디기 어려운 막막한 고독의 감정을 가져오게 했다. 지금 바킨은 자신이 쓴 원고를 보면서 스스로도 실패했다는 것을 알고 고독과 절망을 느낀다. 예술가로서 작품의 완성도를 높이지 못하였다는 자각이 그를 불안하게 했으며 그 불안함이 절망과 고독의 늪으로 빠져들게 한다.

예술가로서 존재하고 있는 이상은 자신의 작품이 독자들을 감동시킬 수 있는 예술혼을 담아야 한다는 자세로 일관하여 왔지만 그가 쓴 원고는 아무런 감격을 주지 못한다. 이미 그가 묘사한 '난파한 선장의 눈'에서 독자에게 아무런 감동도 부여할 수 없는 졸작이라는 것을 느낀 바킨은 예술적 감격을 줄 수 없는 자신을 고독과 절망 속에 빠트린다.

여기에서도 역시 작품과 자신의 문제가 아니라 독자라는 제삼자인 세평에 끊임없이 시달리고 있는 주인공의 모습을 볼 수 있다. 끊임없이 자신을 보고 있는 타인의 존재를 가정하고 있다. 자신의 자존심의 긍정과 부정이 오로지 타인의 판단에 맡겨진다. 인간과 인간의 수평적인 관계만 존재할 뿐이고 인간과 절대자와의 수직적 관계는 전혀 찾아볼 수가 없다. 이것이 서구 그리스도교 사회의 사고방식과는 다른 점으로, 일본 사회를 수평적 인간관계만이 존재하는 폐쇄적 사회라고 해도 과언은 아닐 것이다.

『희작삼매』에서는 처음부터 인간과 인간과의 세계를 초월한 시점은 보이지 않는다. 『희작삼매』에는 적어도 초월자의 눈이라는 것은 전혀 없다. 만약 바킨에게 초월자의 의식이 있었다고 한다면 사람의 비판에 의하여 상처 입은 그의 자존심은 당연히 초월자에게로 향하였을 것이다. 그리고 이야기는 초월자와 자신의 문제로 흘러갔을 것이다. 그러나 이 작품은 수평적인 인간관계의 이야기에 지나지 않는다.

이 점이 주인공 다키자와 바킨의 사고의 한계이며, 이것을 아쿠타가와는 『희작삼매』를 통하여 정확하게 표현하고 있다. 즉 그것은 신이 없는 사회의 인간의 행동 방식이다. 초월적이고 절대적인 존재를 갖지 못하는 인간의 사고가 외부로 향하였을 때 그것은 '불쾌'가 될 것이고, 내부인 자기 자신에게로 향하였을 때는 '불안'이 됨을 『희작삼매』는 여실히 보여주고 있다.

5 결어

『희작삼매』는 작품 구성상 문제점이 있다. 그 문제점이란 첫째는 예술지상주의자 바킨을 탄생시키기 위하여 걸린 시간이 만 하루도 되지 않는다는 사실일 뿐만 아니라, 둘째는 짧은 하루 동안에 만나는 사람의 수가 너무 많고 그것도 순차적으로 만나게 되는데, 문제는 이들을 만나야 하는 동기가 전혀 설명되어 있지 않아 우연성을 면하기 어렵다. 셋째는 『희작삼매』를 〈기〉〈승〉〈전〉〈결〉로 나누어 본다면 이들 사이에서 사건이 그렇게 전개되어야 할 개연성은 조금도 없다. 넷째는 손자 다로의 한 마디에 의해서 희작 삼매경에 빠진다는 설정으로, 끝에 가서는 희작 삼매경에 빠지는 심경을 묘사하는 것은 너무나도 급격한 비약이라고 하지 않을 수 없다.

15장으로 구성된『희작삼매』중 13장까지가 주인공 바킨과 애독자 헤이키치, 비평가 사팔뜨기, 출판사 이즈미야, 작가지망생 나가시마, 예술가 가잔과의 사이에서 일어나는 여러 가지 문제를 다루고 있다. 그러나 작품의 대분을 차지하고 있는 이들과의 문제는 바킨이 희작 삼매경에 빠진다는 클라이맥스를 강화하는데 필요한 인물 설정일 뿐 실제 중요 인물은 13장의 말미에서 나타나는 손자 다로와 그의 가족, 즉 처 오햣쿠, 며느리 오미치, 아들 소하쿠이다. 이들의 인물에 대한 설정이 있음으로 인하여 바킨의 고독한 영광은 더욱 강조되고, 제한적이긴 하지만 아쿠타가와류의 예술지상주의가 표명된다.

『희작삼매』의 또 다른 하나의 주제를 찾는다면 주인공의 수직적인 사고의 부재라는 점이다. 주인공은 독자라는 제삼자의 세평에 끊임없이 시달리고 있는데 이는 수평적인 사고에 한정되기 때문이다. 주인공은 끊임없이 자신을 보고 있는 타인의 존재를 가정하고 있고, 자신의 자존심의 긍정과 부정이 오로지 타인의 판단에 맡겨진다. 이 작품에서는 인간과 인간의 수평적인 관계만 존재할 뿐이고 인간과 절대자와의 수직적 관계는 전혀 찾아볼 수 없다. 이것이 서구 사회의 사고방식과 다른 점으로, 일본 사회가 수평적 인간관계만이 존재하는 폐쇄적 사회라는 점을『희작삼매』는 구체적으로 현시하고 있다고 할 수 있다.

1   1922年 1月 9日 渡辺倉輔에게 보낸 書簡
2   蒲池文雄 「『戯作三昧』の成立に関する一考察」, [「愛媛大学紀要(人文)」 1965.12 p.40]
3   菊池寛 「芥川龍之介に与える書」, [「新潮」 1918.1]
4   吉田精一 『芥川竜之介』 三省堂 1942 [吉田精一 『芥川竜之介』 新潮社 1959 p.117에서 再引用]
5   和田繁二郎 『芥川竜之介』 創元社 1956 [浅野洋他編 『芥川竜之介を学ぶ人のために』 世界思想社 2000 p.220에서 再引用]
6   関口安義 「第三短編集 『傀儡師』」, [『国文学』 1977.5 p.179]
7   三好行雄 『芥川龍之介論』 筑摩書房 1976 p.125
8   関口安義 「第三短編集 『傀儡師』」, [『国文学』 1977.5 p.179]
9   海老井英次 「戯作三昧」, [『芥川龍之介研究』 明治書院 1981 p.43]
10 http://100.naver.com/100.nhn?docid=114554
11 海老井英次 「戯作三昧」, [『芥川龍之介研究』 明治書院 1981 p.45]
12 三好行雄 『芥川龍之介論』 筑摩書房 1976 p.123
13 蒲池文雄 「『戯作三昧』考」, [「愛媛大学紀要(人文)」 1963.12 p.40, p.42]
14 関口安義 編 「第三短編集 『傀儡師』」, [『国文学』 1977.5 p.163]
15 森本修 「『戯作三昧』論考(2)」, [「立命館文学」 1967.2 p.43]
16 루스 베네딕트 저 김윤식·오인석 역 『국화와 칼』 을유문화사 1991. pp.208~209

芥川龍之介作品研究

아쿠타가와 류노스케 작품 연구

《지옥변》 I

제 8 장

1 서언

『지옥변』은「오사카마이니치신문」의 석간에 1918년 5월 1일부터 5월 22일까지, 또「도쿄니치니치신문」의 석간에 동년 5월 2일부터 5월 22일까지 20회에 걸쳐서 연재된 신문소설로, 아쿠타가와가 1918년 3월에「오사카마이니치신문」과 사우계약을 맺은 후에 집필한 제일작이다. 신문소설이라는 점이 이 작품의 성격을 규정짓는 하나의 요소로서 작용한다고 볼 수 있다.

작품은『우지슈이모노가타리』권3의「화가 요시히데가 집이 불타는 것을 보고 기뻐하는 일」(『짓쿤쇼』권6 제32와 거의 동일)을 골자로 하여,『고콘초몬주』권11, 화도 제16의「고코 지옥변 병풍을 그릴 수 있었던 사정」등의 고전작품에서 제재를 취하였다. 그러나 작품은 이들의 단순한 번안의 형태를 취한 것이 아니고, 구성과 주제 등은 완전히 독자적인 것으로 아쿠타가와 독자의 인생관과 예술관이 잘 나타나 있다고 할 수 있다.

요시다 세이이치는 이 작품을 평하여 '주제는 화가 요시히데의 광기에 가까운 예술지상주의적인 정진생활이었다'[1]고 하고 있으며, 미요시 유키오도 '이윽고 「지옥변」(1918년)을 정점으로 하는 예술가소설로 예술가에게 〈진의 인생〉을 묻는 예술지상주의를 구축하고, 이론으로서 「예술 그 외」(1919년)를 쓰게 된다'[2]고 하여 소위 이 작품이 『희작삼매』와 더불어 예술지상주의 작품임을 분명히 하고 있다.

그러나 1918년 4월 24일 스스키다 규킨에게 보낸 서간에서 '「지옥변」은 아리시마씨의 것이 아직 좀처럼 끝날 것 같지 않아 안심하고 있습니다. 나머지를 조금이라서 공부해서 이삼일 중에 보내겠습니다. 그것은 한층 더 밤배스틱한 것으로 마음에 들지 않는 작품입니다만 타버린 배이니 어쩔 수 없습니다'라는 표현을 보면 아쿠타가와는 『지옥변』을 처음에는 예술가소설이 아닌 신문소설로서 대중에게 흥미를 끄는 탐정소설로 쓰고자 하는 의도가 있었다고도 볼 수 있다.

따라서 본고에서는 먼저 이 작품에 등장하는 인물들, 즉 요시히데, 오토노, 외동딸, 와카토노, 요카와의 승도, 내레이터인 나와, 인물은 아니지만 짐승인 원숭이와의 상호관계에 초점을 맞추어서 살펴봄으로 신문소설이 가질 수 있는 탐정적인 의문을 파헤쳐보기로 한다. 그리고 이 작품은 내레이터에 의하여 작품이 진행되고 있다. 그렇다면 이 작품에서 내레이터는 어떠한 역할을 하고 있는지를 분명히 하지 않으면 안 된다. 즉 작품의 진행을 주관하는 내레이터가 익명의 독자에게 각인시키고자 하였던 것은 무엇인가. 내레이터가 작품의 중요 부분에서 독자에게 이 작품의 수수께끼를 풀 수 있는 충분한 정보를 주었는가. 내레이터 자신은 정말 제삼자로서 이 작품

194

에 객관적으로 등장하고 있는가 하는 점들을 검토하는 일이 이 작품의 예술지상주의와 무관하지 않다고 본다.

 ## 2 등장인물의 상호관계

2.1 외동딸과 원숭이

『지옥변』 초출과 초간본에는 「18」의 말미에 '그 원숭이가 어디를 어떻게 해서 이 어소까지 숨어왔는가 그것은 물론 아무도 모른다. 하지만 요즈음 귀여워 해주었던 외동딸이니까 원숭이도 함께 불 속에 뛰어든 것이겠지요'라는 한절이 첨가되어 있었는데, 고지마 세이지로의 '모처럼의 재미가 사라져 버린다'는 지적에 의하여 작가가 이를 삭제하였다. 이처럼 작가는 처음부터 끝까지 외동딸과 원숭이의 관계를 보통이 아닌 관계로 묘사하고 있다.

외동딸과 원숭이의 관계묘사는 「2」에서 '마침 그 때 도망쳐온 그 원숭이가 치맛자락에 매달리면서 슬픈 목소리로 울부짖자──갑자기 불쌍하다는 생각을 참을 수 없었겠지요. 한쪽 손에 매화 가지를 든 채 다른 한 손으로 보랏빛 겹저고리 소매를 가볍게 벌리면서 상냥하게 그 원숭이를 안아 올리'는 사건을 시작으로 하여, 「3」에서는 '언젠가는 외동딸이 감기 기운이 있어서 자리에 누워 있을 때만 해도 원숭이는 얌전히 그녀의 머리맡에 앉은 채, 기분 탓인지 염려스런 표정으로 손톱을 깨물고 있었습니다'라는 묘사를 거쳐, 「12」와

「13」에서는 외동딸이 강간을 당하는 것을 내레이터인 「나」에게 알리고, 「18」의 마지막 부분에는 '뒤로 젖힌 외동딸의 어깨를 끌어안고 비단을 찢는 듯한 날카로운 소리를, 뭐라 말할 수 없이 고통스럽게 길게 지르'며 불길에 휩싸여 있는 수레 속으로 뛰어들어 외동딸과 함께 죽는 장면으로 이어진다.

도대체 외동딸과 원숭이 사이에는 무슨 일이 있었기에 일반적인 상식으로는 이해하기 어려운 의인화된 원숭이를 작가는 묘사한 것일까. 이런 사건이 이 작품을 탐정소설로 보는 이유의 하나이다. 이시와리 도루는 주르 크라르테의『원숭이』에 나오는 원숭이에 대하여, 모리 오가이의『여러 나라 이야기』의 중역을 통하여, 다음과 같이 인용한다.

원숭이의 가장 좋은 성질은, 제대로 알지 못하면서도 원숭이를 익살스러운 것으로 떠들어대고 있는, 인간보다도 훨씬 잔혹하지 않다는 것이다. 원숭이는 옛날부터 인간의 흉내를 내고 있지만 아직 인간의 난폭함과 나쁜 행실을 흉내 낸 적은 없다. 단지 하나 원숭이가 인간보다 뛰어나지 않은 점은 확실히 인간과 같이 질투를 한다는 것이다. 뷔퐁이 기르고 있던 침팬지 종의 원숭이는 주인이 좋아했던 여자가 올 때마다 싫어하여 주인의 지팡이를 가지고 나가 위협했다고 한다.[3]

이시와리 도루는 '함께 외동딸에 대하여 미칠 듯한 애정을 품고 있었던 것에는 같았다. 오토노, 요시히데, 원숭이 모두 그녀에게 애정의 불꽃을 피우고 있었지만 결국 원숭이만이 딸과 더불어 죽고 오토노만이 나중에까지 살아남는다'[4]고 해석하지만, 문제는 원숭이가

외동딸과 함께 죽을 정도라면 그 애정은 어느 정도였을까 하는 점
이다.

그러나 작품 속에 구체적인 어떠한 정보도 들어 있지 않기 때문에
추정하기는 매우 힘들지만 「음의 설명」으로 해석하자면 외동딸과
원숭이 사이에는 수간이 있었던 것은 아닌가 추측해 볼 수도 있다.
하지만 그 가능성은 희박해 보인다. 그러나 작가가 외동딸과 원숭이
를 이렇게까지 친밀하게 묘사한 점은 역시 신문소설에서 탐정소설
을 쓰기 위한 '밤배스틱'한 면이 너무나 진하게 흐른다고 할 수밖에
없다. 오히려 이 부분은 가와시마 이타루의 지적처럼 '요시히데는
원숭이의 별명이기도 했는데, 원숭이에게 가탁한 화가 요시히데의
인간적인 부분이 딸과 함께 죽음을 같이 했다'[5]고 이 장면을 해석하
는 편이 보다 합리적이라고 할 수 있다.

2.2 외동딸과 요시히데

「4」의 끝 부분과 「5」의 첫 부분에 '그러나 요시히데에게도——뭐
라고도 말할 수 없는 이 방자한 요시히데에게도 단 하나 인간다운
정감이 깃든 곳이 있었습니다.——라고 말씀드리는 것은 요시히데
가 그의 외동딸을 마치 <u>미치광이처럼</u> 귀여워했다는 사실입니다'(필
자 하선)라는 묘사가 있다. 그리고 뒤이어 외동딸을 결혼시킨다는
것은 꿈에도 생각하지 않았다고 내레이터는 설명하고 있다. 아내를
여위고 혼자서 키운 딸을 귀여워하는 것은 당연하다고 할지라도 15
세의 외동딸을 결혼시킬 생각도 하지 않고 그것도 '미치광이처럼'
귀여워했다고 하는 데는 통상의 부친의 딸에 대한 생각과는 다르다

고 할 수 밖에 없다. 즉 요시히데와 외동딸 사이에는 근친상간이 있었다고 추측할 수 있다.

도고 가쓰미는 '요시히데 범인설은 상황 증거가 충분하면서도 또 다른 하나 물적 증거가 부족하다는 감이 들지만, 억지로라도 말하고자 한다면 요시히데는 딸에 대하여 '미치광이'같은 집착과 함께 지옥변상도 완성을 위해서는 좌우지간 딸을 '보지' 않으면 안 된다고 하는 궁지에 몰린 동기가 있었던 까닭이다'[6]고 하여 적어도 외동딸 강간사건의 범인을 요시히데로 해석할 수 있는 여지가 「13」장에는 충분히 있다고 한다.

또 나카무라 간은 「13」의 내레이터가 강간사건을 목격하고 덧붙이는 '본래 우둔한 나로서는 뻔히 알 수 있을 정도의 사실 외에는 공교롭게도 무엇 하나 납득이 가질 않습니다'라는 서술에 주목하여 이 점을 완곡하게 요시히데 범인설로 보고 있다.

그런데 오토노라고 생각할 수 있도록 구성되어 있는 것도 사실이다. 그러나 내레이터가 소문을 소문으로서 그치고 있는 그것을 오토노의 범행이라고 단정할 수는 없다. 그렇다면 오토노 이외의, 그러나 제삼자가 아닌, 요시히데 그 사람의 행위라고 생각하는 것도 가능하다. '무엇 하나 납득이 가질 않습니다'라는 의문을 「나」의 서술의 전제로 하는 것으로, 지옥을 보여주고 보고자 하는 오토노와 요시히데, 이 공범자의 어느 쪽인가가 범인일 수 있음을 수수께끼의 형식으로서 나타내어, 그 수수께끼 속에 인간 정념이 안고 있는 어둠의 깊이를 상징했던 작가의 의도를 우선은 이렇게 풀어볼 수가 있을 것이다. 그러나 범인은 한 사람이다. 내레이터 「나」의 '무엇 하나 납득이 가질 않습니다'라는 수수께끼를 수수께끼로서 좌우지간 정직하게 이야기하는 그 서술 속에서 보고자 한다면, 보는 것도 가능한 형태로 진실은 숨겨져 있는 것은 아닐까. 앞에서 보아온 '제정신이라고는 볼 수 없을 정도로 열중'하는 요시히데와 마음이 울적한 딸과의 미묘한 심리적 대응을 여기에 생각해 낼 필요가 있다.[7]

이어서 「13」에서 내레이터가 '내 스스로도 무엇인가 봐서는 안 될 것을 봐 버린 듯한 불안한 심경'이라고 서술하고 있는 점도 요시히데 범인설을 뒷받침한다고 볼 수 있다. '봐서는 안 될 것'이란 근친상간 외에 무엇을 나타내겠는가. 오토노가 외동딸을 사랑하고 있었고 또 욕정을 채울 목적이었다면 굳이 이러한 겁탈의 형태를 취하지 않아도 되었을 것이다. '지금까지는 말할 것도 없고 아마 후세에도 다시 없을' 오토노가 욕정을 푸는 방식이 이렇다고는 도저히 생각하기 힘들다.

팔할 정도 병풍은 완성되었지만 더 이상 전진이 없자 요시히데는 하늘을 쳐다보고 눈물을 흘리는 일조차 있었다. 그 직후에 「12」 「13」의 강간 사건이 일어났다. 그리고 「14」의 모두는 '그날 밤의 일이 있은 지 보름쯤 지난 뒤의 일이었습니다. 어느 날 요시히데는 갑자기 저택에 나타나서 오토노님에게 알현을 청했습니다'로 시작된다. 오토노가 요시히데를 부른 것이 아니라 요시히데가 오토노 만나기를, 그것도 그 일이 있은 보름 후에 청했다. 이 장면에서 추측해 보자면 '그날 밤의 일'이란 다름 아닌 요시히데가 자기 딸을 범하고 자기 딸이 희열하는 모습을 눈으로 확인한 일이라고 추측할 수 있다. 그러나 그것만으로는 염열지옥의 모습을 그릴 수가 없었다. 그 때문에 그는 그 이상을 요구하러 오토노에게 나왔다고 볼 수 있다.

2.3 외동딸과 오토노

앞에서 논한 바와 같이 이 작품은 내레이터의 「반어적 서술」에 의해 진행된다고 해도 과언이 아니다. 1918년 6월 18일 고지마 세이지로에게 보낸 편지에서도 작가 자신이 '저 내레이션은 두 가지의 설명이 서로 얽혀 있고 그것은 겉과 속으로 되어 있습니다. 그 하나는 양의 설명으로 그것은 당신이 예로 든 대부분입니다. 또 하나는 음의 설명으로 그것은 오토노와 요시히데 딸과의 관계를 연애가 아니라고 부정해 가는 (실은 그것을 긍정해 가는) 설명입니다'라고 하고 있듯이, 오토노가 외동딸을 사랑했고, 또 「12」「13」의 강간 사건의 범인도 오토노라는 정황은 그리 어렵지 않게 내레이터의 「음의 설명」에 의해서 포착된다.

그러므로 그가 요시히데의 외동딸에게 유달리 호의를 보이신 것은 오로지 그 원숭이를 사랑한 효녀의 태도를 칭찬하신 것이지 항간에 떠드는 것과 같은 호색취미에서 하신 것은 아니었습니다.(「3」)

오토노님이 외동딸의 아름다움에 마음이 끌려 부친의 불복에도 불구하고 불러 앉혔다는 뜬소문 따위는 대충 이러한 광경을 목격한 자의 억측에서 나온 것에 지나지 않을 것입니다. (중략) 개중에는 지옥변의 병풍의 유래도 실상은 외동딸이 오토노님의 뜻을 거역했기 때문이라고 말하는 사람도 있으나 애초부터 그런 일이 있을 리가 없습니다. (중략) 하지만 호색가였기 때문이라는 비난만은 어느 모로 생각해봐도 억지이론입니다.(「5」)

중간쯤 가서는 뭐 그게 아니고 오토노님이 어의에 복종하도록 강요하고 계시기 때문이라는 소문이 퍼지기 시작하자 그로부터는 아무도 잊은 듯이 다시는 그녀에 관한 소문을 말하지 않게 되어 버렸습니다.(「12」)

그건 이룰 수 없는 사랑에 대한 원한에서 저지른 것이라는 게 중평이었습니다. 그러나 실상 그분의 속셈인즉 수레를 불태우고 사람을 죽이면서까지 병풍화를 그리려는 화가의 그릇된 생각을 징계하려는 데 있었다고 볼 수 있습니다.(「20」)

이렇게 내레이터가 작품의 처음부터 마지막까지 오토노의 범인설을 강하게 부정하는 것은 반대로 그것을 강하게 긍정하는 것으로 받아들일 수밖에 없는 「음의 설명」으로, 이를 「양의 설명」으로 전환하는 것은 그렇게 큰 무리가 따르는 것이 아니다. 다무라 슈이치는 '내레이터는 오토노의 권력을 지지하려 한다든지, 역으로 명예를 실추시키려 한다든지, 혹은 요시히데의 예술가로서의 우수함을 전하려고 하는 의도를 가지고 지옥변 병풍의 유래를 이야기한다고는 하지만 서술 중의 어디에도 그 근거를 찾아 볼 수 없다. 그러나 오토노를 칭찬하고 있다고 말할지도 모르겠지만 이 내레이터는 입으로는 오토노를 극찬하고 있어도 사실 오토노는 호색가로서 존경할 수 없는 인물임을 잘 알고 있다'[8]고 지적한다.

이것이 사실이라면 오토노는 평소에 외동딸을 사랑했고, 반대로 외동딸은 오토노의 수청을 거부했고, 그 결과 오토노는 외동딸로부터 사랑을 얻는 데에는 실패하게 되자 「13」의 강간사건을 일으키게 되며, 정욕을 해소한 오토노는 외동딸을 거취를 처리하는 과정의 하나로 외동딸을 불태우는데 내어주게 되는 결과를 초래하게 된다고 볼 수 있다.

「17」에서 수레를 태우기 전 오토노가 '그 속에는 죄인인 계집이 하나 묶인 채로 태워져 있느니라'고 했을 때 외동딸을 갑자기 '죄인'으로 몰아가는 이유는 어디에 있을까. 작품은 여기에 대한 설명이 전혀 없지만 오토노가 이 말을 끄집어내어 외동딸을 태워 죽이는 이유는 추측하건데 아마 거절당한 사랑에 대한 앙갚음이라고도 할 수 있다. 외동딸도 오토노를 사랑하고 또 그가 원하는 바를 들어주었다면 아마 이 작품은 성립되지 않았을는지도 모른다.

2.4 요시히데와 오토노

위의 가정을 사실로서 받아들인다면 결국 요시히데와 오토노의 관계는 요시히데의 외동딸을 사이에 둔 연적의 관계가 되는 셈이다. 이 연적의 투쟁이라는 것은 오토노라는 생사여탈권을 가진 최고의 「권력」과 화필에서 그의 오른쪽에 나설 사람이 없다는 당대 최고의 요시히데라는 화가의 「예술」이 정면으로 충돌을 일으킨 것이다.

두 사람의 첫 대결은 「5」에 잘 묘사되어 있다. 요시히데가 치고몬 주를 그려 오토노에게 받쳤다. 오토노는 포상을 하겠다고 하자 요시히데는 포상으로 외동딸을 밖으로 내보내달라고 한다. 이에 오토노는 "그건 안 돼"라고 일언지하에 거절해버린다. 거절은 하였지만 오토노는 내심 외동딸을 빼앗기겠다는 두려움이 없었다고는 볼 수 없을 것이다. 위협을 느낀 오토노는 그 후 곧바로 지옥변의 병풍을 그리라는 명령을 내린다.

「12」와 「13」의 강간사건이 있은 후에 「14」에서는 요시히데가 초벌그림이 팔할 정도는 완성되었지만 더 이상 전진이 없음을 오토노에게 알리려고 알현을 하는 장면이 나온다. 그림이 거의 완성되어 간다는 보고에 오토노는 "그건 참 경사로구나. 내 마음도 아주 흡족하다"고 하고서는 '그러나 이렇게 말씀하시는 오토노님의 음성에는 웬일인지 이상스럽게도 힘이 없었고 맥이 빠진 곳이 있었습니다'고 내레이터는 묘사하고 있다.

그리고 또 요시히데가 "저는 무엇이든지 제가 보지 못한 것은 그릴 수가 없습니다"고 하자 '이 말을 들으신 오토노님의 얼굴에는 조롱하는 듯한 웃음이 번졌습니다'고 내레이터는 묘사하고 있다. 다시 "옥졸은 본 적이 없겠지"라는 오토노의 질문에 "있습니다"라고 대답하자 이번에는 '한참동안은 안절부절한 채 요시히데의 얼굴을 노려보고 계셨'다고 내레이터는 묘사하고 있다.

「15」로 넘어가서 신분이 높은 부인이 불길에서 타는 것을 그릴 수 없다고 하자 오토노는 '어찌된 영문인지 묘하게 즐거운 듯한 기색이 되어 화가를 굽어보'았다고 내레이터는 묘사하고 있다. 이어서 요시히데가 "제발 그 빈랑수레를 한 대 소인이 보는 앞에서 불태워 주시기를 바랍니다"고 하자 '오토노님은 잠시 안색이 어두워지시는 듯 하더니 갑자기 시끄럽게 웃어대는 것이었습니다'라고 내레이터는 묘사하고 있다.

「14」「15」에 걸쳐서 길게 묘사된 오토노와 요시히데의 대화는 요시히데가 희보를 전할 때는 힘이 빠지고, 되지도 않을 무리한 부탁을 할 때는 오히려 즐거워한다. 이는 초반에는 오토노의 「권력」이 요시히데의 「예술」을 능가하고 있던데 반하여, 중반에 오게 되면 요시히데의 「예술」과 오토노의 「권력」은 상호 질 수 없는 평행선을 이루어 달리고 있음을 의미한다.

그러다가 외동딸이 탄 수레가 불태워지는 참혹한 광경이 벌어지자 요시히데와 오토노의 태도는 역전되어 「19」에서 내레이터가 요시히데를 다음과 같이 묘사하고 있다.

　　——이 무슨 불가사이한 일이겠습니까. 바로 아까까지도 지옥의 책고에 신음하고 있는 듯 하던 요시히데는 지금은 견줄 데 없는 법열을, 사뭇 황홀한 그 법열의 광채를 주름살투성이인 온 얼굴에 띠면서 오토노님의 어전임도 잊은 듯, 굳게 팔짱을 끼고 우뚝 서있는 게 아니겠습니까.

한편 그처럼 위풍당당하던 오토노는 이 마지막 순간에 와서는 요시히데와 상반된 모습을 보인다. 역시 「19」에서 내레이터는 오토노를 다음과 같이 묘사하고 있다.

　　그러나 그 가운데 한 사람 대청마루 위에 자리한 오토노님만은 전혀 딴사람으로 여겨질 만큼 얼굴빛이 창백해져, 입 언저리에 거품을 물고서 보랏빛 바지의 무릎을 양손에 꽉 붙잡고 흡사 목마른 짐승처럼 계속 헐떡이고 계셨습니다.

다케모리 덴유는 '굳이 언급하자면 오토노 생애에 유일한 패배의 에피소드'[9]라는 견해를 밝힌바 있다. 미요시 유키오는 이 「권력」과 「예술」의 관계에 대하여 '요시히데는 실생활의 차원에서는 오토노의 비호를 받고 그 앞에 엎드려서 살기를 어쩔 수 없이 하였다. 그러나 예술가로서의 요시히데는 오토노의 면전에서 건방지게 큰소리를 칠 수도 있는, 그의 예술은 사실은 오토노의 권력이 미치지 않는 세계에 서있다'[10]고 지적하였다. 이는 매우 정확하다. 그 보다도 애초부터 드러나지는 않았지만 요시히데는 오토노를 마음속으로는 두려하지 않았다. 이 사건을 좀 더 일반화시켜서 이야기하자면 항상 「예술」은 「권력」을 능가하고 있다는 것을 작가는 이야기하는 것이 된다. 왜냐하면 「권력」이 인생의 표면을 다루는 것이라면, 「예술」은 인간의 본질을 파헤치는 것이기 때문이다.

3 내레이터와 내레이션

3.1 내레이터인 「나」

20장으로 구성된 『지옥변』은 한사람의 내레이터의 이야기로 진행된다. 내레이터인 「나」는 작품 속 등장인물의 한사람으로서 작품에 직접 등장하여 실제로 들은 과거 이야기와 자신이 직접 목격한 체험담을 누군가에게 이야기하는 형식이다. 이 누군가에 대해서 요시오카 유키히코는 '『지옥변』에는 요시히데, 오토노, 외동딸 등의 〈등장인물)이나 〈내레이터〉 이외에 〈청자〉가 잠재하고 있다'[11]고 지적하듯이 익명의 청자 혹은 독자를 의식하여 이야기를 진행하고 있는 것이 작품구조상 하나의 특징으로 볼 수 있다.

『지옥변』의 내레이터는 작품 속 등장인물의 한사람으로서 존재하고 있다.「13」에서 내레이터는 자신에 대하여 '본래 우둔한 나'로 자신을 규정하고, 제삼자의 객관적인 시점에 위치하여 작품 속 인물들의 모습을 그려나가려고 한다. 즉 주요 등장인물인 요시히데, 오토노, 외동딸과는 등거리를 유지하고 있다. 따라서 이 작품에서는 등장인물의 심리가 확연하게 묘사되지 않는다. 내레이터가 작품 내에 들어와서 등장인물의 한사람으로서 처음부터 끝까지 이야기를 주도하는 인물이기는 하지만, 작품 외부의 객관적인 시점에서 등장인물을 묘사하는 형식을 취하고 있어 등장인물의 심리를 파악해서 독자들에게 전달하는 역할은 생략되어 있다.

또『지옥변』에서는 내레이터의 이중적 설정으로 인하여 내레이터가 직접 작품 속에서 묘사하는「양의 설명」과, 숨어서 간접적으로 묘사하는「음의 설명」을 주의 깊게 읽고 해석하지 않으면 안 된다. 실제로 중요한 사실의 설명은「음의 설명」에 집중되어 있다. 그 예로서 오토노나 요시히데의 인물을 묘사한 부분, 그리고 지옥변의 병풍의 유래를 설명하는 과정에서 그 특징이 여실히 드러난다.

오토노의 묘사에는 이 세상에 유일무이한 권력자를 칭송하는 이면에 인간성을 운운할만한 사건은 하나도 제시되지 않는다. 단지 절대적인 권력의 힘 앞에서 함구할 수밖에 없는 내레이터의 입장만이 무언으로 제시되었을 뿐으로 인간적인 따스함이라든가, 미덕이라든가 하는 것은 전혀 묘사되어 있지 않다. 즉 절대적인 권력자를 극찬

206

하는 이면에는 내레이터의 부정적인 또 다른 면을 간과할 수 없다.

요시히데를 묘사함에도 작중 인물로 등장하는 내레이터인 「나」는 요카와 승도의 말을 빌려 요시히데를 '인면수심의 나쁜 놈'으로 일축해 버린다. 그러나 그런 요시히데도 외동딸을 '미치광이처럼 귀여워했'다는 점을 묘사함으로 반드시 비난의 대상으로서만 취급할 수 없다고 해석할 수 있게 한다. 예술의 완성을 추구하기 위하여 인간으로서는 도리에 벗어난 자로서 타인에게 손가락질을 받기는 하지만 과연 요시히데를 비난할 수 있을 것인가 하는 의문점을 독자들에게 던진다.

지옥변 병풍의 유래를 설명하는 부분에서는 내레이터는 '지옥변 병풍의 유래'의 배후에 펼쳐지는 사실의 진행을 쫓는 역할을 수행하고 있다. 이것은 바꾸어 말하면 요시히데와 오토노의 두 사람의 대립구도라고도 할 수 있는데 내레이터인 「나」는 이 대립을 중심으로 묘사를 전개한다. 오토노를 둘러싸고는 요시히데의 딸에 대한 이루지 못한 사랑의 결과가 이 같은 '염열지옥의 대고난'을 만들었다는 이야기와, 또 한편으로는 유일무이한 절대 권력자인 오토노에게 예술이라는 이름하에 도전해 오는 요시히데의 오만함에 경각심을 일깨워주기 위한 행동이었다는 이야기로 나누어진다고 전한다.

그리고 요시히데를 둘러싸고는 마치 '미치광이처럼' 딸을 귀여워했던 인간적인 면을 비춤과 동시에, 오로지 병풍을 완성하기 위하여 귀여워하는 딸까지도 희생시키는 '목석같은 마음씨'의 화가라는 것과, 그를 매도하여 '천륜마저도 망각한 인면수심의 나쁜 놈'으로 지옥에 떨어질 수밖에 없는 인간이라고 하는 사람도 있었다고 묘사한다.

　또 외동딸에 관해서는 '그 애는 또 생부를 전혀 닮지 않은, 애교가 넘치는 낭자였습니다. 게다가 일찍이 모친을 여윈 탓인지 퍽 인정이 깊고, 나이보다도 숙성하고 영리한 천성을 타고나, 어린나이에도 불구하고 눈치가 빨라 안방마님을 비롯한 모든 여인들에게 귀염을 받고 있었던' 외동딸이 강간사건이 벌어지고 난 후에는 내레이터의 눈에 '너저분하게 흐트러진 치마나 웃옷들이 평소의 앳된 인상과는 판이한 요염함까지도 곁들이고 있었'(「13」)고, 또 빈랑수레에 묶인 외동딸의 모습에서 '화사한 수가 놓인 눈부신 바단 옷 위로 묶어 늘어뜨린 검은 머리를 요염하게 드리우고'(「17」) 있는 외동딸을 발견하였다고 내레이터는 묘사하고 있다.

　이는 마치 〈기리시탄모노〉『오긴』에서 실부모가 불교도로서 죽어서 지옥에 떨어져 있는 이상 자신만 천국에 갈 수는 없기 때문에 배교한다고 하는 오긴을 묘사하여 작가는 '그 눈 속에서 번쩍이고 있는 것은 순진한 처녀의 마음만은 아니다. "유인이 된 하와의 자식", 모든 인간의 마음이다'(『오긴』)라고 하는 인간의 존재악에 대한 근원적인 문제를 제시했던 것과 같이 이 작품에서도 내레이터의 입을 통하여 외면적으로는 한없이 착한 인간에게도 숙명적으로 가지지 않을 수 없는 존재악을 선명하게 제시하여 보인다.

　『지옥변』의 내레이터가 작품을 통하여 의도했던 것은 죽음 뒤에 오랜 시간이 흘러 '풍상에 바래서', '누구의 무덤'이었는지조차도 모를 만큼의 무상함이었지만, 그 이면에는 그런 무상함을 뒤로한 채 엄숙한 감동을 자아내게 하였던 지옥변의 병풍이 예술혼으로서 승화했다는 것을 하나의 메시지로서 전달하고자 한다.

　이것은 바로『희작삼매』의 마지막에서에서 내레이터가 외치는 감탄의 소리인 '황홀하고 비장한 감격이다. 이 감격을 모르는 자에게 어찌 희작삼매의 심경을 알 수 있겠는가. 어찌 희작 작자의 엄숙한 영혼이 이해되겠는가. 여기에야말로 "인생"은 모든 잔재를 씻고 마치 새로운 광석과 같이 아름답게 작자의 앞에 빛나고 있는 것이 아니겠는가……'라고 하는 '황홀하고 비장한 감격'이, 바로『지옥변』에서는 요시히데의 '황홀한 그 법열의 광채'로 바뀌어 독자들이 느낄 수 있도록 예술적으로 표현을 하였다는 점에서 상호 교감하는 바가 크다고 할 수 있다. 이와 같은 내레이터의 의도는 바로 작가가 말하고자하는 예술지상의 신조일 것이며, 이는『지옥변』에서도 내레이터의 묘사를 통하여 여실히 드러나 있다고 볼 수 있다.

3.2 내레이션의 특징

『지옥변』의 마지막은 '다만 작디작은 묘석은 그 뒤 수십 년간의 풍상에 바라서 벌써 오래 전에 누구의 무덤인지조차 알아볼 수 없게 이끼가 끼어 버렸음에 틀림이 없다'로 끝맺고 있다. 이 마지막 문장을 볼 때 외동딸은 원숭이와 함께 당일 죽었으며, 그 뒤를 이어 요시히데가 작품을 완성하고 자살하고, 오토노도 이미 세상을 뜬지 오래이며, 내레이터인「나」만이 홀로 남아 과거의 일을 이야기하고 있다.

그렇다면 내레이터인「나」는 과거에 있었던 일의 진실을 좀 더 솔직히 밝히는데 무엇 하나 주저함이 없음에도 불구하고 명확하게 사실의 진위를 털어놓지 않음으로 이 작품은 애매함을 더해가고 해석의 다양함을 남기고 있다. 따라서 이 작품을 어떻게 읽느냐 하는 문제는 전적으로 독자에게 달려 있다고 해도 과언이 아니다.

　이 작품의 초점은 앞에서도 언급한 바와 같이 생사여탈의 절대 권력을 가진 오토노와 '나라에서 제일가는 화가'라고 자부하는 요시히데의 싸움이다. 즉 「권력」과 「예술」의 싸움이다. 이 싸움에서 누가 승리하느냐 하는 것은 거의 자명한 것으로, 작가는 요시히데라는 화가를 내세워 「예술」의 승리를 주장하려고 하는 것에 틀림없다. 그러나 그 승리는 너무나 큰 현실의 희생을 요구하는 것으로 요시다 세이이치의 말대로 '예술에 있어서의 성공은 현실적인 패배를 의미하는 것'[12]이며, '예술의 불행한 승리'라고 하지 않을 수 없다.

　이 작품의 특색은 작가는 '겉과 속의 이중설명을 가지며, 중요한 점에 대해서는 피해가고, 혹은 클라이맥스에 이르러서는 스스로가 격앙되어 이야기 해나간다'[13]는 점이다.

　첫째는 내레이션의 이중성 문제이다. 이 작품은 약 사분의 일을 등장인물의 소개에 사용하고 있다. 특히 오토노와 요시히데의 인물묘사가 그 대부분을 차지하고 있는데, 내레이터는 작품의 전반부에서 상당한 지면을 할애하여 오토노가 대인임을, 요시히데의 초라함을 계속 그려나가다가 작품의 마지막에 와서 이를 역전시킴으로 독자에게 지금까지의 두 인물에 대하여 내린 결론과는 다른 인상을 심어주려고 하는 점이 특징이다. 예를 들면 오토노는 정치적인 권력이나 재력이나 세속적인 세계에서는 절대적 지배자이다. 뿐만 아니라 종교적이고 윤리적인 면에서도 거의 성인에 가까울 정도로 묘사되어 있다.

　　그분이 태어나기 전에 대위덕명왕의 모습이 자당의 꿈에 나타났었다는 얘기고 보면…… (중략) 니조오미야의 백귀야행에 부딪혔을 때만

해도 별다른 피해가 없었던 것입니다. (중략) 히가시산조의 가와라노 인에 밤마다 나타난다고 소문이 나 있는 도루 좌대신의 망령도 그분의 꾸지람을 듣고서는 어디론지 사라졌다는 게 틀림없는 애기지요. (중략) 그 노인은 두 손을 모으고 그 분의 소에 받힌 일을 영광으로 알고 고마워했다는 것입니다. (중략) 오미아에 선물로 백마만 서른 필을 하 사받은 일도 있었으며, 또 나가라노하시의 교각에 총애하시던 동자를 세워놓으셨던 일도 있었고, 또 화타의 의술을 전해준 중국의 스님으로 하여금 오토노님의 넓적다리의 종기를 베어내게 한 일도 있었다는 등 등——일일이 헤아리자면 도저히 끝이 없습니다.(「1」)

이에 반하여 요시히데는 나라에서 제일가는 화가이긴 하지만 사 루히데라고 별명이 붙을 정도로 보는 사람에게 경멸과 혐오와 반감 을 일으키는 천한 인물로 묘사되어 있다.

　보기엔 거저 작고 피골이 상접한 심술사나와 보이는 늙은이였습니 다. (중략) 두드러지게 빨간 입술은 더구나 무섭고 이상한 기분을 자아 내어 아무래도 짐승 같은 느낌을 불어 일으키곤 했습니다.(「2」)

　인색하고 무자비하고 철면피에다 게으름뱅이며 탐욕스러운——아 니 그 가운데서도 특히 심한 것은 방자하고 거만하고 건방져서 언제나 자기가 나라에서 제일가는 화가라는 것을 코끝에 걸고 있는 일일 것입 니다.(「4」)

작품의 처음에 내레이터에 의해 묘사된 오토노와 요시히데는 인 간적인 면에 있어서 정반대에 위치해 있는 대조적인 존재이다. 이와 같은 묘사에 대해서는 앞에서도 언급한 바와 같이 작가 자신도 1918년 6월 18일 고지마 세이지로에게 보낸 서간에서 분명히 하고 있다.

작품「19」의 마지막 부분에서 외동딸이 불 수레에서 타들어갈 때 요시히데는 '사자왕의 분노를 닮은 엄숙함'을 띄면서 굳게 팔짱을 끼고 우뚝 서 있었지만, 반면에 오토노는 '흡사 목마른 짐승처럼 계속 헐떡'이고 있었다. 요시히데를 '사자왕'으로, 오토노를 '짐승'으로 묘사한 이 장면이 내레이터인「나」의, 요시히데와 오토노에 대한 기본적인 시각이고 두 사람의 인격에 대한 최종 판결이다. 따라서 『지옥변』이라는 작품은 내레이터가 이미 결론을 내어 놓고, 이 마지막 결론을 독자에게 보다 확고하게 각인시키기 위하여 오토노, 요시히데를 비롯한 여러 사람의 여러 가지 사건을 묘사한데 지나지 않는다고 보는 것이 타당할 것이다.

두 번째는 작품에서 반드시 설명이 필요한 부분에서는 이를 회피한다는 점이다. 그 대표적인 예로서 요시히데가 지고몬주의 그림을 그려 오토노에게 바치면서 상으로 외동딸을 돌려달라고 했을 때, 오토노는 이를 거절하면서 요시히데에게 지옥변의 병풍을 그리라고 명령하는 다음 문구에 잘 나타나 있다.

> 그것은 어찌됐건 간에 이와 같은 외동딸의 그 일 때문에 요시히데의 인상이 퍽 나빠져 가던 무렵이었습니다. 어찌 생각하셨는지 오토노님은 갑자기 요시히데를 불러들이시더니 지옥변의 병풍을 그리라는 명령을 내리셨습니다.(하선 필자)

내레이터는 오토노가 지옥변 병풍을 그리라고 명령하는 이유에 대해서 분명한 설명을 하지 않고 '어찌 생각하셨는지'라고 말할 뿐이다. 내레이터는 작품에서 지엽적이고 사소한 일에 대해서는 매우 구체적으로 묘사하면서도 사실 이 작품이 성립하게 되는 동인이 되는 부분에 와서는 이를 전적으로 불문에 부치는 것은 납득하기 어렵다.

세 번째는 내레이터 자신이 클라이맥스에 이르러 격앙된 모습을 보인다는 점이다. 작품 전체에서 요시히데는 그야말로 비열하고 천하였을 뿐만 아니라 그의 성격 때문에 남들의 미움을 받는 존재였다가 외동딸이 불 수레에 휩싸이는 것을 보고서는 '지금은 견줄 데 없는 법열을, 사뭇 황홀한 그 법열의 광채'를 띠면서 서있다. 이를 내레이터는 지금까지의 묘사와는 달리 격찬하면서 요시히데를 다음과 같이 묘사한다.

그 순간의 요시히데는 왠지 인간이라고는 여겨지지 않는, 꿈속에서 보는 사자왕의 분노를 닮은 괴이한 엄숙함이 깃들어 있었습니다. 때문에 느닷없이 불길에 놀라 울부짖으며 날아오는 숱한 새떼들마저 느낌 탓인지 요시히데의 초립 둘레에는 감히 다가가지를 못하는 것 같았습니다. 아마 무심한 새떼들의 눈에도 그의 머리 위에 후광처럼 드리워져 있는 불가사의한 위엄이 보인 탓인지도 모릅니다.

이러한 묘사는 단지 『지옥변』에만 그런 것은 아니다. 『희작삼매』에서도 '황홀하고 비장한 감격이다. 이 감격을 모르는 자에게 어찌 희작삼매의 심경을 알 수 있겠는가. 어찌 희작 작자의 엄숙한 영혼이 이해되겠는가. 여기에야말로 "인생"은 모든 잔재를 씻고 마치 새로운 광석과 같이 아름답게 작자의 앞에 빛나고 있는 것이 아니겠는가.……'라고 작가 자신이 작품에 도취되어 있는 듯한 묘사는『지옥변』에서도 여전하다. 객관적으로 묘사되어야 할 부분에서 내레이터를 통하여 작가가 자기의 목소리를 내는 것은 아쿠타가와의 작품 특히 예술지상주의의 작품에서 나타나는 특징이라고 할 수 있을 것이다.

이 작품에는 전체적으로 내레이터가 독자를 억지로 자기가 이야기하고자 하는 세계로 끌고 들어가려고 하는 의도가 강하게 느껴진다. 그러면 왜 내레이터 혹은 내레이터의 배후에 숨어 있는 작가는 이렇게도 억지로 독자에게 일방적으로 인상을 심으려고 하는 것일까. 이점에 대하여 사쿠라기 미치에는 다음과 같이 분석한다.

무엇보다도 오토노와 요시히데의 대치관계의 강조에 의한 예술가 요시히데의 의의의 확인일 것이다. 일개의 보잘 것 없는 화가 요시히데와 절대적인 권력자 오토노와──현실사회에 있어서 양자의 지위의 격차는 너무나도 역력하다. 그럼에도 불구하고 요시히데가 오토노와 대치하고 길항할 수 있는 근거는 그의 그림──'입신의 경지에 든 작품'이라는 지옥변 병풍의 제작에 다름 아니다. 내레이터(작자)는 요시히데를 윤리적인 실 인생 상의 권위의 상징인 오토노와 대치시켜 양자의 지위의 〈역전〉을 꾀함에 의해 정말로 절대적인 영원한 예술의 의의를 강조하고자 하는 것이다.[14]

따라서 이 작품에서 아쿠타가와의 예술지상주의를 찾아낸다는 것은 그렇게 어려운 일이 아니다. 흔히『희작삼매』와『지옥변』을 아쿠타가와의 예술지상주의 작품으로 다루고 있지만,『희작삼매』는 예술지상주의 작품으로 보기에도 곤란한 점이 있을 뿐만 아니라 그 구조에서도『지옥변』과 같이 응축된 구조를 가지고 있지 않다.

이에 비하여『지옥변』은 앞에서 지적한 문제점이 있음에도 불구하고 소설의 구성면에서나 설득력에 있어서『희작삼매』를 훨씬 뛰어넘는 작품이라고 할 수 있다. 작가 자신이 이 작품에 밤배스틱한 면이 있다고 하기는 하지만, 그러나 이 작품을 '밤배스틱'이라는 한마디로 치부하기에는 너무나도 무겁고 진지한 문제가 다루어지고 있다.

4 결어

『지옥변』이란 작품은 미요시 유키오의 지적처럼『개화의 살인』→『후미에』→『게사와 모리토』→『지옥변』으로 이동한 '일종의 탐정소설'다운 작품이기 때문에, 마치『덤불 속』에서 진실은 하나이지만 보는 각도에 따라서 상대적이 될 수밖에 없음을 이야기 하듯이,『지옥변』한편에서도 외동딸을 둘러싼 인간관계는 결국은 알 수 없다는 것을 이야기하고자 하는 것이 아닐까.

외동딸과 원숭이의 관계는 일반적인 상식으로는 이해하기 어려운 의인화된 원숭이를 묘사함으로 외동딸과 원숭이 사이에 수간이 있었던 것이 아닌지 의심해볼 정도로 그 관계가 특수하게 설정되어 있다.

부친인 요시히데와 관계도 내레이터의 명확한 설명이 없기 때문에 추측의 역을 벗어나지는 못하지만 근친상간이 있었던 것으로 추측할 수 있다. 하지만 그 증거는 부재한다. 오토노와의 관계에서는 「음의 설명」을 빌자면 오토노가 외동딸을 사랑했고 또 강간했던 것은 뚜렷하게 묘사되었지만 이것도 분명한 물적 증거를 획득하기에는 어려움이 있다.

또 특히 이 작품에서 중요하게 부각되는 내레이터의 내레이션의 특징을 세 가지 정도로 요약할 수 있는데, 첫째 내레이션의 이중성 문제로, 오토노와 요시히데의 묘사에서는 작품의 마지막에서 내레이터가 내린 결론은 작품의 초에 두 인물에 대하여 설명했던 인상과는 다른 일면을 독자에게 심어주려고 한다. 둘째는 작품에서 반드시 설명이 필요한 부분에서는 이를 회피하고 있다. 셋째는 내레이터 자신이 클라이맥스에 이르러 스스로가 격앙된 모습을 보인다는 점 등이다.

흔히 이 작품의 주제로서 '황홀한 법열의 광채'를 들어 『희작삼매』에 이어지는 예술지상주의 작품으로 평하기도 한다. 물론 예술지상주의도 이 작품에는 뚜렷이 나타나 있다. 그러나 너무나 뚜렷한 주제를 전면에 내세우다 보면 작가가 이야기하고자 하는 여러 가지 의도를 놓쳐버리고 만다. '작품'이란 항상 중층적이고 복안적이라는 점을 간과해서는 안 된다. 따라서 이 작품에서 서로의 인간관계를 해부하는 것은 곧 이 작품을 정확하게 이해하는 지름길의 하나라고 본다.

216

1 吉田精一『芥川龍之介』新潮社 1958 p.119
2 三好行雄『芥川龍之介論』筑摩書房 1976 p.112
3 石割透「『地獄変』・その魔的なる暗渠」［「駒沢短大国文」1988.3 pp.24~25］
4 石割透「『地獄変』・その魔的なる暗渠」［「駒沢短大国文」1988.3 p.24］
5 川嶋至『地獄変』［「国文学」1970.11 p.70］
6 東郷克美「『猿のやうな』人間の行方―『羅生門』『偸盗』から『地獄変』へ―」［『一冊の講座芥川龍之介』有精堂 1982 p.59］
7 中村完「『地獄変』論」［国文学ノート13 1975（石割透「駒沢短大国文」にて 再引用 1988 p.29）］
8 田村修一『芥川龍之介 青春の軌跡』晃洋書房 2003 p.95
9 竹盛天雄「語り手の影―『地獄変』」［老井英次編『芥川龍之介作品集成2』翰林書房 1999 p.76］
10 三好行雄『芥川龍之介論』筑摩書房 1976 p.132
11 田村修一『芥川龍之介 青春の軌跡』晃洋書房 2003 p.97
12 吉田精一『芥川龍之介』新潮社1958 p.121
13 桜木実千恵「『地獄変』における語り手の問題」［国文目白 1987.2 p.123］
14 桜木実千恵「『地獄変』における語り手の問題」［国文目白 1987.2 p.125］

217

芥川龍之介作品研究
아쿠타가와 류노스케 작품 연구

제 9 장

《지옥변》 Ⅱ

1 서언

　앞 장의 《지옥변 Ⅰ》에서는 『지옥변』의 등장인물의 상호관계를 중심으로 고찰한 바 있다. 오토노, 요시히데 그리고 동물로서 원숭이를, 외동딸과의 관계를 중심으로 살펴보았다. 『지옥변』은 언뜻 보기에는 외동딸을 둘러싼 오토노와 요시히데의 애정의 투쟁으로 보이는 점도 있지만, 그러나 이 작품에서 작가가 근본적으로 제시하고자 하는 주제는 오토노와 요시히데의 「권력」과 「예술」의 투쟁이라고 보아야 할 것이며, 이와 연동하여 아쿠타가와의 예술지상주의 선언의 작품으로 보아야 할 것이다.

　이렇게 이 예술지상주의는 작품 배역의 한 사람으로 등장하기도 하면서 또한 제삼자로서 작품을 이끌어가는 내레이터인 「나」에 의하여 진행되는 내레이션에 의하여 표방된다고 할 수 있다. 사실 아쿠타가와의 여러 예술지상주의적인 작품 중에서도 가장 선명하게 예술지상주의를 표방한 작품이 이 『지옥변』이라고 한다면, 이 작품을 예술지상주의 작품으로 이끌어 가는 사람은 다름 아닌 내레이터인 「나」이고, 「나」의 내레이션에 의하여 『지옥변』이 예술지상주의의 작품으로 탄생하게 된다.

『지옥변』의 내레이션의 특징으로는, 첫째 내레이션의 인물묘사에 대한 이중성 문제이다. 둘째는 작품에서 반드시 설명이 필요한 부분에서는 이를 회피한다는 점이다. 셋째는 내레이터 자신이 클라이맥스에 이르러 격앙된 모습을 보인다는 점이다. 이러한 묘사는 단지 『지옥변』에만 그런 것은 아니다. 『희작삼매』에서도 '황홀하고 비장한 감격이다. 이 감격을 모르는 자에게 어찌 희작삼매의 심경을 알 수 있겠는가. 어찌 희작 작자의 엄숙한 영혼이 이해되겠는가. 여기에야말로 「인생」은 모든 잔재를 씻고 마치 새로운 광석과 같이 아름답게 작자의 앞에 빛나고 있는 것이 아니겠는가……'라고 작가 자신이 작품에 도취되어 있는 묘사는 『지옥변』에서도 여전하다. 객관적으로 묘사되어야 할 부분에서 내레이터를 통하여 작가가 자기의 목소리를 내는 것은 아쿠타가와의 작품 특히 예술지상주의의 작품에서 나타나는 특징이라고 할 수 있을 것이다.

그러면 이 같은 아쿠타가와의 예술지상주의는 『지옥변』을 통하여 어떻게 형성되었으며, 아쿠타가와 고유의 예술지상주의는 어떠한 것이었고, 그의 예술에서 예술지상주의의 한계는 무엇이었는가, 다시 말하면 「예술」과 「인생」은 아쿠타가와에게 어떤 관계로 존재하였는가를 검토함으로 소위 아쿠타가와의 예술지상주의의 내실을 규명해 보기로 한다.

2 예술지상주의의 성립

『지옥변』 작품의 발단은 오토노가 '갑자기 요시히데를 불러들이시더니 지옥변의 병풍을 그리라'고 명령하였고, 그 명령에 의하여 요시히데가 병풍을 그리는 과정에서 일어났던 일을 묘사하는 것이 전부라고 해도 과언이 아니다. 이 병풍화를 그리는 과정을 통하여 작자가 독자에게 「예술」과 「인생」은 어떤 상관관계를 가지고 있는 가를 묻는 것이 이 작품의 주제가 될 것이다.

오토노가 『지옥변』의 병풍을 요시히데에게, 특히 '나라 안에서 제일가는 화가라는 것을 코끝에 걸고' 다니는 자부심 강한 요시히데에게 그리라고 명령한 근본적인 이유는 어디에 있을까. 또 '저는 무엇이든지 제가 보지 못한 것은 그릴 수 없습니다'라고 말하는 요시히데의 '즉물주의'를 누구보다 훤히 알고 있을 오토노의 명령에는 무언가 숨은 계획이 있었던 것이 아닌지 의심하지 않을 수 없다.

오토노가 요시히데에게 지옥변 병풍을 그리라고 명령한 이유는 무엇보다도 그의 세속적 권력의 남용으로 볼 수 있다. 내레이터는 오토노를 '시황제나 양제에다 견주는 사람도 있다'느니 '고승의 재림'이라느니 하고 추켜올리지만, 결국 이는 '짐승'의 수준을 벗어나지 못하는 인물이라는 점을 이미 꿰뚫고 있던 내레이터의 공치사에 지나지 않는다.

그분이 생각하시는 바는 결코 그와 같이 자기 자신만을 위해 온갖 영화를 누리시려는 것은 아니었습니다. 그 보다도 훨씬 아랫사람들의

일까지를 생각하시는 말하자면 천하와 더불어 즐기신다고 해야 할 큰
도량과 재덕을 지니신 분이었습니다.(「1」)

이 문장은 사실은 내레이터가 오토노를 비아냥거리는 대목이다.
이 작품은 우선 내레이터가 오토노를 비아냥거리는 데서 시작된다.
따라서 오토노는 아랫사람의 일까지 생각하는 사람이 아닌 극단적
으로 이기적인 사람이고, 큰 도량과 재덕을 지닌 사람이 아니라 지
극히 현실적이고 반드시 앙갚음을 하는 속 좁은 사람이라는 것의 시
니컬한 표현이다.

예를 들면 『지옥변』의 속편이라고도 할 수 있는 『사종문』에서, 아
들인 와카토노가 생황을 익히기 위하여 와가나카미카도의 쇼나곤
에게 제자로 들어갔는데, 와카토노가 생황과 대식조입식조의 전승
을 희망해도 쇼나곤이 이를 거절하자, 어느 날 오토노와 주사위 놀
이 상대를 하고 있을 때 문득 와카토노가 이 불만을 내뱉는다. 그러
자 오토노는 이렇게 대답한다.

"그런 불평은 하지 않는 거야. 결국은 그 악보도 손에 들어올 때가
있을 것이야"라고 부드럽게 위로해 주셨다는 것입니다. 그런데 그로부
터 반달도 지나지 않은 어느 날의 일, 나카미카도의 쇼나곤은 호리카와
저택의 주연에 오셔서 돌아가는 길에 갑자기 피를 토하고 돌아가시고
말았습니다. 하지만 그것은 우선 좋다고 하더라도 그 다음날 와카토노
님이 아무렇지도 않게 거실로 나가시자, 나전칠기 책상 위에 저 가릉의
생황과 대식조입식조의 악보가, 누가 가져왔는지도 모르게 반듯하게
놓여있었다고 하는 것이 아니겠습니까.

오토노는 사실 이런 사람이다. 그러므로 자기를 다른 사람보다는 달리 받들어 모셔야 할 요시히데가 전혀 그런 행동을 하지 않자 이를 권력으로 굴복시켜 보이겠다는 마음을 먹었을 가능성은 충분히 있다.

'지고몬주'의 그림은 오토노가 요시히데를 넘어뜨리려고 건 첫 번째 올무였다. 그러나 '지고몬주' 정도의 그림을 그리지 못할 요시히데가 아니었기 때문에 이것은 쉽게 그려서 드릴 수 있었다. 그 때 '오토노님은 지극히 만족하시고'라고 내레이터는 표현했지만 과연 그랬을까. 만족했다면 왜 지옥변 병풍을 그리도록 명령했을까.

그리고 또 '상으로 원하는 것을 주겠다'고 하여 요시히데가 자기 외동딸을 되돌려달라고 했을 때 그렇게 도량이 넓은 오토노가 외동딸만은 안 된다고 거절한 이유는 어디에 있는 것일까. 결국 오토노는 아랫사람의 일까지 생각하는 사람이 아니라는 것이 분명히 나타난다.

『사종문』의 「1」에서 「4」까지는 『지옥변』의 내레이터로 여겨지는 사람에 의해서 작품이 진행되는데, 오토노와 와카토노를 비교하면서 오토노의 인격의 결함을 신랄하게 비판하고 있다. 그리고 「5」의 처음에는 '그 때문에 와카토노님이 호주로 상속을 받으셨던 그날로부터 저택에는 어디나 할 것 없이 지금까지는 없었던 편안한 풍경이 춘풍과 같이 불어 닥쳤습니다'라고 묘사되어 있다.

오토노에 비하여 요시히데는 적어도 이미 세속의 권력은 넘어서 있었다. 이때의 요시히데의 의식은 이시와리 도루가 말하듯이 인간의 본질을 꿰뚫은 자의 인식을 가지고 있었다.

표면으로는 평정하고 깨끗함으로 시종하는 일상세계의 안에 숨어 있는 일체의 허식을 떼어낸 추악한 인간의 본질이나 업을 간파하고, 그러한 인간이 사는 세상을 그대로 〈지옥〉으로 간주하는, 화가로서의 요시히데를 지지하고 있는 것은 실은 그와 같은 세계관임에 틀림없다. 그리하여 허망에 찬 외면을 벗겨낸 인간은 일상세계의 계급이나 신분에서 파생하는 관계와는 무연하게 보편적으로 평등하며 같은 추악함에 다름 아니다.[1]

요시히데는 예술이라는 절대세계에서는 왕자라는 자부심에 차 있었기 때문에 세속적인 권위는 안중에도 없었을 것이다. 와타나베 마사히코는 이것을 마치 '황제의 왕관을 머리에 쓰고 있는 시저와 가시관을 쓰고 있는 어릿광대──유대의 왕 그리스도와의 대조'[2]로 비유한다. 요시히데가 어떤 인물이라는 것은 내레이터를 통하여 충분히 전달된다.

행복을 주는 여신의 단정한 얼굴을 그릴 때에는 비열한 꼭두각시의 얼굴을 그리거나, 부동명왕을 그릴 때에는 무뢰한이나 죄인의 모습을 닮게 그리는 등 황송한 짓을 많이 했고, (중략) 오토노님의 분부에 의해서 그린 여자들의 초상화만 하더라도 그려진 사람들은 불과 삼년을 못 가서 모두가 혼이 나간 듯한 괴상한 병에 걸려 죽었다고들 하지 않겠습니까.

요시히데는 이미 세속적 권력을 두려워할 만한 인물은 아니기 때문에 부동명왕이라도 무뢰한으로 그릴 수 있었고, 또 그의 이러한 행위는 그에게 순수한 예술적인 문제였다. 그러나 이러한 요시히데의 거취는 이기적이고 도량이 넓지도 않은 오토노에게는 자신을 심히 모독하는 행위로 여겨졌을 것이다. 여기에서 지옥변 병풍이라는 그야말로 난제를, 그것도 보지 않은 것은 그릴 수 없는 '즉물주의'의 강박관념에 사로잡혀 있음을 잘 아는 오토노가 요시히데에게 작심하고 내린 명령이다.

작품의 마지막 「20」의 말미에 지옥변의 병풍이 완성되자 요시히데는 이를 오토노에게 헌상을 하러 간다. 그 때 그 병풍을 보고는 지금까지 요시히데를 '인면수심의 나쁜 놈'이라고 매도하던 요카와의 승도가 무릎을 탁 치면서 "훌륭한 작품입니다"라고 경탄을 해 마지 않는다. 이어서 내레이터는 전혀 뜻밖의 몇 줄을 적어 놓는다.

> 그 후론 화가에 대해서 나쁘게 말하는 사람은 적어도 저 저택 안에는 거의 한사람도 없게 되었습니다. 누구든 그 병풍을 본 사람은 평소에 아무리 화가를 미워해 왔던 사람들일지라도 이상한 엄숙함에 사로잡혀 염열지옥의 대고난을 여실하게 눈앞에 실감할 수가 있었기 때문일 것입니다.(「20」)

요시히데를 '인면수심의 나쁜 놈'이라고 매도하던 요카와의 승도가 지옥변 병풍을 보고 경탄해 마지않도록 마음이 바뀐 이유는 어디에 있을까. 이에 대하여 요시다 세이이치는 '세상의 도덕적 비판이 진실한 예술 앞에 패배를 자인하는 것이다'[3]고 하고, 미요시 유키오는 '사람으로서 오상을 갖추지 못했다고 요시히데를 평했던 요카와의 승도조차 자신도 모르는 사이에 무릎을 탁 치면서 "훌륭한 작품

225

입니다"라고 소리친다. 윤리는 예술에 조금도 관여하지 못한다는 류노스케의 자각은 최후까지 무너지지 않는다'[4]고 윤리에 대한 예술의 우위를 주장하고 있다. 그러나 이를 단순히 도덕에 대한 예술의 우위라고 단정하는 것이 과연 타당한가 하는 의문은 남는다.

이 작품에 나오는 저택 안의 사람들과 이를 대표하는 요카와의 승도는 요시히데의 작품에 대한 심판자로서 등장한다고 보아야 한다. 작품이 완성된 후 요시히데에 관하여 '그 병풍을 본 사람'이라면 누구도 요시히데를 욕하지 않았고, 요카와의 승도마저 마음을 바꾸어 "훌륭한 작품입니다"라고 격찬한 데는 어떤 이유가 있었을까. 좀 더 정확하게 말하자면 '그 병풍을 본 사람'이란 '그 병풍이 만들어지기까지의 내력을 아는 사람'으로 바꿀 수 있고, 요카와의 승도는 오토노와 요시히데의 인격을 애초부터 훤히 알고 있는 사람이라고 보아야 할 것이다. 이러한 저택 안의 사람들이 함구하거나 요카와의 승도가 마음을 바꾼 근본적인 이유를 한마디로 나타내는 단어가 '엄숙함'이다.

이 엄숙함은 '괴이한 엄숙함'(「19」), 불가사의한 위엄(「19」), 그건 장엄(「19」), 이상한 엄숙함(「20」)으로 내레이터가 4번이나 언급하고 있다. 이 '엄숙함'이라고 표현한 것이 내레이터가 말한 것처럼 염열지옥의 저택 안의 사람들이 병풍만을 보았기 때문이라고는 말하기 힘들며, 요카와의 승도가 요시히데에게 손을 들어준 것도 오직 병풍 한 폭 때문만은 아니다.

그것은 작품이 완성되기 이전부터 사람들, 특히 오카와의 승도는 이미 요시히데에게 손을 들어주고 있었다. 그러나 그렇게 할 만한 아무런 물적 증거가 없었기 때문에 아무 말도 못하고 있다가 드디어 '염열지옥의 대고난'이 현실화되자 모두가 동시에 요시히데에게로

226

마음이 기울어진 것이다.

그러면 누구나 할 것 없이 요시히데에게 마음이 기울어진, 즉 '엄숙함'을 느낄 수 있었던 이유는 어디에 있는가. 그것은 말할 것도 없이 속 좁은 오토노에 비하여 요시히데는 자기의 일인 예술에만 일관되게 몰두하는 사심 없는 사람이란 것을 모두가 알고 있었기 때문이다. 따라서 오토노의 여러 가지 일화는 내레이터에 의해 거의 밤배스틱하게 간단히 설명되는 반면에 요시히데의 행보에 대해서는 구체적이고 명확하게 설명되어 있다. 「7」, 「8」, 「9」, 「10」, 「11」의 5장은 지옥변 병풍을 그리려는 그의 진지하고도 성실한 태도를 묘사하고 있다.

그러나 이러한 과정은 병풍의 팔할 밖에 그릴 수 없었고 그 나머지는 결국 염열지옥을 보지 않고는 그릴 수 없음을 내레이터 또한 명확하게 알고 있었다.

> 만약에 굳이 말씀드려야 한다면 그것은 그토록 고집이센 영감이 웬일인지 이상하게 눈물을 잘 흘리게 되어 아무도 사람이 없는 곳에서는 때때로 혼자 울고 있었다는 것입니다. 특히 어느 날 어떤 일로 제자 한 사람이 뜰 앞에 나갔을 때는 복도에 선 채 우두커니 봄이 가까운 하늘을 바라보고 있는 스승의 눈에는 눈물이 그득 괴어 있었다는 사실입니다.(「12」)

요시히데가 눈물을 흘리는데 대해서는 여러 가지로 해석할 수 있으나, 그 중 하나가 완성되지 못한 이할의 그림에 관계되는 것일 가능성도 있다. 이 내막을 속속들이 아는 내레이터는 점차로 요시히데에게 동정이 가게 된다. 그리고 결국 마지막에 가서는 내레이터가 자신의 상전이 '짐승'이라는 것을 확인하게 되고, 요시히데를 위해서라도 이 지옥변의 병풍의 유래를 이야기하지 않으면 안 되는 어떤 충박감에 사로잡히게 된다.

이러한 일이 있고난 뒤에 「12」와 「13」에서는 외동딸에 대한 강간 사건이 벌어진다. 이 사건의 범인이 오토노라고 가정할 것 같으면, 오토노가 지옥변 병풍을 그리라고 명령한 이유는 처음부터 병풍을 목적으로 한 것이 아니라 외동딸을 취하기에 방해가 되는 요시히데를 병풍 제작에 몰두시킴으로 딸을 멀리하게하기 위함이다.

외동딸을 요시히데에게 빼앗기지 않으려는 욕심은 이미 「5」에서 상으로 외동딸을 돌려달라는 요시히데의 소원을 거절함으로 분명히 나타났다. '오토노님이 외동딸의 아름다움에 마음이 끌려 부친의 불복에도 불구하고 불러 앉혔다는 뜬소문 따위는 대충 이러한 광경을 목격한 자의 억측에서 나온 것'이라는 내레이터의 언설은 이 욕심이 사실이라는 것을 역설적으로 표현한 것에 지나지 않는다.

이러한 사실을 아는지 모르는지 명확하지 않지만 요시히데는 오로지 병풍 제작에 몰두하게 된다. 오토노의 잔꾀와 요시히데의 순수함을 알아차리는 순간 내레이터의 마음은 요시히데에게로 기울어지게 되고 최종적으로는 유키게의 어소에서 오토노의 행동은 '짐승'이라는 것을 확인하게 된다.

3 「예술」과 「인생」

오토노는 요시히데가 빈랑수레 한 대가 하늘에서 떨어져 오는데 그 안에 '신분이 높은 부인'이 사나운 불길 속에서 괴로워하는 모습을 그릴 수가 없으니 그것을 그릴 수 있도록 빈랑수레를 자기가 보는 앞에서 태워달라는 부탁을 하자 흔쾌히 이를 허락하면서 다음과 같이 대답한다.

> "빈랑수레에 불을 지르기로 하지. 그리고 그 안에는 눈부신 미인을 한사람 귀부인처럼 꾸며서 태워 놓으리라. 불길과 연기에 휘말린 채 수레 안의 여인이 몸부림치며 죽어간다.──그 광경을 그리려고 생각해 낸 것은 역시 천하제일의 화가만이 할 수 있는 일이고말고. 칭찬해 마지않는 바이다. 오오, 칭찬할 일이고말고."(「15」)

요시히데는 분명히 '신분이 높은 부인'을 요청했는데도 불구하고 오토노의 대답은 '미인을 한사람 귀부인처럼 꾸며서' 태운다는 것으로 답변을 대신한다. 이때 이미 오토노는 요시히데의 행동이 자신의 권력에 굽혀들지 않을 뿐만 아니라 자신의 존재감마저도 흔드는 도전임을 인식하고 이에 대하여 분명한 앙갚음을 하리라는 의지를 굳게 내 보인다.

'귀부인처럼 꾸며서'라는 말은 두말할 것 없이 외동딸을 '신분이 높은 부인'으로 꾸민다는 계략일 것이다. 오토노는 외동딸을 불태움으로 자기의 애욕을 충족시켜 주지 못한 '죄인인 계집'인 외동딸에 대한 앙갚음을 함과 동시에 자기의 권력에 도전하는 요시히데에 대한 응징을 하기로 한다. 이 시점에 와서 드디어 오토노는 스스로 마적인 올무에 걸리고 만다.

그럼에도 불구하고 요시히데는 "'감사하나이다." 들릴 듯 말 듯한 낮은 목소리로 정중히 인사를 올'리고 어전을 물어난다. 그리고 내레이터는 계속해서 다음과 같이 내레이션을 이어 간다.

> 그건 아마 자기 자신이 생각하고 있었던 계획의 잔인성이 오토노님의 말씀에 따라 생생히 눈앞에 떠올라 왔기 때문이었을까요. 나는 일생 동안 오직 한번 이때만은 요시히데가 몹시 불쌍한 인간이라고 생각되었습니다.(「15」)

요시히데가 생각하고 있던 '계획의 잔인성'이란 무엇일까. '귀부인처럼 꾸며서' 빈랑수레를 불태우겠다는 계획을 듣고서도 이를 승인한다는 것은 무엇을 생각했기 때문일까. 자기의 외동딸이 아닌 다른 여자를 태운다고 생각한 것일까. 그리고 내레이터가 말한 '몹시 불쌍한 인간'이란 왜 '잔인한 계획'에 이어서 나온 단어일까. 여기에 대한 해답은 오직 하나 자기 자신의 외동딸을 태워 죽인다는 그 잔인한 계획 외에는 달리 생각할 수 없고, 따라서 옆에서 보고 있던 내레이터도 저렇게까지 해서 자신의 '예술'을 완성시켜야 한다고 생각하는 요시히데에 대하여 인간적인 불쌍함을 느꼈다는 이야기에 다름 아니다. 불쌍함보다는 오히려 앞에서 논한 바 있는 '엄숙함'을 느꼈을 것이다.

그러면 요시히데는 언제 그리고 왜 그의 외동딸이 불태워지리란 것을 알았을까. 이를 짐작하게 하는 복선이 「8」에서 그의 꿈결에 그가 중얼거리는 몇 마디에서 나타난다.

> "뭐라고? 나더러 오라는 얘기야?——어디로——어디로 오라는 거

야? 지옥으로 오라. 염열지옥으로──오라.──누구냐. 그렇게 말하는
네놈은? 너는 누구냐──누군가 했더니." (중략)

"누군가 했더니──음, 네놈이었구나. 나도 네놈일 거라고 생각했었
다. 뭐라고? 마중 나왔노라고? 그러니까 와보란 말이야. 지옥으로 오라.
지옥에는──네 딸년이 기다리고 있어." (중략)

"기다리고 있을 테니 이 수레를 타고 오너라.──이 수레를 타고 지
옥으로 오너라──." (「8」)

이것은 요시히데와 누구의 대화인지가 명확하지는 않지만 「14」에
서 요시히데가 오토노와 대면하며 말하는 가운데 "또 옥졸은 몇 번
이고 비몽사몽간에 내 눈에 비쳤습니다"라고 대답하는 묘사를 보아
서 요시히데와 지옥의 옥졸의 대화로 여겨진다. '네 딸년이 기다리
고 있어'라는 표현에서 이미 요시히데는 지옥변의 병풍을 그리기 위
해서는 딸을 먼저 저승으로 보내지 않으면 안 되고, 다음이 자기의
순서라는 것을 알고 있었다.

이는 금후의 자기의 운명에 대한 어두운 예감이 잘 드러나 있다고
할 수 있다. "저는 무엇이든지 제가 보지 못한 것은 그릴 수가 없습니
다"라고 고집하는 소위 요시히데의 '즉물주의'가 올가미가 되어, 이
악몽에서 나타난 것과 같이 요시히데의 내면으로부터의 악마적인
집요한 속삭임, 이와 같은 지옥으로부터의 유혹이 쉴 새 없이 요시
히데를 유혹하고, 결국은 오토노와 함께 마적인 올무에 걸려들고 만
다. 미요시 유키오는 이 꿈과 요시히데를 다음과 같이 평한다.

요시히데는 자기를 벌하고자 하는 오토노의 의도를 명료하게 알고 있었다. '지옥에는——네 딸년이 기다리고 있어.' 지옥변 병풍의 완성이 무엇을 희생으로 하지 않으면 안 되는가, 자기와 자기의 사랑하는 자의 죽음에 연결되어 있음을 알고 있었다. 그럼에도 불구하고 그는 예술의 완성을 향하여 자기를 몰아붙이는, 숙명적인 예술가였다.[5]

또 오토노 역시 마적인 올무에 걸려 최후에는 지옥으로 떨어질 수밖에 없었음은 『사종문』의 「1」에서 '어떤 하녀의 꿈자리에 요시히데의 딸이 탄 듯한 불이 활활 타오르는 수레 하나가 사람 얼굴을 한 짐승에게 끌려 하늘에서 내려 왔다고 하는데, 그 수레 속에서 부드러운 소리가 나기를 "오토노님을 여기로 맞아들여라" 하고 불렀다는 것입니다'는 묘사에서도 잘 나타난다. 요시히데가 꿈속에서 옥졸들로부터 지옥으로 부름을 받았다면 오토노는 자기가 총애하였지만 마지막에는 태워 죽일 수밖에 없었던 외동딸로부터 지옥으로 부름을 받은 것이 된다. 그렇다면 결국 『지옥변』의 등장인물 세 사람은 「예술」이라는 어쩌면 마적인 무엇에 얽혀 들어가 지옥으로 빠지고 만다. 마적인 힘에 휘말려 서로가 서로를 지옥으로 빠뜨리고 만다.

그리고 이어서 「12」에서 요시히데가 눈물을 흘리는 장면이 나온다. 요시히데는 눈물을 흘리기 전에 이미 악몽을 꾸었기 때문에 요시히데 자신에게는 이 눈물의 의미는 지옥변 병풍을 위해서는 자신의 외동딸을 희생하지 않으면 안 된다는 것을 예상한 눈물이었을 가능성이 높다. 즉 '즉물주의'를 예술의 신조로 삼고 있는 그에게 외동딸의 죽음과 자기 인생의 파멸이 없이는 지옥변 병풍이 그려지지 않음을 충분히 알았고 그와 더불어 권력자의 함정에 몸을 던지지 않으

면 안 되는 그에게 「예술」과 「인생」의 잔인한 상관관계의 인식, 혹은
인생에서 마적인 것에 걸려들어 빠져나올 수 없음을 깨달은 눈물이
라고 할 수 있다.

그리고 또 이 눈물의 의미는 아쿠타가와가 『예술 그 외』에서 서술
한 다음의 문장과도 일맥상통한다.

> 우리가 예술적 완성의 길로 향하려고 할 때, 무엇인가 우리의 정진
> 을 방해하는 것이 있다. 눈앞의 안락함을 탐하는 생각인가. 아니 그런
> 것은 아니다. 그것은 더 이상한 성질의 것이다. 마치 산에 오르는 사람
> 이 높게 오름에 따라서 묘하게 구름 아래에 있는 산기슭이 그리워지게
> 되는 것과 같다. 이렇게 말해서 통하지 않으면——그 사람은 결국 나에
> 는 인연 없는 중생이라고 하는 수밖에 없다.(『예술 그 외』)

그리하여 보름 후 요시히데는 맹화에 싸여서 낙하하는 빈랑수레
에 신분 높은 부인이 타고 있는 모습을 눈앞에서 보여 달라고 오토
노에게 부탁을 하여 승낙을 얻어내고, 이삼일 후 유키게의 어소에서
밤중에 그 광경이 실현된다. 그런데 그 수레에 타고 있던 사람은 요
시히데의 딸이었다. 요시히데는 고통으로 얼굴이 일그러지고, 오토
노는 입술을 깨물고 때때로 기분 나쁘게 웃는다. 그 때 원숭이가 불
속으로 떨어든다. 그러자 잠시 후 요시히데의 얼굴은 황홀과 법열로
번쩍이고 그 위엄이 새에게도 사람에게도 고동쳤다. 이 과정을 거치
는 가운데 내레이터는, 나아가서는 작가는 이 작품을 통하여 자신이
표명하고 싶었던 예술지상주의의 선언을 분명하게 하고 있다.

——이 무슨 불가사의한 일이겠습니까. 바로 아까까지도 지옥의 책고에 신음하고 있는 듯 하던 요시히데는 지금은 견줄 데 없는 법열을, 사뭇 황홀한 그 법열의 광채를 주름살투성이인 온 얼굴에 띠면서 오토 노님의 어전임도 잊은 듯 굳게 팔짱을 끼고 우뚝 서있는 게 아니겠습니까. (「19」)

요시히데는 외동딸을 불태워 죽이는 대가로 '황홀한 법열'을 얻어내는데 성공하지만, 이는 예술의 성취를 위하여 인간의 윤리를 유린하고 사회적 금기를 파기할 수밖에 없는 예술가에게 주어진 숙명의 가시밭길을 걷고 있었다. 이 점 일찍이 아쿠타가와는 『예술 그 외』에서 다음과 같이 적고 놓고 있다.

예술가는 비범한 작품을 만들기 위해, 영혼을 악마에 팔아넘기는 일도 때와 경우에 따라서는 할 수 있다. 이것은 물론 나도 할 수 있다는 의미이다. 나보다 손쉽게 할 것 같은 사람도 있지만.(『예술 그 외』)

이 작품을 통하여 오구라 슈조는 '강자의 에고이즘에 농락당하는 약자인 아카키예비치는 말할 것도 없이 화가 요시히데이고, 아카키예비치가 생명보다도 소중히 생각하고 있던 외투는 요시히데에게 있어서는 외동딸이었다'[6]고 고골리의 『외투』의 주인공 아카키예비치에 빗대어 요시히데의 위치를 설명하고 있다.

그러나 외동딸을 분사하도록 한 일차적인 책임은 오토노에게 있지만 그렇다고 요시히데에게 전혀 책임이 없다고는 말할 수 없다. 이시와리 도루는 '딸의 분사는 오토노의 원념과 요시히데의 창작욕과의 〈상승〉작용에 의해져 초래한 것으로 이것이 〈지옥변〉전설의 내실이다'[7]고 한다.

와타나베 마사히코도 '인생 내지 인간존재에 내재하는 부조리한 마 (아쿠타가와는 이것을 자주 「악마」라고 부른다)에 조종당하여 호리카와 그 대결자인 화가 요시히데가 그 딸을 포함하여 지옥의 어둠 속으로 타락해 가는 과정을 그린 작품'[8]이라고 이 작품의 주제를 적출하고 있다.

4 불행한 예술지상주의

한 달 후 지옥변의 병풍화는 완성되었다. 요시히데가 오토노에게 보이자 함께 있었던 요카와의 승도는 일찍이 요시히데를 인면수심이라고 비판했음에도 불구하고 크게 칭찬하였다. 이후 요시히데의 악담은 저택 내에서는 들리지 않았다. 다음날 요시히데는 자신의 방에서 새끼줄에 목을 매어 죽었다. 시체는 요시히데 가의 터에 묻혀 있다. 이윽고 수십 년의 풍우를 맞아 누구의 묘인지도 모르고 이끼가 끼었다는 내레이션으로 작품은 끝을 맺고 있다.

인면수심이라고 비판한 요카와의 승도가 "훌륭한 작품입니다"라고 칭찬하는 것조차도 이미 요시히데에게는 무의미하다. 예술가는 예술이 어떠함을 모르는 그러한 자의 판단에 의해서 가치가 매겨지는 것도 아니며, 그 판단이 호평이라고 할지라도 그것은 이미 의미를 잃어버리고 만다. 미요시 유키오는 다음과 같이 해석한다.

　　　그럼에도 불구하고 세상의 비난과 칭찬은, 요카와의 승도의 찬사마
　　저도 요시히데에게는 모두 〈인생의 잔재〉이다. 사람들이 지옥변상도에
　　감동할 때 요시히데는 거기에 있어서는 안 된다. 거기에 없다는 것이
　　예술가로서의 〈생〉의 조건이다.[9]

　지옥변의 병풍을 완성하기 위해 자식을 분사시킨 아버지로서는
더 이상 생명을 유지한다는 자체가 인생의 〈잔재〉일 것이다. 미요시
유키오는 『희작삼매』에서 '아쿠타가와 류노스케의 (그렇게 부른다
면 불러도 좋은) 예술지상주의는 예술인가 인생인가라는 단순한 이
율배반의 선택은 결코 아니었다. 아쿠타가와는 인생을 부정해서 예
술을 택한 것이 아니고, 〈인생의 잔재〉에 대해서 〈인생〉을 택한 것이
다.[10]고 한다. 그렇다면 요시히데가 더 이상 생명을 연장하고자 한
다면 그것은 〈인생의 잔재〉를 탐닉하는 것이 되며, 그는 존재의 의미
를 잃어버리는 것이 된다.

　앞에서 나온 '지옥으로 오라. 지옥에는──네 딸년이 기다리고 있
어'라는 악몽은 당연히 딸이 죽고 곧이어 자신의 죽음이 다가온다는
것의 복선이다. 아마 요시히데는 생명을 연장한다는 것은 생각하지
않았을 것이다. 마수에 걸린 그에게 죽음이란 어쩌면 당연한 것으로
여겼을 것이다.

　「16」에서 '몇 해 전 미치노쿠의 전투에서 굶주린 나머지 인육을
먹은' 힘센 장수를 등장시키는데, 어떠한 반인륜적인 행동을 하더라
도 생존하려는 자와 요시히데의 생에 대한 태도가 명확하게 비교된
다. 에비이 에이지는 이 장수의 생존과 요시히데의 자살을 비교하여
다음과 같이 풀이한다.

'미치노쿠의 전투에서 굶주린 나머지 인육을 먹은' 장수를 생각해 보면 요시히데가 그 후에도 생을 길게 살 경우 얼마나 비참한 인생을 보낼 것인가는 명백하고, 따라서 요시히데가 자결함에 의해 확정되고, 불변이 되는 것, 예술가 요시히데의 존재의식도 명확해질 것이다.[11]

작가는 작품 「20」의 마지막 부분에 '다만 작디작은 묘석은 그 뒤 수십 년간의 풍상에 바라서 벌써 오래전에 누구의 무덤인지조차 알 아볼 수 없게 이끼가 끼어버렸습니다'라고 적으며 작품을 끝내고 있다. 그것이 누구의 무덤인가는 더 이상 중요하지 않다. 누구의 무 덤인가 알아볼 수 있는 그 묘석조차 〈인생의 잔재〉에 불과하기 때문 이다.

「지옥변」에서 절멸해가는 것은 요시히데의 인생뿐이다. 요시히데 의 인생은 딸의 인생과 함께 끝난다. 전 인생을 인생의 〈잔재〉로서 묻는 것 없이 예술가의 의미는 존립할 수 없다는 것이 「희작삼매」를 이은 「지 옥변」의 테마이다. 그 때문에 요시히데는 죽지 않으면 안 된다. 그의 죽 음은 반드시 예감된 운명의 실현에 지나지 않았지만, 요시히데의 묘표 가 '누구의 무덤인지조차 알아볼 수 없게 이끼가 끼'고 그의 일생이 잊 혀져버려도 예술은 그의 〈인생〉의 증거일 수 있다.[12]

미요시 유키오의 『지옥변』의 최종적인 평이다. 아쿠타가와가 말 하고자 하는 「예술」과 「인생」의 관계는 역시 「예술」이 가치우위에 서있는가. 아쿠타가와는 역시 이 『지옥변』을 통하여 그의 예술지상 주의를 표명하려고 했음에 틀림이 없는가.

아쿠타가와는 그의 소위 예술지상주의의 작품 중에서도 아마『지옥변』에 자신의 예술과 예술가로서의 운명을 가장 의미심장하게 다루었다고 할 수 있다. 그러나 그것은「인생」의 희생을 담보로 하는 처절한「예술」의 승리였다.『지옥변』에서 예술의 승리를 그린 아쿠타가와는 결코 그 승리를 만족할 승리로 보고 있는 것 같지는 않다. 그에게는 적어도『지옥변』은 예술의 불행한 승리 그 자체였다. 그 증거로 불행한 예술가의 모습은 그의 절필이라고 할 수 있는『톱니바퀴』에까지 그 메아리가 울려 퍼지고 있으며, 그것도 자신의 통한의 염을 넣어서 다음과 같이 묘사하고 있다.

나는 나폴레옹을 응시한 채로 나 자신의 작품을 생각해 냈다. 그러자 우선 기억에 떠오른 것은「난쟁이의 말」속의 아포리즘이었다. (특히 '인생은 지옥보다 지옥적이다'라고 한 말이었다) 그리고「지옥변」의 주인공,──요시히데라는 화가의 운명이었다. 그리고……나는 담배를 피우면서 이렇게 말하는 기억으로부터 피하기 위해 이 카페 안을 둘러보았다.(3「밤」,『톱니바퀴』)

나는 이런 한 줄에 Black and White라는 위스키의 이름을 생각해 내고 갈기갈기 이 편지를 찢어 버렸다. 그리고 이번에 닥치는 대로 편지 하나의 봉투를 뜯어 노란 편지지를 대충 훑어보았다. 이 편지를 쓴 이는 내가 모르는 청년이었다. 그러나 두세 줄도 읽기 전에 '당신의『지옥변』은……'이라고 하는 말은 나를 초조하게 하지 않고서는 안 되었다. (5「적광」,『톱니바퀴』)

아쿠타가와의 『톱니바퀴』의 여기저기에 산재하는 『지옥변』이란 단어는 이같이 그의 인생에 지우기 어려운 상처를 남겼다. 아쿠타가와의 예술지상주의에 대한 통회환은 단지 『톱니바퀴』라는 유서에 가까운 그의 최만년의 작품에만 나타나는 것이 아니다. 그는 이보다 앞서 1923년 6월 피에르 로티의 부음을 듣고 6월 13일 「지지신포」에 다음과 같은 일문을 기고한다.

> 제등은 불만 켜이면 경의를 표해야 한다. 우의와 같이 비를 피할 수는 없다고 하더라도 경멸해도 좋은 것은 아니다. 그러나 비가 내리고 있으니까 우선 제등은 없더라도 우의의 신세를 지고자 하는 것은 본래 자연스런 인정이다. 이런 인정의 비난은 어떤 예술지상주의도 제등에 의지하라는 충고와 같이 효력 없는 것임을 각오하지 않으면 안 된다. 우리는 비가 억수같이 내리는 길과 같은 인생을 더듬는 인적이다. 하지만 로티는 우리들에게 한 장의 우의도 주지 않았다.

1923년은 아쿠타가와가 자결하기 4년 전이다. 그는 만년에 피에르 로티를 평가하면서 자기의 문학에 대한 처절한 반성을 하고 있다. 자신의 문학이 예술지상주의를 추구하는 제등이 아니라 비를 피할 수 있는 '한 장의 우의'라도 되었던가. 로티가 그에게 가르쳐 주었던 것은 '제등'이었던가, 아니면 비를 피할 수 있는 '우의'였던가. 아쿠타가와의 통한은 자신의 문학이 진실로 이 '한 장의 우의'이기를 바라면서도 결국에는 이를 이루지 못한 것에 있었음을 너무나도 선명하게 이야기해 주고 있다.

5 결어

아쿠타가와의『지옥변』의 특징으로는, 초반에는 등장인물의 상호 관계를 설명하는 데에 작품의 약 사분의 일을 할애하다가 후반부에 들어서면 내레이터는 점차로 지옥변상도의 완성과정을 설명하게 된다. 내레이터는 이 과정을 통하여 작자 아쿠타가와의 예술지상주의가 어떠함을 표명하는 데에 이르게 된다.

그렇다면 이 같은 아쿠타가와의 예술지상주의는『지옥변』을 통하여 어떻게 형성되었으며, 아쿠타가와 고유의 예술지상주의는 어떠한 것이었고, 그의 예술에서 예술지상주의의 한계는 무엇이었는가, 다시 말하면「예술」과「인생」은 아쿠타가와에게 어떤 관계로 존재하였는가를 검토함으로 소위 아쿠타가와의 예술지상주의의 내실을 규명해 보기로 한다.

『지옥변』작품의 발단은 오토노가 요시히데에게 지옥변의 병풍을 그리라고 명령하였고, 그 명령에 의하여 요시히데가 병풍을 그리는 과정에서 일어났던 일을 묘사하는 것이 전부라고 해도 과언이 아니다. 이 병풍화를 그리는 과정을 통하여 작자가 독자에게「예술」과「인생」은 어떤 상관관계를 가지고 있는가를 묻는 것이 이 작품의 주제가 된다.

『지옥변』의 비극은 오토노가 요시히데에게 지옥변상도의 병풍을 그리라고 명령한 그의 세속적 권력의 남용에서 시작된다. 또 하나의 요인은, 보지 않은 것은 그릴 수 없다는 요시히데의 '즉물주의'가 이에 상승작용을 한다. 이 두 요인으로 인하여 외동딸은 불태워지게 되고, 요시히데도 스스로 목숨을 끊게 되며, 『사종문』에 묘사되어 있는 것처럼 최후에는 오토노 역시 비참한 최후를 맞이하게 된다.

결국 이 작품은 「예술」과 「인생」의 잔인한 상관관계를 그리고 있다고 해도 좋을 것이다. 인간의 내부에 존재하는 부조리한 마적인 것에 조종당하여 오토노와 요시히데가 그 딸과 더불어 지옥의 어둠 속으로 타락해 가는 과정을 그린 작품이라고 할 수 있다.

이 과정에서 작자는 예술지상주의를 선언하게 된다. 유키게의 어소에서 외동딸을 태운 빈랑수레가 불타게 된다. 처음에 요시히데는 고통으로 얼굴이 일그러진다. 그러나 잠시 후 요시히데의 얼굴은 황홀과 법열로 번쩍이고 그 위엄이 새에게도 사람에게도 고동친다. 이 가운데 내레이터는, 나아가서는 작가는 이 작품을 통하여 자신이 표명하고 싶었던 예술지상주의의 선언을 분명하게 하고 있다.

한 달 후 지옥변의 병풍화는 완성되었다. 요시히데가 오토노에게 보이자 함께 있었던 요카와의 승도는 일찍이 요시히데를 인면수심이라고 비판했음에도 불구하고 크게 칭찬하였다. 이후 요시히데의 악담은 저택 내에서는 들리지 않는다. 다음날 요시히데는 자신의 방에서 새끼줄에 목을 매어 죽는다. 시체는 요시히데 가의 터에 묻혀 있다. 이윽고 수십 년의 풍우를 맞아 누구의 묘인지도 모르고 이끼가 끼었다는 내레이션으로 작품은 끝을 맺고 있다.

아쿠타가와는 그의 소위 예술지상주의의 작품 중에서도 아마 『지옥변』에 자신의 예술과 예술가로서의 운명을 가장 의미심장하게 다루었다고 할 수 있다. 그러나 그것은 「인생」의 희생을 담보로 하는 처절한 「예술」의 승리였다. 『지옥변』에서 예술의 승리를 그린 아쿠타가와는 결코 그 승리를 만족할 승리로 보고 있는 것 같지는 않다.

그에게는 적어도 『지옥변』은 예술의 불행한 승리 그 자체였다. 불행한 예술가의 모습은 자신의 통한의 염을 넣은 그의 절필인 『톱니바퀴』에까지 그 메아리가 울려 퍼진다.

1 石割透「『地獄変』·その魔的なる暗渠」[「駒沢短大国文」1988.3 pp.17~18]
2 渡辺正彦「芥川龍之介『地獄変』覚書」[「日本近代文学」1977.10 p.159]
3 吉田精一『日本近代文学大系38巻』筑摩書房 1970
4 三好行雄『芥川龍之介論』筑摩書房 1976 p.137
5 三好行雄『芥川龍之介論』筑摩書房 1976 p.134
6 小倉脩三「地獄変」[「日本文学」1986.9 p.79]
7 石割透「『地獄変』·その魔的なる暗渠」[「駒沢短大国文」1988.3 p.20]
8 渡辺正彦「芥川龍之介『地獄変』覚書」[「日本近代文学」1977.10 p.158]
9 三好行雄『芥川龍之介論』筑摩書房 1976 p.137
10 三好行雄『芥川龍之介論』筑摩書房 1976 p.123
11 海老井英次『芥川龍之介必携』学燈社 1981 p.95
12 三好行雄『芥川龍之介論』筑摩書房 1976 p.137

《개화의 살인》

제10장

1 서언

다음은 아쿠타가와가 연애의 파국 후인 1915년 3월 9일 친구 쓰네도 교에게 보낸 서한의 일부로, 그의 문학의 밑그림 혹은 그의 정신 세계의 원풍경으로 자주 인용된다.

에고이즘이 없는 사랑이 없다고 한다면 인간의 일생만큼 괴로운 것은 없다.

주위는 보기 싫다. 자신도 보기 싫다. 그리고 그것을 눈앞에서 보고 사는 것은 괴롭다. 더구나 사람은 그렇게 살아갈 것을 강요당한다. 일체가 신의 사역이라고 한다면 신의 사역이야말로 조롱거리다.

나는 에고이즘을 떠난 사랑의 존재를 의심한다.

아쿠타가와는 그의 생애에 많은 여성과 교제를 하였고, 그 몇 명에게는 연애 감정을 느낀다. 아쿠타가와의 연애 체험 중에서 첫사랑이자 그의 정신세계에 가장 많은 영향을 미친 여성은 요시다 야 요이이다. 아쿠타가와의 야요이에 대한 생각이 연애로서 자각된 것은 1914년 2·3월경이었던 것으로 보인다. 야요이에 대한 연정은 순수하였고 결혼까지 생각하게 하였지만, 아쿠타가와가의 양부모의 심한 반대에 부딪혀 1915년 초에 파국을 맞기에 이른다. 파혼의 결과 아쿠타가와는 인간의 추함과 에고이즘을 처절하게 느꼈고, 생존의 삭막함을 맛보았으며, 이 때문에 더욱 순수한 사랑을 희구하게 된다.

연애 파국이 있던 해인 1915년 11월에 야나가와 류노스케란 필명으로 「제국문학」에 아쿠타가와의 준 처녀작인 『라쇼몬』을 발표하게 되며, 『코』, 『참마죽』으로 이어지는 소위 〈곤자쿠삼부작〉을 완성한다. 이 작품의 주요 주제가 다름 아닌 에고이즘으로, 이는 〈곤자쿠삼부작〉에서 끝나지 않고 그의 작품에 반복해서 나타난다. 그 한 예가 『개화의 살인』이다.

『개화의 살인』은 작자 자신도 '주오코론에 탐정소설을 쓸 약속을 했기 때문에 마지못해서 이상한 것을 쓰고 있다'고 밝히고 있는 것처럼 이 작품을 탐정소설로 볼 수도 있지만, 작자는 오히려 '순수한 사랑' 속에 내포되어 있는 에고이즘의 척결이라는 점에 더 중점을 둔 것 같다. 따라서 작자도 이어서 '아무래도 재능을 파는 것 같은 기분이 들어 불안해서 좋지 않다. 게다가 탐정소설을 염두에 두고 쓰고 있으나 탐정소설이 되지 않을 것 같다(1918. 6. 19 마쓰오카 유즈루에게)'고 작품을 창작하는 심경을 피력하고 있다.

'「개화의 살인」 및 「개화의 남편」이라는 작품은 아이들의 꿈처럼, 〈우스개〉 같은 연애를 〈진지〉하게 연기할 수밖에 없었던 두 남자의 이야기이다'[1]고 마쓰모토 쓰네히코는 작품의 의미를 해석하고 있다. 하지만 과연 이 의견에 동의할 수 있을까. 따라서 여기에서는『개화의 살인』작품 속의 주인공 기타바타케에 의하여 은폐된 에고이즘이 경우에 따라서 어떻게 나타나는가를 추적한다. 이 작품에서는 아키코를 둘러싼 사랑의 집착이 세 번에 걸쳐서 나타난다고 할 수 있다. 첫 번째는 미쓰무라에게, 두 번째는 혼다자작에게, 세 번째는 자신이 사랑했던 아키코에게 나타난다. 이런 현상을 작품을 통하여 분석하고, 더불어 나쓰메 소세키의『그 후』와『마음』을 비교하여『개화의 살인』과 이들 작품과의 같고 다름을 비교 검토한다.

 ## 『개화의 살인』의 작품 구조

『개화의 살인』은 1918년 7월 15일 발행의 잡지『주오코론』제33년 제8호 임시증간 「비밀과 개방호」에 게재되어 이후에『가이라이시』, 『희작삼매』,『샤라의 꽃』,『아쿠타가와류노스케슈』에 수록되었다. 『주오코론』의 소설란에는 예술적 탐정소설이라고 칭하고, 다니자키 준이치로의『두 사람의 예술가 이야기』, 사토 하루오의『지문』, 사토미 돈의『형사의 집』등이 동시에 게재되었다. 이 호에 대해서 아쿠타가와는 1918년 7월 25일부 에구치 간에게 보내는 서한에서 「주오코론」에서는 제일 사토미, 제이 사토다. (단지 이것은 소설부문에서다. 드라마에서는 구메가 있으니까.) 다니자키씨 등은 서툰 글로 단숨에 내갈겨 그 자신도 아마 자신이 없을 것이라고 생각한다'라는 감상을 토로하고 있다.

잡지 초출에서 『가이라이시』에 수록될 때는 본문에 약간의 이동이 생긴다. 잡지 초출에는 '혼다자작 각하 그리고 부인. 나의 마지막에 이르러 지난 삼년동안 마음에 응어리진……'으로 시작하여, '당신들에게 항상 충실한 종, 기타바타케 기이치로 드림'으로 유서를 맺고, 이어서 '추백, 이 유서가 쓰인 당시는 아직 작위의 제도가 제정되지 않았다. 여기에 자작이라는 것은 혼다 가의 후년의 호칭을 따른 것이다'라는 한 문장이 첨부되어 있다. 그러던 것이 단행본 수록 시에는 이 부자연스러운 추백의 부분이 삭제되고 그 대신에 유서의 모두부에 '아래에 게재한 것은 최근에 내가 혼다자작(가명)에게서 빌려본 고 기타바타케 기이치로(가명) 박사의 유서다……'로, 현행본에 있는 주기풍의 서문을 설치하여 추백 부분을 흡수하였다. 이 개고에 의해서 초출의 유서체에서 현행의 작자가 빌려본 유서를 베껴서 공표하는 체재가 되었다. 요시다 세이이치는 '문체는 메이지 개화기의 번역문학, 풍속문학의 문체를 모방하였고, 내용보다도 문장이 볼만한 작품이다'[2]고 평한다.

이 작품 역시 아쿠타가와가 즐겨 쓰는 액자구조의 작품이다. 보통의 경우 아쿠타가와의 작품은 액자 안에 들어 있는 '그림'보다도 이 액자 부분인 '서문'이나 '결어'가 작품을 반전시켜 의미를 부여한다. 그러나 『개화의 살인』에서는 '서문' 부분이 단지 이야기의 도입부로써의 역할 밖에 하지 않는다는 점이 다른 작품과 사뭇 다르다고 할 수 있다. 작품은 크게 네 부분으로 나눌 수 있다. ① '아래에 게재한 것은……'으로 시작되는 서문, ② '혼다 자작 각하 그리고 부인……'으로 시작되는 본문, ③ '나는 어릴 때부터 사촌 누이동생 되는……'

으로 시작되는 첫 번째 살인 이야기, ④ '그러나 이는 정말로 몇 달
뿐이었다'로 시작되는 두 번째 살인 이야기이다.

　이 작품에서 문제가 되는 문단은 ③과 ④이다. 앞에서도 서술한 바
와 같이 아쿠타가와의 액자구조 작품에서는 항상 액자인 ①이 문제
가 되는데, 이 작품에서는 전혀 그런 역할을 하지 못한다. 그 뿐만 아
니라 ②의 경우에도 '내가 고백하려는 사실이 너무나 예상외라는 이
유로 함부로 나를 왜곡하여 환자의 이름을 빌리지 말'라는 부탁과
'생애 유일한 기념비가 될 몇 장의 유서를 두고 미친 사람의 헛된 잠
꼬대로 취급하지 말'라는 당부가 적혀 있을 뿐이다. 이는 앞으로 서
술할 내용의 진실을 보장해 달라는 취지 외에 작품에서의 큰 의미는
없는 것으로 보아도 무방하다.

3　첫 번째 살인

　이 작품은 두 번의 살인사건을 저지르게 된다. 물론 첫 번째 미쓰
무라는 확실하게 '그 환약'으로 독살하게 되고, 두 번째는 혼다를 같
은 방법으로 독살하려 하다가 '정신적 파산'을 면하기 위하여 자신
을 죽이는 자살의 방법을 택한다. 이같이 두 번의 살인을 하게 되는
동인을 작품 속에서 찾는다면 다음의 문장일 것이다.

　　나는 당시 열여섯 살의 소년이었고 아키코는 아직 열 살의 소녀였
　　다. 오월 모일 우리는 아키코 집의 잔디밭 등나무 넝쿨 밑에서 즐겁게

장난치며 놀고 있었다. 아키코는 나에게 한쪽 다리로 오랫동안 설 수 있는지 물었다. 하지만 안 된다고 대답하자, 그녀는 왼손을 느려 뜨려 왼쪽 발가락을 잡고는 오른 손을 들고 균형을 잡아가며 한참이나 한쪽 다리로 서 있었다. 머리 위의 보라색 등나무 꽃은 봄의 햇살을 흔들며 늘어지고 그 밑에 아키코는 조각상처럼 꼼짝 않고 멈춰서 있었다.

마치 사진으로 찍은 듯한 한 컷이 지금까지 그녀를 '잊을 수 없'게 한 까닭이고, 그의 마음 속 깊이 그녀를 '사랑하고 있다는 깨달음'을 준 동기이며, 그 후에도 아키코에 대한 사랑이 '점점 격렬함'을 더해 가는 이유가 된다. 그리고 작품에서는 '그녀를 생각하며 거의 공부는 전폐하게 되었어도 나의 소심함은 숨긴 마음을 끝까지 한마디도 토로하지 못했다'로 묘사되어 있는 것을 볼 때 기타바타케의 아키코에 대한 사랑은 첫사랑임과 동시에 또 짝사랑이기도 하다.

첫사랑과 짝사랑에 대한 특징을 고려하면서 이 작품을 읽는다고 하더라도 기타바타케는 왜 살인과 자살을 해야 했는지, 그리고 사랑의 상대였던 아키코는 왜 이 작품에서 전혀 얼굴을 드러내지 않는지 수긍이 가지 않는다. 그리고 이 작품이 기타바타케와 아키코의 사랑을 다루고 있으면서도 아키코의 존재감이 없다는 점은 이해하기 어렵다. 따라서 이야기의 주인공은 기타바타케, 미쓰무라, 혼다 세 사람을 축으로 전개된다.

어떠하든 간에 기타바타케가 살인과 자살을 하게 되는 동기를 부여하는 것은 다름 아닌 앞에서도 언급한 '등나무 넝쿨 밑에서 즐겁게 장난치'던 그 한 순간이다. 이 한 컷의 사진과 같은 장면이 앞으로 일어나게 될 모든 것의 원인을 제공하고 있다. 오랜 사귐도 아니다.

어쩌면 한나절, 그 중에서도 '왼손을 느려 뜨려 왼쪽 발가락을 잡고
는 오른 손을 들고 균형을 잡아가며 한참이나 한쪽다리로 서 있었'
던 그 포즈가 전부이다. 그 이후 두 사람은 첫사랑이라고 할 만한 감
정의 교류가 있었다는 정황은 어디에서도 찾아 볼 수 없다.

아무리 남자의 첫사랑의 심리가 첫사랑의 여자에게 집착하고, 후
유증이 오래가고, 인생을 다 바치기도 한다고 하더라도, 작품에 나
타나 있는 것처럼 깊이가 없는 어설픈 첫사랑, 더욱이 작품 전체를
볼 때 기타바타케가 아키코를 짝사랑한다는 정황이 여러 곳에서 나
타나는데도 불구하고 기타바타케가 살인을 한다는 것, 그것도 두 번
씩이나 살인을 한다는 작품의 구성에는 상당한 무리가 있다고 볼 수
있다. 그것을 요시모토 류메이는 '「개화의 살인」에서는 닥터 기타바
타케의 짝사랑의 근대성이 여성을 과도하게 미화했기 때문'[3]이라고
한다.

이같이 작품을 끌어갔다는 것은 작품의 구성상에 많은 문제점을
노출시킨다. 아쿠타가와는 이전의 소위 예술지상주의적인 작품에서
도 이 같은 경향을 보인 적이 적지 않았다. '예술가는 무엇보다도 작
품의 완성을 기하지 않으면 안 된다. 그렇지 않으면 예술에 봉사하
는 일이 무의미하게 되어버리고 말 것이다'라고 『예술 그 외』에서
그의 예술관을 명확하게 밝힌 바 있다. 예를 들면 아쿠타가와의 소
위 예술지상주의 작품인 『희작삼매』, 『지옥변』, 『봉교인의 죽음』,
『무도회』가 모두 이런 경향을 보인 작품이다.[4]

이 작품에서는 살인사건의 동력이 되는 첫사랑의 강력함이 보이
지 않는다. '흐림과 맑음이 일정하지 않은 감정의 하늘 밑에서 혹은
울고 혹은 웃고 망망하게 수년의 세월이 흘렀지만……'이라는 묘사

로 볼 때 그가 유학을 떠나는 스물하나까지 6년 동안 사랑의 고백이 없는 짝사랑의 세월이 흘러갔다는 이야기가 된다. 짝사랑은 그야말로 남녀 상호간에 교감이 없는 상태이든지, 있다고 하더라도 서로 빗나간 경우를 말한다. 이런 상호의 교감이 없는 짝사랑의 상태에서 사랑으로 인하여 일어난 문제를 전개한다는 것 자체가 많은 문제를 내포한다.

그럼에도 불구하고 작품은 전개된다. 첫사랑을 방해하는 첫 사건이 가업인 의학을 배우러 런던으로 가라는 아버지의 명령이다. 가부장적 구조가 지배적이었던 메이지기의 사회상을 생각하면 아버지의 명령에 순종하지 않는 유학 거부는 아마 생각하기 어려웠을 것이다. 그러나 런던으로 떠나는 것이 단순히 아버지의 명령 때문이었을까. 일본이 구화정책에 온 힘을 쏟고 있던 당시의 상황을 생각한다면 런던 유학은 개인에게는 바로 출세를 의미하는 하는 것이다. 따라서 기타바타케의 유학은 자신이 쓰고 있는 것처럼 그렇게 순수한 것만은 아니라는 점을 간과해서는 안 된다.

'엄숙한 우리들의 가정은 그러한 기회를 주는데 인색함과 동시에 유교주의의 교육을 받은 나도 불순한 이성교제에 대한 비방을 겁내 끝없는 이별의 슬픔을 품은 채 책가방을 들고 훌쩍 영국의 수도로 떠난다'는 묘사에서 '불순한 이성교제'라는 단어는 매우 애매모호하다. 세상 사람들이 그렇게 본다는 것인지 아니면 자기 자신이 그렇게 생각한다는 것인지 알 수가 없다. 문맥으로 보아 유교주의 교육을 받은 기타바타케가 아키코와의 자유연애를 '불순한 이성교제'로 본다는 말이 되는데 이것은 자신의 논리와 감정의 모순을 드러내는 말이다. 게다가 이것을 여성의 입장에서 본다면 도무지 받아들일 수

250

없는 이야기가 된다. 아키코의 입장에서는 기타바타케가 자신을 사랑하는 것이 '불순한 이성교제'인데다가, 자신의 출세를 위하여 '영국의 수도로 떠난다'는 일방적인 통보는 기타바타케 자신의 입장만을 내세운 것이지, 아키코 자신과는 아무런 의논도 양해도 없는 일방적인 것으로, 앞으로 두 사람의 관계를 꽃피워야 하겠다는 아무런 확신도 주지 않을 뿐 아니라 오히려 자신에게 모멸감마저 주는 처신이다. 아키코가 이를 받아들이고 순순히 남자를 따르겠다고 생각하는 것은 지나친 착각이다. 문제의 단서가 일어나는 시점은 실로 여기에 있다고 보아야 할 것이다. 그렇기 때문에 기타바타케가 영국에서 유학하는 삼 년 동안 아키코는 결혼하고 만다.

그 다음에 이어지는 '영국 유학 삼년간……'에서부터 '아버지 병원의 일개 애송이 의사가 되어 수많은 환자의 진료에 쫓겨서 따분한 의자를 떠나지 못하게 했다'는 실연자의 처절하면서도 안타까운 심정이 노정되어 있지만, 이 또한 아키코와는 전혀 상관이 없는 자기연민의 묘사로 볼 수밖에 없다. 이 문장은 단지 기타바타케 자신이 살인 사건을 벌이지 않으면 안 되는 당위성을 부여하는 역할 밖에 하지 못한다고 보아야 할 것이다.

또 작품의 중간에 '여기에 이르러서 나는 실연의 위안을 신에게 구했다'로 시작하여 '아키코의 행복을 하나님께 기도하고 감정에 북받쳐 흐느껴 운 것을 이야기해도 좋다'로 끝나는 매우 이질적인 문장이 삽입되어 있다. 아마 '유학중에 귀의한 그리스도교 신앙'으로 이 문제를 해결하려 하였고, 또 이 신앙에 의한 치유는 어느 정도 효과가 있었다. 그래서 '만일 그들에게 행복한 부부의 모습을 발견한다면 내 위안의 마음이 점점 커져서 약간의 고민도 없어지리라'고

251

믿기도 하였다는 것이다. 여기서 헨리 타운젠드씨와 나눈 '신의 사랑을 논하고 그 위에 인간의 사랑을 논한' 그 내실이 무엇인가가 문제가 된다. 인간의 사랑(관능적 사랑)과 신의 사랑의 차이는 다음과 같이 설명할 수 있다.

　　관능적 사랑은 자신의 필요와 관심을 충족시켜줄 상대방을 선택하는데 상당히 선별적이다. 상대방의 일부가 되고 싶다고 느끼면 느낄수록 관능적인 사랑은 점점 더 서로를 소유하고자 할 것이다. 반대로 본성상 관능적이지 않는 기독교적 의미의 신적인 사랑 (이타적인 사랑)이 바로 그것이다. 신적인 사랑은 상대방만을 위한 전인격에 대한 사랑이어야 한다고 생각한다. 이기적이어서도 안 되고 차별적이어서도 안 된다. 다른 사람을 인격으로 사랑한다면, 그 사랑은 그 사람이 죽을 때까지 유지되어야 한다. 나아가 상호성에 의존하지 않기 때문에 질투하고 기만당하고 거절당할 가능성에서 자유롭다.[5]

　선교사 헨리 타운젠드씨와 나눈 '사랑' 이야기는 기타바타케의 감정을 잠시 묻어두는 미봉책에 지나지 않았다. 사카이 히데유키는 '기타바타케 기이치로는 윤리적인 인간이기 때문에 위선자이다'고 한다. 왜냐하면 〈신체성〉(자연)을 부정하고 극복해야할 악을 간과하는 기타바타케는 윤리적인 인간이고, 〈신체성〉의 분출을 막는 뚜껑으로서 그리스도교 윤리를 구한 것이다. 그러나 그리스도교 윤리는 그의 과잉한 〈신체성〉을 막는 데는 너무나도 무력한 것이었다. 그리스도교의 가르침에 따라 아키코에 대한 애욕이라는 그의 〈자연〉을 극복하고, 「육친적 애정」을 품는다고 하는 「사랑의 새로운 전향」을

252

얻었다고 기타바타케는 생각하고 싶었다. 그러나 그의 진실은 아키코에 대한 애욕이라는 그의 〈자연〉으로 향했던 것을 두려워하여 그리스도교라고 하는 명목에 자기의 〈신체〉를 숨긴 것에 지나지 않는다'[6]고 지적한다.

그렇기 때문에 그의 생각은 나중에 가서 변화하여 '결단코 신에 의지하지 않고 내 자신의 손으로 누이동생 아키코를 색마의 손에서 구조해야만 한다'는 단계에 이르게 된다. 그 이유는 지금 아키코가 결혼한 상대인 미쓰무라가 '짐승'이고, '색마'라는 것이다. 이렇게 미쓰무라를 '짐승'이고 '색마'라고 단정 짓는 이유는 오직 하나뿐이다. 그것은 메이지 11년 8월 3일 료코쿠다리 근처의 요정에서 미쓰무라를 만났을 때 그는 '오른쪽에 기생을 안고 왼쪽에 동기를 거느리며, 듣기에도 거북한 외설적인 속된 노래를 크게 부르며, 오만하게 납량선의 갑판 위에서 흠뻑 취한' 멧돼지 같은 행동 때문이라는 것이다.

여기에서 기타바타케의 사고에 결정적인 문제점을 발견할 수 있다. 그것은 바로 사물을 이원 대립적으로 보고 있다는 것이다. 김정운은 '이분법은 존재가 불안한 이들의 특징이다. 자신의 위치를 정하고 반대편에 적을 만들어야 자신의 존재가 확인되는 까닭이다'[7]고 한다. 확실히 문제는 미쓰무라나 그와 같이 살고 있는 아키코에게 있는 것이 아니라 기타바타케의 사고에 있음이 분명하다.

사카모토 마사키는 '유서를 통해서 나타나는 기타바타케 박사의 인물상은 다양한 수준에서의 이원적 대립을 근저로 하여 조형되어 있는 점에 하나의 큰 특징이 존재한다. 기타바타케 박사를 둘러싼 이원적인 상극은 유교주의와 그리스도교 신앙과의 모순에서, 쾌락 지향에 대한 금욕적 자세의 충돌, 자작에 대한 우의의 의식과 자신의 애정의 달성 원망과의 대립, 그리고 시대에 가득한 물질주의에 대한 정신주의의 상극까지 폭 넓게 간취된다'[8]고 기타바타케의 사고의 특징에 이분법이 존재하고 있음을 지적한다.

위의 두 논자의 학설을 더하면 기타바타케가 미쓰무라를 짐승이니 색마니 하면서 비난하는 쾌락주의와 물질주의는, 신의 사랑과 그 위에 인간의 사랑을 논하는 금욕주의와 정신주의와는 차원을 달리하여 뚜렷이 구분할 수 있는 이분법적인 것으로, 이는 기타바타케의 존재가 불안하다는 것의 증명이 될 뿐 아니라, 가상적으로 미쓰무라를 반대편의 적으로 보고 있다는 것이 된다. 아직 이 시점에서 혼다자작은 수면위에 떠오르지 않았기 때문에 적으로 간주되고 있지 않다.

'신에 의지하지 않고' 자신의 손으로 이키코를 구하겠다는 결심은 이내 곧 미쓰무라를 살해하는 실행의 단계로 옮겨지는데, 기타바타케는 살인의 동기를 '나는 믿는다. 살인의 동기는 발생 당초부터 결단코 질투의 정에 의한 것이 아니었으며, 오히려 불의를 벌하고 부정을 제거하려는 도덕적 분노에 있다는 것을'이라고 하고 있다. 그리고 이어서 '이미 그가 존재한다는 것이 세상을 문란하게 하는 이유임을 알았고, 그를 제거하는 것이 노인을 살리고, 어린아이를 불쌍히 여기는 이유임을 알았다. 여기서부터 살해의 의지가 서서히 살해 계획으로 변화해 갔다'고 한다. 기타바타케가 미쓰무라를 살해하는 동기나 살해 계획 모두가 철저히 자신을 기만하는 행위에 지나지 않는다.

기타바타케가 그의 행동을 '도덕적 분노'라고 하여 그리스도교의 신적 사랑인 것처럼 이야기하지만 사실은 이는 '질투'라는 용어의 포장에 불과하다는 것은 그리 어렵지 않게 알 수 있다. 왜냐하면 인간의 사랑 혹은 관능적 사랑의 특징은 사랑하는 사람에 대하여 독점적이고 배타적인 관계 형성이기 때문이다. 따라서 기타바타케의 '도덕적 분노'의 실상은, 지인인 신문기자를 통하여 그들의 관계를 듣는 것처럼 사랑하는 사람에 대하여 강력하게 집착하고 몰두하는 것에 지나지 않는다. 정신의학적으로 말하자면 일종의 강박증이라고도 할 수 있다.

사실 미쓰무라와 아키코의 부부관계가 어떠한지는 제삼자의 입장에서도 조금은 알 수 있다. 그것은 사립탐정이나 다름없는 지인인 신문기자 여러 사람으로부터 들은 이야기에 지나지 않지만, 그들의 첩보에 의하면 '이 무뢰한 남편이 일찍부터 온량하고 정숙한 부인으로 일컫는 아키코를 대할 때는 노비와 다를 바 없다'는 것이다. 그러나 이 첩보를 그대로 믿는다고 하더라도 부부 사이에서 일어난 일의 호불호를 제삼자가 판단하는 것은 대단히 어려운 일이다. 이보다는 이런 사실들은 오히려 살인을 계획하는 기타바타케의 자기합리화에 지나지 않는다고 보지 않을 수 없다.

이 작품은 나쓰메 소세키의 『그 후』와 『마음』의 주제를 계승하였다[9]고 하는 주장에 충분히 동의할 수 있다. 그러나 '아쿠타가와가 「개화의 살인」을 쓸 때, 「마음」을 염두에 두었는지 아닌지는 알 수 없다. 「개화의 살인」과 자매편의 관계에 있는 「개화의 남편」을 보면 그 주제는 「마음」의 선생님이 말하는 「자유와 독립과 자신」이 메이지의 아쿠타가와에 의한 전개처럼 생각된다'[10]고 할 수 있다.

우선 『그 후』에서는 '그 자신에게 특유한 사색과 관찰의 힘'으로 메이지 일본사회와 인간의 암흑을 발견하고 그들과의 접촉을 꺼리고 있는 다이스케와, 활동가로 현실사회에 참여하여 자신이 생각한 대로 이룰 수 있다는 확증을 삶의 보람으로 여기는 히라오카가, 이 『개화의 살인』에서는 기타바타케와 미쓰무라로 대비를 보인다. 일찍이 어린애 같은 의협심으로 자신의 마음의 움직임을 억누르고 친구의 동생이었던 미치요를 히라오카와 결혼시킨다. 그러나 재회 후에 다이스케는 자신 속에 사랑의 불꽃이 존재한다는 것을 발견하고 미치요를 히라오카로부터 빼앗는다.

작품『그 후』의 서두에서 자기만족으로 느긋하게 살던 다이스케는 소설의 말미에서는 상처투성이의 영혼이 되어 멀쩡한 정신에 광기가 흐르는 듯 보인다. 이것은 관능적 사랑의 발현이라고 할 수 있는데, 『개화의 살인』에서 기타바타케의 '도덕적 분노' 역시 사랑하는 사람에 대하여 강력하게 집착하고 몰두하는 광기의 일종이라고 볼 수 있다. 『그 후』와 차이점이라면 살인을 감행한다는 점이다. 그런 점에서 『개화의 살인』의 기타바타케가 그의 그리스도교 신앙에도 불구하고 더욱 관능적 사랑에 집착한다고 할 수 있다.

또 『마음』은 어떠한가. 『마음』은 상편 「선생님과 나」, 중편 「양친과 나」, 하편 「선생님과 유서」의 세 편으로 되어 있다. 죽음에 이르는 인간심리의 변화과정을 주제로 하고 있는 작품이다. 그런 면에서 『개화의 살인』의 기타바타케가 '정신적 파산'을 피하기 위하여 자살한다는 논리와 일맥상통한다. 『마음』의 중편 말미에는 임종직전의 아버지를 간병하고 있던 차에 선생님으로부터 두꺼운 편지가 배달된다. 그 첫머리에 "이 편지가 당신 손에 도달하는 순간 나는 이 세상에 없을 것이오"라는 내용을 읽은 「나」는 역으로 달려가 도쿄행 기차에 뛰어든다. 이는 『개화의 살인』의 말미의 '혼다자작 각하 그리고 부인, 저는 이러한 이유로서, 당신들이 유서를 손에 넣었을 때는 이미 사체가 되어 침대에 누워 있을 것입니다'라는 부분과 정확하게 일치된다.

하편인 「선생님과 유서」에서 선생님은 일찍이 부모와 사별하고 숙부의 도움으로 살아가는데 그 숙부에게 재산을 횡령당하여 타인을 믿을 수 없는 인간이 되고 만다. 그러나 도쿄에서의 학생시절에 만난 선생님도 역시 연인을 얻기 위해서 친구 K를 배신하는 처지가 된다. K는 자살하고 선생님은 기나긴 세월동안 죄의식에 시달리게 된다. 상편에서 내가 갖고 있던 불가해한 느낌이 하편의 선생님의 고백으로 눈 녹듯이 풀리는 등 추리소설풍의 수법을 취하고 있다.

하편인 「선생님과 유서」는 전체적으로 『개화의 살인』과 유사점이 많다. 특히 기타바타케와 미쓰무라와의 관계보다는 기타바타케와 혼다자작과의 관계가 선생님과 K와의 관계와 유사하다. 선생님과 K의 사이에 아무런 불순물이 끼어 있지 않은 것과 같이, 기타바타케와 혼다자작의 관계도 순수하다. 그러나 그 사이에 관능적 사랑이 개입될 때는 상황이 달라질 수 있음을 나타내 보인다는 점에서 같은 구성이라 할 수 있다.

'도덕적 분노'라는 이유로 아키코의 행복을 위하여 미쓰무라를 죽이겠다는 결의는 한층 굳어져, 이듬해 신토미자에서 미쓰무라에게 환약을 먹인 결과 미쓰무라는 귀로의 마차에서 병사하고 기타바타케는 축배를 든다. 그러나 그 축배가 그렇게 환희에 찬 축배였던가 하는 점에서는 반드시 그렇다고는 할 수 없다. "환희인가 비애인가, 나는 그것을 명확히 할 수 없었다. 단지 뭐라고 말할 수 없는 강렬한 감정이 내 전신을 지배하고 잠시라도 나를 편안히 앉아있지 못하게 했다. 테이블 위에는 샴페인이 있었다. 장미꽃이 있었다. 그리고 그 환약 상자가 있었다. 거의 천사와 악마를 좌우에 두고 기괴한 향연을 연 것처럼……" 기타바타케는 신을 의지하지 않겠다고 결심하였지만 그에게 남아 있는 죄의식은 그의 심상에 깊이 각인되어 있음을 알 수 있다.

4 두 번째 살인

미쓰무라는 부검의에 의한 사인이 뇌출혈로 판명되고, 기타바타케는 이제 완벽하게 누이동생 아키코를 색마의 손에서 구조해낸다. 그러면 영국 유학 삼년간 꿈꾸었던 '장미꽃 미래 속에 다가올 우리의 결혼 생활'은 가능해지는가. 그러나 그것은 그렇게 간단하지가 않다. 새로운 연적이 나타난다. 그 사람은 자신과는 너무 절친한 친구인 혼다자작이다. 그러나 미쓰무라를 살해하기 이전까지는 혼다자작이 미쓰무라보다 더 무서운 연적이라는 것이 수면에 떠오르지 않았다. 왜냐하면 미쓰무라의 살해는 명분이 분명하기 때문이다. 즉 색마에게서 이키코를 구출하는 것이다. 그러나 색마에게서 아키코를 구출하는 것의 심리의 근저에는 무엇이 작용하고 있는지 기타바타케는 잘 인식하지 못하고 있었다.

나는 이때 처음으로 혼다자작과 아키코가 이미 약혼 관계에 있었음에도 불구하고 미쓰무라 교헤이의 황금의 위세에 굴복되어 결국 파혼

하지 않을 수 없었다는 것을 알았다. 내 마음이 어찌 분개함을 더하지 않을 수 있겠는가.

자작과 아키코 부부의 연을 이어주는 것은 그다지 어려운 일이 아니다. 우연히 미쓰무라에게 시집와서 아직까지 아이를 갖지 못하는 것은 아마도 하늘의 뜻이거나 아니면 내 계획을 돕기 위한 것 같은 느낌이 들었다. 나는 이런 짐승 같은 높은 벼슬아치를 살해하여, 친애하는 자작과 아키코가 하루빨리 행복한 생활로 들어갈 수 있다는 것을 생각하면 저절로 입가에 머금은 미소를 멈출 수 없었다.

이런 생각이 기타바타케의 진심일까. 과연 혼다자작과 이키코의 행복을 빌었을까. 남녀의 사랑이 그렇게 '신의 사랑'처럼 될 수 있을까. 이런 와중에서도 '그날 밤 인력거를 타고 가시와에서 돌아오는 도중에 혼다자작과 아키코의 옛 언약을 생각하며, 일종의 말할 수 없는 비애를 느낀 것도 명확하게 기억하고 있다'고 묘사하고 있다. 이는 곧이어 들어날 혼다자작과 자신의 사랑의 삼각관계를 예고하는 암시이기도 하다. 사실 이기적인 사랑은 이 삼각관계에서 명확하게 그 마각을 드러낸다.

미쓰무라를 살해한 데는 충분한 이유가 있었다. 그래서 미쓰무라의 살해 후에 그는 만족할 수 있었지만 그러나 그것도 오래가지는 않았다. 곧이어 기타바타케는 '행복한 수개월이 경과함과 동시에 점차 내 인생 중에서 가장 증오할 유혹과 싸울 운명에 접근했다. 그 싸움이 얼마나 더없이 가혹했는가. 어떻게 한발 한발 사지에 몰아넣었는가. 도저히 여기에 서술할 용기가 나지 않'을 지경에 이르고 만다.

　‘친애하는 자작과 아키코가 하루빨리 행복한 생활’로 들어갈 수 있기를 바라면서 미쓰무라를 살해하고는 이제 와서 10월 ×일 일기에 자작이 나를 돌려세워 놓고 아키코를 두세 번 만난 것에 대하여 심히 불쾌함을 드러내고 있다. 여기에 오면 기타바타케의 아키코에 대한 사랑이 짝사랑이었다는 것이 분명히 드러난다. 미쓰무라가 죽었으면 아키코가 사랑해야 할 사람은 당연히 기타바타케다. 그러나 지금 아키코의 혼담은 혼다자작과 이루어지지 않는가. 또 아키코도 기타바타케에 대한 사랑의 감정은 거의 가지고 있지 않은 것 같다.

　또 11월 ×일의 일기에는 혼다자작과 함께 아키코를 방문하고는 ‘그러나 마음속에 오히려 멈출 수 없는 비애를 느끼는 것은 무슨 일인가. 나는 그 이유를 알 수 없어 괴로웠다’고 한다. 이것은 소세키의 『그 후』의 다이스케가 미치요를 히라오카에게 양보한 자승자박의 실체가 무엇인가를 묻는 것과 맥을 같이 한다고 할 수 있다. 그리고 12월 ×일의 일기에는 자작과 아키코가 결혼할 의지가 있음을 알고 ‘다시 아키코를 잃어버릴 것 같은 이상한 고통에서 벗어날 수 없었다’고 한다. 이는 관능적 사랑이 가지는 명백한 소유의 욕망이다.

　그리고는 6월 12일의 일기에는 작년 오늘 미쓰무라를 죽인 일을 생각하며 그 살인이 누구를 위한 살인인지를 되묻고 있다. ‘나는 누구를 위해 미쓰무라를 죽였는가? 혼다자작을 위해서인가, 아키코를 위해서인가, 그렇지 않으면 나를 위해서인가’ 자문은 할 수 있었겠지만 자답을 하기에는 아직까지 스스로 그 동기를 파악할 수는 없다. 더욱이 8월 ×일의 일기에는 ‘내 마음에는 거의 나 자신조차도 이해할 수 없는 괴물을 잉태하고 있는 것 같았다’고 피력하고 있다.

11월 ×일의 일기에는 '자작은 결국 아키코와 결혼식을 올렸다. 내 자신에게 이루 말할 수 없는 분노를 느끼지 않을 수 없었다'고 적고 있다. 미쓰무라를 살해하기 이전, 아키코와 미쓰무라가 결혼 생활 중이던 때는 '친애하는 자작과 아키코가 하루빨리 행복한 생활로 들어갈 수 있다는 것을 생각하면 저절로 입가에 머금은 미소를 멈출 수 없었다'고 하던 기타바타케의 이 생각은, 아키코와 자작의 결혼에 대하여 분노를 느낌으로 두 사람의 결합에 대한 희망이 스스로의 기만에 지나지 않았다는 것을 여실히 증명하고 만다.

여기에 의문점 하나를 더한다면 아키코의 생각은 조금도 나타나 있지 않다는 것이다. 아키코는 자신의 논리와 감정이 없는, 오로지 남자에 의해서만 그의 인생이 결정되는 수동적인 존재로 묘사되어 있다. 이는 페미니즘 비평가로부터 충분히 지적받아 마땅한 점이다. 설령 메이지라는 시대상황이 가부장적 남성 중심적이었다고 하더라도, 처음에는 아키코가 미쓰무리와 결혼하고, 그 다음에는 혼다자작과 재혼한다는 사실은, 여성이 연애를 통하여 결혼할 수 있었던 시대는 아니라고 하더라도, 아키코의 기타바타케에 대한 생각이 어떠하였는지를 전혀 알 수 없다. 그 뿐 아니라 오히려 처음부터 아키코는 기타바타케에게는 관심조차 없었다는 증거가 되기도 한다. 말하자면 기타바타케는 아키코를 짝사랑했을 뿐이라고 할 수 있다.

이전에 미쓰무라를 살해하는 데는 명분이 뚜렷하였다. 그것은 '불의를 벌하고 부정을 제거하려는 도덕적 분노'였다. 동기와 목표가 뚜렷하였다. 무찔러야 하는 적도 분명했다. 그렇기 때문에 의사로서 그를 살해하는 것은 간단했고, 살해 후에도 그는 만족했다. 그러나 혼다자작의 경우에는 아예 동기와 목표가 사라졌다. 자작을 살해해

261

야 할 정당성을 어디에서도 찾을 수 없다. 그래서 12월×일의 일기에서 '나는 지난 밤 자작을 살해하는 악몽에 시달렸다. 종일 가슴의 불쾌함을 버릴 수 없었다'고 하는 것은 바로 명백하게 드러나지 않는 적과의 불의의 싸움을 이야기 하는 것이다.

그리고 2월×일의 일기에는 '아아 나는 이제 와서 처음으로 알았다. 내가 자작을 살해하지 않기 위해서는 나 자신을 살해하지 않으면 안 된다는 것을'이라고 하고 있다. 이는 이미 이전에 미쓰무라를 살해한 그 수법으로 자작을 살해하고자 수없이 생각한 결과로 얻은 결론이다. 혼다자작를 살해해야겠다고 마음먹은 것은 다른 이유가 아닌 자신의 아키코에 대한 집착 즉 관능적 사랑이 가지고 있는 에고이즘 때문이라는 것을 분명히 인지하게 된다.

그런데 문제는 혼다자작을 살해하고자 하는 생각이 에고이즘 때문이라면 미쓰무라를 살해한 것은 정말 '도덕적 분노' 때문이었을까. '만일 나 자신을 구하기 위해 혼다자작을 죽인다면 어디에서 미쓰무라를 도살한 이유를 찾을 수 있겠는가'에 생각이 미치게 된다. 그러나 그 답은 너무나 명백하다. '도덕적 분노' 운운 하는 것은 피상적인 이유에 지나지 않고 이를 천착해 들어가면 미쓰무라를 살해한 이유 역시 혼다자작을 살해하고자 하는 이유와 동일하게 아키코에 대한 관능적인 사랑, 즉 에고이즘이 숨어 있었을 뿐이었다는 증명밖에 되지 않는다.

따라서 이어지는 문장에서 기타바타케는 '그를 독살한 이유가 내가 자각할 수 없는 이기주의에 잠재하고 있었다고 한다면 내 인격, 내 양심, 내 도덕, 내 주장은 완전히 소멸할 것이다. (중략) 나는 오히려 자신을 죽이는 것이 정신적 파산보다 훨씬 낫다는 것을 믿고 있다. 때문에 내 인격을 수립하기 위해' 오늘밤 자살을 한다는 것이다. 에비이 에이지는 이에 대하여 다음과 같이 풀이하고 있다.

> 기타바타케에게 미쓰무라의 살해는 스스로의 존재의식을 확인하기 위하여 불가결했다고 할 수 있다. 그러나 혼다의 존재로 인한 아키코와 자신과의 관계를 지순한 것으로 수립할 수 없다는 것을 알았을 때 거기에서 기타바타케의 불행은 시작된다. 혼다를 살해한다는 것은 일회성에서부터 반복되는 일상성 중에 그 자신이 둘러싸여져 있는 것이고, 그것은 미쓰무라 살해의 동기까지 에고이즘에 의해서 흐려지게 하는 것이 된다. 〈인격을 수립〉한다는 것은 그의 경우 이 같은 사태를 피하는 소극적인 방법일 것이다.[11]

또 신토 스미타카도 '정신의 유지와 파산이 길항하는 극을 아쿠타가와는 기타바타케 닥터에게서 그려낼 수는 없었다. 정신의 파산에 위축되어 육체를 죽음으로 몰고 가는 겁쟁이의 변명밖에 쓸 수 없었다. 여기에 〈인격의 수립을 위해〉 죽음을 선택하는 닥터의 훌륭함이 아니라, 이기라는 자신의 정체에 두려움을 느껴 죽음을 서두르는 딱한 남자의 모습이 있을 뿐이다'[12]고 지적한다.

'에고이즘이 없는 사랑이 없다고 한다면 인간의 일생만큼 괴로운 것은 없다. (중략) 나는 에고이즘을 떠난 사랑의 존재를 의심한다'고 실연사건을 거친 후에 아쿠타가와가 썼던 이 편지는 아마도 신의 사랑은 존재하지도 않고, 존재할 수도 없는, 오로지 관능적 사랑만이 존재하는 이 세상에서의 남녀의 관계를 가장 정확하게 표현 한 것으로 볼 수 있다. 여기에는 소세키의 『그 후』의 다이스케와 히라오카,

『마음』의 선생님과 K와의 관계에서 적출되는 에고이즘의 문제가 그대로 나타나 있다고 보아도 무방하다.

시미즈 시게루는 '미쓰무라, 기이치로 공히 「메이지」적 인물의 표리일체라고 할 수 있는 두 측면을 각각 대표하는 인간상이겠지만, 기이치로에 동정하면서도 이 두 사람을 함께 작품 속에서 죽이고 있는 점에 아쿠타가와에 있어서 「메이지」인에 대한 시니컬한 풍자적인 시각의 획득이 있는 것으로 생각할 수 있다'[13]는 평가는 소세키의 『그 후』와 『마음』에도 공히 통용될 수 있는 시대적 표출이라고 할 수 있다.

소세키의 『마음』에서는 K는 자살하고 선생님은 기나긴 세월동안 죄의식에 시달리게 되는데, 작품에서 K는 자살할 때에 무엇 때문에 자살한다는 이유를 밝히지 않는다. 선생님과 K가 아가씨를 사이에 두고 일어난 삼각관계 때문에 K가 자살한 것은 명명백백함에도 불구하고 K는 일체 이를 말하지 않고 선생님이 「나」에게 보낸 편지에 의해서 겨우 이것이 밝혀진다.

그런데 『개화의 살인』에서는 기타바타케 자신의 자살 이유를 혼다자작과 아키코에게 직접 알리면서 '다만 죽음에 이르러 여러 저주받을 반생의 비밀을 고백한 것은 당신들을 위해 조금이라도 미련 없이 깨끗하게 하기 위함'이라고 하며, '기꺼이 당신들의 증오와 연민을 묻어둘 수 있다'고 한다. 그러면 이 편지를 받은 자작과 아키코는 무엇을 느낄까. 아마 자작과 아키코는 금시초문이라는 황망함을 감추지 않을는지도 모른다. 그렇다면 이 편지는 자신의 죽음을 담보로 하여 아키코에게 자신의 집착을 나타내 보이는 것이 된다. 그리고 자신의 죽음을 통해서 자작과 아키코를 평생토록 괴롭히는 일이 된다. 이것은 죽음 후에도 두 사람을 괴롭히는 이기주의의 극치를 보여주는 것이 된다.

따라서 이 작품에서는 사실상 세 번의 에고이즘이 나타나있다. 첫번째는 '도덕적 분노'를 가장한 미쓰무라의 살해에서 너무나 분명히 나타난다. 두 번째는 자작과 아키코의 '행복한 생활'을 위장했지만 사실은 그것이 자신의 분노로 바뀌는 에고이즘으로 나타난다. 세 번째는 자신의 자살을 통하여 두 사람에게 '깨끗하게' 하기 위함이라고 하지만 이것 역시 두 사람에게, 특히 아키코에게 평생의 짐을 지워주는 에고이즘의 절정으로 나타난다.

> 기타바타케가 생각한대로의 이타본위의 깨끗한 행위였다면 아키코를 향하여는 고백할 수 없었을 것이다. 혼다와 아키코에게 고백하고 있는 점에 기타바타케의 자각할 수 없는 「이기주의」가 노정되어 있다. 형식적으로는 혼다부부에게 보내는 유서를 쓰고 있지만, 기타바타케가 자기의 「반생의 비밀」을 고백하고 싶었던 상대는 당연히 아키코에게였다. 아키코를 사랑하는 마음을 아키코에게 전하고 싶다는 것이 진실한 동기였음에 틀림이 없다.[14]

사카이 히데유키는 이 유서의 의미를 위와 같이 해석한다. 따라서 이 작품을 '나는 에고이즘을 떠난 사랑의 존재를 의심한다'는 아쿠타가와 문학의 밑그림 혹은 그의 정신세계의 원풍경이 반복해서 작품세계에 나타나며, 『개화의 살인』 또한 그 정신세계의 원풍경이 또 하나의 작품으로 나타난 경우라고 할 수 있다.

결어

『개화의 살인』에서는 주인공 기타바타케가 두 번의 살인사건을 저지르게 된다. 첫 번째는 미쓰무라를 확실하게 독살하고, 두 번째는 혼다자작을 같은 방법으로 독살하려 하다가 '정신적 파산'을 면하기 위하여 자신을 독살하는 자살의 방법을 택한다. 이같이 두 번의 살인을 하게 되는 동인을 작품 속에서 찾는다면 아키코와 '등나무 넝쿨 밑에서 즐겁게 장난치'던 그 한 순간이다. 이 한 컷의 사진과 같은 장면이 앞으로 일어나게 될 모든 것의 원인을 제공한다.

첫 번째 살인 이야기이다. 기타바타케는 열여섯 살 때, 사촌인 간로지 아키코에 연심을 품지만 소심한 탓에 심정을 털어놓지 못하고 아버지의 명령을 받고 가업인 의학을 잇기 위하여 런던에 유학하게 된다. 삼년간의 유학 중에 아키코는 은행장 미쓰무라 교헤이의 금권에 의해서 그의 처가 된다. 실연의 위로를 그리스도교의 신앙에서 구하기도 했지만 메이지 11년 8월 3일의 료고쿠다리의 불꽃놀이 때, 기타바타케는 미쓰무라와 자리를 같이하고 그 품성의 속악함을 알고 '불의를 벌하고 부정을 제거하려는 도덕적 분노'로 그를 독살한다.

기타바타케가 그의 행동을 '도덕적 분노'라고 하여 그리스도교의 신적 사랑인 것처럼 이야기하지만 사실은 이는 '질투'라는 용어의 포장에 불과하다는 것은 그리 어렵지 않게 알 수 있다. 기타바타케의 '도덕적 분노'의 실상은 사랑하는 사람에 대하여 독점적이고 배타적인 관계 형성이 이루어지지 않음에 대한 분노이고, 지인인 신문

기자에게 그들의 관계를 듣는 것은 사랑하는 사람에 대하여 강력하
게 집착하고 몰두하는 것에 지나지 않는다.

두 번째 살인 이야기이다. 한편 자식이 없기 때문에 미쓰무라 가
를 떠난 아키코는 이전부터 서로 사랑하던 혼다자작과 결혼한다. 행
복한 친구의 모습을 보고 다시 자신의 마음속에 살의가 움터오는 것
을 느낀 기타바타케는 '아아 나는 이제 와서 처음으로 알았다. 내가
자작을 살해하지 않기 위해서는 나 자신을 살해하지 않으면 안 된다
는 것을'이라고 한다. 이는 이미 이전에 미쓰무라를 살해한 그 수법
으로 자작을 살해하고자 수없이 생각한 결과로 얻은 결론이다. 혼다
자작를 살해해야겠다고 마음먹은 것은 다른 이유가 아닌 자신의 아
키코에 대한 집착 즉 관능적 사랑이 가지고 있는 에고이즘 때문이라
는 것을 분명히 인지하게 된다.

그런데 문제는 혼다자작을 살해하고자 하는 생각이 에고이즘 때
문이라면 미쓰무라를 살해한 것은 정말 '도덕적 분노' 때문이었을
까. '만일 나 자신을 구하기 위해 혼다자작을 죽인다면 어디에서 미
쓰무라를 도살한 이유를 찾을 수 있겠는가'에 생각이 미치게 된다.
그러나 그 답은 너무나 명백하다. '도덕적 분노' 운운한 것은 피상적
인 이유에 지나지 않고 이를 천착해 들어가면 미쓰무라를 살해한 이
유 역시 혼다자작을 살해하고자 하는 이유와 동일하게 근저에는 아
키코에 대한 관능적인 사랑, 즉 에고이즘이 숨어 있었을 뿐이었다는
증명밖에 되지 않는다.

'에고이즘이 없는 사랑이 없다고 한다면 인간의 일생만큼 괴로운
것은 없다. (중략) 나는 에고이즘을 떠난 사랑의 존재를 의심한다'고
스스로의 실연사건을 거친 후에 아쿠타가와가 썼던 이 편지는 아쿠

타가와의 문학의 밑그림 혹은 그의 정신세계의 원풍경으로 반복해서 작품세계에 나타나며, 『개화의 살인』 또한 그 정신세계의 원풍경의 또 하나의 바리에이션이라고 할 수 있다.

이 작품에서는 사실상 세 번의 에고이즘이 나타나있다. 첫 번째는 '도덕적 분노'를 가장한 미쓰무라의 살해에서 너무나 분명히 나타난다. 두 번째는 자작과 아키코의 '행복한 생활'을 바란다고 위장했지만 사실은 그것이 자신의 '분노'로 바뀌는 에고이즘으로 나타난다. 세 번째는 자신의 자살을 통하여 두 사람에게 '깨끗하게' 하기 위함이라고 하지만 이것 역시 두 사람에게, 특히 아키코에게 평생의 짐을 지워주는 에고이즘의 절정으로 나타난다.

아마도 이 작품에서는 신의 사랑은 존재하지도 않고, 존재할 수도 없으며, 오로지 관능적 사랑만이 존재하는 이 세상에서의 남녀의 관계를 『개화의 살인』이 가장 정확하게 표현한 것으로 볼 수 있다. 여기에는 소세키의 『그 후』의 다이스케와 히라오카나, 또 『마음』의 선생님과 K와의 관계에서 적출되는 에고이즘의 문제가 이 작품에도 그대로 나타나 있다고 보아도 무방하다.

1 海老井英次『作品論 芥川龍之介』双文社 1990 p.127
2 吉田精一『芥川龍之介』新潮社 1958 p.122
3 吉本隆明「芥川龍之介における虚と実」[「国文学」学燈社 1977.5 p.30]
4 하태후「아쿠타가와의『봉교인의 죽음』의 문제점」[일어일문학연구」제82집 2권 2012.8 pp.195~196]
5 http://www.reportworld.co.kr/report/data/view.html?no=276964&pr_rv=rv_relate_view(검색일 2013. 8. 9)
6 酒井英行『芥川龍之介 作品の迷路』有精堂 1993 p.145
7 김정운[김정운의 敢言異說] 이분법은 나쁜 짓이다! [「조선일보」 2013.6.7. p.A31]
8 関口安義編『芥川龍之介新辞典』翰林書房 2003 p.98
9 菊地弘編『芥川龍之介事典増訂版』明治書院 2001 p.111
10 桶谷秀昭「芥川と漱石──明治の意味」[「国文学」学燈社 1981.5 p.30]
11 三好行雄編『芥川龍之介必携』学燈社 1981 p.97
12 進藤純孝『伝記芥川龍之介』六興出版1978 p.339
13 清水茂「芥川龍之介と明治」[「解釈と鑑賞」至文堂1969.4 p.23]
14 酒井英行『芥川龍之介 作品の迷路』有精堂 1993 p.148

芥川龍之介作品研究

아쿠타가와 류노스케 작품 연구

《봉교인의 죽음》

1 서언

'예술가는 무엇보다도 작품의 완성을 기하지 않으면 안 된다. 그렇지 않으면 예술에 봉사하는 일이 무의미하게 되어버리고 말 것이다. (중략) 거기에는 오로지 우리들이 작품의 완성을 기하는 것 외에 길은 없다'라고 『예술 그 외』에서 그의 예술관을 명확하게 밝힌 아쿠타가와 류노스케는 소위 그의 예술지상주의 작품에서도 작품의 완성을 위하여 강박증적이리만큼 무리함을 보인다.

그 대표적인 예가 예술지상주의의 첫 작품인 『희작삼매』에 나타난다. 『희작삼매』는 작품 구성상 문제점이 몇 가지 발견된다. 그 문제점이란 첫째는 예술지상주의자 바킨을 탄생시키기 위하여 걸린 시간이 만 하루도 되지 않는다는 것이고, 둘째는 짧은 하루 동안에 만나는 사람의 수가 너무 많고 그것도 순차적으로 만나게 되는데, 문제는 이들을 만나야 하는 동기가 전혀 설명되어 있지 않아 우연성을 면하기 어렵다. 셋째는 『희작삼매』를 〈기〉〈승〉〈전〉〈결〉로 나누어

본다면 이들 사이에서 사건이 그렇게 전개되어야 할 개연성은 조금도 없다. 넷째는 손자 다로의 한 마디에 의해서 희작 삼매경에 빠진다는 설정으로, 작품의 말미에서 바킨이 희작 삼매경에 빠지는 심경을 묘사한 것은 너무나도 급격한 비약이라고 하지 않을 수 없다.

또『희작삼매』다음에 오는 그의 예술지상주의 작품인『지옥변』에서도 독자가 납득하기 힘든 탐정소설 같은 형식을 취하여, 작품에 나오는 인물 상호간의 애매함을 피할 수가 없다. 예를 들면 외동딸과 원숭이의 관계는 일반적인 상식으로는 이해하기 어려운 의인화된 원숭이를 묘사함으로 외동딸과 원숭이의 관계가 특수하게 설정되어 있다. 또 부친인 요시히데와의 관계도 내레이터의 명확한 설명이 없기 때문에 추측의 역을 벗어나지는 못하지만 근친상간으로 생각할 수도 있다. 오토노와의 관계는「음의 설명」을 빌자면 오토노가 외동딸을 사랑했고 또 강간했을 것 같은 묘사는 있지만 이것도 분명한 물적 증거를 획득하기에는 어려움이 있다.

위의 두 작품과 마찬가지로『봉교인의 죽음』에서도 작품 완성을 위한 이러한 무리함이 드러난다. 무로 사이세이는『봉교인의 죽음』을 가리켜 아쿠타가와의 '기리시탄물의 북극적인 작품'[1]이라고 격찬하였지만,『지옥변』에 이어 발표된 소위 예술지상주의의 작품인『봉교인의 죽음』에서도 이와 같은 문제점은 쉽게 찾아 볼 수 있다. 이 작품 역시 아쿠타가와의 작품완성에의 강박증이 작용한 탓일는지도 모른다.

여기에서는 첫째「1」,「2」로 구성되어 있는『봉교인의 죽음』의「1」의 23문단을 면밀히 검토하여 논리적으로 문제가 되는 부분을 지적한다. 그러나 문장이 문제가 된다고 하여 문학 작품으로서 성립되지 않는다고 말할 수는 없다. 문학 작품이란 단어와 문단과 문장으로 구성되어 있지만, 그 단어들의 조합이 반드시 과학적이고 논리적일 것만을 요구하지는 않는다. 문학 작품은 어디까지나 사상의 개연성에 의하여 완성되기 때문이다. 따라서 두 번째는 이 작품이 문장의 많은 모순에도 불구하고 어떻게 문학 작품으로서 성립되며, 또 작가가 이 작품을 통하여 나타내려고 했던 것은 무엇인가에 대하여 검토함으로『봉교인의 죽음』의 문학 작품으로서의 가치, 더욱이 예술지상주의 작품으로서의 의의를 살펴본다.

2 텍스트가 내포하고 있는 문제점

『봉교인의 죽음』의 작품을 두고 독자의 의견은 크게 둘로 갈라진다. 즉 이 작품을 종교적 감동으로 볼 것인가, 예술적 감동으로 볼 것인가 하는 두 관점이다. 예술적 감동을 강조하는 예로 미요시 유키오는 이 작품을 가리켜 '『봉교인의 죽음』에 그려진 것은 그리스도교 신앙에 대한 종교적 감동도 아니고, 박해를 견디는 순교자의 찬미도 아니다. 여기에는 종교적 감정의 단편조차 발견할 수 없다'[2]라고 종교와는 무관한 작품으로 보고 있다.

따라서 여기에서 '순교'가 어떤 경우의, 어떠한 행동을 가리키는지 정의해둘 필요가 있다. 사전에는 '순교'가 다음과 같이 정의되어 있다.

일반적으로는 신앙을 위하여 고난을 받고 생명을 바치는 것을 말한다. 특히 그리스도교에서 박해의 시대에 자기의 신앙을 위하여 고난을 받고 생명을 버린 사람들을 순교자라고 하고 그 죽음을 순교라고 한다. 순교자는 그리스어로 본래 「증인」을 의미하고, 예수의 생애와 그 부활의 증인인 사도를 가리키는 말이었지만, 2세기 이후에 박해가 격화됨에 따라 의미의 전화가 일어났다. 테르툴리아누스는 '그리스도교도의 피는 종자다'라고 하고 있듯이, 순교자는 교회 발전의 주춧돌로서 매우 존경받아, 신앙을 고백하고 고난을 받았지만 살해당하지는 않았던 성자와 구별되었다. 돌로 살해당한 스데반이 최초의 순교자로 여겨진다.(사도행전) 바울이나 베드로, 이그나티오스, 유스티누스 등 많은 순교자가 알려져 있다.[3]

위의 정의에서 살펴본 것처럼 순교란 '자기의 신앙을 위하여 고난을 받고 생명을 버린' 것을 가리킨다. 즉 순교의 첫째 조건은 '자기의 신앙을 위하여'이고, 둘째는 '고난을 받'을 것이고, 셋째는 '생명을 버린' 사람일 것을 조건으로 하고 있다. 따라서 『봉교인의 죽음』에서는 로렌조의 죽음이 이 세 가지를 충족시키고 있느냐 하는 점이 작품의 경향을 이야기하는 것이 된다.

『봉교인의 죽음』을 읽어나가면 여러 가지 문제점을 발견하게 된다. 우선 첫 문단부터가 문제가 된다. '지난날 일본 나가사키의 <u>산타루치아</u>라 하는 <u>에케레시야</u>(사원)에 <u>로렌조</u>라 부르는 이 나라의 소년이 있었다' 이 문장에서 에케레시야는 그리스어로 통상 교회를 뜻한다. 이는 교회의 공인을 받고 수도를 목적으로 공동생활을 하는 단체인 수도회와는 다르다. 수도회는 사유재산의 포기와 독신생활이 공통적인 특징이며, 집중적인 명상과 여러 형태의 고행이 수반되기도 하지만, 교회는 수도회와는 달리 이러한 제한이 없다. 그렇다면 아쿠타가와는 왜 장소의 설정을 수도회라 하지 않고 에케레시야 즉 교회라고 하였을까? 이 첫 문단에서부터 작품의 파행은 시작된다고 보아야 할 것이다.

또 같은 문장에서 '소년'이라는 표현이 있는데, 이 버려진 아이가 소년인지 소녀인지를 구분할 수 없었다는 전제는 이상하다. 작품의 세 번째 문단에 '그러는 동안에 삼년 남짓 세월은 마치 물 흐르듯 지나가고 로렌조는 이윽고 겐푸쿠를 할 나이가 되었다'로 되어 있다. 그런데 '겐푸쿠'를 '세는 사이로 12~16세의 남자 아이의 성인식'[4]으로 본다면, 교회 앞에 버려졌을 때가 9세에서 13세 정도였을 것이다. 그렇다면 9세에서 13세정도의 아이를 소년인지 소녀인지 구분을 못하는 교인의 설정도 이상하거니와, 버려지기 전에 누군가가 소녀로 행세하라고 가르쳐주었다는 설정은 더욱 이상해 보인다.

또 두 번째 문단에서 '시메온이라 하는 자는 로렌조를 동생처럼 생각하여 에케레시야 출입에도 사이좋게 손을 잡고 있었다'로 되어 있는데, 시메온이 설령 로렌조가 여자인 것을 모르고 남자로 알고 있었다 하더라도 손을 잡고 에케레시야를 출입하는 것은 남자끼리의 성행동으로서는 납득하기 힘들다. 이때 눈치가 빠른 시메온이었다면 로렌조의 행동에 무언가 이상함을 느끼는 것이 당연하다.

따라서 논자들은 두 사람의 이런 행동을 가리켜 동성애라고 지적하는데 이는 의미 있는 지적이기도 하다. 왜냐하면 시메온이 이루만이기 때문에 이성과의 접촉은 불가능할 것이고, 동성애에 빠져 있다는 설명이 되는데, 뒤에 로렌조가 교회로부터 추방당할 때 시메온이 분개하는 행동을 보면 이 설명도 일리는 있지만, 그렇게 강직한 시메온이 교회에서 동성애를 즐긴다는 것으로 두 사람 사이를 설명한다는 것은 상식적으로 납득이 가지 않는다.

세 번째 문단은 드디어 사건의 발단이 되는데, 작품에는 우산장이 노인의 딸은 '머리 모양을 예쁘게 해서 로렌조가 있는 쪽을 쳐다보는 것은 정해진 일이었다'라고 기술되어 있다. 로렌조가 아무리 남장을 하고 있다고 치더라도 딸이 로렌조의 행동을 보았을 때 전혀 이상하다는 느낌을 받지 않았다는 것은 여자의 육감을 감안할 때 납득하기 힘든 점이다. 남자가 여장을 하는 경우는 일본의 가부키의 온나가타에서도 있는 현상이지만 여자가 남장을 하였을 경우는 곧바로 드러나기가 쉽다.

다섯 번째 문단에서 딸이 보낸 염서 때문에 로렌조와 시메온이 다투게 되고, 곧이어 로렌조는 방을 뛰쳐나와 버린다. 그리고는 잠시 후 다시 방으로 되돌아와서 시메온의 목을 끌어안고 '제가 나빴어요. 용서해 주세요'라고 하고 다시 방을 나가버린다. 작자는 이 점을 '"제가 나빴어요"라고 속삭이는 것도 딸과 밀통한 것이 나빴다고 하는 것인지 혹은 시메온에게 매정했던 것이 나빴다고 하는 것인지 도무지 수긍이 가지 않는 일'이라고 해설을 붙이고 있지만, 실제로 '나빴다'의 실체가 무엇인지 또 무엇을 용서해야 하는지 독자는 전혀 알 수 없고 작품을 미궁으로 끌고 가는 효과만 내고 있다.

여섯 번째 문단은 '우산장이 딸이 애를 배었다고 하는 소동'이다. '더구나 배속의 애의 아버지는 산타루치아의 로렌조라고 바로 자기 아버지 앞에서 말했다'는 것이다. '이 같은 이상에는 로렌조도 절대로 변명할 수 없었다'고 생각을 하였고, 따라서 그날 중에 파문이 결정된다. 물론 이때 로렌조가 변명을 한다고 하더라고 그 변명이 받아들여질 리는 없다. 그렇다고 하더라도 배속의 애가 자기의 자식이 아니라고 한 번 쯤은 이야기할 만도 한데 전혀 그런 생각은 없다. 물론 여기에는 에케레시야의 규정이 이의를 제기할 수 없다는 점을 감안할 수는 있다.

하지만 네 번째 문단에서는 신부의 물음에 대하여 '로렌조는 단지 온순하게 머리를 흔들며 "그런 일은 절대 있을 리 없습니다"고 울먹이는 소리를 반복하기도 하고, 다섯 번째 문단에서는 시메온의 물음에 "저는 편지를 받았을 뿐 어떤 말을 한 일도 없습니다"라고 답한다든지, 시메온의 추궁에 대해서는 '"내가 주님에게까지 거짓말을 할 것 같은 인간으로 보이는가 보다"라고 힐책하듯 내뱉'는 모습도 보인다.

여덟 번째 문단에서는 '밤마다 삼경이 지나 사람 소리도 조용한 때가 되면, 이 소년은 남몰래 마을 동구 밖 거지 헛간을 빠져 나와 달을 밟으며 익숙한 <u>산타루치아</u>로 주님 <u>제스·기리스토</u>의 가호를 빌려 참배하였다'고 기술되어 있는데, 어떻게 에케레시야에서 추방된 몸으로 다시 에케레시야를 다닐 수 있었는지 전혀 설명이 없을 뿐만 아니라, 추방되고 곧바로 즉 한해가 지나기도 전에 교인들이 로렌조를 알아보지 못하였다는 것은 아무리 가련한 거지 모습을 하고 있다고 하더라도 과장된 표현임에 틀림없다.

열 번째 문단 또한 독자에게 혼란을 줄 여지가 충분히 있다. '여기에 희한한 일은 <u>이루만인</u> <u>시메온</u>이다. 저 <u>자보</u>(악마)라도 기세를 꺾을 듯한 사나이가, 딸에게 여자아이가 나자마자, 틈이 날 때마다 우산장이 노인을 찾아와, 무뚝뚝한 팔에 젖먹이를 안고서는, 쓰디쓴

277

얼굴에 눈물을 머금으며, 동생처럼 애지중지하던 가냘픈 로렌조의 아름다운 모습을 그리워했다'라고 묘사되어 있는 부분에서는 시메온이 마치 이 여자아이의 아버지인 듯한 느낌을 강하게 풍기고 있다. 물론 '동생처럼 애지중지하던 가냘픈 로렌조의 아름다운 모습을 그리워했다'고는 되어 있지만 이 같은 행위는 지나친 친밀감의 표현이고, 로렌조에게서 동성애를 느끼는 시메온에게는 있을 수 없는 행동이다. 또 열한 번째 문단에서 '여기에 홀로 많은 사람을 밀어젖히고 달려온 사람은 저 이루만인 시메온이다'라는 문장도 시메온이 여자아이의 아버지로 오해하게 만드는 표현이 된다.

열한 번째의 긴 문단이 이 작품의 원전으로 간주되는『성마리나』에는 없는 아쿠타가와의 독창으로, 이 장면이 있기에『성마리나』에서 환골탈태하여 '기리시탄물의 북극적인 작품'을 만들어 내었다고 하여도 과언이 아니다. 아쿠타가와의 독창이란 바로 나가사키의 대화재이다. 이후의 작품은 대화재를 기화로 일어나는 사건으로 흘러가고 있다.

그런데 이 화재의 장면의 묘사에도 작가는 로렌조를 대단히 미화하여 그리고 있다. 앞의 교회에서 추방당한 후의 모습을 '마을에서 떨어진 헛간에서 기거하는, 세상에 더 없는 가련한 거지였다'로 묘사하였고, '에케레시야에 참배하는 교인들도 이때는 완전히 로렌조를 멀리한 나머지'라고 하였다가, 이 문단에 와서는 갑자기 '깨끗하게 마른 얼굴은 불빛에 빨갛게 빛나고, 바람에 흩날리는 검은 머리카락도 어깨로 넘치는 듯하였지만, 슬프게도 아름다운 용모는 한눈에 보아 그인 줄 알 수 있었다'고 묘사한다. 화재는 갑자기 일어난 일이고 그 화재가 우산장이 노인의 집 쪽으로 번지는 것을 보고 달려

온 로렌조를 마치 치장을 하고 무대에 나서는 배우처럼 묘사한 점은 앞뒤가 맞지 않을 뿐 아니라 이는 오로지 로렌조를 아름다운 순교자로 만들기 위한 하나의 장치에 불과하다고 할 수 있다.

열두 번째 문단에서는 불구덩이 속으로 뛰어 들어가는 로렌조를 보고, '과연 부모 자식의 정분은 부정할 수 없는 것이야. 자기 몸의 죄를 부끄럽게 생각해 이 부근에 그림자도 보이지 않던 로렌조가, 지금은 딸의 목숨을 구하려고 불 속에 들어갔어'라고 누구 없이 욕을 퍼붓던 사람들이 잠시 후에 여자아이를 구해내고 쓰러진 로렌조를 시메온이 구해내려고 하자 '모두 함께 소리를 맞추어 "주여 도와 주시옵소서"라고 울며불며 기도를 올렸다'로 급변한다. 이것 또한 점점 로렌조를 순교자로 몰아가려는 작자의 의도가 강해지는 묘사라고 할 수 있다.

시메온이 겨우 구해 나온 로렌조는 크게 부상을 입었으므로 가장 먼저 해야 할 조처는 치료이다. 그러나 교인들은 로렌조를 의사에게로 데려간 것이 아니라 에케레시야의 신부에게 데리고 간다. 물론 그 당시 신부가 병을 고치는 기적을 행하는 경우가 있었다고 하더라도 이는 상식적으로는 이해하기 힘들다. 물론 임종이 거의 가까워왔기 때문에 마지막으로 병자성자를 드리기 위하여 신부에게 데리고 갔을 수는 있다.

더욱이 나가사키의 반을 태운 대화재의 한가운데에서, 그리고 로렌조의 임종이 가까워지는 시간에 엉뚱하게 장면이 전환된다. '"이 여자아이는 <u>로렌조</u>님의 씨가 아닙니다. 실은 제가 이웃집 <u>젠치요</u>의 아들과 밀통하여 얻은 딸입니다"라고 생각지도 않은 <u>고희산</u>(참회)을 했다'라고 묘사한다. 그리고 '이 <u>고희산</u>에는 티끌만큼의 거짓말조차 있다고는 생각할 수 없다'라고 한다. 대화재 사건에서 로렌조의 임종으로, 로렌조의 임종에서 딸의 참회로, 딸의 참회에서 로렌조의 순교로, 작자는 자신의 의도대로 작품의 초점을 좁혀나감을 알수 있다.

이런 딸의 참회가 있고 난 후에 갑자기 작자는,

이중 삼중으로 모인 교인들 사이에서 <u>마루치리</u>(순교)다. <u>마루치리</u>다고 하는 소리가 물결처럼 일어났던 것은 바로 이때 일이다. 기특하게도 <u>로렌조</u>는 죄인을 불쌍히 여기는 마음으로 주 <u>제스·기리스토</u>의 행적을 밟아, 걸인이 되기까지 몸을 내던졌다. 그리하여 아버지로 받드는 신부도 형으로 의지하는 <u>시메온</u>도 모두 그 마음을 몰랐다. 이것이 <u>마루치리</u>가 아니면 무엇이겠는가.

라고 의문법을 쓰며 독자에게 동의를 구하고 있다. 작자는 이미 앞에서 딸이 참회를 하자마자 '이 <u>고히산</u>에는 티끌만큼의 거짓말조차 있다고는 생각할 수 없다'라고 하였는데, 이는 딸의 참회에 신빙성이 있는지 없는지는 전혀 고려한 바가 없이 그대로 받아들여지고, 이는 바로 로렌조의 순교로 이어진다.

그러나 앞에서 살펴본 것처럼 순교의 첫째 조건은 '자기의 신앙을 위하여'이고, 둘째는 '고난을 받을' 것이고, 셋째는 '생명을 버리'는 것을 조건으로 하고 있다. 그렇다면 로렌조의 순교의 발단이 '자기의 신앙을 위하여' 시작되었는지를 살펴볼 필요가 있다. 로렌조의 경우는 자기 신앙의 고수와는 전혀 관계가 없는 염문 때문에 교회에서 추방되었다.

둘째는 '고난을 받'는 것으로, 로렌조는 그리스도교 신도로서는
해서는 안 되는 일, 즉 딸에게 임신을 시킨 간음의 죄이다. 이것은 추
방의 이유는 된다고 할지라도, 거지 같이 살아가야 하는 고난을 받
아야 한다고는 생각하기 어렵다. 그 당시의 사회 구조상 로렌조가
생업에 종사하는 것이 어렵다고는 할 수 있지만 거지같이 살아야 하
는 아무런 이유는 없다.

셋째로 '생명을 버리'는 것인데, 이 작품에서 로렌조가 목숨을 버
렸다고 해서 이를 순교라고 하기에는 문제가 있다. 어느 날 갑자기
나가사키에 대화재가 발생하였다. 로렌조는 화재가 발생한 곳이 딸
의 집 쪽이라는 것을 알았다. 그래서 그 쪽으로 가 보았더니, 딸의 여
자아이가 집안에 들어있고, 모두 여자아이를 구해내지 못하여 발을
구르고 있던 참에, 로렌조가 죽을 각오를 하고 집안으로 뛰어 들었
다. 그래서 여자아이는 구해내었지만 조금 늦게 나오는 바람에 로렌
조는 불덩이에 휩싸였고 목숨이 위태롭게 되었다. 과연 이것을 순교
라고 할 수 있을까? 순교라고 하기보다는 의용이다.

로렌조의 죽음은 위의 세 가지 요건을 조금도 충족시키지 못한다.
따라서 작자가 이 사건을 '이것이 <u>마루치리</u>가 아니면 무엇이겠는가'
라고 몰아가는 것은 작자 자신의 감정 고양의 표현일 뿐 아무런 객
관적인 타당성을 얻지 못한다.

스무 한 번째 문단은 작자가 최고의 감동을 표출한 문단으로 순교
의 감동이 갑자기 여성의 육체의 아름다움으로 옮겨진다. 뿐만 아니
라 그 묘사가 앞서 거지같다고 한 것과는 전혀 상반되게 '주 <u>제스·기</u>
<u>리시토</u>의 피보다도 붉은 불빛을 한 몸에 받고서 소리도 없이 <u>산타루</u>
<u>치아</u>의 문에 누워있는 너무나 아름다운 소년의 가슴에는 타서 찢어

281

진 옷 틈새로 깨끗한 두 개의 유방이 옥과 같이 드러나 있지 않은가'라고 묘사하고 있다. 불구덩이에서 엉망진창이 되었을 로렌조의 육신을, 특히 그녀의 유방만은 연기를 하기 위하여 치장한 것처럼 아름답게 그리고 있다. 이 역시 너무나 어색한 표현이라고 할 수 밖에 없다.

그런데『봉교인의 죽음』에 대한 많은 평가 중에서도 가장 탁월한 논으로서는 사사부치 도모이치[5]와 미요시 유키오[6], 그리고 이에 대립되는 사토 야스마사[7]의 그것이다. 전자 두 사람의 평가가 '예술적 감동으로의 변질'이라든가 '예술과 실생활을 둘러싼 고유의 신조'를 밝히는 작품이라는 점에 중점을 둔데 반하여, 후자는 이 두 사람의 논을 반박하는 입장에 서 있다. 다음에는 이 논자들의 평을 접하면서 이들의 논리에 수긍할 점과 반박할 점을 짚어가고자 한다. 텍스트가 내포하고 있는 것이 외면상으로 일견하면 문제점으로 보이는 것은 사실이지만, 작가의 내면을 깊이 파고 들어가면 이 작품이 논리에 맞지 않은 사실의 나열임에는 틀림없지만, 이를 통하여 작가가 추구하는 또 다른 세계가 있음을 알 수 있다.

3 문제점에 대한 사사부치의 평가

사사부치 도모이치는 전술한 '지난날 일본 나가사키의 산타루치아라 하는 에케레시야(사원)에 로렌조라 부르는 이 나라의 소년이 있었다'는 첫 문장부터 문제가 있다고 지적한다.『봉교인의 죽음』과

이 작품의 원전으로 인정되는 『성마리나』와의 중요한 상이점은 '로렌조가 몸을 의지하고 있던 곳은 수도원이 아니고 교회였다는 점'이기 때문에 '산타루치야가 순수한 에케레시야의 성격을 가지고 있다고 할 수 있을는지 의문이다'[8]고 지적하고 있는데, 이는 앞에서 지적한 바와 같이 문제로 삼지 않기에는 너무나 큰 미스테이크임에 틀림이 없다.

하지만 작품의 배경이 된 당시의 나가사키에 교회와 구별되는 수도원이 있었는가 살펴보면, 역사적으로는 그와 같은 구별의 흔적을 좀처럼 찾기가 힘들다. 『성마리나』가 아마 『Legenda Aurea』로 추측되는 서양 서적의 번안이라고 한다면 『성마리나』에는 서양의 종교 패턴이 나타나기 마련이고, 작가는 그것을 기초로 해서 자신의 작품을 만들었다면 당시 나가사키에 있던 교회(에케레시야)를 배경으로 하는 수밖에 방법이 없었을 것이다. 그 때문에 수도원을 교회로 바꾸어도 그 주인공만은 수도원에서 남장한 여자로 하지 않는 한 작품이 성립되지 않는다. 로렌조라는 일본판 『성마리나』의 재창조를 위해서는 어쩔 수 없는 창치라고 해야 하지 않을까.

또 사사부치 도모이치는 로렌조의 결백에 관하여 다음과 같이 이야기하고 있다. 여기에서도 당연히 『봉교인의 죽음』과 이 작품의 원전으로 인정되는 『성마리나』와의 대조에 의한 논쟁이다.

성마리나는 신도의 딸로부터 누명을 썼을 때 조금도 변호하고자 하지는 않고 죄를 덮어썼다. 「성인전」에 의하면, 원장의 규문에 대하여 '조금도 대답을 않고 단지 마음으로 하느님께 기도하고 더한층 고통을 자기 몸에 주소서'라고 기원했다. 즉 그녀는 이 억울한 죄를 신의 은총

283

의 시련으로서 받아들였다. 로렌조의 심경과 태도는 성마리나와 완전히 다르다. 그녀는 신부나 시메온에 대해서 자신의 결백을 주장하였다. 시메온에 대해서는 '아가씨는 저에게 마음을 두고 있었다고 합니다만, 저는 편지를 받았을 뿐 어떤 말을 한 일도 없습니다'라고 하는, 일의 경위까지 밝히고 있어 몸에 쏟아져 내리는 불똥을 털고자 한다. 즉 로렌조에게는 이것은 말하자면 부조리한 재난이고, 신앙과의 몰교섭의 문제다. (중략)

그리고 그것은 결국 그리스도교와 그리스도교도에 대한 이해의 천박함에 기인하고 있다. 이와 같은 이해의 한계가 종교적 감동의 예술화라고 하는, 아마 아쿠타가와가 최초로 안고 있었던 주제로부터, 오히려 종교적 감동에서 예술적 감동으로의 변질이라는 방향으로 「봉교인의 죽음」을 기울어지게 한 원인이었다.[9]

'신앙과의 몰교섭', '종교적 감동에서 예술적 감동으로의 변질', 이 작품에 대하여 과연 이렇게 말할 수 있을까. 로렌조와 시메온과의 대화의 내용, 시메온에 대한 로렌조의 태도만으로는 로렌조의 신앙이 어떠한가를 알 수 없다. 이 대화와 행위는 이전부터 금일의 사건에 이르기까지 여러 가지 관계의 표면적 서술에 지나지 않는다. 시메온과 로렌조의 친밀감은 '로렌조를 동생처럼 생각하여, 에케레시야 출입에도 꼭 사이좋게 손을 잡고 있었다'고 할 정도로 마치 연인관계를 생각하게 하는 것이었다. 이러한 친밀감에서 본다면 로렌조가 '일의 경위까지 밝히고'자 했던 것은 충분히 있을 수 있는 일이다.

반면에 『성마리나』의 마린과 수도원장의 관계는 엄격한 규칙 때

284

문에 형제와 같은 친밀감보다는 상명하복의 관계에 있다고 보는 쪽이 타당할 것이다. 특히 수도원은 복종을 제일의 덕목으로 하고 있기 때문에 로렌조가 시메온에게 스스럼없이 대하는 것 같은 분위기는 있을 수 없었을 것이다.

이와 같은 배경에서 본다면 마린에 대한 원장의 규문에 마린은 '조금도 대답을 않고 단지 마음으로 하느님께 기도'를 하는 수밖에 없었지만, 로렌조가 시메온에 대해서는 '일의 경위까지 밝힐' 수 있는 관계였고, "제가 나빴어요. 용서해주세요"라고 용서를 비는 것도 그와 같은 친밀한 관계에 있었던 시메온에게까지 자신의 모든 것을 숨기고 있는, 자신의 설명할 수 없는 곤란함의 표현으로 보인다.

그리고 로렌조가 '마치 날아와 눌어붙는 것처럼 시메온의 목을 끌어 안'은 것은 사사부치 도모이치의 설명과 같이 '자신이 여성이라는 통절한 자각에 내몰린 로렌조의 행동'이 아니라, 이전부터 시메온과 형제처럼 지내왔던 친밀감을 나타내고 있다고 보는 쪽이 보다 타당하다고 할 수 있다.

이와 같은 인간관계를 생각한다면 여기에는 로렌조의 신앙이 충분히 표현되어 있다고는 말할 수는 없지만, 사사부치 도모이치가 말하는 '신앙과의 몰교섭'과는 거리가 있다. 그리고 '종교적 감동에서 예술적 감동으로의 변질'은 로렌조가 교회에서 추방되면서 중얼거린 "주님 용서하시옵소서. 시메온은 자기의 소행도 분별치 못하는 자이옵니다"라는 내면의 고백에 가까운 이 한절을 빼고서는 로렌조의 신앙이 어떠한 것인가를 알 수 없다. 이 고백이야말로 다음의 대화재에서 어린아이를 구출하는 '마루치리'라는 종교행위의 복선이 된다. 아니, 어떠한 감동적 사건이 일어나더라도 결국 로렌조의 종

285

교행위는 전부 이 한절에 수렴된다.

다음으로는 순교라고 하기보다는 의용에 가까운 로렌조의 행위를 어떻게 해석할까 하는 문제이다. 사사부치 도모이치는,

> 우산장이 딸로부터 덮어쓴 무고의 죄를, 성마리나와 같이 하느님의 시련으로서 받아들이지 않았던 로렌조의 태도와, 생명을 걸고 맹화 속에서 딸의 어린아이를 구해낸 순교행위와의 사이에 갭이 작자의 서술에 의해서 메워져 있지 않다. 여기에 로렌조의 죽음의 찰나의 감동이, 전 생애에 대한 상징적 의의에 있어서 약간 결여된 점이 있다. 그리고 이것은 종교적 감동 그 자체의 예술화가 실패한 것을 의미한다.[10]

라고 보고 있는 점은, 역시 로렌조의 행위가 순교라고 보기에는 너무나도 당위성이 결여되어 있는 것으로, 앞에서 지적한 바와 같다.

그러나 이 작품의 중점을 시메온과의 대화와 행위에 두지 않고, 로렌조의 순수한 신앙고백으로 보이는 중얼거림에 둔다면 사사부치 도모이치가 말하는 '순교행위와의 사이에 갭'이 생길 리가 없다. 즉 "주님 용서하시옵소서. 시메온은 자기의 소행도 분별치 못하는 자이옵니다"라는 기도 속에는 로렌조의 내심의 신앙이 복선으로서 설정되어, 생명을 걸고 대화재에서 딸의 아이를 구출하는 종교적 행위에 연결됨을 예상하게 만든다. 여기에서 문제점은 명확하게 적출된다. 그것은 이 작품 중에서 작가가 가장 힘을 실어 그리고자 했던 부분이 어디에 있는가에 따라서 해석은 달라진다는 것이다.

사사부치 도모이치는 아쿠타가와가 종교적 감동의 예술화에 실패했기 때문에 '종교적 감동에서 예술적 감동으로 전환, 변질을 시

도'했다고 기술하고 있지만, 이 종교적 감동이라는 것은 '대화재라는 이상한, 쇼킹한 사건과 그 사이에 있는 로렌조의 순교의 죽음, 그리고 로렌조가 여자였다는 것의 확인이라고 하는 연이은 예상 밖의 사건의 시각적 묘사에 의해서 초래되는 것'이다. 바꾸어 말하면 '로렌조의 내면의 문제보다도 맹화에 비추어진 여성으로서의 육체의 확인에 있다'[11]고 주장한다.

하지만 사토 야스마사는 사사부치 도모이치의 설에 비판을 가하여, 설령 작가가 내면에 종교적 감동을 가지고 있다고 하더라도 그것을 그대로 표현할 수 없는 이유를 다음과 같이 설명한다.

> 필히 여기에는 작자가 종교적 주제에 당면할 때, 피하지 않을 수 없는 극히 곤란한 과제가 포함되어 있기 마련이다. 그 과제라는 것은── 소설가는, 어떻게 하여 「성자」를 그릴 수 있을까 하는 과제이다. 사사부치씨의 비판에도 불구하고 이 작품이 「성마리나전으로부터 변질」된 것은 작가에게는 강요된 필연일 것이다.[12]

이것은 아쿠타가와의 말, '설령 인도적 감격이라고 하더라도 그것만을 추구한다면, 단지 설교를 듣는 것에서도 얻을 수 있을 것이다. 예술에 봉사하는 이상, 우리들이 작품에 줄 수 있는 것은 무엇보다도 우선 예술적 감격이 아니면 안 된다'(『예술 그 외』)와 일맥상통하는 점이 있다. 그리고 사사부치 도모이치가 범한 논의 결점에 대해서 사토 야스마사는 다음과 같이 반박한다.

> 아쿠타가와가 그리고자 했던 것은 어떠한 성인전이 아닌, 하나의 순

전한 문학 외에 다름 아니다. 억울한 죄에 직면했던 로렌조의 번민과 너무나도 연약한 행동을 성마리나의 행위와 비교하여 비난하는 것은 하나의 문학작품을 「성인전」이라는 차원으로 끌어내리는 것이 아니겠는가.[13]

4 문제점에 대한 미요시의 평가

미요시 유키오는 『봉교인의 죽음』에 그려진 것은 종교적 감동도 순교자의 찬미도 아니라고 하고, 그것이 발견되지 않는 이유로서 '사후의 기적을 이야기하는 원전의 종장이 소설화에 있어서는 완전히 잘라져버렸기 때문'이라는 점을 들고 있다. 그 때문에 이 작품의 주제는 '소위 인생의 충실했던 순간을 살았던 행복한 인간과 그 행복한 인간에 대한 자기 자신의 감동을 그린' 것으로 보고 있다. 그리고 이 작품을 통하여 아쿠타가와가 주장하고자 했던 것은 '아쿠타가와의 예술지상주의, 보다 정확하게 말하면 예술과 실생활을 둘러싼 고유한 신조를 밝히는 작품'인 일종의 '의기양양한 마니페스트'[14]라고 결론짓고 있다.

미요시 유키오에 의하면, 아쿠타가와가 이 작품을 통하여 자신의 '예술지상주의'를 표방하기 위하여 의식적으로 마련한 장치라는 '16세기의 고풍스러운 성인전에서 구상을 가다듬고', '주인공의 반생을 숨기고, 남장의 비밀을 숨기는 것'이라고 한다. 이 장치는 이야기의 결말에 '화자의 감회와 호응하여 소설의 주제를 선명하게 제시'한다

고 주장한다. 그러나 한편으로는 이 '소설의 주제를 선명하게 제시'
하기 위하여 작자가 로렌조의 정체를 숨기고 남장을 시킴으로 '작자
가 무시했던 것은 실로 이 종류의 리얼리티'[15]라고 하는 근대소설의
사실성의 침범이었다는 것이다.

미요시 유키오가 『봉교인의 죽음』을 오로지 예술지상주의 작품으
로 보고 있는 두 가지의 논거는 작품의 원전인 『성마리나』와 비교하
여 기적이 그려져 있지 않은 점, 이에 따른 소설의 리얼리티를 무
시했다는 점이다. 우선 기적의 문제부터 살펴본다.

작품 속에서 아쿠타가와가 『성마리나』의 기적인 '마린의 의복에
접촉하자 이윽고 마귀는 물러나고 딸은 원래 몸으로 돌아온' 부분을
어떻게 각색하여 근대소설화 하면 좋을까. 이 부분은 아무리 훌륭하
게 예술화한다고 하더라도 기적은 기적으로 표현될 수밖에 없다면,
이것은 문학 작품에 종교적 교리나 교훈을 직접적으로 그리는 경우
가 되고 만다. 이같이 종교적 사상을 너무나도 의식적으로 주입하고
자 하면 예술적으로 실패하기 쉬운 것은 당연한 일이다.

『봉교인의 죽음』은 아쿠타가와라는 작가에 의해서 만들어진 문
학작품이다. 문학작품에서의 기적이 다른 형태로 표현된다는 것은,
『성마리나』의 기적 부분을 단순하게 각색하여 표현하는 것이 아니
고, 작품에 내재화시키고 개연성을 획득함으로 암암리에 독자에게
읽히는 것을 말한다. 그러나 만약 작가가 기적을 어떠한 형태로든지
작품에 그려 넣으려고 한다면 그것은 그가 주장하는 리얼리티, 즉
근대소설의 사실성에 반하는 것이 되고 만다.

기적은 '스피노자 이후에 기적신앙의 비판이 일어났으며, 19세기
에는 슈트라우스 등의 신화설이 일어났'[16]음에도 불구하고 지금 다

시 리얼리티를 주장하는 작품에 기적을 그린다는 것은 소설을 이야기로 만드는 것에 지나지 않는다.『봉교인의 죽음』속에서 기적을 구한다고 하는 것은, 작품의 내면적 긴장의 원천을 제공하는 신앙과 예술의 양극의 조화를 깨고, 당연히 있어야 할 예술적 표현을 종교적 교설로 대치시키는, 성자의 전설을 그리는 것이 된다. 여기에서 아쿠타가와는 '우리들이 작품에 줄 수 있는 것은 무엇보다도 우선 예술적 감격이지 않으면 안 된다'(『예술 그 외』)라는 그의 예술관을 다시 한 번 환기시켜 둘 필요가 있다.

다음으로 '근대소설의 리얼리즘'의 문제이다. 이 리얼리즘이란 문학이 시작된 이래 언제나 문제가 되어왔지만, 미요시 유키오가 '근대소설의 리얼리즘'이라고 할 때에는 서양의 사실주의를 가리킨다고 보아도 좋을 것이다. 그가 말하는 19세기의 사실주의는 사실에 집착해서 그것을 묘사하기 위한 방법을 보다 철저하게 개발한 것으로 그 방법의 영향은 지금도 여전하다. 그러나 사실주의는 사실을 보여준다기보다 사상의 환영을 보여주는, 오히려 사실 감각을 강력하게 자극한다는 점에 그 특징이 있다고 할 수 있다.

그 때문에 사실주의는 사실을 전달하는 독특한 창안이라기보다는 개연성, 박진감 등의 문학적 이념의 전통으로 보는 쪽이 바를 것이다. 또 사실주의자가 주장하는 객관적인 문체, 즉 신문과 같은 보도체의 문체는 사실은 비개인적인 사실을 말하는 문체가 아니고 작가 개인이 독특하게 개발한 문체인 점도 고려할 필요가 있다.

따라서『봉교인의 죽음』의 '주인공의 반생을 숨기고 남장의 비밀을 숨기는' 것은 '근대소설의 리얼리즘'에 반하는 것으로 보기보다는, 작가가 로렌조의 일생을 전기적으로, 신문보도기사처럼 그릴 필연성을 전혀 느끼고 있지 않았다는 것에 보다 중점이 있었다고 할 수 있다. 사실주의에 철저한 작가는 어떤 사건을 다룸에 있어서 있는 그대로 서술하여 한 사람의 단면 전부를 그대로 보여주고자 한다. 그러나 그것이 생활의 단면도라고 하더라도 실은 작가가 세심하게 배려해서 선택한 부분을 배열한 것에 지나지 않는다. 인생을 있는 그대로가 아닌 인생을 자료로 해서 만들어 바꾼 것, 즉 허구라는 것을 인정하지 않으면 안 된다.

만약 『봉교인의 죽음』의 주인공의 반생과 남장의 비밀의 증거가 있다고 하더라도 그것이 반드시 작품에 리얼리티가 있다고는 말하기 어렵다. 결국 그것도 작가가 『성마리나』를 읽고 거기에서 자신의 작품에 필요한 부분을 선택하고 그것을 배열한 것에 다름 아니다. 작자는 작품을 단지 성인의 전설이나 종교담이 아닌 예술 작품화를 시도한 것임은 말할 필요도 없다. 그는 『성마리나』에서 불필요한 부분을 잘라내고 필요한 부분만을 취하여 개연성을 가지고 작품에 박진감을 주고자 했다고 할 수 있다.

어떤 인물의 출생 이전부터 사후까지 전부를 그리는 것을 리얼리티가 있다고 말하기는 어렵다. 선택과 배열, 그것이 보다 리얼하게 독자에게 다가온다는 점을 작가는 노렸을 것이다. 바꾸어 말하자면, 리얼리티라는 것은 객관적 사실에 대한 리얼리티가 아니고, 작가의 주관적 사실의 리얼리티라고 할 수 있다. 그런 의미에서 미요시 유키오가 말한, 아쿠타가와가 『봉교인의 죽음』에서 무시했던 리얼리티는 종교담이나 종교문학에서 순수문학 창조의 과정에서 작가가 의식적으로 잘라버린 비예술적 부분으로 보는 것이 보다 타당할 것이다.

『봉교인의 죽음』뿐만 아니라 원전인『성마리나』의 내용은 거의 주인공의 종교적 행위를 묘사함으로 일관되어 있다. 아니, 작가는 등장인물의 종교적 행위는 묘사할 수 있을는지 모르지만 등장인물의 심적 상태인 신앙심은 직접 표현하기는 어렵다. 그 때문에 등장인물의 종교적 행위의 묘사를 통하여 인물의 신앙심을 표현하는 방법을 취할 수밖에 없다. 여기에 큰 오해가 일어난다.

미요시 유키오도 사사부치 도모이치도 주인공 로렌조의 심적 상태, 즉 신앙심이 어디에 있었던가는 잘 이해하고 있지 않은 것 같다. 『봉교인의 죽음』의 작품을 통하여 로렌조의 신앙심을 명확하게 표현하고 있는 부분은 그가 '에케레시야'에서 파문당해 추방될 때에 시메온이 옆에서 주먹을 휘둘러 로렌조를 쓰러뜨리자, 몸을 일으키며 눈물을 머금은 눈으로 하늘을 쳐다보며 "주님 용서하시옵소서. 시메온은 자기의 소행도 분별하지 못하는 자이옵니다"라고 와들와들 떠는 목소리로 기도한다.

이 기도는 죽음을 앞둔 십자가상의 예수의 최후의 기도인 '아버지, 저들을 사하여 주옵소서. 자기들이 하는 것을 알지 못함이니이다'(「누가복음」 제23장 34절)에서 모방한 것으로 보이는데, 이 기도야말로 로렌조 스스로가 암시하는 신앙심의 소재를 표출하는 한절이 아니겠는가. 이 한절은『봉교인의 죽음』에서 가장 신앙고백적인 부분이고, 다른 여러 가지 묘사는 이 한절의 살붙임에 지나지 않는다고 볼 수 있다.

그렇다면 이 한절이 작품에서 점하는 위치라는 것은 무겁고도 깊다. 대부분의 논자들이 이 작품에서 가장 인상적이고 키포인트인 이 한절을 놓치고 로렌조의 종교적 행위만을 들어 예술적 감동인가, 종교적 감동인가를 논하는 것은 역시 무리가 있다고 볼 수밖에 없다. 이 한절이야말로 표면적으로는 매우 예술적으로 보이는 이 작품을 통하여 작자 아쿠타가와가 내면에서 중얼거리고 있는 그리스도교에의 종교적 감동을 암시하고 있는 표현이라고 할 수 있다. 그러나 아쿠타가와는 작가이기 때문에 자신의 종교적 감동도 예술적 표현을 빌려 표현할 수밖에 없었다. 아니, 그렇게 표현하지 않으면 안 된다. 여기에서 예술가의 숙명을 볼 수 있다.

 5 결어

문학과 예술의 범주에 드는 모든 작품은 사실을 일대일의 차원에서 묘사하지 않는다. 어차피 문학예술이 되기 위해서는 거기에 꾸며 넣기가 이루어진다. 이때 꾸며 넣기의 단면을 이루는 것을 허구 또는 픽션이라고 한다. 작가의 입장에서 허구라는 개념은 작가가 상상을 통하여 실제로 있을 수 있는 일처럼 꾸며낸 작품이나 그 구성을 말한다. 따라서 허구의 세계란 한 예술가의 상상 속에서 만들어진 새롭고 가공적인 것을 의미하는데, 소설을 창작이라고 하는 이유도 여기에 있다.[17]

두말할 필요도 없이 허구는 소설의 고유한 변별성이면서 핵심적인 특수성이다. 그런 점에서 픽션은 소설의 현실적인 존재 방식, 소설이라는 특수한 문학적 현상을 온전히 감싸 안을 수 있는 가장 적절한 명칭이라고 판단해도 좋다. 뿐만 아니라 장르 명으로서 픽션은 서사 전통의 중심 줄기를 잇고 있는 소설과 그렇지 않은 소설을 분별하는 데서도 매우 유효한 개념이다. 소설이 오늘날 다양한 이야기의 현상을 포괄하는 매우 폭넓고 신축성 있는 명칭이 되었다는 것은 주지의 사실이다.

소설은 꾸며낸 사건—허구에 충실하게 기초하고 있는 이야기와 전기, 의사전기, 심지어 보고서까지를 포괄한다. 그러나 현대에 들어 소설이 허구에 의존해온 전통으로부터 이탈하고 있다는 징후는 점차 두드러지고 있다. 작가들은 이야기를 꾸미는 대신 자신을 이야기화하고자 하며, 사건을 만들어내는 일에서보다는 사건을 증언하고 보고하는 일에 더욱 매력을 느끼며, 이것도 저것도 신통치 않을 때는 과거의 사실을 패러디한다.

그래서 순수한 허구 이야기와 비허구 이야기를 구별하기 위해 논픽션이라는 용어를 창안해내기는 했지만 허구와 비허구의 경계는 십중팔구 애매모호하기 일쑤이다. 무엇보다도 허구에 근거하지 않고 있다는 사실이 소설의 결정적인 과오나 결함으로 간주되는 것도 아니다.

이런 현실에서 픽션은 순수한 허구적 산문 이야기를 분별하는 유력한 개념이 되어준다. 픽션은 전통적으로 소설이라고 인식되어져 왔던 이야기의 현상을 환기시켜주는 용어이고 문학적 이야기에 제한적으로 적용되는 개념이다.[18]

소설이라는 문학 장르에서 추구하는 것은 무엇인가. 문학은 그 바탕에 픽션이라는 전제를 깔고 있다. 그것은 언제나 앞뒤가 딱 들어맞은 논리를 추구하는 것이 아니다. 그 때문에 이『봉교인의 죽음』이 추리소설이 아니라고 한다면 로렌조의 남장의 이유를 하나하나 논리적으로 설명할 필요가 있을까. 이것을 리얼리티의 문제로 제기할만한 가치가 있을까. 전술한대로 리얼리티란 사실의 전달보다도 오히려 작품의 개연성에 의한 박진감에 있다고 보는 것이 타당할 것이다.

'「1」이 농후한 종교담이었다면, 이 시간을 벗어난, 또는 로렌조의 남장의 이유를 포함한 합리주의에서 말하는 부정합감은 불문'[19]으로 하여 만들어진『봉교인의 죽음』이 리얼리즘의 덫에 걸리지 않도록 작가가 궁리한 장치가 작품 「1」에 이은 「2」이다. 이 「2」는『아마쿠사본헤이케모노가타리』를 모방한 문체로, 「1」에 신빙성을 주고자 한다. 이것은 미요시 유키오가 지적한 바와 같이 「1」이 종교소설이 아니라고 하는 전제에 기초하고 있다면, 보통의 문체를 가지고서는 『봉교인의 죽음』은 리얼리티를 범할 수 있는 우려가 있다. 이것을 막기 위한 장치가 「2」와 같이 작품의 시대를 17세기로 되돌린 것이다.

이와 같이 작품의 「1」에서 논리적인 합리성을 결여한 작자는 소설의 리얼리티 확보를 위하여 끝까지 악전고투하고 있음을 알 수 있다. '이 여자의 일생은 이 외에는 무엇 하나 알지 못한다. 하지만 그것이 무슨 대단한 것이랴'라고 하며, '그러니 로렌조의 최후를 아는 것은 로렌조의 일생을 아는 것이 아니겠는가'라고 했던 작자의 이 한절은 리얼리티의 결여를 시인하는 것이기도 하다.

하지만 그는 '인간 세상에 모든 소중함은 무엇으로도 바꾸기 어려운 찰나의 감동에 다하는 것이리라'는 이 예술지상주의의 마니페스트를 선언하기 위하여 굳이 사실의 합리성을 짓밟고서라도 작품을 완성한 아쿠타가와에게는 그 역시 예술적 감동을 만들어야 한다는 작가로서의 무거운 멍에가 숙명처럼 지워져있었다는 사실을 간과할 수 없다.

1 室生犀星『芥川龍之介の人と作』三笠書房 1943 p.49
2 三好行雄「『奉教人の死』三 (芥川龍之介─現代文学鑑賞 三)」[「解釈と鑑賞」至文堂 1961 p.158]
3 http://100.yahoo.co.jp/detail/%E6%AE%89%E6%95%99/
4 http://ja.wikipedia.org/wiki/%E5%85%83%E6%9C%8D
5 笹淵友一「芥川龍之介の本朝聖人伝-『奉教人の死』と『じゆりあの・吉助』-」[「ソフィア」1959.12]
6 三好行雄「奉教人の死」[「解釈と鑑賞」至文堂 1961.11~1962.4]
7 佐藤泰正「『奉教人の死』と『おぎん』─芥川切支丹物に関する一考察」[「国文学研究」1969.11]
8 笹淵友一『明治大正文学の分析』明治書院 1970 p.879
9 笹淵友一『明治大正文学の分析』明治書院 1970 pp.879~180
10 笹淵友一『明治大正文学の分析』明治書院 1970 p.881
11 笹淵友一『明治大正文学の分析』明治書院 1970 p.882
12 佐藤泰正「『奉教人の死』と『おぎん』-芥川切支丹物に関する一考察」[「国文学研究」1969.11 p.108]
13 佐藤泰正「『奉教人の死』と『おぎん』-芥川切支丹物に関する一考察」[「国文学研究」1969.11 p.108]
14 三好行雄「作品論の試み」[『三好行雄著作集』第五巻 筑摩書房 1994 p.160]
15 三好行雄「作品論の試み」[『三好行雄著作集』第五巻 筑摩書房 1994 p.159]
16 『哲学事典』平凡社 1971 p.306
17 http://terms.naver.com/entry.nhn?docId=390408
18 http://terms.naver.com/entry.nhn?docId=740395
19 宮坂覚「芥川龍之介「奉教人の死」」[佐藤泰正編『現代の日本文学』明治書院 1988 p.139]

《무도회》

제12장

1 서언

일찍이 아쿠타가와는 '예술가는 무엇보다도 작품의 완성을 기하지 않으면 안 된다. 그렇지 않으면 예술에 봉사하는 일이 무의미하게 되어버리고 말 것이다'라고 『예술 그 외』에서 그의 예술관을 명확하게 밝힌 바 있다. 따라서 아쿠타가와는 소위 그의 예술지상주의 작품에서 작품의 완성을 위하여 강박증적인 무리함을 보이는 경우가 있다.

그 대표적인 예가 예술지상주의의 첫 작품인 『희작삼매』에 나타난다. 『희작삼매』는 작품 구성상 문제점이 몇 가지 발견된다. 그 문제점이란 첫째는 예술지상주의자 바킨을 탄생시키기 위하여 걸린 시간이 만 하루도 되지 않는다는 점이고, 둘째는 짧은 하루 동안에 만나는 사람의 수가 너무 많고, 그것도 순차적으로 만나게 되는데, 문제는 이들을 만나야 하는 동기가 전혀 설명되어 있지 않아 우연성을 면하기 어렵다. 셋째는 『희작삼매』를 〈기〉〈승〉〈전〉〈결〉로 나누어

본다면 이들 사이에서 사건이 그렇게 전개되어야 할 개연성은 조금
도 없다. 넷째는 손자 다로의 한 마디에 의해서 희작 삼매경에 빠진
다는 설정으로, 작품의 말미에서 바킨의 희작 삼매경에 빠지는 심경
을 묘사한 것은 너무나도 급격한 비약이라고 하지 않을 수 없다.

또『희작삼매』다음에 오는 그의 예술지상주의 작품인『지옥변』
에서도, 독자가 납득하기 힘든 탐정소설 같은 형식을 취하여, 작품
에 나오는 인물 상호간의 애매함을 피할 수가 없다. 예를 들면 외동
딸과 원숭이의 관계는 일반적인 상식으로는 이해하기 어려운 의인
화된 원숭이를 묘사함으로, 외동딸과 원숭이의 관계가 특수하게 설
정되어 있다. 또 부친인 요시히데와의 관계도 내레이터의 명확한 설
명이 없기 때문에 추측의 역을 벗어나지는 못하지만 근친상간을 떠
올릴 수 있다. 오토노와의 관계는「음의 설명」을 빌자면 오토노가 외
동딸을 사랑했고 또 강간했을 가능성은 묘사되어 있지만 이것도 분
명한 물적 증거를 획득하기에는 어려움이 있다.

위의 작품과 마찬가지로『봉교인의 죽음』에서도 이러한 무리함이
드러난다.『봉교인의 죽음』은 '이것이 마루치리가 아니면 무엇이겠
는가' 하는 로렌조의 순교에 모든 것이 수렴된다. 그런데 로렌조의
죽음을 과연 순교라고 할 수 있는가 하는 근원적인 의문에 부딪힌다.
순교의 첫째 조건은 '자기의 신앙을 위하여'이다. 그러나 로렌조의
경우는 자기 신앙의 고수와는 전혀 관계가 없는 염문 때문에 교회에
서 추방되었다. 둘째는 '고난을 받'는 것인데, 로렌조가 추방되었다
는 한 가지 이유로 거지 같이 살아가야 하는 고난을 받아야 한다고
는 생각하기 어렵다. 셋째는 '생명을 버린' 사람일 것을 조건으로 하
고 있다. 그러나 작품에서는 어느 날 나가사키에 대화재가 발생하였

298

다. 로렌조가 죽을 각오를 하고 집안으로 뛰어 들었고, 여자아이는 구해내었지만, 불덩이에 휩싸여 목숨이 위태롭게 되었다. 과연 이 것을 순교라고 할 수 있을까. 따라서『봉교인의 죽음』에서는 로렌조 의 죽음이 이 세 가지를 만족시키지 못한다는 데에 작품의 문제점이 있다.

위의 세 작품에 이어『무도회』는 아쿠타가와 류노스케의 소위 예 술지상주의의 정점이자 마지막 작품이라고 할 수 있다.『무도회』는 예술지상주의와 현실주의가 혼재되고 교차된 작품이며, 현실주의 소설로 넘어가는 과도기적인 작품이라고도 할 수 있다.

이런 두 가지 관점이 나오는 이유를 소마 마사카즈는,

　　이 작품은 시점을 아키코에 둘 것인가 해군장교에게 둘 것인가로 평 가는 크게 나누어진다. 전자의 입장에 선다면 철두철미하게 H노부인 의 자기 미화의 추억담이고, 로쿠메이칸 시대의 개막에 어울리는 개화 기 일본의 약동의 심벌로서 17세의 미소녀가 클로즈업된다. 후자에 선 다면 이국의 해군장교의 눈에 비친 개화도상국의 부자연스런 모방과 허식의 심벌로서의 로쿠메이칸 무도회이고 구화주의에 들떠있는 무자 각한 한 소녀의 인형미가 클로즈업된다.[1]

고 설명한다. 즉 이 작품의 주인공을 아키코에게 둘 것인가, 아니면 해군장교에게 둘 것인가에 따라 작품의 해석은 달라진다고 할 수 있 다. 그러나『무도회』의 주인공을 아키코에 두든지 해군장교에 두든 지, 이 작품을 지금까지 아쿠타가와가 추구해 왔던 예술지상주의 의 연속으로 본다면, 이 역시 위의 세 작품에서 문제점이 발견되듯이, 『무도회』 또한 작품의 완성을 위하여 강박증적인 무리함을 보인다고 할 수 있다.

한편 작자가 밑그림으로 사용하였다고 추측되는 「에도의 무도회」에서는 처음부터 끝까지 일본인과 로쿠메이칸의 무도회를 시니컬하게 비판하고 있지만, 아쿠타가와의 『무도회』는 이 밑그림을 로코코풍으로 각색하여 와토의 그림과 같이 화려한 작품으로 탈바꿈시켜 놓았다.

그리고 작품 『무도회』는 짧기는 하지만, 위의 세 작품과는 달리 작품 내에서 미화하고자 하는 주체가 바뀐다. 처음에는 아키코라는 여성의 미에 집중하다가 마지막에 가서는 해군장교의 인생철학에 감동을 표하고 있다. 이것이 변화해 가는 과정을 작품 중의 「1」을 네 단락으로 나누어 고찰해보고자 한다. 「에도의 무도회」와 작품 『무도회』의 비교는 밑그림과 작품의 폭이 얼마나 차이가 있는가 하는 점을 이해하는데 불가결하다. 따라서 「에도의 무도회」와 작품 『무도회』를 비교하여 두 작품에 나타나는 차이점을 짚어보는 것은 아쿠타가와의 예술지상주의에 대한 마지막 집착을 이해하는 것이 된다.

그 뿐 아니라 이 『무도회』를 정점으로 아쿠타가와의 예술에 대한 신념도 바뀌어 간다. 즉 예술지상주의에서 『밀감』, 『가을』과 같은 현실적인 작품을 쓰게 되고, 말년에는 사소설적인 작풍으로 변해간다. 이는 그의 스승이었다고 할 수 있는 나쓰메 소세키의 영향도 있었겠지만, 그보다는 스스로 자기가 지금까지 추구해온 예술이 무엇이었던가를 되물었다고 보는 것이 더 타당하다고 할 수 있다. 그 점의 시작이 된 작품이 『무도회』임을 부인할 수는 없다. 이 점에 관해서도 다소간 언급하고자 한다.

2 『무도회』의 구조

『무도회』는 1920년 1월 1일 발행의 잡지 「신초」 제32권 제1호에 게재되었고, 뒤에 『야래의 꽃』, 『사라의 꽃』에 실렸다. 신년호 잡지에 싣기 위하여 '풍류지옥의 고통을 받고' 겨우 완성한 이 작품은 '18세기 조를 고취하고자'(「1919년 12월 25일 다키무라 헤이조에게」) 한다거나, '로티의 책에서 재미있게 생각한 것은 저 일본인이 모두 로코코의 복장을 하고 있는 것입니다. 결국 저 무도회는 와토의 냄새가 나는 일본이었습니다'(「1925년 11월 13일 간자키 기요시에게」)라는 서간에서도 이 작품의 성격을 충분히 짐작할 수 있다.

원전은 피에르 로티의 「에도의 무도회」(Pierre Loti 〈Un Bal à Yeddo〉)로, 로티의 일본기행문 『가을의 일본』(《Japonerie d'Automne》)에 수록되어 있는 문장을 바탕으로 했다는 지적과, 실제로 아쿠타가와가 참고한 서적은 영역본이라는 의견과, 다카세 슌로의 『일본인상기』라는 설로 나누어져 있는데, 「에도의 무도회」를 원전으로 보는 것이 타당할 것이다.

'메이지 십구 년 십일월 삼일 밤이었다. 당시 열일곱이던 귀족의 따님 아키코는 머리 벗어진 부친과 함께 오늘 밤 무도회가 열리는 로쿠메이칸 계단을 올라갔다'로 이 작품은 시작되는데, 이 부분은 「에도의 무도회」 마지막에 '광휘 있는 1886년(메이지 19년) 무쓰히토 천황의 탄생일 축하에 국화로 장식된 로쿠메이칸에서 개최되었던 무도회의 실정을 읽는 것은'으로 끝나는 부분과 대조해 볼 때, 시기는 메이지 19년 천장절의 야회이므로 날짜를 11월 3일로 한 것으로 보인다. 장소는 원문 그대로 로쿠메이칸이고 여주인공인 귀족의 따님 아키코는 물론 아쿠타가와의 창작으로, 이는 「에도의 무도회」에 등장하는 '한 공병장교의 따님'에 해당된다.

「에도의 무도회」는 로티의 눈으로 본 사실의 기록으로 소위 견문록이다. 그런데 『무도회』에서 아쿠타가와는 아키코라는 주인공을 만들어, 프랑스 해군장교와의 만남과, 그와 주고받았던 대화 등 그녀의 움직임을 축으로 하는 야회의 모습을 중심으로 새로운 판을 짜서 이를 작품화하였다.

이 『무도회』에서도 아쿠타가와 특유의 액자구조는 충분히 발휘되어 있다. 사실 아쿠타가와의 이 액자는 사족처럼 보이는 것과는 정반대로 오히려 액자 그 자체에 작품의 보다 더 깊은 의미를 함축할 경우가 많다. 「1」에서는 풋풋한 아키코의 무도회의 감동과 인생의 권태를 알고 우수의 눈으로 불꽃이 사라지는 밤하늘을 쳐다보는 해군장교의 고절함과 이 두 사람 사이에 떠있는 어두움과 인공적인 조명과 그리고 불꽃, 그것들이 합쳐져 만든 정경은 진정 소설 미의 전형이라고 해도 좋을 만큼 멋지게 그려져 있다.

그런데 아쿠타가와는 당연하다는 듯이 「2」를 덧붙여 작품세계를 확대한다. 32년 후 49세의 '노부인' 아키코를 독자 앞에 다시 내어놓은 진정한 목적은 무엇일까. 이미 50에 가까운 H노부인이 된 아키코는 기차 속에서 한 사람의 청년 소설가와 만나 예전의 무도회의 추억을 이야기하게 된다. 청년과의 대화를 통하여 아키코는 프랑스 해군장교 줄리앙 비오가 다름 아닌 피에르 로티였다는 사실을 안다는 초고와, 모른다는 초판 사이의 차이가 있다. 그런데 이 차이는 이 작품의 의미 해석에 있어서 중요한 포인트임에 틀림없다.

「1」은 그 내용을 다음의 네 단락으로 나누어볼 수 있다. 이는 마치 문장의 전형인 〈기〉〈승〉〈전〉〈결〉에 해당하는 것처럼 보이기도 하지만 이 작품에서는 조금 다르다.

① 당시 17세가 되는 귀족의 따님 아키코는 '머리 벗어진 부친과 함께 오늘 밤 무도회가 열리는 로쿠메이칸'으로 온다. 아키코는 일찍이 프랑스어와 무도 교육을 받았지만 정식 무도회에 출석하는 것은 처음이다. 이날 '싱싱한 장미 빛 무도회복'으로 몸을 감싼 아키코의 풋풋한 모습은 신사들의 눈길을 끌게 된다. 이러한 그녀에게 알지 못하는 프랑스 해군장교가 다가와서 춤추기를 요청한다.

② 이윽고 두 사람은 '아름답고 푸른 다뉴브'의 왈츠를 춘다. 춤을 추면서도 해군장교는 '이런 아름다운 귀족의 딸도 한지와 대나무로 만든 집에서 인형처럼 살고 있을까. 또 가느다란 젓가락으로 푸른 꽃무늬의 손바닥만 한 밥그릇에서 밥알을 집어먹을까' 하고 생각해 본다. 춤에 지친 아키코를 해군장교는 국화꽃으로 장식되어 있는 벽쪽의 의자에 앉힌다.

③ 호화로운 요리가 줄지어 있는 계단 아래로 내려간 두 사람은 아이스크림을 먹으며 이야기한다. 아키코는 서양의 여성은 아름답다고 말하자 해군장교는 '일본 여자 분들도 아름답습니다. 특히 당신은……' 이라고 한다. 아키코가 부정하자 '아니, 인사치레가 아닙니다. 그대로 바로 파리의 무도회에라도 갈 수 있겠습니다. 그러면 모두가 놀라겠지요. 와토 그림 속의 아가씨 같으니까요'라고 칭찬한다. 하지

만 아키코는 와토를 몰랐기 때문에 해군장교의 말을 납득할 수 없었다. 파리의 무도회를 꿈꾸는 아키코에게 해군장교는 파리의 무도회도 로쿠메이칸과 같다고 말하고 '파리뿐만 아닙니다. 무도회는 어디나 같습니다'고 덧붙인다.

④ 한 시간 후, 두 사람은 달밤의 발코니에 나온다. 그 때 어두운 침엽수의 하늘 저쪽에 아름다운 가을의 불꽃이 오른다. 침묵하고 있는 해군장교를 보고 '고향 생각을 하고 계시지요'라고 이야기를 걸자 미소를 머금은 눈으로 그렇지 않다고 머리를 흔든다. 마침 그 때는 '파랑 빨강 폭죽이 사방으로 어두움을 튀기면서 곧장 꺼지려고 하고 있던 참'이었는데, 그것을 본 아키코는 불꽃에서 슬플 만큼의 아름다움에 취하게 된다. 한참 후 해군장교는 아키코의 얼굴을 부드럽게 내려다보고 '저는 저 불꽃을 생각하고 있었습니다. 우리들의 생과 같은 저 불꽃을'이라고 가르치듯이 중얼거린다.

『무도회』는 앞에서 예든 다른 작품처럼 마지막으로 갈수록 예술지상주의의 뉘앙스가 점점 고양되어 가는 것과는 달리, ①에서 ④로 이행되면서 여러 가지로 변화되어 간다. 예를 들면 ①의 주인공이 아키코라면 ④의 주인공은 해군장교이다. ①이 감동에 의한 꿈과 같은 세계를 그리고 있다면 ④는 앙뉘(ennui)가 뒤덮고 있는 현실의 세계를 그리고 있다. 그리고 이러한 세계의 변화가 순식간에 나타나는 것이 아니라 ①→②→③→④로 천천히 이행된다. ②와 ③은 두 세계가 팽팽히 맞서거나 혹은 혼재되어 있다고 할 수 있다.

아쿠타가와의 많은 작품이 원전이 있고 이 원전을 그가 나름대로 해석하고 소화하여 자기의 작품으로 만드는 것이 그의 특기이기도 하다. 따라서 작품이 ①→②→③→④로 이행되는 사실을 밝혀내기 위해서는, 특히 『무도회』는 그 원전과의 대비가 다른 작품보다도 더욱 중요하다. 왜냐하면 야스다 야스오가 지적하는 것처럼, 이 작품의 테마를 원전과의 비교에서 찾을 수 있기 때문이다.

시점을 원작과는 거꾸로 일본인 여성 측에 두고 원작의 캐리커처화 된 여성을 미화하여 원작의 신랄한 맛 대신에 이것을 서정화한 색조로 채우고 아키코와 프랑스 해군장교의 회화를 통하여 여기에 테마를 주고 「1」의 이야기를 완성했다.[2]

 아키코 중심의 제1단락

그럼 우선 ①을 보면, ①의 첫 부분은 '메이지 십구 년 십일월 삼일 밤이었다. 당시 열일곱이던 귀족의 따님 아키코는 머리 벗어진 부친과 함께 오늘 밤 무도회가 열리는 로쿠메이칸 계단을 올라갔다. 밝은 가스등에 비춰진 폭 넓은 계단 양쪽에는, 거의 조화에 가까운 큰 국화꽃 송이들이 세 겹 울타리를 만들고 있었다. 국화꽃은 안쪽에 있는 게 분홍, 가운데가 짙은 노랑, 맨 가장자리가 새하얀 송이로 수술처럼 꽃잎을 어지러이 흐트러뜨리고 있었다'로 묘사되어 있다.

이 부분은 '가스등이 빛나고 있는 현관에서는 (중략) 고국의 가을의 화단에서는 생각도 할 수 없는 일본의 국화의 삼중 울타리, 즉 하얀 울타리, 노란 울타리, 분홍 울타리로 선을 두른 넓은 계단을 통하여 거기로 올라갔다. 벽을 덮고 있는 분홍의 울타리에서는 국화의 수목과 같이 키가 크고 그리고 그 꽃잎이 해바라기와 같이 크다. 그 앞 열에 놓인 노란 울타리는 그것보다도 키가 작고 금봉화처럼 빛나는 색을 띄고 있는 폭이 두툼한 뭉치가 주렁주렁한 꽃을 피우고 있다. 그리고 마지막으로 맨 앞 열의 가장 키가 작은 하얀 울타리는 아름다운 백설의 송이가 붙은 리본처럼 계단을 따라서 화단을 방불케 만들어져 있다'는 「에도의 무도회」를 인용한 것으로, 『무도회』의 묘사가 한층 짧고 간결한 문장으로 로쿠메이칸의 화려함을 더욱 극적으로 그리고 있다. 특히 「에도의 무도회」의 '로쿠메이칸 그것 자체가 아름다운 것은 아니다. 유럽풍의 건축으로 갓지어져 새하얗고 아주 새로운, 아니 우리나라의 어딘가의 온천마을의 카지노와 닮아있다'는 부분을 작자는 모두 생략하고, 프랑스의 빛나는 고전주의 문화의 전당으로서 자리 잡은 베르사유 궁전을 상상할 수 있을 만큼 화려하게 그려놓는다.

무도회장에 도착하기 전 아키코의 설레는 마음을 작자는 '그녀는 마차 속에서도 가끔 이야기를 걸어오는 부친에게 건성으로 대답할 뿐이었다. 그 만큼 그녀의 가슴속에는 유쾌한 불안이라고 밖에 형용할 수 없는 일종의 평화롭지 못한 마음이 뿌리를 뻗치고 있었다. 그녀는 마차가 로쿠메이칸 앞에 멈출 때까지 몇 번 눈을 들어 창 밖에 흘러가는 도쿄 시가지의 희미한 등불을 바라보았는지 모른다'로 묘사하고 있다. 그런데 이 부분은 「에도의 무도회」에서는 '더욱이 또 숨을 헐떡이는 차부들이 재빠르게 달려 도착하고, 뿔뿔이 흩어져 싣고 왔던 무도의 신사나 외톨이 무도의 숙녀를 차례차례로 입구의 계단 위에 내려놓는 일종의 색다른 음색이다. 어느 손님도 마차를 타는 대신에 인력거를 타고 검은 악마의 아이들에게 끌려오는 색다른 무도회'로 묘사되어 있다.

이 중에서도 특히 주목할 것은 '마차'로서, 로쿠메이칸 시대의 일본에서 마차는 있지도 않았다. 그것을 작품에서는 화려함을 더하기 위하여 '인력거' 대신에 '마차'를 고안해 그리고 있다. 그런데『무도회』의 이 장면은 톨스토이의『전쟁과 평화』제2편 제3부 제15장에 나오는, 나타샤가 첫 무도회에 출석하는 장면과 매우 유사하다. 간다 유미코의 '나타샤의 불안과 기대를 마차 속에서 무도회의 단계로 이행시킨 톨스토이의 수법을 참고'[3]로 하였다는 설에 상당히 수긍이 간다. 왜냐하면 아쿠타가와는 1915년 12월 3일 쓰네도 교에게 보낸 서간 중에서 이 대작을 읽은 감격을 전하고 있기 때문이다.

나타샤는 이날 아침부터 일분의 틈도 없어서, 어떤 일이 자기를 기다리고 있는지 한 번도 생각할 겨를이 없었다.

축축하게 젖은 싸늘한 공기가 스쳐가는 흔들리는 유개 마차의 비좁은 공간과 어둠 속에서, 그녀는 무도회에서 훤하게 반짝이는 홀에서 자기를 기다리고 있는 것은 음악, 꽃, 춤, 황제, 페테르부르크의 빛나는 젊은이들이라는 것을 비로소 생생하게 마음속에 그릴 수가 있었다. 그녀를 기다리고 있는 것은 너무나도 훌륭했기 때문에 그런 일이 현실적으로 있으리라고는 믿어지지 않을 정도였다. 그 정도로 그것은 유개 마차 안의 추위와 비좁음과 어두움의 인상과는 판이한 것이었다.

여기에서도 아쿠타가와가 그리고자 한 의도는 분명히 드러난다.

「에도의 무도회」가 작품의 원전을 이루고 있으면서도 미요시 유키오의 지적처럼 '아쿠타가와의 작품에서는 그 같은 역사적 사실이 무시되고', '로티의 원작에서 멀리 떨어진 장소'에서 '로티의 눈을 빌려 로쿠메칸에서 발견한 와토의 세계'[4]를 그리고 있다.

'싱싱한 장미 빛 무도회복, 품위 있게 목에 건 물빛 리본, 그리고 검은머리에서 향기를 뿜어내는 한 송이 장미꽃'이라고 『무도회』에서는 아키코를 묘사하고 있지만, 「에도의 무도회」에서는 '나의 춤 상대 중에서 가장 아름다운 이는 화려한 꽃모양이 있는 연한 장미색의 옷을 입은 작은 체구의 여성――나이는 기껏해야 십오 세가량의――일본에서 가장 훌륭한 한 공병장교의 따님이다(묘고니치 양인지 아니면 가라카모코 양이었는지 나는 잘 알 수 없었다)'고 묘사되어 있다. '기껏해야 십오 세가량'의 '아직 그저 어린 아이'로 파악하고 있는 로티의 춤 상대와 아키코 사이에는 큰 차이가 있다. 로티는 상대의 이름도 확실히 모르는, 무도회에서는 어디에나 있는 남성의 파트너로 그녀가 묘고니치 양이든 가라카모코 양이든 상관없는, 상대의 존재에 큰 비중을 두지 않고 객관화시켜 보고 있지만, 아쿠타가와는 아키코를 십칠 세의 숙녀로 그리고 있으며, 프랑스 해군장교와 동등한 인격체로서, 그 날 그녀가 없었다면 해군장교의 무도회 출석은 거의 의미가 없을 것 같은 히로인으로 묘사하고 있다. 이 장면 역시 아쿠타가와는 「에도의 무도회」를 원전으로 하고 그리고는 있지만, 그러나 사실은 그것과는 아무 상관도 없는 가공의 낭만적인 무대와, 그에 상응하는 절대적 미의 존재로서 아키코를 상상하고 있다고 보아야 옳을 것이다.

여기에서 아키코가 무도회에 등장하는 제1막이 끝난다. 제1막에

서는 '중국 고관의 눈을 놀라게 할 만큼 개화한 일본 소녀의 미를 유
감없이 갖추고 있'는 아키코는 적어도 해군 장교와 만나 춤을 추기
전까지는 '로코코' 풍의 혹은 '와토의 냄새'가 나는, 오늘밤 무도회의
히로인으로 묘사되어 있다.

 4 하강하는 아키코의 제2단락

그러나 ②에서는 히로인이었던 아키코의 위상이 조금씩 추락하여
간다. '아키코는 그 프랑스 해군장교와 「아름답고 푸른 다뉴브」 왈
츠를 추고 있었'지만, '그녀는 상대의 군복 왼쪽 어깨에 긴 장갑을 낀
손을 내맡기기에는 너무나 키가 작았다'고 묘사한다. 이는 뒤에 나
오는 '이 새끼 고양이 같은 따님'과 호응하여 아키코의 위상의 하강
을 분명하게 이야기해주고 있다. '아키코는 그 사이에도 상대인 프
랑스 해군장교의 눈이 그녀의 일거일동에 주의하고 있음을 알고 있
었다'는 묘사도 하강하는 아키코 자신의 심경을 피력하는 동일한 문
구임에 틀림없다.

그러다가 해군장교는 '이런 아름다운 귀족의 딸도 한지와 대나무
로 만든 집에서 인형처럼 살고 있을까? 또 가느다란 젓가락으로 푸
른 꽃무늬의 손바닥만 한 밥그릇에서 밥알을 집어먹을까'라는 생각
을 하게 된다. 그러나 이 한절은 엄밀히 말하면 해군장교의 말이 아
니라, 해군장교가 그렇게 생각하고 있으리라는 아키코 자신의 상상
에 불과하다. 더 분명히 말하자면 작자인 아쿠타가와의 묘사이다.

「에도의 무도회」에서는 '하지만 잠시 후 그녀는 종이 발린 미닫이가 꼭 맞은 어딘가의 자기의 집으로 돌아가서 다른 모든 부인들과 마찬가지로 그녀의 빛나던 코르세트를 벗기도 하고 학이나 혹은 넘쳐나는 다른 새를 수놓은 기모노를 입기도 하고 마루 위에 웅크려서 신도인지 불교인지의 기도를 외기도 하고 젓가락의 도움을 빌려서 밥공기 속의 밥으로 저녁 식사를 하기도 할 것이다'라는 부분과 거의 대동소이하게 묘사되어 있다. 하지만 중요한 것은 위에서 언급한 대로 이 묘사는 로티의 눈이 아닌, 아쿠타가와의 시선이 작용하고 있다는 데에 상위점이 있다.

그러나 아키코는 '그것이 이상하기도 하고 동시에 자랑스럽기도 했다'고 묘사되어 있고, '그 때문에 그녀의 화사한 장밋빛 무도화는 신기한 듯한 상대의 시선이 때때로 발밑에 닿을 때마다 한층 몸 가볍게 매끈매끈한 마루를 미끄러져 가고 있었다'고 그리고 있다. 이는 「에도의 무도회」에서 '그녀들은 꽤 정확하게 춤추었다. 파리풍의 옷을 입은 우리 일본 아가씨들은. 그러나 그것은 철저히 가르침을 받은 것으로 조금도 개성적인 자발성이 없고 단지 자동인형처럼 춤출 뿐이라는 느낌이 든다. 만약 뜻밖에 연주가 사라지기라도 하면 그녀들을 제지하고 한 번 더 처음부터 다시 시작하지 않으면 안 된다. 그녀들만 내버려두어서는 음악은 빗나간 채로 언제까지나 아랑곳없이 계속 출 것이다'는 묘사와는 상당히 대조를 이루고 있다.

처음부터 「에도의 무도회」에서는 아키코를 포함한 일본 여성을 '흰색, 분홍색, 물색 등의 견직물 옷을 입고 있지만 얼굴 모양은 누구나 모두 마찬가지다. (중략) 그렇게 맑은 나들이옷의 모습을 하지 않고, 몸을 가누지 못할 만큼 웃고, 일본의 여성답고, 딸처럼 귀여운 표정을 하면 좋으련만……'이라고 폄하하고 있음을 잘 알 수 있다. 그러나 아쿠타가와는 이런 로티의 시선을 의식하면서도 아키코를 『전쟁과 평화』의 나타샤와 동격으로 그리고 있다. 여기에서도 아쿠타가와의 미에 대한 집착을 엿볼 수 있다. 「에도의 무도회」에서 여성들이 어떻게 그려지고 있는 것과는 상관없이 무도회에서 상대가 나타샤와 같은 인물이기를 바라는 그의 소망이 아키코에 투영되어 있다고 할 수 있다.

요시다 세이이치가 지적한 대로 '로티가 심한 야유로 「에도의 무도회」를 관찰하고 기발한 비평을 내리고 있는데 대해 류노스케는 언제나 그 야유를 부연하는 것 같은 태도는 취하지 않는다'[5]라는 지적을 받아들인다면, 아쿠타가와는 로티와는 달리 아키코를 오직 개화기의 숙녀로 그리고 있으며, 「에도의 무도회」에 비해 모든 장면을 아키코에 초점을 맞추어 미화하고 있다.

　　이윽고 상대 장교는 이 새끼 고양이 같은 따님이 지쳐있음을 알아차리고 친절히 돌보아 주듯 그녀의 얼굴을 들여다보면서,

　　"좀 더 추시겠습니까."

　　"논 메르시."

　　아키코는 가쁘게 숨을 쉬면서 이번에는 분명히 이렇게 대답했다.

　　그러자 그 프랑스 해군장교는 여전히 왈츠 걸음걸이를 계속하면서 전후좌우에 움직이고 있는 레이스랑 꽃물결을 빠져나가더니 벽 쪽 꽃병에 꽂힌 국화꽃 쪽으로 유유히 그녀를 데리고 갔다. 그리고 마지막으로 한번 회전을 한 후 그곳에 있던 의자 위에 멋지게 그녀를 앉히고, 자신은 일단 군복 입은 가슴을 펴고서는 또 전과 같이 공손하게 일본풍

눈인사를 했다.

②의 말미에 가서는 조금 전 해군장교와 춤추기 이전만큼의 아키코는 아니라고 하더라도 아직도 아키코는 '일찍이 프랑스어와 무도교육을 받았'던 만큼 개화한 일본의 숙녀다움을 조금도 흐트러뜨리지 않는다. 그러나 이 묘사에서도 해군장교가 무도의 예의로서 '유유히 그녀를 데리고 갔다. 그리고 마지막으로 한번 회전을 한 후 그곳에 있던 의자 위에 멋지게 그녀를 앉히'기는 했지만, 여기에서는 이미 '부친과 함께 오늘 밤 무도회가 열리는 로쿠메이칸 계단을' 당당하게 올라가던 아키코의 모습은 상당히 사라져 보이지 않게 된다.

5 상승하는 해군장교의 제3단락

③은 ②와 대동소이하다고 할 수 있으나 아키코의 추락이 조금 더 심화 되고 『무도회』의 주인공이 서서히 해군장교 쪽으로 옮아가는 과도기적인 묘사가 눈에 뜨인다. ③은 '폴카랑 마주르카를 추고 나서 아키코는 이 프랑스 해군장교와 팔짱을 끼고 하양, 노랑, 분홍의 세 겹 국화꽃 울타리 사이를 지나 아래층 넓은 방으로 내려갔다'로 시작되는데, 이는 「에도의 무도회」의 '우리들이 함께 춤추고 있었던 「아름답고 푸른 다뉴브」의 왈츠가 끝나자 다음의 두 곡의 왈츠도 추고자 하여 나는 그녀의 수첩에 자신의 이름을 썼다. 일본에서는 이 같은 일도 가능하다'는 부분의 미화로 보인다.

그리고 아래층 넓은 방으로 내려가자, '은이랑 유리 식기로 덮인 식탁 위에는 고기와 버섯이 산처럼 쌓여 있고, 샌드위치와 아이스크림이 탑처럼 솟아 있기도 하며, 혹은 석류와 무화과가 삼각 탑을 만들고도 있었다'고 묘사되어 있는데, 이는 「에도의 무도회」의 '은 식기류랑 비치된 냅킨 등으로 덮여있는 식탁 위에는 버섯을 곁들인 육류, 크로켓, 술, 샌드위치, 아이스크림 등 온갖 것이 버젓한 파리의 무도회와 같이 풍성하게 쌓아올려져 있다. 미국과 일본의 과일은 우미한 광주리 속에 피라미드형으로 포개져 쌓여 있고 게다가 샴페인은 최고급 마크 품이다'로 묘사된 부분을 그대로 가져 온 듯하다. 이 부분도 작자의 미화의 노력이 역력히 보이는 대목이지만, 그러나 그 어느 쪽도 과시욕을 나타내는 묘사로 보아 틀림없다.

특히 '국화꽃이 가득 채워지고 남은 방 한쪽 벽 위에는, 멋진 인조 포도 넝쿨이 푸르게 감겨진, 아름다운 금색 격자문이 있었다. 그리고 그 포도 잎 사이에는 벌집과 같은 포도송이가 겹겹이 보랏빛으로 드리워져 있었다'는 표현도 「에도의 무도회」의 '이 찬장에는 훌륭한 포도가 드리워져 있는, 인공의 넝쿨이 휘감긴 금색의 격자 울타리의 인형 같은 잎더미가 있는데 그것을 보자 일본식의 응고된 취향이 엿보인다'에서 힌트를 얻어 묘사한 것으로 보이는데, 이는 생화가 아닌 '인조' 혹은 '인공'이라는 점이 저급한 인테리어로, 로쿠메이칸의 수준을 이야기 해주는 것으로 보아야 할 것이다.

해군장교와 아키코는 식탁에 앉아 같이 아이스크림을 먹으면서, 독일인 여자가 두 사람 옆을 지나가자, 아키코에 의해 촉발된 다음과 같은 대화로 이어진다.

313

"서양 여자 분들은 정말 아름답지요."

해군장교는 이 말을 듣자 의외로 진지하게 고개를 흔들었다.

"일본 여자 분들도 아름답습니다. 특히 당신은……."

"그럴 리가 없어요."

"아니, 인사치레가 아닙니다. 그대로 바로 파리의 무도회에라도 갈 수 있겠습니다. 그러면 모두가 놀라겠지요. 와토 그림 속의 아가씨 같으니까요."

아키코는 와토를 몰랐다.

이 장면은 아쿠타가와의 창작임에 틀림없다. 아키코가 파리의 무도회에 나가도 뒤떨어지지 않는다는 해군장교의 말은 사실이다. 그러나 아키코는 그의 용모와 춤이 파리의 무도회에서 인정받은 것이 아니기 때문에 자신을 가질 수 없었다. 그리고 '일찍이 프랑스어'를 교육 받았던 아키코가 와토를 모른다는 것은 그녀가 얼마나 천박한 교양인임을 단적으로 나타내는 묘사이다. 여기에 와서 아키코는 '일본 소녀의 미를 유감없이 갖추고 있'던 숙녀에서 평범한 한사람의 소녀로 전락해 버리고, 작품의 주인공은 서서히 아키코에서 해군장교로 바뀌어 간다.

「에도의 무도회」에서는 일본의 소녀에 대하여, '단아하게 내리눌러 간 속눈썹 아래에서 좌우로 움직이고 있는 아몬드처럼 매달려 올라간 눈을 하고 있는 매우 둥글고 납작한, 새끼고양이 같은 익살맞고 보잘 것 없는 얼굴'이라고 쓰고 있는데 비하여, 아쿠타가와는 로티와 달리 아키코를 오직 개화기의 소녀를 미화하여 숙녀로 그리고 있으며 「에도의 무도회」에 비해 모든 장면을 아키코에 초점을 맞추고 있다.

314

"저도 파리 무도회에 가 보고 싶어요."

"아니, 파리 무도회도 여기와 마찬가지입니다."

해군장교는 이렇게 말하면서 두 사람의 식탁을 둘러싸고 있는 인파와 국화꽃을 돌아다보았다. 그리고는 갑자기 빈정대는 미소의 물결이 눈동자 밑에서 움직이는 듯이 보이더니 순간 아이스크림 숟가락을 멈추고,

"파리뿐만 아닙니다. 무도회는 어디나 같습니다"라고 반쯤은 혼잣말처럼 덧붙였다.

파리의 무도회에 가고 싶다는 아키코는 이 순간 해군장교와 동등한 위치에서 십오 세의 소녀로 바뀌고, 해군장교는 파리의 무도회도 '여기와 마찬가지'라는 말에서 모든 것을 알고, 모든 것을 경험하여, 모든 것이 부질없다는 일종의 허무적인 사고를 피력한다. 이는 아쿠타가와 자신의 말임에 틀림없지만, 이는 이후 『밀감』에 나오는 '피로와 권태' 그 자체를 드러내어 표현한 것이다. 또 이는 미요시 유키오가 지적한 대로 '그것은 화려한 환락 중에서 단지 혼자 깨어 있는 인간의 독백이고 고독한 상념'[6]이라고도 할 수 있다.

6 해군장교 중심의 제4단락

이제 ④의 장면으로 이야기는 전환된다. 한 시간 후, 두 사람은 발코니에 나온다. '난간 하나 건너 발코니 저 쪽에는 넓은 정원을 뒤덮

은 침엽수가 고요히 가지를 엇걸고 있고, 그 나뭇가지 끝에는 초롱이 점점이 불빛을 비추고 있다. 더욱이 차가운 공기 속에는 정원에서 올라오는 이끼 냄새랑 낙엽 냄새가 어렴풋이 외로운 가을의 호흡을 띄우고 있다'고 하는 발코니에서 보는 밤의 정원 묘사는 「에도의 무도회」에서는 나오지 않는 장면으로, 밤하늘의 어두움은 인생의 공허함과 고독, 인생의 심연을 드러내는 효과를 내며, 나중에 나오는 해군장교의 권태로운 인생관의 피력의 배경이 된다.

이에 반하여 '곡조 높은 관현악의 회오리바람이 변함없이 인간들의 바다 위에 용서 없는 채찍을 더하고 있었다'는 표현은 「에도의 무도회」의 '그러자 갑자기 미국의 페레르 맥주에 양기가 오른 내부의 독일인의 오케스트라가 심히 가락이 맞지 않게 힘을 가득 넣어서 가극 「마스코트」의 조소적인 반복구를 연주하기 시작한다. "자! 그렇게 뒤쫓아 가지마세요. 잡힐 거예요. 곧바로 잡힐 거예요"'의 표현을 순화하여 묘사한 것으로, 세속적인 일상이 어떠함을 해군장교의 인생관과 대조적으로 보여주고 있다. 이 ④에 와서는 더 이상 아키코의 모습은 보이지 않고 해군장교를 중심으로 사건이 전개되어 간다. 주연과 조연이 완전히 뒤바뀐다.

프랑스 해군장교는 아키코에게 팔을 빌려준 채 정원 위의 달밤에 잠자코 눈을 꽂고 있었다. 그녀에게는 그것이 왠지 모르게 향수라도 느끼고 있는 것처럼 보였다. 그래서 아키코는 그의 얼굴을 살짝 엿보고 나서, "고향 생각을 하고 계시지요"라고 반쯤 어리광스럽게 물어 보았다.

그러자 해군장교는 변함없이 미소를 머금은 눈으로 조용히 아키코 쪽을 돌아보았다. 그리고는 "논"이라고 대답하는 대신 어린애처럼 고

개를 흔들어 보였다.

　"하지만 무언가를 생각하고 계시는 것 같아요."

　"무엇인지 알아 맞혀 보십시오."

　이 부분도 「에도의 무도회」에 없는 장면으로 인생의 모든 것을 깨
달은 각성자인 해군장교와 '반쯤 어리광스럽게 물어'보는, 이미 소
녀로 전락한 아키코가 해군장교에게 완전히 우위를 확인시켜 주는
묘사이기도 하다. 그리고 작품의 흐름은 마지막 피날레를 향하여 흘
러간다.

　　아키코와 해군장교는 서로 입을 맞춘 듯 이야기를 뚝 멈추고 정원의
　　침엽수를 누르고 있는 밤하늘 쪽으로 눈을 돌렸다. 거기에는 마침 파랑
　　빨강 폭죽이 사방으로 어두움을 튀기면서 곧장 꺼지려고 하고 있던 참
　　이었다. 아키코는 왠지 그 불꽃이 거의 슬픔을 일으킬 만큼이나 아름답
　　게 느껴졌다.

　　"저는 저 불꽃을 생각하고 있었습니다. 우리들의 생과 같은 저 불
　꽃을."

　　한참 후 프랑스 해군장교는 부드럽게 아키코의 얼굴을 내려다보면
　서 가르치는 듯한 어조로 이렇게 말했다.

　이 불꽃의 장면은 「에도의 무도회」의 '정원의 변두리인 분수 뒤에
서는 폭죽의 색다른 최후의 발사가 작열하고 이 로쿠메이칸의 주위
에 몰려있던 일본인 관중을 한 사람 남기지 않고 비추었다. 그들의
모습은 어두움 속에서도 틀림없이 감탄이 넘치듯 기묘하게 울려 퍼

지고 있다…… (중략) 이 일반적인 전대미문의 혼란 속에서 여러 종류의 사물에 관한 나의 관념은 어렴풋한 아지랑이로 덮여져버린다' 에서 가져온 것이지만 아쿠타가와가 그리고 있는 세계는 이 「에도의 무도회」의 본문과는 그 벡터가 역방향으로 흐르고 있다.

이 작품의 클라이맥스의 한절인 "저는 저 불꽃을 생각하고 있었습니다. 우리들의 생과 같은 저 불꽃을"이라고 가르치듯이 대답하는 프랑스 해군장교의 말로서 「1」은 종결된다. 이 해군장교의 응축된 한마디는 이미 작품의 초점이 해군장교에게 넘어가 있었음을 나타낼 뿐만이 아니라 『희작삼매』, 『지옥변』, 『봉교인의 죽음』에서의 '황홀하고 비장한 감격', '황홀한 법열의 광휘', '찰나의 감동'과 마찬가지로 아쿠타가와의 예술파 선언임과 동시에 또 예술지상주의의 표명이기도 하다. 미야사카 사토루는 이 한절을 다음과 같이 평가한다.

이미 냉철해진 해군장교는 아키코보다 우위에 서서 '가르치는 듯한 어조로' 인생비판을 한다. 여기에 해군장교의 앙뉘와 고독만이 드러나고 처음부터 후반 직전까지 흘러온 주요 톤은 그림자조차 나타내지 않는다. 아키코의 풋풋함은 해군장교의 인생을 둘러싼 앙뉘에 의해 확산되고 있다.[7]

해군장교의 '우리들의 생과 같은 저 불꽃', 이 한마디는 이 작품 전체의 주제를 나타낸다고도 볼 수 있는데, 이 한마디가 두드러짐은 그 배경을 힘입었다고 할 수 있다. 즉 화려한 무도회장과 발코니, 관현악의 회오리바람, 시끌벅적한 사람들의 소리, 파리에 가고 싶은 열망을 가지고 있는 아키코, 이런 가운데 '정원의 침엽수를 누르고 있는 밤하늘'을 주조저음으로 하여 '파랑 빨강 폭죽'이 '사방으로 어두움을 튀기면서 곧장 꺼지려고 하고 있던' 그 한가운데서 생의 진부함과 권태를 느끼는 각성된 해군장교의 입에서 새어나온 말이다.

미시마 유키오는 '청춘의 한가운데서 자연히 새어 나오는 죽음의 탄식과 같은 것이다. 이 단편의 클라이맥스로 로티가 불꽃을 보고 중얼거린 한마디는 아름답다. 실로 음악적인 한줄기 빛으로 사라지는 생의 또 죽음의 모티브'[8]라고 한다. 이는 「에도의 무도회」에서는 솟아오르는 불꽃과 미친 듯이 연주하는 오케스트라에 둘러싸인 '전대미문의 혼란' 속에서 '전 세계가 이 순간 축소되고, 응결되고, 결합되고, 그리고 완전히 우스꽝스러운 것으로 변한 것처럼 나에게는 느껴진다……'고 묘사하고 있는 로티의 생각을 아쿠타가와는 정반대로 표현한다.

이로서 아쿠타가와는 「에도의 무도회」라는 로티의 눈으로 본 사실의 기록인 견문록을 바꾸어 『무도회』에서는, ①에서 아키코라는 히로인을 창조함으로, 그리고 ④에서는 줄리앙 비오라는 히어로를 창조함으로써 자기의 예술지상주의를 한 번 더 선언하고 있다. "저는 저 불꽃을 생각하고 있었습니다. 우리들의 생과 같은 저 불꽃을"이라는 한 마디를 모리모토 오사무는 다음과 같이 평가한다.

인생의 최고 가치를 '찰나의 감동'에 있다고 생각하고 『지옥변』에서 딸을 태우는 화염 앞에 서있는 요시히데의 '황홀한 법열의 광휘'를, 그리고 『봉교인의 죽음』에서 '모든 인간 세상의 귀중한 것은 무엇으로도 바꿀 수 없는 찰나의 감동에 다하는 것이다'고 쓰고, 『어떤 바보의 일생』에서는 '무시무시한 공중의 불꽃은 생명과 바꾸어서라도 잡고 싶었다'

고 생각한 아쿠타가와의 인생관을 나타내는 것으로 이해해야 한다.[9]

따라서 이『무도회』라는 한편의 단편 작품 속에서도 피에르 로티의 일본인 비평인「에도의 무도회」를 로코코 식으로 혹은 와토의 그림으로 각색하여 아쿠타가와가 원망하고 희구하였던 미의 세계를 혹은 예술지상의 세계를 여실히 나타내 보여주고 있다.

7 『무도회』인식의 세계

「1」에서는 싱싱한 아키코의 낭만주의와 인생의 권태를 이미 알고 우수의 눈으로 불꽃이 사라지는 밤하늘을 쳐다보는 해군장교의 앙뉘와 이 두 사람 사이에 떠있는 어두움과 인공적인 광명과 그리고 불꽃과, 그것들이 합쳐져 만든 정경은 진정 소설 미의 전형이라고 해도 좋을 만큼 멋지게 그려져 있다.

그런데 아쿠타가와는 당연하다는 듯이 「2」를 덧붙여 작품세계를 확대한다. 32년 후 49세의 '노부인' 아키코를 독자 앞에 다시 내어놓은 진정한 목적은 무엇일까? 이미 50에 가까운 H노부인이 된 아키코는 기차 속에서 한 사람의 청년 소설가와 만나 예전의 무도회의 추억을 이야기하게 된다. 청년과 대화를 통하여 프랑스 해군장교가 다름 아닌 피에르 로티였다는 사실을 분명히 하는데, 이 부분에서 초고와 초판에는 큰 차이가 있다. 현행의 작품은 다음과 같이 되어 있다.

그 이야기가 끝났을 때, 청년은 H노부인에게 아무렇지도 않게 이런 질문을 했다.

"부인은 그 프랑스 장교의 이름을 아시지 않습니까." 그러자 H노부인은 생각지도 않은 뜻밖의 대답을 했다.

"알고말고요. Julien Viaud라고 하는 분이었습니다."

"그럼 Loti였군요. 저『국화부인』을 쓴 피에르 로티였군요."

청년은 유쾌한 흥분을 느꼈다. 하지만 H노부인은 이상한 듯이 청년의 얼굴을 바라보면서 몇 번이고 이렇게 중얼거릴 뿐이었다.

"아니 로티라고 하는 분이 아닙니다. 줄리앙 비오라고 하는 분이시지요."

「신초」에 발표된 초고에는 위의 '그러자 H노부인은 생각지도 않은 뜻밖의 대답을 했다'에 이어 부인의 말이 다음과 같이 되어 있다.

"알고말고요. Julien Viaud라고 하는 분이었습니다. 당신도 알고 계시지요. 그이는 저「국화부인」을 쓰셨던 피에르 로티라고 하는 분의 본명이니까요."

이 H노부인의 설명으로 작품은 끝난다. 결국 초고에서는 해군장교가 피에르 로티라는 것을 노부인이 알고 있었다. 따라서 동시대의 평은 모두 이 점을 지적하고 있다. 미야지마 신사부로는,

억지로 그 해군사관은 피에르 로티라고 나중에 설명하는 것은 이것 또한 바람직한 취미는 아니다. 피에르 로티든 도고대장이든 그런 것에

는 관계없이 저 무도회의 하룻밤의 묘사는 생명이다.[10]

고, 이 「2」가 사족임을 분명히 지적하고 있다. 뿐만 아니라 다나카 준은 '일종의 고등 만담이다'[11]고 비아냥거리며, 히로쓰 가즈로는 '손에 익은 것'[12]즉 아쿠타가와의 상투적 수법을 지적하고 있다. 더욱이 미즈모리 가메노스케가,

> 그 외국사관이 피에르 로티였던 사실을 그 당시의 한 소녀로 하여금 이야기하고 있는데 그것은 단지 입을 빌린 것뿐으로 그것은 작자가 독자를 향해 스스로 대변하고 있는 것이 환하게 보여, 모처럼 착상도 반으로 감동을 감소시킨다고 생각한다.[13]

고 하는 비판이 성립하는 것도 무리는 아니다. 그러나 반드시 초고가 부당하게 과소평가 되어도 당연한가 하는 문제는 여전히 남는다. 그러나 적어도 작가가 손을 댄 현재의 형태에 대해서는, 즉 개고에 의해서 무엇이 기대되는가를 계산하여 볼 필요가 있다.

아쿠타가와가 의식적으로 개고했다는 사실은 이 부분이 결코 단순한 착상이나 결말이 아닌 소설 전체에 관계되는 가장 구체적인 효과를 기대하고 있었음을 나타낸다. 즉 『무도회』라는 작품은 「1」에 의해 창조된 '감동'의 세계와 「2」에 의해 노출된 '인식'의 세계와의 미묘한 대립을 보이는, 아쿠타가와에게 있어서, 심각한 문제를 대표하고 있다. 즉 '신념'과 '논리', '믿음'과 '앎'이 그에게 어떤 비중으로 놓여 있었던가를 묻는 것이기도 하다. 「1」에 비해 9분의 1의 길이 밖에 되지 않는 「2」는 물리적 길이에서 짧긴 하지만 「1」에서 해군장교

와 아키코를 중심축으로 해서 만들어낸 세계를 「2」에서는 'H노부인 과 청년 소설가'를 축으로 전개되면서 「1」과 「2」는 다시 등가선상에 서 앞에서 언급한 문제를 묻고 있다.

줄리앙 비오가 피에르 로티의 본명이라는 것은 문학적인 상식이 다. '일찍이 프랑스'어를 배워 이 정도는 알고 있었어야 할 노부인이 이것을 몰랐다는 것은 어떤 면에서 청년보다도 무지하다. 그러나 이 노부인이 가지고 있었던 것은 해군장교와 지냈던 하룻밤의 시간을, 아름다운 감동만을 기억하고 있다. 따라서 「2」가 나타내고자 하는 바는 명확하다 '추억 속에서의 감동'과 '청년 소설가의 지식'은 어느 쪽이 더 우위를 점하고 있는가 하는 문제이다. 인간에게 있어서 인 간을 움직이는 것은 감동인가 그렇지 않으면 지식인가를 묻는 것이 기도 하며, 감동은 지식에 의해 그 질이 변할 수가 있는가 하는 문제 와 직결된다.

미요시 유키오는 '아키코에 있어서 사관이 Julien Viaud이든지 아 니든지 혹은 Julien Viaud가 Piere Loti든지 아니든지 그것은 그녀의 감동의 질을 좌우하는 것은 결코 아니었다'[14]고 한다. 청년 소설가가 '흥분'한 것은 그 청년장교가 『국화부인』을 쓴 줄리앙 비오이고 로 티라는 사실을 아는데서 기인한다. 그러나 이 청년 소설가를 흥분시 키는 지식이 오히려 조용히 추억을 되새기고 있는 노부인의 옛날의 감동을 더 순수하게 만들고 있다.

거꾸로 말하자면 노부인의 무지에 가까운 감동 앞에 청년을 흥분 하게 한 지식이 얼마나 보잘 것 없는 것인가를, 제씨의 지적을 받아 개고하여 아쿠타가와가 노린 효과는 여기에 있다. '감동' 앞에 '지식' 은 무력한 것인가? 혹은 '신념' 앞에서 '논리', '신앙' 앞에서 '인식'은 허무함 그 자체를 드러낼 뿐인가를 묻고 있다.

> 「무도회」 말미의 개고는 아마 이 「남경의 그리스도」의 모티브와
> 무연하지 않다. 무구한 소녀의 꿈을, 그 행복을 누가 깨워줄 것인가라
> 는 감동적인 물음은 지금 다시 「무도회」 말미의 개고에 연결된다고
> 본다.[15]

사토 야스마사는 이렇게 지적한다. 혼혈의 통신원을 그리스도라
고 믿고 그가 자기의 병을 치료해 주었다고 믿는 그 '신념' 앞에서,
그가 그리스도가 아니라 그녀를 속여 도망가고 그 후 악성 매독에
걸려 발광한 조지 머리라는 '사실'을 금화에게 이야기 할 것인가 아
니면 그대로 내버려 둘 것인가라는 구조와 동일하다.『무도회』와 같
은 구도를 가진『남경의 그리스도』에서 던진 문제는 두 작품이 결코
무연한 것은 아니다. 이 문제에 대해 다케우치 마코토는 '이 일본인
은, 금화에게 사실을 밝혀도 금화의 신념을 깨기는 아마 불가능할
것이다. 왜냐하면 사실은 신념 앞에서 종종 보잘 것 없는 것이기 때
문에'[16]라고 지적한다.

한편 초고를 제씨들의 비평과 무관하게 개고하지 않았더라면 어
떤 효과를 얻을 수 있을까? 예를 들면, '나이 젊어서, 재빨리 서구문
명의 세례를 받았던 심창의 아름다운 사람도 결국에는 서구 문학과
는 무연한 채 나이를 먹어 갔다'[17]고 보고, 상대가 로티라고 알았다
면 감격은 더욱 깊어질는지 모른다는 요시다 세이이치의 반대 의견
도 존재하고 있음에 주의할 필요가 있다.

개고에 의해 아쿠타가와의 의도는 외면적으로는 성공했다고 할

수 있다. 그러나 아키코라는 히로인의 인간 조형, 나아가서는 테마
에서 어프로치를 할 때, 이 「2」는 문제를 가지고 있다. 그 문제가 무
엇인가를 미야사카 사토루는,

> 정고에 있어서는 문장 상으로 완성되고 충분한 충족감을 주고 있다.
> 결국, 독자의 화신인 청년의 세계를, H노부인이 거부함에 따라 로쿠메
> 칸의 무도회를 선명하게 고착시킨다. 이 점, 정고 쪽이 인상도에서 강
> 하다. 그러나 그것은 아키코의 인간상의 파탄을 결락시킴으로 여기에
> 큰 문제를 남긴다.[18]

고 지적한다. 즉 개고함으로써 '아키코의 인간상의 파탄'을 가져올
뿐이라는 것이다. 그 '인물상의 파탄'이란 무엇인가. 이에 대해서는,

> 로쿠메칸의 화려한 히로인은 삼십 수년 후에는 줄리앙 비오가 당시
> 널리 읽혔던 '국화부인'의 작자 피에르 로티의 본명이라는 것조차 모
> 르는 여성으로 영락해 버린 것이다. 근대유럽의 교육을 받고 총명하고
> 싱싱했던 아키코는 삼십 수년 후 줄리앙 비오와 피에르 로티를 결부시
> 킬 수 없는 적어도 서구문학과는 무연한 여성으로 되어버렸다. 이 아키
> 코의 인간상의 후퇴는 '무도회'의 아름다움에 흠집을 주고 있다고 생
> 각하지 않을 수 없다.[19]

라고 한다. 따라서 아쿠타가와가 초고를 개고하지 않았더라면 이런
'인물상의 파탄'은 적어도 피할 수 있었을 것이다. 그 대신 제씨의 부
정적인 비평 또한 피할 수는 없었다.

325

  앞에서도 지적한대로 아쿠타가와는 「에도의 무도회」를 원전으로 하여 그와는 전혀 무관한 자신의 무도회장과 히로인 아키코를 창조했다. 그러나 아키코를 완전무결한 미의 화신으로는 그리지 않았다. 작품 속에는 틈틈이 자기비하적인 아키코의 심정을 그리고 있다. 그것은 아쿠타가와가 전부는 아니라 할지라도 극히 일부에서, 급조된 경박한 구화정책이 낳은 교양 없는 일본 여성에게 시니컬한 눈총을 보내고 있음을 단적으로 이야기하는 것이다. 아쿠타가와의 시니컬한 비평은 그의 문학을 관통하는 하나의 시좌이기도 하다.

8 예술지상주의의 종언

  다음의 인용은 1916년 8월 24일 나쓰메 소세키가 아쿠타가와에게 보낸 서간의 일부이다. 소세키는 아쿠타가와에게 몇 통의 서간을 보내는데 그 중에서도 작가로서 아쿠타가와가 걸어가는데 가장 교훈이 될 만한 서간이 아래의 인용이다. 소세키는 결코 글재주를 부리는 '문사'가 되지 말고 '인간'을 탐구하기를 권하고 있다. 그리고 소세키는 12월 9일 세상을 뜬다.

  세상은 끈기 앞에서는 머리를 숙일 줄 알고 있습니다만, 불꽃 앞에서는 한 순간의 기억밖에 주지 않습니다. 끙끙거리며 죽기까지 미는 것입니다. 그것뿐입니다. 결코 상대를 호도하여 그것을 밀어서는 안 됩니다. 상대는 얼마든지 뒤에서라도 나옵니다. 그리하여 우리들을 괴롭힙니

다. 소는 초연하게 밀고 나갑니다. 무엇을 미느냐고 묻는다면 답하겠습
니다. 인간을 미는 것입니다. 문사를 미는 것은 아닙니다. (하선 필자)

그러나 아쿠타가와는 그의 스승의 유언과도 같은 충고를 얼마나
그의 가슴에 아로새기고 있었을까? '인생은 한 줄 보들레르에도 못
미친다'(『어떤 바보의 일생』)고 믿은 그는 문단데뷔 이후 인공적이
고 의식적인 창조행위로 돌진한다. 그것들을 그의 여러 가지 역사
소설 속에서 하나하나 실현되어 더디어 예술가에게 '생'이란 무엇인
가를 묻는 예술지상주의를 구축하고 『희작삼매』(1917년), 『지옥변』
(1918년), 『봉교인의 죽음』(1918년)등을 완성하게 된다. 그리고 이
기교의 미학은 더욱이 『무도회』에 연계되어 그의 예술지상주의의
정점을 이루게 된다. 그러나 바로 이 작품에서 지금까지 밀어왔던
그의 예술철학은 해체의 기미를 보이고 새로운 방법으로 접어들기
시작한다. 소세키가 그에게 충고하기를 '문사'를 밀어서는 안 된다
고 했음에도 불구하고 그는 지금까지 이 충고를 거부했거나 적어도
잊고 있었는지 모른다.

이 때 그의 왕자와 같은 눈에 비쳤던 것은 이해도 아니고 애증도 아
니다. 더욱이 비방과 칭찬에 번민하는 마음은 벌써 눈 아래로 사라져
버렸다. 있는 것은 단지 이상한 기쁨뿐이다. 혹은 황홀하고 비장한 감격
이다. 이 감격을 모르는 사람이 어찌 희작삼매 심경에 다다를 수 있을
까? 어찌 희작 작가의 엄숙한 혼이 이해되겠는가? 여기에야말로 '인생'
은 모든 잔재를 씻고 마치 새 광석처럼 아름답게 작자 앞에 빛나는 것
은 아닐까?……(하선 필자)

이 인용은 『희작삼매』의 거의 마지막 부분이다.

　그 불기둥을 앞에 두고 응고된 것처럼 서 있는 요시히데는—뭔가 이상하였습니다. 조금 전까지 지옥의 고통에 괴로워하고 있던 요시히데는 지금은 말할 수 없는 광휘를, 마치 <u>황홀한 법열의 광휘</u>를 주름살투성이인 만면에 띄우면서 오토노님의 어전임도 잊었는지 가슴에 팔짱을 끼고 서 있는 것이 아니겠습니다. (하선 필자)

이 한절은 또한 『지옥변』의 거의 마지막 부분이다. 또 『봉교인의 죽음』의 마지막도 위의 두 작품과 크게 다르지 않다.

　그 여자의 일생은 그 외 무엇 하나 알지 못한다고 들었다. 하지만 그것이 무슨 상관이랴? 대개 세상의 존귀함이란 무엇과도 바꿀 수 없는 <u>찰나의 감동</u>에 다하는 것 아니겠는가? (하선 필자)

'황홀하고 비장한 감격', '황홀한 법열의 광휘', '찰나의 감동'은 『희작삼매』, 『지옥변』, 『봉교인의 죽음』으로 이어지는 예술파 선언의 슬로건임과 동시에 또 예술지상주의의 표명이기도 하다. 1919년에 쓴 『예술 그 외』에서 아쿠타가와는 '예술 활동은 어떤 천재라도, 의식적인 것'이라고 하고 '무릇 예술가는 싫더라도 기교를 닦아야 한다'고 한다. 이 '의식적인 것', '기교'란 인공 그 자체이고 소세키의 충고대로라면 '문사를 미는 것'이 된다. 미요시 유키오는 '아쿠타가와 류노스케가 「기교」에 의탁해서 이야기하고 싶었던 것은 의식적 예술 활동이고', '주지주의의 미학이었다'고 하며, 그것에 의해 '예술

창조의 행위 안 외에는 예술가의 「참 인생」은 없다는', '독창적인 관념에 도달한다'[20]고 한다. 그 위에 아쿠타가와의 일련의 예술가 소설, 예술지상주의 소설이 만들어진다. 그러나 이 '기교'도『무도회』를 정점으로 붕괴하기 시작하여 허구에서 실생활로, 객관소설에서 사소설로 기울어진다. 이『무도회』를 통하여 아쿠타가와는 소세키가 충고한 '문사를 미는' 작업과 더불어 '인간을 미는' 작업을 하기 시작한다.『무도회』가 앞의 세 작품과 같이 예술지상주의적인 작품이면서도 거기에 이미 '인간'으로 기울어져 있는 작품이라는 것은 이 작품을 검토하면 분명히 드러난다.

1919년의 아쿠타가와는 3월에 해군기관학교 촉탁교관을 사직하고 오사카마이니치신문사의 정식사원이 되어 점점 문필 하나만의 생활에 들어서 그 각오도 새로웠던 시기였다. 그러나 실부 니하라 도시조의 별세(3월16일), 다바타 자택으로 이사하여 양부모와 공동생활 개시(4월 하순) 등의 생활상의 변화와 고아나 류이치 등 젊은 예술가들과 왕성한 교우, 특히 가인 히데 시게코와의 관계 진행 등 인기 작가가 된 그의 신변은 한층 더 바빠져 갔다.

5월에는 동경하던 땅인 나가사키를 방문해 사이토 모기치과 만남으로 이국정서로 그의 가슴을 채운다. 5월 10일 마쓰오카 유즈루에게 보낸 편지에는 '나가사키에 살면서 유리 제품을 모은다든지 화란 접시를 모은다든지 기리시탄 책을 모은다든지 하면서 살고도 싶어졌어'라고 한다.『국화부인』의 저자 피에르 로티에 관심이 시작된 것도 이 때라고 상정해도 좋을는지 모르겠다.

그런데 작가 생활에 전념하고자 했던 자세와는 달리 그 해의 성과가 빈약했던 것은 이 같은 번잡한 일들에 떠밀렸던 탓도 있겠지만 그와 더불어 작가로서 근본 되는 것에 미묘한 변화가 일어났던 것도 간과할 수 없다. 예술지상주의를, '찰나의 감동'이라는, 인생을 한 순간으로 환원하여 추진할 만큼 추진해 왔던 그 궁극에, 간신히『봉교인의 죽음』에 봉착해 있었던 것같이, 그 수정을 강요당하기 시작했기 때문이다. 그러한 이념상의 그림자는 작품에도 영향을 미쳐, 예를 들면『밀감』(「신초」 1919. 5)에는 '나의 머릿속에는 말할 수 없는 피로와 권태가 마치 눈 오는 날 흐린 하늘처럼 어두침침한 그림자를 떨어뜨리고 있다'고 그리고 있다. 이 '어두침침'함을 가르듯이 뛰어오른 '따뜻한 햇살에 물들어 있는 밀감'에 의해 생겼던 선명한 감동도 '피로와 권태'를 '잠시' 잊게 해주는 것뿐으로 터널이 많은 철로를 달리는 열차 속에 있는 것처럼 '인생'은 명암이 교차하는 반복에 지나지 않는 것이 되었다. '얼마 만큼이라고는 하지만 자신이 있는 작품은『내가 만났던 일』,『기리시토호로 상인전』이외에 하나도 발표할 수 없었다'는 한마디는 그 일 년을 반성하는 말이다. (『다이쇼 팔 년도의 문예계』「마이니치연감」 1919. 12)

오사카마이니치신문의 정식사원으로서 제1작인『노상』은 결국 중단되고『의혹』,『요파』와 더불어 '악작'이라고 자인하는 실패작이 계속되고 작가로서는 '죽음에 처했다'(『예술 그 외』「신초」 1919)는 상태였다. 소설을 쓰기 시작했던 때의 자신과 주위의 친구들에서 제재를 얻은『어느 때의 자신의 일』이나, 나쓰메 소세키의『산시로』를 목표로 청춘을 그리고자 했던『노상』의 집필에도 스스로의 거점을 모색하고 있는 아쿠타가와의 자세가 보인다. 11월에는『예술 그 외』를 발표해 '의식적인' 예술 활동과 '작품의 완성'을 골자로 하는 예술에 대한 견해를 발표하지만, 이것도 이윽고 수정을 하지 않을 수 없는 처지에 이른다.

『무도회』는 이런 가운데서 쓰였고 아쿠타가와의 미묘한 변화가 거기에 투영되어 있는 것은 오히려 당연하다고 할 수 있다. 그리고 이듬해에 발표한 『가을』에서는 지금까지 견지해 오던 자신의 지성적이고 관념적인 문학적 방법을 파괴하고 일상적이고 현실적인 작품으로 돌아서게 된다. 이는 소세키의 충고대로 하자면 '문사를 미는 것'에서 '인생을 미는 것'으로 그의 예술관과 인생관이 큰 변화를 가져왔다고 볼 수 있다.

『무도회』에서 처음으로 나타나는 미묘한 변화란 무엇인가 『희작삼매』, 『지옥변』, 『봉교인의 죽음』의 인용부분과 차이는 어디에 있는가. 『무도회』「1」의 끝부분은 다음과 같이 맺어진다.

　　그 때 발코니에 모여 있던 사람들 사이에서는 또 한 차례 바람과 같이 술렁이는 소리가 일기 시작했다. 아키코와 해군장교는 말을 맞춘 듯이 이야기를 멈추고 정원의 침엽수를 누르고 있는 밤하늘에 눈을 돌렸다. 거기에는 마침 빨강 파랑 불꽃이 사방팔방으로 어둠을 가르며 사라지려고 하던 참이었다 아키코는 왠지 그 불꽃이 거의 슬픔을 일으킬 만큼, 그 만큼 아름답게 느껴졌다.

　　'저는 불꽃을 생각하고 있습니다. 우리들의 삶과 같은 불꽃을.' 한참 후 프랑스 해군장교는 부드럽게 아키코의 얼굴을 내려다보면서 가르치듯이 이렇게 말했다.

『희작삼매』의 '황홀하고 비장한 감격'이나 『지옥변』의 '황홀한 법열의 광휘', 『봉교인의 죽음』의 '찰나의 감동'은 『무도회』에서는 어둠을 가르면 사방팔방으로 사라지려고 하는 '거의 슬픔을 일으킬 만큼, 그 만큼 아름답게 느껴'지는 불꽃으로 바뀌어져 있다. 여기까지 아쿠타가와는 이전의 작품들처럼 조금도 그 영역을 벗어나려 하지 않는다. 그러나 곧이어 나오는 해군장교의 말, '저는 불꽃을 생각하고 있습니다. 우리들의 삶과 같은 불꽃을'(하선 필자)이라는 '생각하고'는, 이전의 작품이 예술세계에 대한 '감동'으로만 끝나고 있는데 비해 『무도회』에 와서는 해군장교의 생에 대한 '인식'이 여기에 나타나 있다는 점에서 크게 다르다. 인생의 첫 무대를 밟은 아키코의 '찰나의 감동'이 해군장교의 '인식'을 넘어서 전체 작품을 덮고 있는 듯이 보인다. 그러나 메이지 19년에도 아키코와 해군장교 사이에서는 분명한 괴리가 있음을 작자는 암시했으며, 이는 다이쇼 7년의 「2」를 덧붙임으로 작품의 세계를 완전히 전복시켜 '감동'의 여운이 떠도는 세계에서 차가운 '인식'이 병존하는 세계로 바뀐다.

> 『무도회』에서 아쿠타가와가 구축하고 싶었던 관념의 세계가 이미 무도회의 영략에 드러나려고 한다. 그가 믿었던 〈참 인생〉은 이 허무한 반쪽을 작가 앞에 드러냈다.[21]

고 미요시 유키오가 지적한 것처럼, 아쿠타가와에게는 오직 '감동'의 세계인 예술지상주의를 취하던 자세에서 새로이 '인식'이라는 관점이 자신에게 뚜렷이 나타난다. 이제 『무도회』라는 작품을 푸는 열쇠는 분명하다. 그것은 '감동'과 '인식'의 괴리, 혹은 '신념'과 '논리'의 차이, '믿음'과 '앎'의 불일치란 무엇인가 하는 점이며, 이를 작가는 명확히 하고 싶었다고 볼 수 있다.

332

아쿠타가와의 작품에 소위 '액자소설'이 많다. 작품의 대부분을 차지하는 중심 스토리와 이를 둘러싸고 있는 짧은 반전이 그것이다. 이는 아쿠타가와의 특유의 수법이라고도 할 수 있지만 『무도회』와 같이 그 짧은 반전에 오히려 그의 주제가 있는 경우는 그렇게 많지 않고, 단지 『무도회』 초출과 초간 사이에 쓰인 『남경의 그리스도』가 이와 꼭 같은 형태를 취하는 작품이다. 어쨌든 분명한 것은 『무도회』라는 작품을 기점으로 해서 아쿠타가와는 그의 스승인 소세키가 충고했던 '문사'를 그만 두고 '인간'을 그리는 문학으로 바뀌었다고 해도 과언은 아니다.

제등은 불만 켜이면 경의를 표해야 한다. 우의와 같이 비를 피할 수는 없다고 하더라도 경멸해도 좋은 것은 아니다. 그러나 비가 내리고 있으니까 우선 제등은 없더라도 우의의 신세를 지고자 하는 것은 본래 자연스런 인정이다. 이런 인정의 비난은 어떤 예술지상주의도 제등에 의지하라는 충고와 같이 효력 없는 것임을 각오하지 않으면 안 된다. 우리는 비가 억수같이 내리는 길과 같은 인생을 더듬는 인적이다. 하지만 로티는 우리들에게 한 장의 우의도 주지 않았다.

이는 1923년 6월 13일 「지지신포」에 기고한 「피에르 로티의 죽음」의 일부이다. 1923년은 아쿠타가와가 자결하기 4년 전으로 그의 만년에 속한다고 할 수 있다. 그는 만년에 피에르 로티를 평가하면서 자기의 문학에 대한 처절한 반성을 하고 있다. 자신의 문학이 예술지상주의를 추구하는 제등이 아니라 비를 피할 수 있는 '한 장의 우의'라도 되었던가. 로티가 그에게 가르쳐 주었던 것은 과연 비를 피

할 수 있는 '우의'였던가, 아니면 '제등'이었던가. 아쿠타가와의 통회
한은 자신의 문학이 진실로 이 '한 장의 우의'이기를 바라면서도 그
것을 결국에는 이루지 못한 것에 있었음을 너무나도 선명하게 이야
기해 주고 있다. 『무도회』, 이 한 작품도 그에게 또는 독자에게 '우
의'로서의 문학의 역할을 다했던가 하는 그의 반성의 염이 진솔하게
들어 있다. '슬픔을 일으킬 만큼 그 만큼 아름답게 느껴졌'던 '불꽃'
이 그에게는 무엇이던가 하고 되묻는 자책이다.

9 결어

'예술 활동은 어떤 천재라도 의식적인 것'이라고 하고, '무릇 예술
가는 싫어도 기교를 갈고 닦아야 한다'고 하여, 인공적이고 의식적
인 창조행위에 매진해 갔던 아쿠타가와는 결국에 예술가에게 '인생'
이란 무엇인가를 묻는 예술지상주의 작품, 즉, 『희작삼매』, 『지옥변』,
『봉교인의 죽음』 등을 완성하여, 그의 예술관을 명백히 한다. 더욱이
그것은 『무도회』로 이어져 하나의 정점을 나타낸다. 그와 함께 그는
그의 스승인 나쓰메 소세키가 가르친 '인간을 미는 것입니다. 문사
를 미는 것은 아닙니다'라는 충고를 얼마나 심각하게 받아들였던가.
또 피에르 로티는 '비가 억수같이 내리는 길에 닮은 인생'에 '한 장의
우의'를 주지 않았던 것처럼 자신은 지금까지 무엇을 만들어 내었던
가 하는 자성의 염을 이 『무도회』를 기점으로 자신의 내면에 깊이 되
묻고 있다.

『무도회』는 로티의 「에도의 무도회」를 바탕으로 해서 쓰인 작품이지만 이 원작과는 전혀 다른 '와토 냄새가 나는 일본'을 만들어 내었고, 해군장교에게 '우리들의 삶과 같은 불꽃'이라고 말하게 한다. 어두운 밤하늘에 퍼지는 불꽃의 한순간의 빤짝임은 인생의 한순간의 찬란함의 상징이지만 여기에는 불꽃이 사라진 후의 밤하늘의 어둠에 인생의 허무함과 고독이 잘 표현되어 있다.

또 「2」에서 H노부인은 청년 소설가의 흥분과는 무연한 세계에서 추억으로 지탱되는 그녀의 감동은 움직이지 않는다. 초출의 최후를 제씨의 지적에 의해 고쳐 쓰고 아쿠타가와는 '인생'의 찬란함과 그 배후의 공허를 감동의 무거움과 지성의 가벼움을 잘 대비시켜 훌륭한 구성으로 선명하게 그리고 있다. 그것은 아쿠타가와의 다른 작품에서도 의문을 던지는 문제, 즉, 신념과 논리, 또는 믿음과 인식의 길항, 대립, 모순 등을 재차 이 작품에서도 다룬 것으로 볼 수 있다.

1　関口安義編『芥川龍之介新辞典』翰林書房 2003 p.522
2　安田保雄「芥川龍之介『舞踏会』― 構成について―」[「国文学」1966.5 p.67]
3　神田由美子「舞踏会」[「国文学」1981.5 p.102]
4　三好行雄「『舞踏会』について」[「日本文学」1962.6 p.40]
5　吉田精一『芥川龍之介』薪潮文庫 1958 p.151
6　三好行雄「『舞踏会』について」[「日本文学」1962.6 p.41]
7　宮坂覚「『舞踏会』試論」[「文芸と思想」1978.2 pp.69~70]
8　三島由紀夫『現代小説は古典たり得るか』新潮社 1958 p.321
9　森本修「芥川龍之介『舞踏会』」[「論究日本文学」1967.10 p.42]
10　宮島新三郎「新春文壇の印象(上)」[「国民新聞」1920.1.10]
11　田中純「正月文壇評 二 新潮改造」[「東京日日新聞」1920.1.11]
12　広津和郎「創作月旦 新春文壇の印象」[「新潮」1920.2]
13　水守亀之助「新春の創作を評す」[「文庫世界」1920.2]
14　三好行雄「舞踏会」について[「日本文学」1962.6 p.44]
15　佐藤泰正『文学その内なる神』桜楓社 1974 p.189
16　竹内真『芥川龍之介の研究』大同館書店 1934
17　吉田正一「舞踏会」[『近代文学鑑賞講座11 芥川龍之介』角川書店 1958.6]
18　宮坂覚「舞踏会」試論[「文芸と思想」1975.2 pp.60~61]
19　宮坂覚「舞踏会」試論[「文芸と思想」1975.2 p.61]
20　三好行雄『芥川龍之介』筑摩書房 1976.9 p.157
21　三好行雄「『舞踏会』について」[「日本文学」1962.8 p.42]

《히나》

1 서언

『히나』는 1923년 3월의 「주오코론」에 발표된 아쿠타가와의 〈개화기소설〉에 속하는 작품으로, 작품 속의 애틋한 이야기와 더불어 〈개화기소설〉의 최후의 걸작이라고 일컬어지고 있다. 『히나』는 개화기의 한 가정의 추억을 '회상'이라는 방법을 통하여 현재에 그 의미를 재구성한 작품이다. 작품은 에피그라프, 입문, 오쓰루의 이야기, 부기의 서로 다른 4문단으로 이루어져 있으며, 〈오쓰루의 이야기〉를 중심으로 하여 여러 시간이 겹쳐진 중층적인 작품이라고 할 수 있다.

작품은 크게 2부로 나눌 수 있다. 제1부, 도쿠가와 막부시대에 호상이었던 '나' 오쓰루의 집은 유신 후 급속하게 몰락한다. 아버지인 12대째 기노쿠니야 이헤는 값나가는 도구류를 팔아치운 끝에 딸의 히나인형도 어느 미국인에게 팔 것으로 결정했다. 일찍이 풍요로움을 반영한 상당히 훌륭한 히나인형으로, 어머니나 '나'의 애착도 깊

337

지만, 옛날 풍의 어머니는 고통스러운 아버지 앞에서 아무 말도 하지 않고 눈물만 흘리고 있다. 개화인인 오빠 에이키치는 이러한 '나'를 비방한다. '나'는 히나인형이 운반되어 나가기 전에 한번 장식해 보고 싶다고 원하고 있다. 그러나 아버지는 계약금을 받은 이상에는 히나인형은 타인의 것이기 때문에 허락하지 않는다.

제2부, 어머니는 면정을 앓아 자리에 누워있고, 히나인형과 헤어져야하는 전날, '나'는 일생의 소원이라고 아버지에게 부탁하지만 그것을 나무라는 오빠와 충돌한다. 어머니의 격한 말을 듣고 평생 약함을 보이지 않았던 오빠가 흐느껴 운다. 그러나 오빠는 인형을 보면 모두 미련이 남기 때문이라고 애정을 느낄 수 있는 목소리로 '나'를 타이른다. 그날 밤 침침한 무진등이 아버지의 의향으로 램프로 바뀌고, 화사한 공기 속에서 가족은 식탁에 둘러앉았다. 밤 중에 '나'가 문득 눈이 떠니 호롱불 아래에서 장식한 히나인형 앞에 앉아있는 아버지를 보고 꿈이라도 좋으니 후회스럽지는 않았다고 한다.

무진등에서 램프로의 변화, 인력거를 타고 마을 구경을 하는 등 개화기가 배경으로 도입되어 있는 가운데 몰락해가는 가정의 가족 각각의 심정이 묘사되어 있다. 어조에 세밀한 아름다움이 있으며 줄거리는 단순하지만 여기에 능란하게 기복을 설정하는 등 소설적으로 정연하게 구성된 작품이라고 할 수 있다. 작품 발표 후 본격적인 비평 혹은 연구라고 할 수 있는 요시다 세이이치의 『히나』 평가는 다음과 같다.

　　단지 전통과 포럼에 매달리는 것만으로 점차로 몰락해 가는 보수적인 구가의 주인으로 대표되는 구세대와, 래디컬한 의견을 가지고 성급하게 신기한 것에 돌입해 가는 오빠로 대표되는 신세계의 대립, 그리고 거기에서 발생하는 비극을 그리고 있다. 한 집안에서의 분란은 또 그 시대 전체의 어수선한 움직임을 상징하고 있다.[1]

이 작품에 대해서는 요시다 세이이치 뿐만 아니라, '개화'와 '구폐', '서양'과 '일본'의 대립적인 이원론으로 보는 견해가 다수 있다. 물론 이런 이원론적인 비평에도 충분한 근거는 있겠지만, 과연 작품 『히나』가 구세대와 신세대의 대립을 기본 구도로 하고 있는가에 대해서는 의문을 제기할 수밖에 없다. 그렇다면 이 작품이 함축하고 있는 주제를 재고해 봄으로 작품 『히나』에서 작가가 이야기하고자 했던 점은 무엇이었던가를 검토해보기로 한다.

이를 위하여 『히나』의 작품에 등장하는 인물을 먼저 분석해보기로 한다. 『히나』는 아버지, 어머니, 오빠 에이키치, '나' 오쓰루가 주연이고, 골동품 점의 마루사, 인력거꾼 도쿠조를 조연으로 하여, 메이지유신 초기에 몰락해가는 옛 부호의 가정을 묘사한 작품이다. 등장인물의 분석은 크게 아버지, 어머니 그리고 '나'를 분석하고, 별도의 장에서 오빠를 분석하기로 한다. 오빠 에이키치의 분석이야말로 이 작품을 해석하는 중요한 열쇠라고 할 수 있다. 다음으로 인물 분석이 끝나면 작품의 구조를 분석한다. 에피그라프, 입문, '나'의 이야기, 부기의 중층적 구조로 되어 있는 작품의 의미와, 별고 「메이지」와의 관계를 분석함으로 작품의 주제와 작가의 심리적 태도에 접근하여 간다.

2 작품의 인물분석—부모 그리고 '나'

2.1 아버지

아버지는 전환기의 시대 속에서 요동하는 인물로 설정되어 있다. 대대로 여러 다이묘에게 대부업을 해왔던 집안이지만 도쿠가와 막부 붕괴 후에는 재빠르게 움직이지 못하고 살림살이가 어려워져 딸의 히나인형까지 팔려고 하고 있다. 아버지는 무언가 새로운 시대 속에서 살아남으려고 하여 머리를 짧게 깎기도 하고, 신시대를 상징하는 램프를 구입하기도 한다. 성실하고 의리가 있지만 전체적으로 사고가 고풍스럽다. 히나를 파는 단계에 이르러서는 '한번 계약을 하면 어디에 있든 다른 사람의 것이다. 다른 사람의 물건에는 손대는 것이 아니다'고 하여, 오쓰루가 히나를 보고 싶다고 하는 호소에 귀를 기울이지 않지만 내심으로는 가장 히나에 집착하고 있다. 모두가 잠든 한밤에 혼자서 히나를 바라보는 아버지의 모습에는 시대의 전환기에 농락되어 살아갔던 남자의 전형이 새겨져 있다.[2]

아버지에 대한 내레이터인 '나'의 시각이 가장 잘 나타나 있는 부분은 역시 작품 말미의 '연약한——그런 주제에 엄숙한 아버지'라는 문장이다. '엄숙한'이라는 점에서 막부 시대의 가부장적 권위를 나타내고 있다. 그리고 '연약한'이라는 점에서는 새로운 시대에 어쩔 수 없이 권위를 잃어버린 아버지의 모습을 그리고 있다. 아버지는 이런 시대적 상황 속에서 가질 수밖에 없는 야누스의 두 얼굴의 소유자가 된다.

340

작품에 묘사되어 있는 것처럼 아버지는 '12대째 기노쿠니야 이헤'이다. 다이쇼 5년 즉 1916년에 쓰인『히나』의 초고라고 보이는「메이지」에는, 에도시대를 통하여 12대째 계속된 호상 쓰노쿠니야의 몰락과 일가의 인형에 대한 애석의 정을 중심으로 묘사되어 있는데, 이 '쓰노쿠니야'의 명칭는 아쿠타가와의 양어머니 도모의 백부 사이키 후지지로가 경영하던 신바시 야먀시로 하안의 술집 '쓰노쿠니야'에서 차용한 것으로 생각된다. 아쿠타가와 자신은 '어머니는 쓰도의 질녀로서 옛날이야기를 많이 알고 있었습니다'(「문학을 좋아하는 가정에서」)라고 쓰고 있으므로「메이지」의 이야기도 양어머니가 소녀시대에 들은 쓰노쿠니야의 일화에서 착상을 얻었다고 할 수 있다.

미정고「메이지」에서 아버지는 쓰노쿠니야의 주인으로서 에도 막부 와해 후의 혼란을 어떻게 넘을 것인가, 어떻게 가문을 지킬 것인가 하는 과제를 짊어진 인물로서 묘사되어 있다. 또 램프를 사와서 가족이 둘러앉아 식사를 했다든지, 무진등도 이제 마지막이라든지 하는 아버지의 자질구레한 생각들로 전반부는 묘사되어 있어 '엄숙한 아버지'의 모습이 나타나 있지는 않다. 그러나 작품의 말미에 가면 히나인형을 혼자서 꺼내 장식하여 보는 아버지의 모습에서는 애석한 감정을 느끼게 한다. 여기에서는 '연약한' 아버지의 모습을 발견할 수가 있다.

한편 작품『히나』에서의 아버지도 미정고「메이지」와 크게 다르지는 않지만, 단지 여기서 하나 염두에 두어야 할 점은, 쇼지 다쓰야의 지적처럼 '미정고「메이지」에서는 아쿠타가와의 신변에서 소재를 얻은 인상을 주는 부분이 적지 않다. 한편『히나』에서는 일반의 역사에 의존하는 형태를 띠어 개체성을 사상하는 방향으로 작품화가 이루어져 있다'[3]고 하는 지적이다.

『히나』에서 아버지는 좀처럼 구시대의 세계관에서 벗어나고 못하고 있다. 구세대의 의리인정을 중요시한다는 것은 마루사가 히나인형의 선금을 건넸을 때의 마루사와의 대화에서도 확실하게 나타난다. 이전에는 수하의 사람이었겠지만 지금은 물건을 팔아주는 마루사에게 사례를 한다는 것은 아버지가 얼마나 도의의 세계에 살고 있는 사람인가를 단적으로 나타내 보여주고 있다. 지금은 세월이 바뀌어 수하의 사람이 아니게 된 마루사에게 동등한 인격체로서 대하는 점에 있어서는 뒤바뀌어진 세계를 그대로 수용하여 새 시대를 살아가고자 하는 모습을 역력히 볼 수 있다. 그런 면에서는 내레이터가 묘사한 '연약한' 아버지임에는 틀림이 없다. 이 아버지 상에 대하여 쇼지 다쓰야는,

> 작품 『히나』의 아버지의 인간상은 미정고 「메이지」에서 계승된 그것이 보다 정치하게 그려져 있다고 할 수 있다. (중략) 아버지의 행보의 기본적인 방향성으로서는 '근대'의 조류에 스스로를 내던지고자 하는 사람의 모습이 이 인물상을 중심으로 고정되어 있다.[4]

고 하는 주장을 받아들인다고 한다면, 아버지야말로 구시대를 자부하기도 하고 애절해하기도 하지만, '마루사의 주인은 겨우 이제 서양식으로 머리를 자른 아버지와 무진등을 사이에 두고 앉아있었다'는 묘사에서도 충분히 나타나는 것처럼, 구세대와 신세대 사이의 어느 쪽에도 끼일 수 없는 존재임에도 불구하고, 수동적이나마 새로운

세대에 부응하려고 노력하는 사람이다. 그러나 그의 역량이 새 시대에 역동적으로 움직이지 못하는 사람임에는 틀림없다.

2.2 어머니

팔리려고 하는 히나인형의 상자를 보고 느닷없이 눈물을 흘리는 어머니는 히나인형에 대한 적지 않은 애착을 가진 인물로서 그려져 있다. 하지만 어머니는 남편이 하는 것에는 모두 따른다고 하는 순종적이며 고풍스러운 여성이다. 이 점은 딸 오쓰루에게 '모든 것은 아버지가 하시는 일이니까 얌전히 있어야 한다'라고 하는 대화에서도 잘 나타나 있다[5]고 세키구치 야스요시는 지적하고 있지만, 이는 어머니의 극히 일부분만을 지적한 것이라고 할 수 있다. 그가 뒤에서 지적한 것처럼 이 작품의 '인물 상호 관련은 개화인인 오빠와 옛날 풍의 어머니와의 대립을 축으로 전개된다'[6]고 하는 지적을 받아들인다면 어머니에 대한 분석은 보다 더 깊이 이루어져야 할 것이다.

어머니는 아버지보다도 지나간 영화롭던 시대에 대한 집착을 더 많이 가지고 있음에 틀림이 없다. '그런데 문득 어머니의 얼굴을 보자 바느질을 하며 내리깐 어머니의 속눈썹 안쪽에 눈물이 가득 고여 있었습니다'라는 묘사가 바로 그것으로, 지난 세월에 대한 강한 향수를 느끼고 있다. 그뿐 아니라 어머니는 개화에 대해서는 강한 거부감을 나타낸다. 어머니의 개화에 대한 거부감은 램프라는 소도구를 통해서 나타난다. 램프를 들여온 날 어머니는 "지나치게 눈부실 정도네." 이렇게 말하는 어머니의 얼굴에는 거의 불안에 가까운 색조가 비치고 있었습니다'라고 하는 언사나, 뒤에 이어지는 "아니, 왠지 이 석유냄새가──구식 사람이라는 증거네"라는 표현 속에서도 어머니가 개화를 생리적으로 거부하고 있음을 알 수 있다.

또 어머니는 "하지만 한번 램프를 사용하면 이제 무진등은 켤 수가 없겠구나"고 한다. 어머니의 인생경험으로 볼 때, 세상은 편리함을 추구해왔고, 앞으로도 그럴 것이고, 이런 편리함을 추구해온 역사를 되돌리는 역행은 있을 수 없다는 점을 분명히 인식하고 있다. 이 한마디는 어쩌면 수동적이기는 하지만 현실을 받아들여 넘어서고자 하는 아버지와는 달리 새로운 시대에 대한 체념으로 가득 차 있다. 이 생각은 이미 오래전에 어머니가 가지고 있었던 생각이었고, 이런 개화에 대한 강한 거부감이 육체로 나타난 것이 '면정'이라는 종기이다.

가족관계에 있어서도 어머니의 이런 사고는 쉽게 포착할 수 있다. '나'가 오빠와 다투고 있을 때의 어머니의 행동이다.

> 하지만 아직 올리고 있던 손을 내리치려는 순간에 오빠가 저의 뺨을 찰싹하고 손바닥으로 날렸습니다.
>
> "철부지!"
>
> 저는 울기 시작했습니다. 동시에 오빠의 위에도 자가 떨어졌습니다. 오빠는 바로 소리 지르며 어머니에게 대들었습니다. 어머니도 이렇게 되자 용서하지 않았습니다. 낮은 목소리를 울리면서 심하게 오빠와 말씨름을 했습니다.

어릴 때에 형제간에 흔히 있었을 수 있는 싸움이고, 또 형제간에 다톰이 있을 때에 어머니는 동생 편을 드는 것이 어쩌면 당연하기도 하지만, 위의 문구에 나와 있는 묘사는 약간 내용에 미묘함이 들어가 있다. 즉 어머니와 같이 개화를 쉽게 받아들이지 않는 '나'와 개화인으로 알려져 있는 오빠와의 싸움에서 어머니는 무의식적인 반개화파인 '나'의 편들기를 하고 있다고 할 수도 있다. 이전에도 '그 때문에 오빠는 옛날 사람인 어머니와도 몇 번이나 말다툼을 했는지 모릅니다'라고 묘사되어 있는 부분에서도 이 점을 명확하게 알 수 있다.

그러나 이 몇 경우를 제외하고는 '아버지가 무언 속에 몰락의 현상을 견디고 있는 남자의 상이라고 한다면' 어머니 '그녀는 몰락의 현상에 대한 조금의 저항도 없다. 자기에게 동반되는 운명을 슬퍼하면서도 고분고분하게 받아들이며 살아가는 여성의 모습이다'[7]라고 이시와리 도루는 지적하고 있다.

아쿠타가와의 만년의 작품에 『혼조료코쿠』가 있다. 그 중에 소제목 「큰 도랑」에는 '에도 이백년의 문명에 지친 생활상의 낙오자가 많이 살고 있는 마을이다'는 문구가 나온다. 이 마을의 풍경이야말로 근대화에 떠밀려간 사람들이 사는 곳의 실상이다. 그리고 그 마을에서 사는 생활상의 낙오자가 다름 아닌 바로 『히나』에서의 어머니이다. '면정'으로 자리에 누워 병들고 쇠약해져가는 어머니의 모습이 근대화에 어쩔 수 없이 떠밀려간 사람들과 오버랩 되어 이 낙오자로 표현된다.

2.3 '나' 오쓰루

이 작품의 내레이터이기도하고 또 주인공인 것처럼 보이는 '나'는 사실상 이 작품에서 주인공으로서의 역할은 하고 있지 않다. 왜냐하면 이 작품은 어머니와 오빠 에이키치를 중심으로 전개되고 있고, '나'는 그 전개의 촉매 역할을 하는 정도이기 때문이다. 주인공인 '나' 오쓰루에 대해서 성격이나 내면의 심리의 움직임은 네 사람 중에서는 제일 잘 그려져 있다. 그리고 부연해서 주인공인 '나'는 히나가 팔리는 것을 처음에는 그다지 슬프다고 생각하지 않았다. 하지만 히나를 넘겨줄 날이 가까워 오자 집착은 강해지고 헤어지는 것이 고통스럽게 된다. 특히 어머니의 히나에 대한 집착을 알고, 그것을 바보로 여기는 오빠 에이키치를 보고 싸움을 한 후에는 히나에 대한 집착이 심해질 뿐이다. 그리고 아버지에게 히나가 집을 떠나기 전에 한번만 보고 싶다고 말을 꺼낸다. 오쓰루의 히나에 대한 생각은 오빠 에이키치와의 대립 중에 한층 격화된다[8]고 세키구치 야스요시는 '나'를 설명한다. 그러나 이 설명으로는 도저히 오쓰루의 성격이나 내면을 이해하기는 힘들다.

오쓰루의 나이는 『히나』에서는 열다섯 살로 되어 있다. '어쨌든 아버지는 아직 열다섯 살인 저를 애처롭게 생각해서'라는 표현에서, '아직'이 '애처롭게'와 호응하여 정말 어려서 어리광을 부릴 수 있는 나이라는 점을 강조하고 있다. 이 점은 미정고 「메이지」에서는 여동생의 나이가 열여섯 살인데 반하여 작품 『히나』에서는 열다섯 살로 바뀌어 있다는 데서도 이를 이해할 수 있다. 그러나 오쓰루가 아직 어린티를 벗지 못했다는 결정적인 단서는 작품의 말미에 묘사되어 있다.

　　　히나는 내일이 되기만 하면 먼 곳으로 가버립니다.──　이렇게 생각하면 감은 눈 속에도 저절로 눈물이 고입니다.── 모두 자고 있는 동안에 살짝 혼자 나가서 볼까?── 이렇게도 저는 생각해 보았습니다. 아니면 그 중의 하나만 어딘가 밖에 감추어둘까.── 저는 이렇게도 생각해 보았습니다. 그러나 그 어느 쪽도 들킨다면──이라고 생각하자 역시 겁에 질려 풀이 죽어버립니다. 저는 솔직하게 그날 밤만큼 여러 가지 무서운 생각을 해본 기억이 없습니다. 오늘밤 다시 한 번 화재가 일어나면 좋겠다. 그렇게 되면 다른 사람에게 보내기 전에 히나도 전부 타버릴 텐데. 아니면 미국인도 대머리 마루사도 코렐라에 걸려 버리면 좋겠다. 그러면 인형은 어디에도 주지 않고 그대로 간직할 수 있다.── ── 그런 공상도 떠오릅니다.

그런데 이런 사고는 어린아이들이 흔히 하는 공상으로, 초등학교 1·2학년에나 있을 수 있다. 나이로 따지면 일곱 여덟 살, 아무리 많아도 열 살 이하의 아이들에게서나 일어난다. 지금의 학제로 한다면 열다섯 살의 오쓰루는 중학교 삼학년이 된다. 이런 오쓰루가 마치 초등학교 학생과 같이 묘사되어 있다는 것은 부자연스럽다. 김효순은 '15세라는 나이는 당시의 일반 개념으로 봐서 어린이가 어른의 단계로 넘어가는 경계적인 위치라고 할 수 있지만, '조초마게'가 어울린다고 하는 표현과 개화라고 하는 시대의 물결이나 가족들의 경제적인 곤란을 인식하지 않고 행동하는 것을 보면 어린아이 쪽에 더 초점이 맞추어져 있는 것으로 판단된다'고 하고, 초고의 여동생의 나이 열여섯 살에서 『히나』의 오쓰루의 나이가 열다섯 살로 바뀐 것은 '이야기의 현실성을 높이기 위해 오쓰루가 아직 세상의 변화에 대해서 정확하게 인식할만한 판단력이 없고 정신적으로 미숙하다는 사실을 강조하기 위해 필요했던 설정'[9]이라고 한다. 그러나 과연 그럴까? 이 작품의 배경이 된 시기가 메이지 초인 1870년대인데, '메이지의 민법에서는 혼인 연령을 남자 17세, 여자 15세 이상으로 하고 있다'[10]는 점을 감안한다면 열다섯 살의 여자를 '열다섯 살이나 된 주제에 조금은 세상물정을 알아야 될 것 아니냐'는, 오빠의 화풀이에 지나지 않는 한마디에 의존하여, 오쓰루를 철부지라고 하는 것은 지나친 여성에 대한 편견이라고 할 수 있을 것이다.

오쓰루는 확실히 스스로가 말한 말괄량이라거나, 오빠와 타툴 때나, 히나인형을 진열해 보고 싶다고 아버지를 조르는 것이나, 도쿠조의 인력거를 타는 것이나, 램프를 사서 좋아하는 것 등에는 아직도 성숙한 여성으로서의 모습은 그렇게 뚜렷이 나타나지 않는다. 그렇다고 초등학생 같은 어린아이만은 아니다. 그 증거는 작품의 거의 말미의 다음 문장에서 발견할 수 있다.

그러나 저는 한밤중에, 혼자서 인형을 보고 있는 연세가 드신 아버지를 발견했습니다. 이것만은 확실합니다. 그렇다면 가령 꿈이라고 해도 그다지 분하다고 생각하지 않았습니다. 어쨌든 저는 저의 눈앞에 저와 조금도 다르지 않는 아버지를 보았기 때문에, 연약한──그런 주제에 엄숙한 아버지를 보았기 때문입니다.

'저와 조금도 다르지 않는 아버지'라고 했을 때, 이는 단순히 히나인형을 장식해보고 싶다는 의미도 있겠지만, 그보다는 옛날의 영화를 그리워하는 아버지의 심정에 자신을 동화시킨 것으로 볼 수 있다.

348

작품 속에서의 오쓰루의 행동에 어린 티가 없는 것도 아니었고 사물에 대한 분명한 인식이 있었다고 단정하기는 힘들지만, 그래도 그녀의 마음 깊숙이에는 한때 꽃피었던 기노쿠니야의 자손으로서의 자부심이 담겨 있다고 해야 할 것이다. 급격한 시대의 변혁을 받아들이지 못하고 멸망해가는 에도문화의 전통에 대한 애착을 느끼는 그녀 역시 아버지와 함께, 어머니와 함께, 오빠 에이키치와 함께 느끼는 히나로 표상되는 과거에의 향수를 표출하고 있다고 할 수 있다.

3 작품의 인물 분석—오빠

작품 『히나』를 '구폐'와 '개화'로 이분하여 바라보는 시각이 있다. 구폐로 대표되는 사람이 아버지, 어머니, 그리고 경계가 애매하기는 하지만 '나'이고, 개화로 대표되는 사람이 오빠이다. 요시다 세이이치를 비롯하여 세키구치 야스요시 등은 이렇게 가족을 분류하는 경우라고 할 수 있다.

이 작품에서 가장 중요한 인물을 찾으라고 한다면 역시 오빠임에는 틀림없다. 오빠 에이키치는 영어책을 읽고 정치를 좋아하는 청년으로 실용성을 존중하는 전형적인 개화인으로서 그려져 있다. 성격은 표면상으로는 분명히 '한 번도 약한 모습을 보이지 않았다'고 되어 있다. 새로운 것을 받아들여서 적극적이며, 빛나는 램프를 가장 좋아한 이도 이 오빠이다. '어떤 것도 처음에는 너무 눈부셔요. 램프도 서양학문도──'라고 하는 오빠 에이키치의 말에 이 같은 생각이

잘 나타나있다.[11]

그러나 이 '묘한 인간'을 그렇게 간단히 개화인으로 취급하여 새로운 것을 받아들이기만 하는 사람으로 보아야 할 것인가 하는 점은 재고의 여지가 남아있고, 또 이 오빠를 어떻게 보는가에 대한 시점에 의해 이 『히나』라는 작품은 완전히 해석이 달라진다. 작품의 표면상에는 세키구치의 이야기대로 그렇게 그려져 있는지도 모른다. 그러나 작품의 심층부를 파고 들어가면 문제는 좀 더 달라질 수가 있다.

우선 오빠에 대한 최초의 묘사는 다음과 같이 시작된다.

> 그것을 결국 팔게 한 것은 에이키치라고 하는 저의 오빠,……역시 고인이 되었지만. 그 당시는 아직 열여덟이었던, 화를 잘 내는 오빠였습니다. 오빠는 개화인이라고 할까, 영어책을 손에서 놓은 일이 없었고 정치를 좋아하는 청년이었습니다. 그러다 히나 이야기만 나오면, 히나 마쓰리는 구식이라든가, 그런 실용적이지 못한 물건은 놔둬도 소용이 없다든가 여러 가지로 헐뜯는 것이었습니다.

이 묘사만 보면 오빠 에이키치는 분명히 개화인으로서의 조건을 다 갖추고 있다. '영어책'에 '정치'라는 개화기 당시의 최첨단 학문과 일에 매진하고 있다. 게다가 '히나마쓰리'의 구폐나 그런 물건은 '실용성'이 없다고 강조하는 점 등은 겉으로는 당시 개화인의 화신처럼 보인다. 그러나 바로 이어지는 '히나만 팔아버린다면 이번 섣달그믐까지도 어떻게든 버틸 수 있으니까' 히나인형을 파는데 어머니도 반대할 수 없었다는 문구는 조금 다른 면모의 오빠를 연상하게 한다.

이 언사 중에는 오빠 에이키치가 가난을 모면하고자 하는 강한 의지가 담겨있다. 작품의 시대적 배경을 미야사카 사토루는 '메이지 5, 6년(1872, 1873년)으로 추정하는 것도 가능하다'[12]고 한다. 그렇다면 이 작품의 배경이 된 시기는 메이지유신의 초창기로, 아직은 가부장적 사고가 그대로 남아 있었을 뿐만 아니라 국가적으로는 천황을 정점으로 하는 국가가부장적인 현상이 더욱 현저하게 나타날 때라고도 할 수 있다. 쉔리엔화는 '가부장적 가정은 중세부터 시작되었고, 또 근세에 무사계층에서 정착되었지만, 「가부장적 가정제도」 즉 가부장적 가정을 제도화한 것은 근대의 메이지 시대이다'고 하고, '가족의 지위 순서는 호주를 제일에 두고, 아래는 유교적인 순서에 따라 존속, 직계, 남성을 위에, 비속, 방계, 여성을 아래라고 하는 친족 집단의 배열로 했다. 이것은 호주 우위의 확립과 호주가 가족원에 대한 통제를 가능하게 했던 근거를 제공한 동시에, 집안의 질서와 각 가정의 구성원의 지위를 명확하게 한 것'[13]을 가부장 제도의 핵심으로 보았다.

이런 점을 감안한다면 어머니나 오쓰루 모녀가 느낄 수 없었던, 부자로서의 '가정'의 문제가 아버지나 오빠 에이키치의 마음을 강하게 짓누르고 있었을 것이다. 그래서 작품의 제일 첫머리에 '12대째의 기노쿠니야 이헤'라는 족보를 들이대고 있다. 이것은 아버지에 이어 가정을 이어받을 에이키치는 '13대 기노쿠니야 에이키치'가 된다는 것이다. 그리고 에이키치는 이에 자부심을 가지고 자랑스럽게 생각하고 있다. 그래서 작품의 모두에 '우리 집은 조상 대대로 여러 다이묘의 돈 관리를 하고 있었으며 특히 시치쿠라고 불리는 조부는 한량의 한사람'이라는 묘사로 시작하여 기노쿠니야 가정의 자랑을 은근히 드러내고 있다. 이런 묘사로 볼 때 에이키치는 개화에 대한 애착보다도 가정을 지킨다는 책임의식이 앞섰다고도 할 수 있다. 이 점이 여성인 어머니와도 오쓰루와도 다른 점이다. 아버지와 에이키치에게는 히나인형을 팔아서라도 섣달그믐은 어쨌든 넘겨야한다는 생존의 문제가 당시로서는 가장 크게 보였다고 할 수 있다.

'그 때문에 오빠는 옛날 사람인 어머니와도 몇 번이나 말다툼을 했는지 모릅니다. 그러나 히나만 팔아버린다면 이번 섣달그믐까지는 어떻게든 버틸 수 있으니까 어머니도 괴로워하는 아버지 앞에서 그렇게 강하게 말할 수도 없었겠지요'라고 하는 내레이터인 '나'의 말에 이어 '여러 가지로 헐뜯는' 에이키치의 진심은 명확하다. 말할 것도 없이 에이키치는 히나를 헐뜯고자 하는 것이 아니다. '집이 놓인 상황을 충분히 이해하고 있지 않은 처와 딸을 지키고 기울어진 집을 어떻게 해서든 다시 세우려고 하는 아버지 옆에 있으면서 동생의 히나를 팔지 않으면 안 되는 상황에 내몰려 있는 가정의 사정을 아플 정도로 알고 있던 "장남"으로서의 생각, 오빠로서의 슬픔이 여기에 있다. (중략) 히나를 헐뜯는 말을 내뱉는 에이키치는 기울어진 가정의 슬픈 "효자"였다'[14]고 니헤이 미치아키는 지적한다.

개화인이라고 하는 에이키치와 어머니가 극적으로 부딪히는 장면은 오빠와 '나'가 싸울 때 옆에서 지켜보던 어머니의 입에서 터져 나온 다음의 언사일 것이다.

"아니, 오쓰루만 미운 것이 아니지? 너는──너는──"
어머니는 눈물이 고인 채 분한 듯이 몇 번이나 말을 머뭇거렸습니다.
"너는 내가 미운게지. 그렇지 않으면 내가 아프다고 하는데도 히나

를——히나를 팔고 싶어 하고, 죄도 없는 쓰루를 괴롭히고——그런 일
을 할 리가 없잖아. 그렇지? 그렇다면 왜 미운건지.——"

이 언사를 두고 개화인인 에이키치와 구폐인인 어머니를 대립시
켜 이원적으로 보려는 경향이 있지만 그것은 전혀 그렇지 않다. 첫
째 에이키치는 어머니를 전혀 미워하는 것이 아니다. 어머니가 면
정에 걸려 열이 높아지자 아버지는 에이키치에게, "'에이키치 혼마
씨를 불러와'"라고 하자 오빠는 '재빨리 바람이 심하게 부는 가게
밖으로 뛰어가고 있었'다. 또 '혼마씨라고 하는 한방의사——오빠는
시종 돌팔이 의사라고 바보 취급'하는 소위 비개화인 의사에게 달
려간다는 것은 그의 마음에 한방의사에 대한 실제적인 거부감은 그
렇게 많았다고 할 수는 없다. 또 물론 돈이 없었기 때문이긴 하지만
'거머리에게 피를 빨게 하'려고 '매일 50전씩 거머리를 사러 갔'다
는 점에서도 그는 민간요법은 없어져야 하고 현대 의학의 힘을 빌
려야 한다는 사고가 굳어진 사람도 아니다. 더욱이 어머니에 대한
사랑, 나아가서는 가족에 대한 사랑이 부족하다고는 도저히 생각하
기 어렵다.

다시 앞의 문장으로 돌아가서 어머니가 '내가 미운게지'라고 했을
때, 에이키치는 매우 의외의 행동을 한다.

"어머니."

오빠는 갑자기 이렇게 외치더니 어머니의 베갯맡에 꼿꼿이 선 채로
무릎에 얼굴을 묻었습니다. 그 후 부모가 죽은 후에도 눈물 한 방울 흘
리지 않았던 오빠——오랫동안 정치일로 뛰어다닌 후에 정신병원에

353

　　보내질 때까지 한 번도 약한 모습을 보이지 않던 오빠,──이런 오빠가
　이때만은 슬프게 울기 시작했습니다.

　　에이키치가 보인 이 눈물의 의미는 실로 복잡하다. 이것은 '묘한
웃음'을 짓는 것이나, '묘한 인간'과 바로 연결되는 것으로, 에이키
치가 개화와 구폐 속에서 고뇌하고 있는 모습을 적나라하게 보여
주는 장면이라 하겠다. 에이키치를 "'화를 잘 내는" 그는 "개화인"
인 체하고, "영어책을 손에서 놓는 일이 없고 정치를 좋아하는 청
년"으로 "히나마쓰리를 구식"이라고 하는 공리주의자, 의식적으로
자기가 처한 장소, 자기에게 뒤얽혀 있는 피의 반역을 기도했던 고
독한 청년'[15]이라는 이시와리 도루의 평가나, '젊었기 때문에 개화
의 기운을 가장 민감하게 느끼고 새로운 시대를 살아가고자 하는
청년이었지만 그 때문에 구폐의 어머니나 여동생 오쓰루의 감상을
무너뜨리려고 하는 근대화 즉 서구화의 특별한 인물 같은 청년'[16]
이라는 에비이 에이지의 평가는 전혀 맞지 않는 인물의 파악이라
고 할 수 있다.
　　따라서 이시와리 도루가 말하는 '아버지가 무언 속에 몰락의 현상
을 이겨내고 있는 남자의 상이라면, "오빠"는 의식적으로 몰락하는
운명에 저항한다'[17]고 하는 결론은 정확한 인물평이라고 하기는 어
렵다. 오히려 니헤이 미치아키가 지적한 '에이키치도 또한 아버지와
는 다른 형태이긴 하지만 아버지와 같은 측에 서서 메이지라고 하는
시대에 "열심히" 정면으로 맞서는 것이 아닌가'[18]라는 평가가 오히
려 적합할 것이다.

354

4 작품의 구조 분석

4.1 에피그라프, 입문, 부기

작품 『히나』는 앞에서도 언급한 것과 같이 에피그라프, 입문, 오쓰루의 이야기, 부기의 서로 다른 4문단으로 이루어져 있으며, 〈오쓰루의 이야기〉는 다시 '히나인형과 헤어지는 전날'을 전후로 해서 2부로 나누어진다. 먼저 에피그라프는 아쿠타가와가 종종 즐겨 쓰는데, 『히나』에 '상자를 나온, 얼굴 잊을 수 없다. 히나 한 쌍의—부손'의 에피그라프는 왜 붙인 것일까 하는 이유는 끝까지 작품을 읽지 않으면 쉽게 답을 얻기 힘들다. 결국 이 에피그라프는 작품의 마지막과 호응하여 그 의미를 더하게 된다.

> 아버지가!── 그러나 저를 놀라게 한 것은 아버지뿐만이 아니었습니다. 아버지의 앞에는 저의 히나인형이── 셋쿠 이후로는 보지 못했던 히나가 진열되어 있는 것이 아니겠어요. (중략)
> 꿈인가 생각하는 것은── 아아, 앞에서도 이미 말했지만 정말로 그날 밤의 히나인형은 꿈이었을까요? 너무나 히나를 보고 싶었던 나머지 모르는 사이에 만들어낸 환상은 아니었을까요? 저는 지금까지 어쩌면 제 자신도 진짜인지 아닌지 대답하기가 곤란합니다.

이 에피그라프는 작품의 내용을 함축적으로 표현하는 역할을 하거나, 혹은 작품의 결말에 대한 복선의 역할을 한다고 할 수 있다. 일

355

생의 소원이니까 히나인형을 건네주기 전에 한번만 보여 달라고 하는 오쓰루에게 승낙은커녕 상대도 해주지 않던 아버지는 정말로 히나인형에 대하여 '나'보다도 무심했던가 하는 점에 대한 답을 사전에 이 에피그라프가 암시하여 주고 있다고 할 수 있다. 아버지뿐만 아니다. 마음씨 고약한 오빠도 사실은 히나인형에 대한 애착이 없어서 그렇게 한 것이 아니었다. "아버지가 보면 안 된다는 것은 선금을 받았기 때문이 아니라 보면 모두가 미련이 남는다는 것을 생각한 거야"라는 동생을 회유하기 위해 자신마저 기만하는 듯한 오빠의 이 애절한 한 마디에서 오빠의 히나인형에 대한 애착은 충분히 암시되고도 남음이 있다. '나'와 어머니는 말할 것도 없고, 히나인형은 오빠의 것이었고, 나아가서는 아버지의 애착이 깊이 스며있는 것이었음을 작품의 모두에서 암시하는 역할을 한다고 할 수 있다.

에피그라프에 이어 「입문」이라고 할 수 있는 '이것은 어느 노녀의 이야기이다'로 시작되는 『히나』는, 「부기」라고 할 수 있는 다음의 한 문단으로 끝맺는다.

'히나' 이야기를 쓰다 만 것은 몇 년 전의 일입니다. 그것을 지금 완성한 것은 다케다씨의 권유 때문만은 아닙니다. 동시에 또 사오일 전 요코하마의 어느 영국인의 응접실에서 오래된 히나의 목을 장난감으로 가지고 놀던 서양 여자아이를 만났기 때문입니다. 지금은 이 이야기에 나오는 히나도 납으로 된 병대와 고무인형과 한 장난감 상자에 아무렇게나 집어넣어져 같은 우울함을 겪고 있을지도 모릅니다.

'저는 눈앞에 저와 조금도 다르지 않은 아버지를 보았(습니다)'로 끝나면 작품은 독자에게 '찰나의 감동'을 주기에 충분하였음에도 불구하고, 왜 사족과 같은 「부기」를 붙이는 지나친 친절을 보였으며 또 그 의미는 무엇일까? 에비이 에이지는 "'오래된 히나의 목'은, 근대화 즉 서구화의 흐름 속에서, 오빠 에이키치로 대표되는 일본인이 무시하고, 부정하고, 잊어버리고자 했던 것이고, 그것이 이국취미 때문에 외국인에게 발탁된 것이지만 결국은 완구상자 속에 내팽개쳐져버렸다는 것이다. 이렇게 생각하면, 졸속주의의 근대화 즉 서구화의 길을 나아가는 근대일본사회야말로 이 "오래된 히나의 목"과 "납으로 된 병대"와 "고무인형"이 섞여있는 완구상자 그 자체'[19]라고 지적한다.

또 히라오카 도시오는 '결말의 일화가 덧붙여진 의도는 명확하다. 환상적인 장면에서 최후로 확인되어진 히나는 (즉 상자에서 꺼내져서 정당하게 장식되어진 히나로서 최초이고 최후이다) 일본의 전통적 문화 그 자체이고 그것이 "납으로 된 병대나 고무인형"이라는 비정(하선 필자)하기까지 한 서양 완구로 상징되는 서양문화 속에서 파괴되어지고, 무참한 모습('오래된 히나의 목'으로)을 남기고 있다. ──이것이 "메이지"라고 하는 것을 아쿠타가와는 이야기하고 있다'[20]고 한다. 하지만 이는 등장인물을 떠난 작품론이나 작가론에서 의미를 찾으려는 해석으로, 노녀가 이야기하고자 했던 내용과 조금 일치하는 점은 있어도, 이 「부기」의 핵심을 적출한 것도 아니고, 더욱이 이 작품의 핵심인물이라고 할 수 있는 에이키치의 설명을 빠트림으로 이 부분을 정확하게 설명했다고 하기에는 부족한 점이 많다.

이 「부기」의 부분에서 히라오카 도시오가 지적한 '비정'을 읽는다고 하더라도 '지금은 이 이야기에 나오는 히나도 납으로 된 병대와 고무인형과 한 장난감 상자에 아무렇게나 집어넣어져 같은 우울함

357

을 겪고 있을지도 모릅니다'라는 결어에는 애석함의 울림은 있어도 '비정'함의 뉘앙스는 없다. 니헤이 미치아키는 여기서 인형이란 다름 아닌 아버지 자신이고, 어머니 자신이고, '나' 자신일 뿐 아니라 '오랜 동안 정치일로 뛰어다닌 후에 정신병원으로 보내'진 '마음씨 고약한' 오빠마저도 이 히나인형의 하나였다는 것이다. 그래서 니헤이는 「부기」를 다음과 같이 해석한다.

> 사라져 없어져간 '히나들'에 대한 애석함을 명시하고, 그러한 '히나들'의 이야기로서의 『히나』의 세계를 종결시키는 것으로서 말미의 부분은 쓰인 것이 아니겠는가. 이것은 히나들을 위한 레퀴엠, 『히나』는 히나들의 이야기, 히나들을 애도하는 이야기였다. 이같이 읽을 때, 말미의 부분은 처음으로 '상자를 나온, 얼굴 잊을 수 없다. 히나 한 쌍의'이라는 에피그라프와 상응한다.[21]

요시다 세이이치는 이 작품을 구세대와 신세대의 대립으로 보았지만, 작중 인물의 구체적인 분석을 통해 보거나, 「부기」가 붙어 있는 이유에 대해서 살펴보아도 이는 적절한 평가라고는 할 수 없다. 인간은 누구나 급격한 변화를 바라지 않는다. 더욱이 그것이 작품에서처럼 '대대로 여러 다이묘의 돈을 관리하'는 호상이었던 집안이라면 더욱 그럴 것이다. 작품 모두에 이 집안의 자랑으로 시작하여, 마루사의 삽화를 넣는 것이나, 인력거 도쿠조의 이야기를 넣는 것도 그런 이유에 서일 것이다. 그렇게 시작한 작품의 모두가, 그 이후에는 '개화'와 '구폐'의 대립처럼 전개되다가, 마지막에 와서는 가족 모두가 '서양 여자아이'가 가지고 노는 '오래된 히나'에 지나지 않는다는 점에 수렴되었을 때, 전통적인 일본을 지키고 싶었지만 어쩔 수 없이 서양화를 강요 당했던 '메이지'라는 격변의 한 시기를 살아가기 위해 몸부림쳤던 가정의 애환의 나형을 표현한 작품으로 해석해야 할 것이다.

4.2 별고「메이지」와 작품『히나』

작품『히나』에는 관련되는 초고가 두 편이 있다. 하나는「히나(별고)」로 작품『히나』와 같은 해인 1923년에 발표된 미완성의 작품이다. 남편과 아내가 히나 장식 앞에서 두 살짜리 아이를 재우면서 주고받는 이야기로서, 작품『히나』와는 상대적으로 상관관계가 적은 작품이다. 또 하나가 1916년 작품인「메이지(소품)」로, 작품『히나』는 이「메이지」를 고쳐 쓴 것으로 추정된다. 두 작품의 차이는「메이지」에서는 삼인칭 시점으로 되어 있는 반면에『히나』에서는 '나'라는 일인칭 시점으로 되어 있다. 옥호도「메이지」에서는 쓰노쿠니야인데 반하여『히나』에서는 기노쿠니야로 변경되었다. 그러나 무엇보다도 두 작품 사이의 큰 차이점은「메이지」에서의 '언니와 동생'이『히나』에서는 '오빠와 동생'으로 바뀌어 있다. '언니'에서 '오빠'로 바뀐 점이 두 작품의 큰 차이점이다. 그 외 마루사의 대머리에 대한 이야기, 도쿠조의 성씨에 관한 이야기가 첨가되어 있는데, 이것은 작품의 감동을 높이기보다는 오히려 작품의 집중도를 떨어뜨리는 역할을 한다고도 볼 수 있다.

두 작품 다 심야에 혼자서 히나를 보고 있는 아버지의 모습에서 감동을 받았다는 것은 공통적이지만,「메이지」에서는 불필요한 서술이 없고, 그 모습이 솔직하게 그려져 있는 반면,『히나』에서는 설명이 많다. 아버지의 모습이「메이지」에서는 히나인형을 보고 있는 아버지를 단순하게 묘사하는 것으로 끝난데 반하여, 『히나』에서는 '연약한──그런 주제에 엄숙한 아버지'를 보았다는 등의 설명을 더했기 때문에 감동의 폭이 줄어들게 된다. 또 이는 작가의 문체가 대단히 취약하다는 것의 증거가 되기도 한다.

또 『히나』에서 '이것은 어느 노녀의 이야기다'고 하여 옛날이야기라는 체제를 취한 것도 역시 「메이지」에 뒤떨어지는 점이라고 할 수 있다. 그뿐 아니라 「메이지」 마지막에 '그 때 여동생이, 올해 육십…의 봄을 맞았다. 나의 어머니가 그이이다'로 끝나는 반면에, 『히나』에서는 '"히나" 이야기를 쓰다 만 것은 몇 년 전의 일입니다'로 시작되는 상당히 긴 「부기」을 붙여 놓고 있다. 『히나』에서 「입문」과 「부기」를 합한 긴 문장보다 「메이지」의 한 문장이 훨씬 작품에 박진감을 부여한다.

그럼에도 불구하고, 다른 무엇보다도 「메이지」에서 '언니'라는 인물 설정이 『히나』에서 '오빠'로 바뀐 것은 두 작품 사이의 큰 차이점이라고 할 수 있다. 이 인물의 교체로 인하여 평면적이고 단순하던 작품이 다면적이면서 역동적으로 전개된다. 「메이지」에서 '언니'는 면정으로 누워있는 어머니를 대신해서 가사를 도맡아하며 양친에게 효녀로서 등장한다. 이와 같은 설정 때문에 아버지는 물론 어머니와도 언쟁이 생겨날 까닭이 없는, 몰락해가는 집안의 한사람으로서 조용하게 그 광경을 바라보고 있는 존재로 등장한다. 그러나 『히나』에서의 '오빠'는 표면적으로는 '개화를 코에 걸고' 다니는 사람으로서, 어머니와 대립하고, '나'와도 싸움을 하는 래디컬한 사람으로 그려지면서 작품에 역동감을 불어 넣는다.

그러면 『히나』에서 '오빠'는 누구를 모델로 한 것일까. 작품의 인물과 현실 인물의 일대일 대응관계는 성립하지 않는다 하더라도, 작품에서 작가의 그림자를 모두 배제할 수 있는 것은 아니다. 그렇다면 다소간 작가인 아쿠타가와의 내면세계가 『히나』에 투영되었으리라고 짐작하는 것은 크게 무리가 아니다. 만약 『히나』에 자신을 투영할 필요가 없었다고 한다면 작품으로서 완결성을 더 많이 가지고 있는 「메이지」의 집필이 완료된 1916년에 발표하였을 것이다. 그러나 그렇게 되지 않았던 것은 역시 『히나』에서 '오빠'의 설정에 있었는데, 이 '오빠'야말로 『히나』 작품의 핵심 인물이다. 이것은 자연스럽게 아쿠타가와에게 메이지는 어떤 시대였는가 하는 질문으로 옮겨지게 된다. 히라오카 도시오는 다음과 같이 지적한다.

> 이것을 쓴 1923년 당시에 있어서 '메이지'라는 것의 어두운 인식을 나타내고 있다고 해도 좋은데, 이것은 「본문」의 이야기 속에서의 드라마와도 호응하고 있다. 즉 별고 「메이지」와 마찬가지로 면정을 알아 누워 있는 개화에 불안한 어머니와 영어 독본을 떼지 않는 개화인으로 정치를 좋아하는 오빠 에이키치와의 드라마가 개화의 승리로 보이면서도, 에이키치는 '오랫동안 정치일로 뛰어다닌 후에 정신병원에 보내'지고, 결국 미국인도 영국인도 아닌 '개화인'은 '오래된 히나의 목'과 마찬가지의 말로를 걸었다. 1916년의 「메이지」에 비해서 1923년의 『히나』에 있어서 아쿠타가와의 '메이지'의 인식은 실로 어두운 것이었다고 해도 좋다.[22]

바꾸어 말하자면 '언니'에서 '오빠'로 작중 인물을 교체하여 작가가 이야기 하고자하는 것은 작가 자신에 관한 것이었고, 그것의 요지는 작가를 둘러싼 어두운 현실을 이야기하고자 하는 것이라는 말이 된다. 사실 1923년의 아쿠타가와는 '문단의 제일인자로서 확고부

동한 지위를 획득했으면서도, 신구 양세력의 협공을 만난 것이 아쿠타가와의 이 시기의 형편이었고, 또 관점을 달리하면 기성문단 중에서도, 아쿠타가와만은 신세력에게 이해되는 한 사람이었으므로 그만큼 지적 고뇌도 많았다'[23]고, 하네토리 가즈히데는 그 해의 아쿠타가와의 사정을 이야기하고 있다.

그리고 '오빠'라는 인물을 등장시켜서 아쿠타가와가 표현하고 싶었던 것을 이시와리 도루는 "'오랫동안 정치일로 뛰어다닌" 후에, 드디어 "정신병원"에 보내어진 사람이 "오빠 에이키치"라고 한다면 아쿠타가와 류노스케야말로 바로 자기에게 휘감긴 멸망의 숙명으로부터 벗어나기 위하여 "오랫동안 예술로 뛰어다닌", 후에 드디어 "죽음"의 세계에 스스로 자신을 보낸, 슬픈 사람이었다. "오빠 에이키치"에서 자신의 운명의 끝을, 『히나』의 작자는 이미 보고 있었던 것이다'고 하는 지적이나, '허구를 무엇보다도 실생활과의 유기적 관계에서 떠난 장에서 쌓아올리려고 했던 예술가 류노스케의, 생활자 류노스케에 대한 패배를 나타내는 것이다'[24]는 지적은 '오빠'를 아쿠타가와에 오버랩하여 읽은 결과라고 할 수 있다.

5 결어

이렇게 본다면 서론에서 요시다 세이이치의 작품 『히나』에 대한 평가는 과연 정당한 것인가 하는 답변은 저절로 도출된다. 인물 상호간에 표면적인 관계로 봐서는 히나인형을 둘러싼 신구의 대립으로 볼 수도 있지만, 이 작품을 이처럼 해석하는 것은 작품의 의미를 크게 축소시키는 결과를 초래하고 만다.

『히나』 작품 속에서 가장 두드러진 존재인 오빠 에이키치는 말할 것도 없이 작가 자신의 모습을 빗대었다고 할 수 있는데, 이 오빠 에이키치를 단순히 개화의 화신으로 보는 것에는 문제가 있다. 작가 아쿠타가와는 내면의 정서적인 부분에서는 히나인형을 장식해보려는 에도의 정서를 가지고 있었지만, 그의 외면의 세계는 부득이하게 문명개화로 장식되어 있다. 시미즈 시게루는 이 같은 아쿠타가와의 정신적 이중구조를 다음과 같이 설명한다.

> '메이지'의 표면을, 말하자면 '오카와'와 같이 조용하고 쓸쓸하게 흐르는 에도문화의 전통을 배경으로 한 서민, 권력이나 자본주의에 의한 인간의 공리화와는 무관한, 아니 무자각한, 약자의 생활, 그 무심함이나 무의식을 사랑한 대신에, '메이지'라고 하는 시대의 표면에 번쩍거리는 지배자적·권력자적인 것, 공리주의, 이기주의, 정의를 가장한 위선이나 죄악, 고의라고 할 정도의 기교나 의식적인 연기·연출을 원초적으로 싫어하고 미워했다고 할 수 있다. 그러나 작가 아쿠타가와 류노스케 자신, 그와 같은 '메이지'의 표면에 번쩍이는 독을 강하게 들이마시면서 성장하고 형성되었던, 소위 문명개화의 자식이었다. 이 자각이 『히나』에 있어서 오쓰루와 대조적인 마음씨 고약한 '개화'주의의 오빠 에이키치의 점출에서 보이는 것처럼 때로는 거꾸로 전자를 경시하고 후자로 태도를 바꾸어 보여주는 야유의, 풍자적, 역설적 발상으로 아쿠타가와를 내몰았다. 작품으로서 나타나 있는 것은 오히려 그 쪽이 많다고 해야 할 것이다.[25]

　이 같은 현상이 작가를 암시하는 오빠 에이키치에게만 있었던 것은 아니다. 오빠를 포함한 아버지, 어머니, '나' 가족 네 사람은 동일한 상황에서 동일한 정서를 가지고 있다. 단지 가족이 조금씩 다르게 묘사되어 있는 것은 그 상황을 어떻게 헤쳐나가느냐 하는 방법에 약간의 차이가 있을 뿐이다. 그렇게 개화주의자로 비쳤던 오빠가 어머니와 언쟁을 한 후에 슬프게 우는 것은 결국은 그의 심저에는 어머니와 같은 공감대를 가지고 있다는 것의 증명이다. 그렇다면 나머지 가족의 정서는 말할 필요도 없다.

　작품『히나』는 작가 아쿠타가와의 정서와 현실을 12대 기노쿠니야의 가정에서 일어나는 가족들의 언행을 통하여 표현하고 있다. 작품 속에서는 구폐와 개화가 서로 대립을 일으키고 있는 것처럼 보이지만 사실은 이것이 가족 한 사람 한 사람 안에 동시에 존재하고 있다. 그렇다면 작가 아쿠타가와의 심정도 마찬가지이다. 표면적으로는 에도의 정서와 지식인이 동시에 존재하는 것처럼 보이지만, 아쿠타가와의 심저에는 에도의 정서가 흐르고 있었고, 그 주변부에만 그의 지성적인 면모가 나타났다. 아쿠타가와는 아마 에도 정서에 대한 애수를 그의 심리에서 척결할 수는 없었을 것이다. 그러나 근대화에 밀려 에도 정서도 점점 사라져 가는 것을 보면서 그는 개화기 소설의 마지막 작품인『히나』를 통하여 사라져 가는 것들에 대한 '멸절의 미'에 공명하면서 동시에 이 사라져가는 것들에게 대한 애석함을 『히나』를 통하여 나타냈다고 할 수 있다.

1   吉田精一『芥川龍之介』有精堂 1963 p.346
2   関口安義『芥川龍之介新論』翰林書房 2012 p.455~456
3   庄司達也「雛」論 [関口安義『アプローチ芥川龍之介』明治書院 1970 p.158]
4   庄司達也「雛」論 [関口安義『アプローチ芥川龍之介』明治書院 1970 p.148]
5   関口安義『芥川龍之介新論』翰林書房 2012 p.456
6   関口安義『芥川龍之介新論』翰林書房 2012 p.456
7   石割透「『雛』(芥川龍之介)について」[清水康次『芥川龍之介作品集成 第4巻舞踏会』翰林書房 1999 p.151]
8   関口安義『芥川龍之介新論』翰林書房 2012 p.456
9   김효순『일본의 근대화와 일본인의 문화관』보고사 2005 p.182
10 http://www.town1.jp/dousuru/kankon/nihon/nihon3.htm (검색일: 2014.08.18.)
11 関口安義『芥川龍之介新論』翰林書房 2012 p.456
12 宮坂覚「『雛』」[「解釈と鑑賞」至文堂 1999.11 p.103]
13 申蓮花 「日本の家父長的家制度について」[「地域政策研究」 第8巻 第4号 2006.3 p.100]
14 仁平道明「『雛』試論」[清水康次『芥川龍之介作品集成 第4巻舞踏会』翰林書房 1999 p.162]
15 石割透「『雛』(芥川龍之介)について」[清水康次『芥川龍之介作品集成 第4巻舞踏会』翰林書房 1999 p.151]
16 海老井英次『芥川龍之介論攷—自己覚醒から解体へ—』桜風社 1988 p.354
17 石割透「『雛』(芥川龍之介)について」[清水康次『芥川龍之介作品集成 第4巻舞踏会』翰林書房 1999 p.151]
18 仁平道明「『雛』試論」[清水康次『芥川龍之介作品集成 第4巻舞踏会』翰林書房 1999 p.164]
19 海老井英次『芥川龍之介論攷—自己覚醒から解体へ—』桜風社 1988 p.356
20 平岡敏夫「芥川龍之介における〈明治〉 [「国文学」学燈社 1985.5 p.35]
21 仁平道明「『雛』試論」[清水康次『芥川龍之介作品集成 第4巻舞踏会』翰林書房 1999 p.166]
22 平岡敏夫「芥川龍之介における〈明治〉 [「国文学」学燈社 1985.5 p.37~38]
23 羽鳥一英「大正十二年」[「国文学」学燈社 1968 p.93]
24 石割透(1999)「『雛』(芥川龍之介)について」[清水康次『芥川龍之介作品集成 第4巻舞踏会』翰林書房 1999 p.157]
25 清水茂『芥川龍之介と明治』 [「解釈と鑑賞」至文堂 1969.4 pp.22~23]

芥川龍之介作品研究

아쿠타가와 류노스케 작품 연구

〈그리스도교〉

1 서언

　나는 그럭저럭 십 년쯤 전에 예술적으로 그리스도교를——특히 가톨릭교를 사랑하고 있었다. 나가사키의 '일본의 성모사'는 아직도 내 기억에 남아 있다. 이렇게 말하는 나는 기타하라 하쿠슈나 기노시타 모쿠타로가 뿌렸던 씨를 열심히 줍고 있는 까마귀에 지나지 않는다. 그러고 나서 또 몇 년 전에는 그리스도교를 위하여 순교한 그리스도교 교도들에게 어떤 흥미를 느끼고 있었다. 순교자의 심리는 나에게는 모든 광신자의 심리처럼 병적인 흥미를 주었다. 나는 겨우 요즘 들어서 네 명의 전기 작가가 우리들에게 전했던 그리스도라는 사람을 사랑하기 시작했다. 그리스도는 오늘날 나에게는 길가의 사람과 같이 볼 수 없다.

　이 한절은 아쿠타가와 류노스케와 그리스도교의 관련을 논할 때 자주 인용되는 『서방의 사람』의 「1 이 사람을 보라」의 모두이다. 또 그 보충 자료로서 유고인 『단편』의 「어떤 채찍」도 자주 인용된다.

> 나는 연소했을 때, 스테인드글라스나 향로나 콘타스 때문에 그리스
> 도교를 사랑했다. 그 후 나의 마음을 사로잡은 것은 성인이나 복자의
> 전기였다. 나는 그들의 순교 사적에 심리적 혹은 희곡적 흥미를 느끼
> 고, 또 그 때문에 그리스도교를 사랑했다. 즉 나는 그리스도교를 사랑
> 하면서도 그리스도교 신앙에는 철두철미 냉담했다. 그러나 그것은 그
> 런 대로 좋았다. 나는 1922년 이래, 그리스도교 신앙 혹은 그리스도교
> 도를 조롱하기 위해 가끔 단편이나 아포리즘을 썼다. 더욱이 그들 단편
> 은 역시 언제나 그리스도교의 예술적 장엄함을 도구로 하고 있었다.

이 두 문장을 합하면 아쿠타가와 〈기리시탄모노〉의 분류가 가능
해진다. 즉, '그럭저럭 십 년쯤'에 해당하는 1916년, 1917년경의 초기
〈기리시탄모노〉에는 『담배와 악마』(1916.11), 『오가타 료사이 보고
서』(1917.1), 『방랑하는 유대인』(1917.6)이 있다. 또 '몇 년 전'의 중기
작품으로서는 『악마』(1918.6), 『봉교인의 죽음』(1918.9), 『루시헤루』
(1918.11), 『사종문』(1916.10~12), 『기리시토호로 상인전』(1919.3.9),
『주리아노 기치스케』(1919.9), 『검은 옷의 성모』(1920.5), 『남경의 그
리스도』(1920.7)가 있다. 또 「어떤 채찍」의 '1922년 이래'는 다이쇼
11년 이래가 되고, 이 후기의 작품으로서는 『신들의 미소』(1922.1),
『보은기』(1922.1), 『나가사키 소품』(1922.6), 『오긴』(1922. 9), 『오시
노』(1923.4), 『이토조 보고서』(1924.1), 『유혹』(1927.4) 이 있다.

이상 18편의 작품을 〈기리시탄모노〉라고 분류하고, 또 이들을 초
기, 중기, 후기의 3기로 나누어서 생각하는 것은 이미 일반적인 설로

되어 있다. 또 이 3기를 각각 특징짓는 시도도 있었다. 사사키 게이이치에 의하면 초기는 '기리시탄을 남만 취미, 이국취미, 이단적 대상으로 인정하고 있는 작품', 중기는 '순교, 불교와 대립, 기리시탄 긍정, 심미적 경향을 띠고 있다고 인정되는 작품', 후기는 기리시탄에 대해서는 '부정적 내지 명확하게 부정하고 있다고 인정되는 작품'[1]이라고 각 시기의 특징을 기술하고, 이 같이 분류한 근거를 앞에서 든 『서방의 사람』의 모두와 「어떤 채찍」에서 인용하고 있다.

이들 작품이 쓰인 시기적 순서에 따라서 3기로 나누는 데에 무리는 없다. 그러나 그와 같이 이 3기의 작품을 〈남만 취미 수용〉──〈기리시탄 긍정〉──〈기리시탄 부정〉으로 규정함에는 상당한 문제점이 있다. 이같이 생각하는 다수 논자의 일치된 의견은, 아쿠타가와가 본래 그리스도교라는 종교적 과제와 상관할 때는 윤리적, 종교적, 더욱이 전인적인 측면과는 무관한, 소위 심미적, 지적, 기교적인 작가였다는 점이다. 그러나 이는 상당히 편향된 일방적 이해에 지나지 않는다.

아쿠타가와에게는 〈기리시탄모노〉 이외에 가칭 〈그리스도교 작품〉이라고 부를 수 있는 몇 편의 작품이 있다. 『미친 늙은이』(1911 추정), 『그리스도에 관한 단편』(1914.4 추정)이 그것인데, 이 두 작품은 작가 데뷔 이전의 것으로 그의 그리스도교에 대한 관심이 굴절 없이 나타나 있다. 또 〈그리스도교 작품〉과 다른 일군의 작품은 아쿠타가와 최만년의 것이다. 『톱니바퀴』(1927.10), 『서방의 사람』(1927.8), 『속 서방의 사람』(1927.9), 『암중문답』(1927.9) 등이 그것인데, 이 작품은 죽음을 앞두고 쓴 유고와 같은 성격의 것이어서, 그의 '믿음'의 양태를 쉽게 알아볼 수 있다.

　이 초기의 미정고 2편과 최만년의 4편을 아쿠타가와의 〈기리시탄
모노〉와 구별하여, 〈그리스도교 작품〉이라고 부를 수 있다. 〈그리스
도교 작품〉이라는 것은 '기리시탄' 시대의 가톨릭 신자의 신앙이나
행위만을 소재로 한 것이 아니고, 성서와 넓은 의미에서 그리스도교
의 '믿음'에 관계하는 작품의 일군을 의미한다. 따라서 아쿠타가와
와 그리스도교를 생각할 때,『담배와 악마』에서『유혹』까지의 〈기리
시탄모노〉만을 대상으로 하지 않고 소위 〈그리스도교 작품〉까지 시
야에 넣어서 생각한다면 아쿠타가와에게 그리스도교라는 문제도
또 다른 양상으로 떠오른다.

 　작가 이전의 〈그리스도교 작품〉

　작가 데뷔 이전의 아쿠타가와에게는 그리스도교에 깊은 관심을
가졌던 한 시기가 있었다. 최초는 1908·9년경이고, 두 번째는 1914·5
년경으로 추정할 수 있다. 그 흔적은 구즈마키 요시토시편『아쿠타
가와 류노스케 미정고집』에 수록된『미친 늙은이』(1911년경으로 추
정)와『그리스도에 관한 단편』(1914·5년경으로 추정)이다.
　『미친 늙은이』에는 아무래도 어린 나이에 쓴 것 같은 소박한 친근
감이 있는, 장식 없는 표현이 보인다. 이 작품을 평하여 사토 야스마
사가 '이 습작 한 편에, 그의 전 생애를 관통하는――무구한 소형을
본다'[2]라고 한 것도, 이 한 작품 속에 이후에 전개될 아쿠타가와 문학
의 원형을 볼 수 있음을 시사하는 말이다.

고군에게 꾀여서 히데바가가 울고 있는 것을 엿보고는 둘이서 킥킥거리고 웃으면서 '이상한 놈이다'라고 비웃었던 자신을 지금에 와서는 부끄럽게 생각한다고 작품은 끝맺고 있다. 이것은 유고 「어떤 채찍」이나 「침」에서 기술한 것과 그대로 결부된다. '즉 나는 그리스도교를 업신여기기 위하여 오히려 그리스도교를 사랑했다. 내가 벌을 받는 것은 반드시 그 때문만은 아닐 것이다. 하지만 나는 그 때문에라도 벌을 받았다고 믿고 있다'는 「어떤 채찍」에 기술한 바이고, 또 '하늘을 향하여 내뱉은 침은 반드시 자기 얼굴에 떨어지지 않으면 안 된다. 나는 이 한 장을 쓸 때도, 한 마음으로 하나님께 염원하고 있다. ——"하나님께서 구하시는 제사는 상한 심령이라. 하나님이여, 상하고 통회하는 마음을 주께서 멸시하지 아니하시리이다"'는 「침」에 기술한 바이다. 이렇게 보면 『미친 늙은이』에서부터 일관된 아쿠타가와와 그리스도교, 혹은 종교적 과제에 대한 그의 진솔한 자세를 읽을 수가 있다.

미정고인 『그리스도에 관한 단편』에는 짧은 네 편의 희곡이 수록되어 있다. 「새벽」은 대동소이한 것이 회람잡지 「형제」에도 보이는데, 「형제」와 「새벽」의 차이는, 같은 예수 수난의 기사를 배경으로 하고 있지만, 가혹한 치욕을 묵묵히 참는 예수에 주목하여, '묘한 남자다. 나는 지금까지 저런 놈을 만난 일이 없다'고 악마에게 말하게 하는 점이 「형제」와 차이이다. 이 수난의 예수가 보여준 침묵의 무게를 묘사하는 작자의 감개도 또한 깊다. 「막달라 마리아」에서 아쿠타가와의 주안은, 보통 인간의 힘을 넘어서 인간을 끌어들여, 인간의 마음을 포로로 만드는 예수의, 초자연적인 힘에 대한 소박한 놀라움에 있다. 이것은 또 정속 『서방의 사람』에서 반복하여 언급하는, 그

371

리스도는 비할 데 없는 저널리스트, '그는 실로 이스라엘 백성이 낳은, 고금에 드문 저널리스트' 라고 하고, 또 '고금에 드문 천재'였다는 점에 그대로 연결된다. 「PIETA」에는 고난을 웃음으로 넘기고, 죽음마저 승리하고 부활한 예수에게 아쿠타가와가 상당한 관심을 보이고 있었음을 잘 나타내고 있다. 「살로메」에서는 친구와 대화를 통하여, 성서가 이야기하는 점을, 소위 살로메의 내면에 작가 자신을 오버랩하여 그리고 있다. 일부러 '나'라는 내레이터 속에서 아쿠타가와가 이 장면을 현대에 맞추고, 또 자기 자신에게 오버랩하여 이야기하고자 하는 강한 충박감이라고 할 무엇을 느낄 수 있다.

심미적 작가라고도 하고, 지적 작가라고도 불리는 아쿠타가와의 밑바닥에는 이와 같이 '믿음'의 세계에 대한 뜨거운 공감과 관심이 있었다는 것을 놓쳐서는 안 된다. 이 아쿠타가와의 마음속에 저류하는 것이 후일 문단 등장 이후 그의 마음의 움직임과 어떻게 관련되는가. 그 내적 갈등·상극이야말로 그의 기리시탄모노, 그 뿐만 아니라 그 외의 작품을 보는 하나의 시각으로서 매우 중요한 점임에는 틀림없다.

3 〈기리시탄모노〉

'믿음'에 대한 소박한 관심을 보이고 있던 아쿠타가와가 작가로서 데뷔한 이후에는 그리스도교를 예술적, 심미적 필치로 그린다. 예를 들자면 사사부치 도모이치가 '(기리시탄모노는) 아쿠타가와의 주체적 문제에는 조금도 관계가 없는, 따라서 그리스도교의 본질에도 전혀 접한 일이 없는, 소위 스테인드글라스 속의 한 풍경인 엑조티시즘의 대상'[3] 밖에 아무 것도 아니었다는 비판을 받게 된다. 『담배와 악마』, 『악마』, 『루시헤루』 등이 여기에 해당되는 작품이다.

> 그는 한번 이 범종 소리를 듣고는 성 바울 사원의 종소리를 듣는 것보다도 한층 불쾌하게 얼굴을 찡그리며 공연히 밭을 파헤치기 시작했다. 왜냐하면 이 태평스러운 종소리를 듣고 이 따뜻한 일광을 쪼이고 있으면 이상하게 마음이 느슨해져 온다.

위 문장은 『담배와 악마』의 한절로, 여기에 아쿠타가와 특유의 비교 문화적 고찰, 바꾸어 말하자면, 자기류의 문화비평을 암암리에 작품 속에 넣으려는 의도가 보인다. '범종'과 '성 바울 사원의 종소리'의 비교에는 동과 서, 구와 신, 불교와 그리스도교의 대비가 있고, 또 설령 악마라고 해도 풍토, 환경은 거역할 수 없고 동화되어 버림을 나타낸다. 이 풍자는 도덕과 풍토의 상관성을 시사하는 것으로, 이후에 쓰인 『신들의 미소』에 연결되는 주제이기도 하다. 이 비교 문화적 시점의 문명비평은 아쿠타가와 〈기리시탄모노〉의 주제의 하나이다. 이 같은 비교 문화적인 탁월한 비평은 아쿠타가와가 단순히 하쿠슈나 모쿠타로의 아류가 아님을 증명한다.

『담배와 악마』에는 또 하나의 주제가 있다. '그리고 보면 소장수의 구원이 일면 타락을 동반하고 있는 것처럼, 악마의 실패도 한편 성공을 동반하고 있는 것은 아닌가', '유혹에 이겼다고 생각할 때도 인간은 의외로 지는 일이 있지는 않은가'라고 하는 것과 같이 선과 악의 짓궂은 관계가 강조되어 있다. '자신에게는 선과 악이 상반적이 아니라 상관적으로 되어 있는 듯한 느낌이 든다'(1914.1.21 쓰네토 교에게)는 아쿠타가와 고유의 선악상관의 인식과 얽혀, 〈기리시탄모노〉 첫 작품인 『담배와 악마』는 쓰이게 되고, 이것이 『악마』, 『루시헤루』, 『보은기』로 통하는 테마가 된다.

'저는 저 공주를 타락시키려고 생각했습니다. 그러나 그와 동시에 타락시키고 싶지 않다고도 생각했습니다', '타락시키고 싶지 않은 것일수록 더 타락시키고 싶습니다'는 『악마』의 한절이고, '오른쪽 눈은 「인헤르노」의 무간 지옥의 어두움을 본다고 하지만, 왼쪽 눈은 지금도 「하라이소」의 빛이 아름답다고 항상 천상을 바라보오'는 『루시헤루』의 한절이다. 여기에서 공히 악마는 다름 아닌 '인간의 마음'의 내실, 또는 그 모순 자체를 그렸고, 더욱이 악마인 '인간의 마음'에는 선과 악이 하나가 되어 존재함을 이야기하고 있다.

『방랑하는 유태인』은 어떠한가. '죄를 알면 저주도 받는다', '벌을 받으면 속죄도 있기에'라는 것은 그의 서간과 궤를 같이하여, '총명'함을 가지고 있는 인간만이 '괴로움'을 맛보고, '괴로움'을 맛본 인간만이 구원을 얻는다는 선악상관을 이야기하는 것이다. 이것은 그대로 중기에 쓰인 『보은기』에도 연결되어, 야사부로가 말하는 '진나이를 돕는 동시에 진나이의 명예를 죽이고, 한 집안의 은혜를 갚음과 동시에 저의 한을 푸는' 점에서 선악상관의 인식이 여기에서도 선명하게 그려져 있다. 이것은 실로 사도 바울이 '그러므로 내가 한 법을 깨달았노니, 곧 선을 행하기 원하는 나에게 악이 함께 있는 것이로다'(「로마서」 제7장 21절)고 고백하고 있는 점과 상통한다.

아쿠타가와의 〈기리시탄모노〉가 단순히 엑조티시즘에 머무르지 않는다.『봉교인의 죽음』에서는 순교의 감동을,『오가타 료사이 보고서』와『오긴』에서는 기교의 애통을 자신의 일처럼 그리고 있다.『봉교인의 죽음』을 평하여 미요시 유키오는 '그리스도교 신앙에 대한 종교적 감동도 아니고, 박해를 견디는 순교의 찬미도 아니다'고 하며, '말하자면 인생에 충실했던 순간을 살 수 있었던 행복한 인간과, 그 행복한 인간에 대한 자기 자신의 감동을 그렸다'[4]고 한다. 그러나 원전인 「성마리나」와 달리『봉교인의 죽음』에 작자가 창조적으로 첨가해 그려 넣은 것은 나가사키의 큰 화재의 장면이며, 맹화 속에서 자기 자식이 살기를 바라는 모친의 친자에 대한 정[필리아]을, 이 미워해야 할 여자아이를 생명을 걸고 구하고, 스스로는 화상을 입고 생사를 가늠할 수 없는 상태가 된 로렌조의 묘사이다. 원전과 너무나 다르게 작품 속에서 그리고자 했던 이 클라이맥스 장면에서 순교[아가페]에 대한 생각을 작자는 조금도 감추지 않는다. 그뿐만 아니라 작자는 순교의 우연함을 피하기 위하여 용의주도한 복선까지 준비하고 있다. 로렌조가 파문을 당해 교회에서 추방될 때, 형제와 같이 지내던 시메온이 로렌조를 쓰러 넘어뜨렸지만, 로렌조는 일어나자 눈물 머금은 눈으로 하늘을 우러러보면서 '주님 용서하시옵소서. 시메온은 자기의 소행도 분별치 못하는 자이옵니다'라고 부르르 떠는 목소리로 기도하는 한절에는 십자가 위의 예수의 최후의 기도인 '아버지, 저들을 사하여 주옵소서. 자기들이 하는 것을 알지 못함이니이다'(누가복음 제23장 34절)에서 따온 흔적이 역력하며, 이것은 그야말로 아쿠타가와의 순교에 대한 감동의 소재를 증명하는 것이다. 그뿐만 아니라 작자가 한층 격앙된 목소리로 '너무나 아름다운 소년의 가슴에는 타서 찢어진 옷 틈새로 깨끗한 유방이 옥과 같이

드러나 있지 않은가'라고 맹화 속에 비춰진 로렌조의 여인 몸매에
대한 에로스의 감촉도 선명하게 표현하고 있다. 여기에는 필리아,
아가페, 에로스라는 사랑의 세 가지 형태를 하나로 묶어 작자는 무
언가를 이야기하고자 한다.

　순교에 대한 감동을 그렸던 작자에게는『오가타 료사이 보고서』,
『오긴』에서 기교의 애절함을 그려 뜨거운 데가 있다.『오가타 료사
이 상신서』에서 '사종문의 신도라고 하지만 부모 마음 다름없는 모
습이 보여 다소 불쌍하게 생각했습니다'는 의사 료사이가 술회한 바
이고, '한번 배교한 이상 저의 혼과 몸은 공히 영영세세토록 망한다
고 합니다'는 모친 시노의 말이다. 그러나 딸의 목숨을 건지기 위하
여 시노는 감히 십자가를 세 번 밟는다. 그러나 그 보람도 없이 딸의
목숨을 건지지 못함을 알고 '딸의 목숨과 데우스 여래 둘 다 잃어버
리는 꼴이 되었습니다'라고 후회하며 탄식한다. 시노의 고뇌를 그리
는 작자의 필치는 억제되어 있으면서도 그 사이로 침통함이 스며나
온다. 아마 작자가 묻고자 하는 바는, 딸의 생명을 버리고라도 가르
침을 지킬 것인가. 그 때문에 믿음을 버린 모친을 누가 배교자로서
재단할 것인가. 더욱이 제도로서의 배교를 재단하는 거기에 육적인
사랑[필리아]을 뛰어넘는 아가페는 얻어지는가 하는 근원적인 물음
이 있다.

　『오긴』에서는 실부모가 불교도로 죽어서 지옥에 떨어져 있는 이
상, 자기만 천국에 들어갈 수 없어 기교한다는 오긴에게 작자는 '"유
인이 된 하와의 자식", 모든 인간의 마음'을 보고 있다. 이 한절에, 이
교도에게는 구원은 없고 지옥에 떨어질 수밖에 없다는 종교적 도그
마를 인간 보편의 문제로서 받아들일 수 있는가 하는 물음이 그 근

저에 있다. '모든 인간의 마음'이라는 문제는 한 종교의 신앙이나 교의의 외부에 있는 자의 문제만이 아니라, 한 인간의 심정을 관통하는 모든 사람의 마음속의 움직임을 포괄하는 문제가 된다. 이 때 아가페, 에로스, 필리아라는 심정의 수직구조에서 인간성의 근원으로서의 필리아의 역할이 물어진다. 여기에서 작자는 기교와 순교를 등가에 두고, 그 감동의 뜨거움을 동일한 벡터로 그려내고 있다.

근대 지식인의 최첨단에 서 있던 아쿠타가와에게 인식의 능력이 없는 자, 즉 우인은 그가 강렬하게 동경심을 품었던 인간상이었다. 천하무쌍의 강자를 찾다가, 악마보다도 강하다는 예수 그리스도야말로 받들어 모실 강자라고 믿은 레푸로보스를 그린『그리스도호로 상인전』, 그리스도가 상사병으로 죽었다고 믿고 자신과 같은 고뇌를 이해해 주리라고 생각하여 기리시탄이 되어, 책형을 받게 되는, 아쿠타가와가 '내가 가장 사랑하는 신성한 우인'이라고 한 기치스케를 그린『주리아노 기치스케』, 그리스도가 남경에 내려와 자기의 병을 치유하는 기적을 행하셨다고 믿는 금화를 그린『남경의 그리스도』가 이 일군의 작품이다.

『그리스도호로 상인전』의 주인공 레푸로보스는 아쿠타가와가 동경한 인물상이었음에 틀림없다. 이 레푸로보스의 일생은 오로지 강한 자를 찾아서 달려온 도정이다. 레푸로보스 자신은 자신이 추구하는 세계를 자각할 만큼 영리하지 못하였다. 세상모르는 인간이었다. 그 순진하고 소박한 인간성 때문에 생애의 최후에 하나님과 만나고, 하나님이 사랑하는 자가 될 수 있었던 '심령이 가난한 자' 즉 '신성한 우인'이었다. 동시에 여기에는 아쿠타가와의 무구한 신뢰와 순진 소박함에 대한 한없는 동경과 희구가 들어있음은 말할 나위도 없다.

377

호리 다쓰오가 스승인 아쿠타가와를 평하여 '그는 모든 것을 보고, 사랑하고, 이해했기 때문에 "잡다"하다'[5]고 술회한 바 있지만, 과연 아쿠타가와의 비극의 하나는 이 '잡다'함, 바꾸어 말하자면 아쿠타가와 자신의 박식, 다재가 거꾸로 그를 괴롭혔음에 틀림없다. 그는 그의 지식, 지력의 압박이 무거우면 무거울수록 그 반대의 극점인 '우인'의 세계를 찾지 않으면 안 되었다는 것을 이 작품은 여실히 이야기하고 있다.

『주리아노 기치스케』에서 핵심은 포도대장과 기치스케의 문답에 있는데, 이 문답 속에 기치스케가 진술하는 내용은 분명히 기괴하며 황당무계하다고 할 수밖에 없다. 이 우직한 '믿음'의 모습을 통하여 작자가 이야기하고자 하는 것은 무엇일까. 이것을 푸는 열쇠는, 분출하여 돌아온 기치스케가 이미 유부녀가 되어 있는 가네에 대하여 '기르는 개보다도 더욱 충실했다'라고 하는 점에 있다. '특히 딸인 가네에 대해서는'이라는 한마디는 이미 사랑의 정념은 보다 높은 대자에 대한 정화된 사랑이 되어 그의 속에 태어났음을 말한다. 작품의 끝 부분에 '베렌국의 왕자님, 지금은 어디에 계시옵니까 찬양 드리옵니다'라는 기도도 또 종문신의 수난에 자기 동화를 고하는 것이다. 이 기치스케의 '믿음'의 내실을 기술하여, 아니, 만들어내어 아쿠타가와가 이야기하고자 하는 것은 무엇인가. 그것은 손바닥을 뒤집으면 근대인은 믿어야할 어떠한 신도 구원의 주체도 가지고 있지 않는, 공허한 존재라는 것이 된다. 이 때 '믿음'이라는 것은 만들어진 어떤 교의에 있는 것이 아니라, 아무리 황당무계하더라도 믿어서 의심치 않는 '믿음'의 행위 그 자체에 있다고 하는 것 외는 다름 아니다.

『남경의 그리스도』의 「1」, 「2」는 금화의 신상 설명으로, 다음을 묘사하려고 설정되었다. 즉 금화는 나이 어린 소녀의 몸으로 매춘이 천업인 줄은 알고 있으면서도 그것을 악 혹은 죄로서는 인식하고 있지 않다. 그러던 어느 날 밤 금화는 무뢰한 혼혈아를 그리스도로 착각하고 하룻밤 연애의 환희를 느낀다. 이 장면에서 작자는 금화에게 무한한 애정을 불어넣어 그리고 있다. 즉 가타오카 뎃페이의 '아쿠타가와의 로맨티시즘의, 최고의 표현을 우리들은『남경의 그리스도』에서 본다'⁶는 것은 이것을 이야기하는 것이고, '자네 자신 그러한 마음을 느낄 정도 잔혹한 인생을 대한 일은 없는가' (1920.7.15 난부 슈타로에게)라고 아쿠타가와가 난부의 작평을 반문한 곳에서도 그것이 역력하게 나타나 있다. 금화는 스스로 채웠던 긴 금기를 깨고 손님을 십자가의 그리스도와 '꼭 닮았다'는 이유 하나로 몸을 맡기고, 그리스도가 병을 고쳐주었다고 확신하는, 아쿠타가와가 계속 써 온 소위 '신성한 우인'의 한 사람이었다. 그러나 「3」에서 작자는 그 '믿음'의 허망함을 찌르는 이지의 역할도 놓치지 않는다. 하지만 아쿠타가와가 '이성이 나에게 가르쳐주었던 것은 마침내 이성의 무력이었다'(「이성」『난쟁이의 말』)고 술회한다. 이것은 또 이 작품이 묘사하는 점과 무관하지 않다.『남경의 그리스도』에서 작자가 이야기하고자 하는 점은 분명하다. 하나는 '우인'에 대한 한없는 동경과, 또 하나는 이 세계를 재단하고자 하는 자신의 이성의 한계에 대한 자각이다.

『검은 옷의 성모』에서는 조모가 손자의 병을 낫게 하려고 성모에게 기도한다. '하다못해 제 목숨이 있는 한 모사쿠의 생명을 구해 주십시오', '어쨌든 제가 눈을 감기까지라도 좋으니 죽음의 천사의 칼

이 모사쿠의 몸에 닿지 않도록 자비를 내려 주십시오'라고 기도하는 한가운데, 손자에게 향하여야 할 사랑은 부지불식간에 자신의 생명의 안존으로 향하여 타인에 대한 사랑 대신에 자기에 대한 사랑, 즉 에고이즘이 순박한 기도 속에 숨어들어 있음을 그린다. 작품의 끝 부근에 모사쿠의 죽음을 고하는 말에 이어, '마리야 관음은 약속대로 조모의 생명이 있는 동안 모사쿠를 죽이지 않고 두었던 것입니다'라는 한절을 덧붙이고, 또 마지막의 조각 받침에 쓰인 라틴문자에 '너의 기도 신이 정한 것을 움직일 수 있다고 바라지 말라'고 주를 첨가해 두었던 점에서 작자는 주제의 소재를 강하게 나타낸다고 볼 수 있다. 소박한 신앙, 혹은 신심 속으로 부지불식간에 숨어드는 에고이즘의 소재로 향하는 아쿠타가와의 눈에는 차기까지 한 예리함이 있다.

『오시노』에서는 자기 아들의 생명을 구하고자 신부를 찾아간 오시노가 십자가 그리스도의 연약함을 알고 이에 실망하여 거친 욕설을 신부에게 퍼붓고는 사라져간다. 이 소품 중에서 작자가 이야기하고자 하는 점은 분명하다. 그것은 양자는 생각도, 이해도, 입장도 무엇 하나 서로 맞지 않다는 것이다. 따라서 작자는 이 양자의 주고받는 말을 거의 골계라고 해도 좋을 만큼 냉랭하게 감정 없이 그려 보인다. 최후의 오시노가 그리스도를 가리켜 '겁쟁이'라고 한 심한 반발은 그 모든 것을 나타내는 것이지만, 그 비판조차 신부의 가슴에는 와 닿지 않고 단지 신부를 아연실색하게 할뿐이다. 물론 신부의 설교도 오시노의 마음에 닿아있지 않다. 또 작자는 양자의 생각이 다름을 그리는 그 가운데서 이 작품의 또 하나의 주제를 드러내고 있다. 그것은 교만하고 고압적인 그리스도교에 대한 오시노의 통렬한 비판이다.

『이토조 보고서』에는 두 가지의 테마가 있다. 하나는 골계화의 이면에 숨은, 일본의 열녀라고 하는 호소카와 부인의 진실한 모습을 추구하는 것이다. 여기에는 미즈타니 아키오가 말하는 '아쿠타가와 특유의 우상 기피'[7] 현상도 작용하고 있다. 또 하나는 호소카와 가라시야 부인의 최후가 야유적인 시녀의 눈을 통하여 기술되어 그 '믿음'의 독선이 풍자의 대상이 된다. '너희들은 마음씨가 나빠서 기리시탄 종문에도 귀의하지 않은 채, 미래에는 "인헤르노"라는 지옥에 떨어져 악마의 먹이가 될 것이다. 그 일에 관해서는 오늘부터 마음을 고쳐 천주의 가르침을 지켜라'라는 한절에는 종교가 가질 수 있는 모순, 즉 독선이 내재되어 있다. 신임하는 신하들에게 '악마의 먹이'가 되지 않도록 배려하는 자애심의 한가운데 부지불식간에 자신이 믿는 신앙에 의해서만 신하를 구원하고자 하는 배타적 독선이 있다. 이 독선은 오만을 동반한다. 부인 자신에게 매달리는 자만이 구원해 준다고 하는 심리는 각각의 종교가 가진 부의 일면으로서의 오만함을 면하기 어렵다. 아쿠타가와는 그리스도교에 대하여 양면의 인식이 있었다. 그것이 예수와 교회이다. 예수에 대해서는 자신의 선인으로서 마음을 열고 고개를 숙인다. 그러나 제도로서의 교회에 대해서는 매우 비판적이다. 『이토조 보고서』는 이 제도로서의 교회에 대하여 적지 않은 비판을 노정하고 있다고 보아도 좋다.

아쿠타가와가 남긴 문제를 이어받아 자신의 작품 세계에 받아들이고, 특히 『침묵』에서 선명하게 형상화했던 엔도 슈사쿠는 아쿠타가와를 일컬어 '위대한 선인'(『인생의 동반자』)라고 칭했다. 확실히 아쿠타가와에게는 후의 엔도 슈사쿠가 취급한 동과 서, 그리스도교와 범신사상, 신과 구를 주제로 한 일군의 작품이 있다. 일찍이 『담배와 악마』에서 '범종'과 '성 바울 사원의 종'을 대비시켜, 일류의 문명비판을 보여주었던 아쿠타가와가 이 시기의 작품 중에서는 그것을 보다 선명하게 그리고 있다.

『사종문』에는 나카미카도 쇼나곤의 아가씨라는 '미신'을 둘러싸고 이것을 초월하고자 하는 풍류인 와카토노와 신앙적인 사랑을 가지고 아가씨와 인간관계를 수립하고자 하는 마리시노법사 사이에서 생기는 대립이 작품의 중심적인 테마로 되어 있다. 이것을 그리스도교와 불교의 마찰 문제로서 보는 것도 가능하지만 여기에는 오히려 그리스도교와 '일본적인 풍토'의 대결이 보다 선명하게 문제점으로 그려져 있다. '외곬으로 신앙심을 잘 일으키는 말하자면 곧은 사람이지. 그래서 내가 세존의 경전도 실은 연가나 같은 것이라고 비웃을 때는 화가 나서 번뇌 외도하는 것은 바로 나라고 거듭거듭 매도했지'라는 데서 마리시노법사의 성격이 잘 나타나 있다. 매우 직정적이고 절대적인 것, 내세적인 것에 가치를 두는 인물로 보인다. 이에 대하여 와카토노는 '이 좁은 장안에도 상전벽해의 변화는 자주 있지. 세상 일체의 법은 그대로 끊임없이 생멸천류하여 찰나도 머문다고 할 것이 없네', '우리들 인간이 만법의 무상도 잊고, 연화장세계의 묘약을 잠시라도 맛보는 것은 단지 사랑을 하고 있는 순간뿐이지.……', '아미타도 여인도 내 앞에서는 모두 우리들의 슬픔을 잊게 해 주는 꼭두각시에 지니지 않아……'라고 한다. 실로 온화 원만하며 연애 삼매가 이 세상에서 지상의 것이고, 어디까지나 현세적인 것, 상대적인 것에 가치를 두는 인생관의 소유자다. 사가의 아미타당 건립일, 요코카와의 스님을 패배시키고 승리에 취해 있는 법사 앞에 유유히 나타난 것은 호리카와의 와카토노였다. 작품은 여기서 중절되어 그 후의 일은 단순한 추측에 지나지 않지만 여기에 이르러 와카토노와 법사의 대결은 불가피하고 양자의 승패가 물어진다. 이 두 사람의 대결의 상징은 사랑의 정념을 둘러싼 에로스적 갈등과 종교적 에토스를 둘러싼 이원의 상극이라고도 하지만, 이것은 오히려 서양의 신과 일본의 미의식의 대립으로 보는 쪽이 타당하다. 이 대결의 결말다운 것은 『신들의 미소』에 그대로 연결되어 신들의 광연의 환상에 괴로움을 당하는 오르간티노의 귀에 '이 나라의 영과 싸우는 것은……', '지지요'라고 하는 장면에서 훌륭하게 묘사되어 있다.

『신들의 미소』는 아쿠타가와의 〈기리시탄모노〉 중에서도 문명 비판적인 주장이 가장 단적으로 나타나 있는 작품이다. 엔도 슈사쿠는 '이 『신들의 미소』의 무서움은 아쿠타가와 류노스케가 노인의 입을 빌어, 어떤 외국의 종교도 사상도 거기에 이식되면 그 뿌리가 썩어 그 실체는 소멸하고, 외형만은 확실히 옛날 그대로이지만 실은 사이비로 바뀌어버리는 일본의 정신적 풍토를 지적하고 있는 점이다'[8]라고 술회하며 이 한 작품의 주제를 분명하고도 적확하게 표현하고 있다. 또 여기에 후쿠타 쓰네아리가 말하는 '일본적 우정'도 베어 나온다. '유야무야하는 가운데 삼켜버리고 마는 희미한 안개와 같은 일본의 풍토'[9]에 향수를 느끼는 아쿠타가와의 심정이 잘 나타나 있다. '데우스가 이길 것인가, 오히루메무치가 이길 것인가'는 작자 자신도 '그것은 아직 현재로서는 용이하게 단정할 수 없을는지 모른다'고 하지만 이 작자의 물음에 대한 대답은 『나가사키 소품』의 '정말 일본산 남만 물건에는 서양 산 물건에는 없는 독특한 맛이 있지요'라고 하여, 서양과 대결에서 이미 승리한 일본, 게다가 '거기에서 오늘날의 문명도 태어났지요. 장래는 보다 위대한 것이 태어날 거구요'라는 대화에서 아쿠타가와 사고방식의 하나의 결론을 볼 수 있다. 여기서는 서양적인 것의 일본화를 시인하는 태도를 아쿠타가와는 명확하게 하고 있다.

아쿠타가와의 〈기리시탄모노〉가 오직 기리시탄취미, 엑조티시즘, 호사벽만이 아니라는 증좌로 작가 이전의 일련의 작품군을 들었는데, 또 하나의 증거는 죽음을 앞에 둔 최만년의 작품군에 있다. 『유혹』, 『톱니바퀴』에서 아쿠타가와는 죄 많은 자신의 영혼을 응시하고 있다. '죄'에 대한 인식, 그것은 아쿠타가와가 최만년이 되어서 또렷이 본 인간의 실상이다.

47개의 장면으로 나누어져 있는 『유혹』은, 배경이 된 장소와, 거기에서 행해지는 인물의 행동에 의해, 다시 다섯 단으로 나눌 수 있어 분명한 구성을 가진 작품이라고 할 수 있다. 주인공 산세바스치안은 굳게 신앙을 지키고 있지만, 무언가에 의해 차례차례로 유혹을 당한다. 홍모인의 선장과 만나 망원경을 보도록 권유 당한다. 거기에 보이는 것은 인간의 추악함이다. 이 인간의 추악함이란 한 사람 산세바스치안만의 것이 아니라 아쿠타가와 자신의 것이고, 인간이 보편적으로 공유하는 근원적인 것이다. 그리고 이 작품의 끝부분에, '주인은 마침 문을 열고 누군가를 막 보내었다. 이 방 구석 테이블 위에는 술병이랑, 술잔이랑, 트럼프 등. 주인은 테이블 앞에 앉고 궐련초에 한 개비 불을 붙인다. 그러고 나서 큰 하품을 한다'로 묘사하여 작품을 끝맺고 있다. 그 때 방에서 사라진 '누군가'는 무엇일까. 주인의 얼굴은 저 '홍모인의 선장과 변함이 없다'고 한다. 이것은 명확하게 『신들의 미소』에도 연결된다. 그가 바라보는 십자가가 '강탄의 석가'로 변한다. 또 더욱이 신들의 얼굴 중의 하나로 떠오른 '수난의 그리스도 얼굴'이 '순식간에 네 번 접은 도쿄××신문'으로 변할 때, 이 작품의 어떤 종말적인 현대성도 여기에서 읽을 수 있다. 모든 대립하는 문제가 또 갈등이 항상 변화하고, 용해하고, 사라져 간다. 아니 문제와 갈등이라고 해서는 안 된다. 모든 것은 단지 사라져 가는 이미지와 그림자에 지나지 않는다. 이것이 아쿠타가와가 만년에 주창했던 '"이야기"다운 이야기가 없는 소설'과 합치되는 것은 물론이지만, 오히려 그 주장을 철저히 하고 순화해 가면 아마 이렇게 될 수밖에 없다는 하나의 실험이기도 하다. 레제시나리오라고 하는 대로 확실히 '시나리오'의 한 수법, 형태가 이 작품을 만들어 내었지만, 그러나 이 주상, 또는 주제는 명백하게 '기리시탄'에 연결되어, 형태는 바뀌었지만 여기에서도 악마의 유혹을 둘러싼 영육이원의 갈등이 명백하게 보인다.

호리 다쓰오는 아쿠타가와의 『톱니바퀴』를 가리켜, '그의 생애 최대 걸작——이라기보다는 가장 오리지널한(개성적인) 걸작이라고 단언함에 주저하지 않는다'고 하고, '그의 병적인 예리한 신경에 닿아오는 것——보통 신경으로는 거의 느낄 수 없는 것——이 얼마나 그의 육체 속에 그의 영혼 속에 찌릿찌릿한 전파처럼 퍼져가는 것인가가, 가늘게, 그 신경 그 자체처럼 찌릿찌릿한 단어로서 고통스럽게도 쓰여 있다'[10]라고 한다. 확실히 이 『톱니바퀴』는 지금까지의 형식에서 일전하여, '"이야기"다운 이야기가 없는 소설'(『문예적인 너무나 문예적인』) 즉 의식의 흐름을 기술한 것이고, 그 내실에는 존재의 위기에 있는 자신의 심상, 즉 죄와 죽음의 불안에 떠는 인간을 극히 상대화하여 분석적으로 포착하고 있다.

　불면증과 신경쇠약에 고뇌하는 '나', 즉 아쿠타가와가 광기 직전의 지옥과 같은 생활을 예감하고, 그것에 의해 벌 받고 있는 자기를 인식하는, 환언하면, 여러 가지 우연한 일치에 의해 집요하게 '나'를 괴롭히는 '복수의 신'의 정체는 무엇인가라는 점에 작품 전반부의 초점은 맞추어져 있다. 이 수많은 우연의 일치는 하나의 중심점을 향하여 총괄된다. 그것은 '나'가 '나'를 조롱하는 '무언가'를 느끼고, 이 '무언가'가 '복수의 신'이라는 것을 깨닫고, 또 그 '복수의 신'은 '어떤 광인의 딸'이라는 것을 인식하기까지 도달 과정이라고 할 수 있다. 그리하여 이 작품 속에 '끝임 없이 나를 노리고 있는', '광인의 딸'은 현실에서는 아쿠타가와에게는 히데 시게코라는 존재이고, 적어도 이 작품 전반에는 이 시게코와 저지른 실수의 후회를 중심으로 한 윤리적인 죄와, 그 죄를 통감하는 아쿠타가와의 모습이 그려져 있다. 그 죄의 한가운데 있는 작자의 입에서 중얼거리는 '하나님이시여, 나를 벌하소서. 화내지 마소서. 대개 나는 망할 것이옵니다'라는 기도는, 성서와 정면으로 부딪히지 않으면 나올 수 없는 것이다. 따라서 이미 작자는 인간관계의 심연까지 내려가 그리스도교와 깊이 관계하면서 실존적으로 자기 자신을 이야기하고 있다고 할 수 있다.

　아쿠타가와에게 윤리적인 죄의식은 상당한 고통이었음에 틀림없다. 그러나 이 작품이 단지 윤리적인 죄 때문에 고뇌하는 '나'를 그렸다고 하기에는 너무나도 무겁고 깊은 것이 내재되어 있다. 후반부에서 '나'를 불안하게 하는 것에는 다른 무엇인가가 존재한다. 그것을 용이하게 푸는 것은 쉽지 않지만, '세기말'도 그 한 요소임에 틀림없다. 「5 적광」에 나오는 어떤 노인과의 대화에서는 쇠잔하였으면서도 또한 생생한 세기말의 악마에 잡혀 있는 자아의식의 표백이 보인다. '나'는 노인과 헤어져 밤의 거리를 걸으면서 '라스코르니코프를 떠올리고, 무슨 일이든 참회하고 싶은 욕망을 느낀'다. 그러나 결국 참회는 안 된다. 그래서 실은 '나'는 세기말의 악귀에 붙잡혀버린 원죄적인 죄인임을 깨닫고, 신의 심판을 통절하게 느낀다. 여기에 이르러 '나'는 윤리적인 죄인만이 아닌, 인간의 원천적인 죄, 즉 신에게 등을 돌릴 수밖에 없었던 인간 본유의 죄를 자각한다. 전·후반부가 하나가 되어 아쿠타가와의 윤리적인 죄와, 악마는 믿어도 신을 믿기를 거부하는 세기말이라는 악귀가 쓰인 죄의 공포와 고백과 구원을 구하는 소리가 하나가 되어 울려 퍼져온다.

'죄'를 인식한 아쿠타가와의 눈이 향한 곳은 그리스도였다. 『서방의 사람』에서 말하는 '그리스도는 오늘날 나에게는 길가의 사람'이 아니라, '현대인이 간과하고 거꾸러뜨리기를 주저하지 않는 십자가에 주목하기 시작했다'고 하는 의미 깊은 고백, 더욱이 『속 서방의 사람』의 모두에서 '나는 사복음서 중에서 또렷이 나를 부르고 있는 그리스도의 모습을 느껴', '나의 그리스도를 그려 덧붙이'는 것을 '멈출 수 없다'고 하는 대목에서도 구원을 바라는 그의 육성이 느껴져, 설령 이 작품을 아쿠타가와 자신의 아날로지로서 보는 견해가 많음에도 불구하고, 죽음을 앞에 둔 그의 '믿음'의 양태가 어떠하였는지를 엿볼 수 있는 계기가 된다.

정속 『서방의 사람』에서 아쿠타가와는 그 일류의 탁월한 그리스도론을 전개하고 있지만, 이 작품에서 아쿠타가와가 그리고자 한 것은 그리스도에 가탁한 자신의 모습이었다고 한다면, 도대체 '그리스도'의 정신적 혈통이란 무엇인가가 물어진다. 동시에 그것은 그대로 아쿠타가와 자신의 자기 해석도 된다. 왜냐하면 아쿠타가와는 '그리스도'를 마리아가 어느 날 밤 성령을 느껴서 낳은 '성령의 아들'이고, 또 '마리아의 아들'로 생각하고 있기 때문이다.

아쿠타가와가 마리아를 '모든 여인들 속에서' 또 '모든 남자들 중에서'라고 표현했을 때, 그것은 우리 인간 모든 일상성 그 자체를 가리키는 것이고, 지상적인 평범함도 의미한다. 그 때문에 '영원히 지키고자 하는 것'이 지상의 일상적 현실 그 자체의 긍정을 의미함은 명백하다. 그것은 이 일상성의 변혁, 또 현실을 넘어서 비상하고자 하는 일체의 낭만적 지향과는 완전히 대극적인 것이다. 이에 대하여 성령을 아쿠타가와는 '성스러운 것'이 아니라, 단지 '영원히 넘고자 하는 것'이라고 하고, 현실을 넘고자 하는 정신의 비상을 성령이라고 부른다. 그는 '다소의 성령'을 '우리들은 바람이나 깃발 속에서도' 느낀다고 한다. 이 '바람'이란 성서 여러 군데에서 보이는 종교적인 의미를 넘어, 일체의 낭만적 정신 그 자체를 의미한다. 또 '성령'이란 『암중문답』에서 말하는 '우리들을 넘는 힘'이고, 『서방의 사람』에서 반복되고 있는 '천재'라고도 그 의미를 붙일 수 있지만, '실생활'에 대한 '정신적 지향'[11] '대중적인 것'에 대한 '지식인'[12]의 상징임에 다름 아니다.

성령과 마리아를 부모로 하고 태어났다고 하는 아쿠타가와의 '나의 그리스도'는 천재적 저널리스트이고, 역설의 시인이었다. 이 그리스도가 목적하는 것은 저널리즘의 고양이고, 시적 정의이다. 아쿠타가와가 이 한 작품에서 그리고자 한 것은 '구세주'가 아닌, 예술가로서의 수난의 선인의 비극이다. 아쿠타가와는 그 뜨거운 공감을 감추려고 하지 않는다. 이 그리스도의 일생을,

그리스도교는 어쩌면 망할 것이다. 적어도 끊임없이 변화하고 있다.
하지만 그리스도의 일생은 언제나 우리들을 움직일 것이다. 그것은 천
상에서 지상으로 오르기 위해 무참히도 부서진 사다리이다. 어두컴컴
한 하늘에서 세차게 내리는 억수 같은 비속에 기우려진 채.……

라고 적고 있다. 그리스도의 일생을 압축하여 최고로 훌륭하게 나타
내었지만, 여기에서도 「아쿠타가와와 그리스도교」라는 문제가 제도
로서의 그리스도교가 아닌, 나의 '그리스도'와의 대면 그 자체에 있
었다는 것을 웅변적으로 이야기해 주고 있다.

'천상에서 지상'을 둘러싸고 오랫동안, 또 많이 논쟁되어 온 이 한
절에는 확실히 아쿠타가와의 작가로서의 의미를 압축하는 것이 들
어 있다. 논자는 아쿠타가와가 그린 그리스도를 '우리들에게 천국에
대하여 동경을 불러일으켰던 제일인이었다'라고 하고, '우리들에게
현세의 저쪽에 있는 것을 가리켜 보여 주었던' 자라고 하였던 것에
구애되어 아쿠타가와가 그렸던 그리스도전의 기본을 보고자 한다.
여기에서 '천상에서 지상으로'가 아닌 '지상에서 천상으로'를 가리
켰던 그리스도라는 해석도 생겨난다. 그러나 아쿠타가와의 유고 중
에 그려져 있는 것은 무엇인가. 예를 들면, 『어떤 바보의 일생』의
「19 인공의 날개」에는 아쿠타가와 자신의 생애를, 또는 그 숙명을 가
장 비유적으로 나타낸 한 절이 있다. '인공의 날개'를 펴서 '거뜬하게
하늘로 날아올랐다'고 한다. '인공의 날개'로 하늘을 날아올랐을 때,
그의 눈에 보였던 것은 '초라한 마을들'이었다. 지금 그 위에 떨어뜨
렸던 '반어나 미소'란 무엇이었을까. 지금 자신이 작가로서의 영위
를 모조리 되묻는다고 한다면, 그의 눈은 이 '초라한' 현실 그 자체로

향할 수밖에 없다는 것이다. 더욱이 그 길이 '쉽게' 날아오를 수 있는 길이 아니고, 험하고 위험한 길이라고 한다면, '천상에서 지상으로 오른다'는 것은 안이한 역설이 아닌, 그의 신심에 파고드는 진솔한 고백 그 자체로 보아야 할 것이다.

『속 서방의 사람』의 최종장의 「22 가난한 사람들에게」에서 '우리들은 엠마오의 나그네들처럼 우리 마음을 달아오르게 하는 그리스도를 구하지 않고는 견딜 수 없다'라는 한절로서 끝맺는다. 이것은 이미 아쿠타가와 혼자의 문제는 아니고, 진실로 새로운 문학의 탄생을 후대에 당부하고자 하는 아쿠타가와의 메시지로 볼 수도 있다. 그리하여 아쿠타가와의 최후의 말은 다자이 오사무나 호리 다쓰오 등 뛰어난 쇼와기의 문학자들에게 전수되어 가게 된다.

4 결어

아쿠타가와의 그리스도교 인식은 무엇보다도 '성서' 그 자체에 있고, 또 '인간존재' 그 자체에 있다. 그가 소중히 했던 것은 그리스도교의 도그마도 아니고, 또 제도로서의 교회나 신도의 신앙행위도 아니었다. 무엇보다도 그리스도라는 존재에서 '세계고' 그 자체를 짊어진 수난의 모습, 또 인간 존재 그 자체의 실존적인 형상의 근원을 그는 찾아내었다. 그와 동시에 '믿음'이라는 존재 방식을 둘러싸고서는 어린아이와 같은 순박한 믿음의 모습에 깊이 감동했다. '이르시되 진실로 너희에게 이르노니 너희가 돌이켜 어린 아이들과 같이 되지 아니하면 결단코 천국에 들어가지 못하리라'(「마태복음 제18장 3절」)라는 한절은 그가 깊이 공감을 얻어 성서에 방선을 그은 바 있고, '그리스도의 말에 따르면, 누군가의 보호를 받지 않으면 인생에 견딜 수 없는 자 외는 황금문에 들어갈 수 없다'(26 어린아이와 같이)라는 한절도 그가 『서방의 사람』에 적은 바이다. 이것은 또 '하나님께서 구하시는 제사는 상한 심령이라. 하나님이여 상하고 통회하는 마음을 주께서 멸시치 아니하시리이다'(「침」)이라는 유고의 한절에서 말하는 바와도 상통한다.

거기에는 부지불식간에 빠지는 근대인의 '지'에 선 교만의 자세가 통렬하게 물어지고 있지만, 이 자성의 염도 또 『성서』로부터의 물음 외에 다름이 아닐 것이다. 더욱이 그 소박한 '믿음'에 숨어 있는 굳은 자기애, 에고이즘의 모순도 선명하게 척결하고 있다.

이같이 아쿠타가와의 눈은 항상 복안적이고 또 중층적으로 작용하고 있다. 선과 악은 '상반'적인 것이 아니라 '상관'적이라는 인식에 서있다. 이 이원상관의 이치는 그의 그리스도교관도 선명하게 꿰뚫고 있다. 『미친 늙은이』, 『그리스도에 관한 단편』에서 소박한 '믿음'에 대한 동경을 품고 있었던 그는 『담배와 악마』, 『악마』, 『루시헤루』에서는 선과 악이 상반적이 아닌 상관적인 것을, 『방랑하는 유태인』에서는 죄와 벌, 벌과 구원이 맞물리듯이 상관적 과제로 되어 있는 것을 그려 보이고 있다.

엑조티시즘을 좋아한다고 할 수 있는 경향이 전혀 없는 것은 아니지만 단지 그 세계에 머물지 않고 그는 『봉교인의 죽음』에서 순교에 대한 동경을 감추지 않는다. 그것과 동시에 그 반대의 세계, 기교도 동일선상에서 그린다. 『오가타 료사이 보고서』와 『오긴』은 실로 그러한 작품이다. 이 순교와 기교의 세계를 만들어낸 그는 같은 필치로 우인도 그린다. 근대 지식인의 최첨단에 서있는 아쿠타가와에게 인식의 능력이 없는 자, 즉 우인은 그가 강렬한 동경을 품고 있던 인간상이었기 때문이다.

그러나 아쿠타가와의 그리스도교가『성서』, 인간존재, 특히 어린 아이에 그 기반이 있었다고 하더라도 부지불식간에 초래하지 않을 수 없는 종교의 부의 일면을 비판하는 것도 잊지 않고 있다.『검은 옷의 성모』는 이 부의 일면을 선명하게 그려낸 것이다.『오시노』,『이토조 보고서』에서도 '믿음'에 숨어 있는 독선이 풍자의 대상이 되고, 비판의 표적이 된다.『신들의 미소』,『나가사키 소품』에서는 그 일류의 문명비판의 칼날을 휘두른다. 여기서 그는 일본의 풍토에 동화되는 그리스도교의 양태를 명확하게 파악하고 있다.

그러나 아쿠타가와는 여기에 머물지 않고 '죄'를 인식하여,『유혹』과『톱니바퀴』에서는 그가 인간 원죄의 심연까지 내려가 실존적으로 자기 자신을 이야기하고 있다. 그 뿐만 아니라 최후로 그는 정속『서방의 사람』에서 그리스도에게 한없는 애정을 가지고 응시하고 있다.

이같이 아쿠타가와에게 그리스도교란 제도로서의 그리스도교가 아니고, 나의 그리스도와의 대면 그 자치에 있었다는 것은 재언할 필요가 없다. 그 뿐만 아니라 그가 그리스도교를 보는 눈은 단순히 감동뿐만 아니며, 또 오로지 비판적도 아니다. 그는 실로 다각도에서 그리스도교를 보고, 때로는 뜨거운 마음으로 종교적 감동을 노래하며, 때로는 차갑고 깨어 있는 눈으로 비판을 가한다. 이 냉열이면의 눈을 그는 작품세계에 번갈아 나타낸다. 이것이야말로 아쿠타가와와 그리스도교의 문제를 푸는 열쇠가 되며, 그 한쪽을 없애고는 바르게 아쿠타가와를 이해하고 논할 수 없다. 그의 그리스도교, 아니 세계를 보는 눈은 중층적이고 복안적었다는 것을 재언할 필요는 없다. 이 전제 위에서 다시 한 번 아쿠타가와와 그리스도교의 관계를 재검토해야 하지 않을까 하는 의구심을 뿌리칠 수 없다.

1 佐々木啓一「芥川龍之介のキリスト教観(1)」[「論究日本文学」1958.11 p.31]
2 佐藤泰正「編年史·芥川龍之介〈作家以前〉」[「国文学」1968.12 p55]
3 笹淵友一「芥川龍之介とキリスト教思想」[「解釈と鑑賞」1958.8 p.11]
4 三好行雄「奉教人の死 三」[「解釋と鑑賞」1962.1 p.158]
5 堀辰雄「芥川龍之介論」東大卒論 1929 [「堀辰雄全集 第四巻」筑摩書房 1978 p.567]
6 片岡鉄兵「作家としての芥川氏」[「文芸春秋」1927.9 p.23]
7 水谷昭夫「芥川龍之介〈糸女覚え書〉」[「国文学 三月臨増」1974.3 p.157]
8 遠藤周作「『神々の微笑』の意味」[『日本近代文学大系』月報4 1970.2 p.1]
9 福田恒存編『芥川龍之介研究』[新潮社 1957 p.61]
10 堀辰雄「芥川龍之介論」東大卒論 1929 [『堀辰雄全集 第四巻』筑摩書房 1978 p.601]
11 磯田光一「芥川龍之介と昭和文学―『西方の人』を中心に―」[「国文学」1968.12 p.103]
12 梶木剛 「芥川龍之介のなかの知識人と大衆―『西方の人』をめぐって―」[「国文学」1970.11 p.55]

芥川龍之介作品研究
아쿠타가와 류노스케 작품 연구

초출일람

제7장 《희작삼매》
- ◎「아쿠타가와 류노스케의『희작삼매』고찰」〔〈일어일문학연구〉제71집 2권 한국일어일문학회 2009.11〕

제8장 《지옥변》 Ⅰ
- ◎「아쿠타가와 류노스케의『지옥변』고찰」〔〈일어일문학연구〉제74집 2권 한국일어일문학회 2010.08〕

제9장 《지옥변》 Ⅱ
- ◎「아쿠타가와 류노스케의『지옥변』재고」〔〈일어일문학연구〉제78집 2권 한국일어일문학회 2011.08〕

제10장 《개화의 살인》
- ◎「아쿠타가와 류노스케의『개화의 살인』고찰」〔〈일본어문학〉제64집 일본어문학회 2014.02〕

제11장 《봉교인의 죽음》
- ◎「아쿠타가와의『봉교인의 죽음』의 문제점」〔〈일어일문학연구〉제82집 2권 한국일어일문학회 2012.08〕

제12장 《무도회》
- ◎「아쿠타가와 류노스케의 "무도회" 고찰」〔〈일본문화연구〉제3집 동아시아일본학회 2000.10〕
- ◎「아쿠타가와 류노스케의『무도회』재고」〔〈일어일문학〉제61집 대한일어일문학회 2014.02〕

제13장 《히나》
- ◎「아쿠타가와 류노스케의『히나』고찰」〔〈일본어문학〉제68집 일본어문학회 2015.02〕

제14장 〈그리스도교〉
- ◎「아쿠타가와 류노스케와 그리스도교」〔〈사회과학논총〉제12권 제2호 경일대학교 2006.02〕